L'ALMANACH DE LAURENT BAFFIE

Dessins : Wyllow
Images : Max Delort et Stéphane Calvet
Direction Artistique : Philippe Marchand
Couverture et mise en page : olo.studio
Photo de couverture : © Manuelle Toussaint/Kero

Un grand merci à Marc Giraud pour ses précieuses infos
sur les animaux, puisées dans ses livres *Le Sex-appeal du crocodile*,
Bêtes de sexe, la diversité amoureuse des humains et des autres animaux,
parus aux éditions Delachaux et Niestlé.

KERO
une marque
CALMANN
LÉVY

ISBN 978-2-7021-68547

À Laure Bonvin

« Le quotidien d'accord,
Mais pas tous les jours. »
LAURENT BAFFIE

Sainte **Marie**

Dicton

Bientôt tes bonnes résolutions, tu pourras te les carrer dans le fion !

Lundi

01

JANVIER

Ça s'est passé le 1er janvier 2002

304 millions d'Européens découvrent leur nouvelle monnaie : l'euro.

Coucou

Olivia Ruiz 1980

Vrai ou Faux?

A) Elle a chanté « La femme Nutella »

B) Son père était chanteur d'opéra

C) Elle a chanté avec une femme Fontaine

D) Elle a chanté « Le cacao de Cuba »

Bye-bye

Maurice Chevalier 1972

Vrai ou Faux?

A) Sa chanson « Ma pomme » a été empruntée pour une pub

B) Son célèbre chapeau était un panama

C) Il était cocaïnomane

D) Il est mort à la suite d'une tentative de suicide

La citation du jour

« Euro : pièce dont on ne peut plus sortir »

Bibi

Les coutumes du monde

Le 1er janvier, les Canadiens se baignent dans un lac gelé. Cette coutume s'appelle « la trempette de l'ours polaire ». Perso, je l'aurais appelée « la fête des petites coucougnettes ».

Le saviez-vous?

La Marie-Salope n'est pas une fille facile mais un bateau à fond plat !

(La Marie-couche-toi-là n'est pas une embarcation mais une vraie salope)

Le chiffre du jour

35 %

des Français font le *Dry January*. Le chiffre ne dit pas combien craquent avant la fin du mois.

L'astuce du jour

Si après un réveillon trop arrosé tu veux te faire vomir, mets-toi deux doigts dans la gorge, puis dans l'anus. Si ça ne marche pas, inverse !

Ruiz A) Faux, « La femme chocolat » B) Faux, chanteur de bal C) Vrai, avec Brigitte Fontaine D) Faux, c'est Jean Fusi

Chevalier A) Faux, « Prosper » B) Faux, un canotier C) Vrai D) Vrai

Saint **Basile**

Dicton
À la Saint-Basile, sois Boli si t'es pas joli !

Mardi
02
JANVIER

Ça s'est passé le 2 janvier 1991
Première diffusion d'*Alerte à Malibu* en France.

Coucou
Basile Boli 1967

Vrai ou Faux?

A) Il est né à Bamako
B) Il a 8 frères et sœurs
C) Son père était tirailleur sénégalais
D) En 1993, il a offert la coupe d'Europe à l'OM en marquant avec la bite

Bye-bye
Michel Delpech 2016

Vrai ou Faux?

A) Son vrai nom est Michel Bellepêche
B) En 1973, sa chanson « Les Divorcés » a fait scandale
C) Dans le privé, il appelait les habitants du Loir-et-Cher « les culs de portée »
D) En 1977, il a tué un chasseur par accident

La citation du jour

« Le mariage est la principale cause de divorce »

Oscar Wilde

Le métier insolite

Tatoueur pour enfant

Métier beaucoup moins difficile que tatoueur pour adulte car la clientèle est beaucoup moins exigeante et les tatouages requièrent moins de technique.

Le chiffre du jour

140
C'est le nombre de pays dans lesquels *Alerte à Malibu* a été vendu, ce qui en fait la série la plus exportée au monde.

Le jeu des 777 erreurs

La bande à Baader

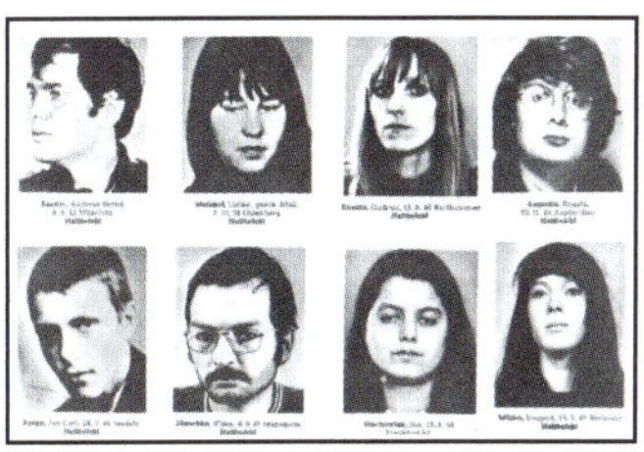

La bande à Basile

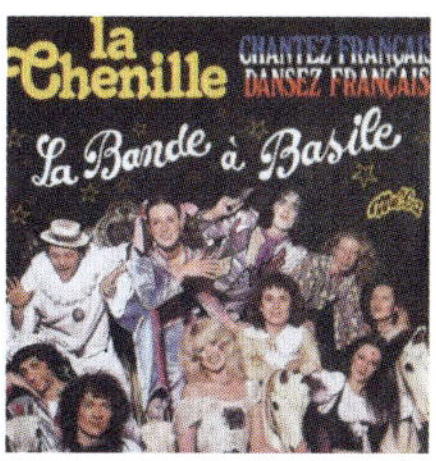

Le saviez-vous?

La bande d'arrêt d'urgence n'a jamais arrêté aucun malfaiteur.

À vérifier

À l'origine, la bande de Gaza était une zone maraîchère destinée à faire pousser des roquettes.

Boli A) Faux, Abidjan B) Vrai, encore une « bande à Basile » C) Vrai D) Faux, avec la tête
Delpech A) Faux B) Vrai C) Faux D) Faux

Sainte **Geneviève**

Dicton
À la Sainte-Geneviève, si tu la vois sans son chapeau, prends tes jambes à ton cou : c'est un travelo.

Mercredi
03
JANVIER

Ça s'est passé le 3 janvier 2009
Création du Bitcoin.

Coucou
Greta Thunberg 2003

Vrai ou Faux?
A) Son deuxième prénom est Milou
B) Son père est concessionnaire de Hummer
C) En 2019 elle a fait la couverture de *Lui*
D) Elle pilote elle-même son jet privé

Bye-bye
Igor Bogdanoff 2022

Vrai ou Faux?
A) Il avait deux ans d'écart avec Grichka
B) Il n'est pas mort la même année que Grichka
C) Il est né à Longjumeau
D) En 1994, Il a épousé Ginette Mouillard à la mairie de Gennevilliers

La citation du jour

« Pour moi, les parties molles de l'homme, c'est le cerveau »

Geneviève de Fontenay

Cinéma

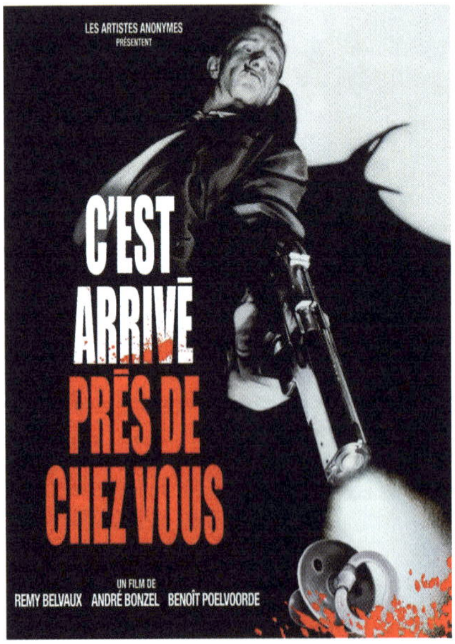

Dans *C'est arrivé près de chez vous*, le cocktail préparé par Benoît Poelvoorde s'appelle :

A) Le Petit Poucet
B) Le petit navire
C) Le petit Grégory
D) Le petit Courjault

Le chiffre du jour

220 millions
C'est le nombre de dollars bloqués sur le compte d'un Allemand qui a oublié le mot de passe de son compte Bitcoin.

Le saviez-vous?

Greta Thunberg souffre du syndrome d'Asperger, comme Albert Einstein, Marie Curie et Isaac Newton.

Question

Est-ce que les actrices porno souffrent du syndrome d'Aspergé ?

Thunberg A) Faux, Tintin B) Vrai C) Faux, de *Time* D) Faux **Bogdanoff** A) Faux B) Vrai, Grichka est mort le 28 décembre 2021 C) Faux D) Faux, Amélie de Bourbon-Parme au château de Chambord **Cinéma** C

Saint **Odilon**

Dicton
À la Saint-Odilon,
ton silence en dit long.

Jeudi
04
JANVIER

Ça s'est passé le 4 janvier 629
Avènement de Dagobert Ier.

Coucou
Yvan Attal 1965

Vrai ou Faux?
A) Il a fait un enfant à Julie Depardieu
B) Il a fait deux enfants à Chiara Mastroianni
C) Il a fait trois enfants à Charlotte Gainsbourg
D) Il a fait quatre enfants à Simone Signoret

Bye-bye
Michel Galabru 2016

Vrai ou Faux?
A) Il est né en Algérie
B) Pendant la guerre il a épargné un soldat allemand de 20 ans
C) Il a joué dans *Les Clefs de bagnole*
D) Jeune, il a eu une aventure avec Michèle Morgan

La citation du jour

« Quand tu es comédien tu attends comme une pute devant ton téléphone »

Michel Galabru

De l'art ou du cochon

Marcel Duchamp,
***La Fontaine*, 1917**
Le ready-made *Fontaine* de Marcel Duchamp est juste un urinoir en porcelaine renversé et signé R. Mutt. Il a été vendu aux enchères pour 1,66 million d'euros en 2000.

Le saviez-vous?

Quand Michel Galabru a obtenu son césar pour *Le Juge et l'Assassin*, il était en compétition avec Patrick Dewaere, Gérard Depardieu et Alain Delon.

Le chiffre du jour

2500

C'est le nombre de fois où nous allons aux toilettes chaque année en moyenne. Cela représente près de trois ans de notre vie.

Le saviez-vous ?

La chanson du roi Dagobert a été écrite sur un air de chasse pour se moquer, à travers cet ancien monarque, de la distraction de Louis XVI et Marie-Antoinette.

À vérifier

Dans *Le Club des cinq*, Dagobert était le seul à pouvoir se lécher les couilles.

Attal A) Faux B) Faux C) Vrai D) Faux
Galabru A) Faux, au Maroc, à Safi B) Vrai C) Vrai D) Faux

Saint **Édouard**

Dicton
À la Saint-Édouard,
rejoins la fanfare.

Vendredi
05
JANVIER

Ça s'est passé le 5 janvier 1875
Inauguration de l'Opéra de Paris.

Coucou
Marilyn Manson 1969

Vrai ou Faux?

A) Il a été marié à Dita von Teese
B) Il a créé sa propre absinthe
C) Il est le parrain de Lily-Rose Depp
D) Il a sacrifié un enfant pendant un concert

Bye-bye
Catherine de Médicis 1589

Vrai ou Faux?

A) Elle a introduit la fourchette en France
B) Jeune, elle a eu un flirt avec Michel Drucker
C) Elle a imposé aux dramaturges le « happy-end »
D) Elle a refilé une chaude-lance à son mari

La citation du jour

« L'art, c'est l'effort inlassable d'égaler la beauté des fleurs sans jamais y arriver »

Marc Chagall

Tous des bêtes

En cas de rixe chez les babouins, le vainqueur sodomise le vaincu.

Transposition chez l'homme :

Le chiffre du jour

220 m^2

C'est la superficie des fresques de Chagall au plafond de l'Opéra Garnier.

Le jeu des Édouard célèbres

Tracer les flêches correspondantes

(1) **A suivi Le Titien**	(A) **Édouard VIII**
(2) **Porte ses couilles sous le menton**	(B) **Édouard Philippe**
(3) **Ambassadeur du vitiligo**	(C) **Édouard Manet**
(4) **A quitté la foire du Trône**	(D) **Édouard Baer**
(5) **A une mentalité d'épicier**	(E) **Édouard Balladur**
(6) **Roi de la Bostella**	(F) **Édouard Leclerc**

Manson A) Vrai B) Vrai C) Vrai D) Faux
Médicis A) Vrai B) Faux C) Vrai D) Faux, il se l'est prise dans l'œil à un tournoi **Édouard célèbres** 1C 2E 3B 4A 5F 6D

Saint **Balthazar**

Dicton
À la Saint-Balthazar, retire ton falzar.

Samedi
06
JANVIER

Ça s'est passé le 6 janvier 1887
Apparition de Sherlock Holmes dans une nouvelle intitulée *Une Étude en rouge.*

Coucou
Thierry Ardisson 1949

Vrai ou Faux?
A) Il a 3 enfants avec 4 femmes différentes
B) Il a déposé les mots « Bonjour » « Au revoir » et « Merci »
C) Il ne porte jamais de slip
D) Sa femme est plus jeune que sa fille

Bye-bye
Michel Petrucciani 1999

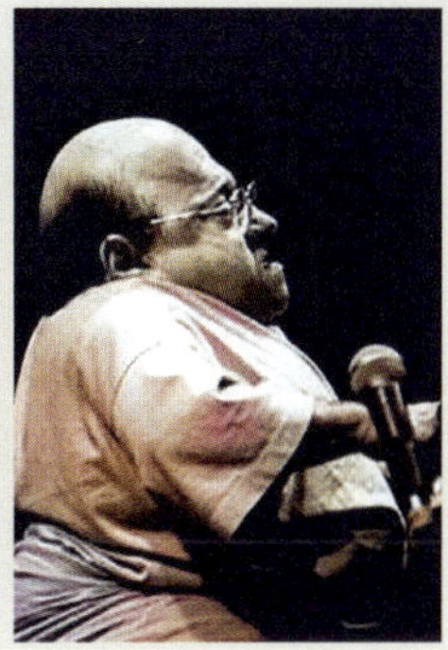

Vrai ou Faux?
A) Il souffrait de la maladie des os de verre
B) Il mesurait 91 cm
C) Au Père-Lachaise, sa tombe fait face à celle de Jim Morrison
D) Jeune, il a joué comme pivot central dans l'équipe de basket de Montélimar

La citation du jour

« On voulait changer le monde mais c'est le monde qui nous a changés »

Thierry Ardisson (citation piquée à Ettore Scola)

Saint **Raymond**

Dicton
À la Saint-Raymond, sors-toi les doigts du fion.

Dimanche
07
JANVIER

Ça s'est passé le 7 janvier 2015
Attentats contre *Charlie Hebdo.*

JE SUIS CHARLIE

Coucou
Nicolas Cage 1964

Vrai ou Faux?
A) C'est le neveu de Steven Spielberg
B) Malgré sa carrière, il n'a pas son étoile sur Hollywood Boulevard
C) Il était marié à l'actrice Jane Alapin qui a pris le nom de Jane Cage-Alapin
D) Depuis quelques années, il ne tourne plus que des merde

Bye-bye
France Gall 2018

Vrai ou Faux?
A) Elle a chanté « Ella elle l'a » pour Ella Fitzgerald
B) Elle a chanté « La Déclaration » pour Florent Pagny
C) Elle a chanté « Résiste » pour Jean Moulin
D) Elle a chanté « Calypso » pour le commandant Cousteau

Ardisson A) Faux B) Vrai C) Vrai D) Faux **Petrucciani** A) Vrai B) Vrai C) Faux D) Faux
Cage A) Faux, de Francis Ford Coppola B) Faux C) Faux D) Vrai **Gall** A) Vrai B) Faux C) Faux D) Faux

Saint **Lucien**

Dicton
À la Saint-Lucien, encule un voisin.

Lundi
08
JANVIER

Ça s'est passé le 8 janvier 1959
Charles de Gaulle devient le premier président de la Vᵉ République française.

Coucou
Kim Jong-un 1984

Vrai ou Faux?

A) Il a fait assassiner son oncle en le faisant dévorer par des chiens
B) Il a supervisé la chorée de la 1ʳᵉ Star Ac'
C) C'est le demi-frère de Kim Basinger
D) En 2008, il a posé nu dans *TÊTU*

Bye-bye
François Mitterrand 1996

Vrai ou Faux?

A) Jeune, il a été militant d'extrême droite
B) Il s'est fait limer les incisives pour paraître plus sympathique
C) Il a eu une autre fille cachée prénommée Margarine
D) À 72 ans, il a eu une liaison avec une jeune fille de 22 ans. Cela a duré 8 ans

La citation du jour

« Le président de la République est gardien de la Constitution et pendant qu'il fait ça il n'est pas au bistrot »

Pierre Desproges

Les coutumes du monde

Au Kenya quand un enfant naît on le fait passer dans les bras de chaque femme présente pour qu'elles lui crachent dans la bouche.

Le saviez-vous?

Le bibliophile qu'était François Mitterrand adorait la grande littérature, ses citations nous prouvent qu'il était également très fan du maréchal La Palice :

- « Pour pouvoir dire oui il faut pouvoir dire non. »
- « Il y a toujours un avenir pour ceux qui pensent à l'avenir. »
- « Que serait la francophonie si on ne parlait pas français ? »
- « Poser une question qui ne se pose pas est la plus sûre façon de prouver qu'elle se pose. »

Le chiffre du jour

600 000 000
de dollars, c'est la somme que Kim Jong-un dépense chaque année en produits de luxe.

Le jeu

Trace un trait pour trouver combien d'années ces dictateurs sont restés au pouvoir :

(a) **Franco**	(1) **42 ans**
(b) **Kadhafi**	(2) **46 ans**
(c) **Castro**	(3) **30 ans**
(d) **Kim Il-sung**	(4) **32 ans**
(e) **Mobutu**	(5) **36 ans**
(f) **Staline**	(6) **49 ans**

Kim Jong-un A) Vrai B) Faux C) Faux D) Faux **Mitterrand** A) Vrai B) Faux, les canines C) Faux D) Vrai
Le jeu A5 B1 C6 D2 E4 F3

Sainte **Alix**

Dicton
À la Sainte-Alix, montre que tu existes.

Mardi
09
JANVIER

Ça s'est passé le 9 janvier 2007
Steve Jobs présente le premier iPhone.

Coucou
Lara Fabian 1970

Vrai ou Faux?

A) Elle a grandi à Molenbeek et a fait toutes ses études en Syrie
B) Après son duo avec Johnny au Stade de France, ce dernier a fait 2 semaines de coma
C) Elle a partagé sa vie avec Francis Lalanne
D) Elle peut chanter 57 fois plus fort que Carla Bruni

Bye-bye
Pierre Fresnay 1975

Vrai ou Faux?

A) Il est né à Marseille
B) Son vrai nom était Jacques Célère
C) C'était un résistant de la première heure
D) Il a joué Marius dans la trilogie de Pagnol

La citation du jour

« No zob in Jobs, only iPods »

Steve Jobs

Le métier insolite

Acupuncteur dans un pub irlandais

Cette médecine ludique permet de concilier les bienfaits de l'acupuncture avec la convivialité d'une partie de fléchettes.

Vrai ou faux ?

A) Le 1er iPhone s'appelait 2G

B) Plus de 1,2 milliard d'iPhone ont été vendus dans le monde

C) Le prochain iPhone aura une prise USB

D) L'iPhone, c'est bon pour la planète

Le chiffre du jour

48,5 millions de $
C'est le prix de l'iPhone 6 Falcon Supernova Diamant rose, le smartphone le plus cher du monde.

Le saviez-vous ?

Apple émet plus de 22 millions de tonnes de carbone chaque année. C'est presque autant que la totalité des émissions de la ville de Paris.

À vérifier

Dans chaque batterie d'iPhone, il y aurait douze tout petits Chinois qui pédaleraient pour recharger.

Fabian A) Faux B) Faux C) Faux, avec son frère, Jean-Félix D) Vrai **Fresnay** A) Faux B) Faux, il était alsacien C) Faux, c'était un collabo notoire D) Vrai, ce qui est bizarre pour un Alsacien **Vrai ou faux** A) Vrai B) Faux, 2,2 milliards C) Faux D)

Saint **Guillaume**

Dicton
À la Saint-Guillaume,
même tes pets embaument.

Mercredi
10
JANVIER

Ça s'est passé le 10 janvier 1926
Sortie de *Metropolis* de Fritz Lang.

Coucou
Rod Stewart 1945

Vrai ou Faux?

A) Il a démarré comme footballeur professionnel
B) Il a été clochard en Espagne
C) Il a été fossoyeur
D) Il a été anobli par la reine d'Angleterre

Bye-bye
David Bowie 2016

Vrai ou Faux?

A) Il a une rue à son nom à Paris
B) Il a un astéroïde à son nom
C) Une araignée porte son nom
D) Une drogue de synthèse porte son nom

La citation du jour

« Je ne mens pas, je change juste d'avis sans arrêt »

David Bowie

Cinéma

***La Planète des singes*:**

Que découvre Charlton Heston à la fin du 1er film *La Planète des singes* ?

A) Les ruines des tours jumelles
B) Les ruines du Golden Gate
C) Les ruines de la Statue de la Liberté
D) Le stérilet de Jeanne Calment

Le chiffre du jour

140 millions

C'est le nombre d'albums que David Bowie a vendus au cours de sa carrière.

Le jeu des 777 erreurs

Stewart A) Vrai B) Vrai C) Vrai D) Vrai **Bowie** A) Vrai, dans le XIIIe arrondissement B) Vrai C) Vrai D) Faux
Cinéma C

Saint **Paulin**

Dicton
À la Saint-Paulin, fais tourner le joint.

Jeudi
11
JANVIER

Ça s'est passé le 11 janvier 49 av. J.-C.
Jules César franchit le Rubicon.

Coucou
Albert Dupontel 1964

Vrai ou Faux?

A) Il a été renvoyé de l'école maternelle à 4 ans
B) Il a fait 4 ans de médecine avant d'abandonner
C) Son anagramme est « bordel pétulant »
D) Il a lancé la mode du coup de pelle dans la gueule

Bye-bye
Maurice Pialat 2003

Vrai ou Faux?

A) Pendant le tournage de *Police*, il a demandé à Depardieu d'asséner de vraies gifles à Sophie Marceau
B) Il a dit de Gérard Depardieu : « C'est une Rolls avec un moteur de Solex »
C) Il a dit de Sophie Marceau : « C'est une Twingo carrossée comme une Ferrari »
D) Il a dit de Marlène Jobert : « Cette conne a bronzé à travers une passoire »

La citation du jour

« L'amitié, c'est d'abord être lâche : il faut fermer sa gueule sans cesse »

Maurice Pialat

De l'art ou du cochon

***Merde d'artiste*, de Piero Manzoni, 1961**
L'Italien dépose 30 grammes de son caca dans 90 boîtes de conserve. Chacune est estimée à environ 30 000 euros, malgré les fuites assez gênantes pour les propriétaires.

Science

Il existe une échelle scientifique du caca, « l'échelle de bristol » : elle détermine 7 types de merde.

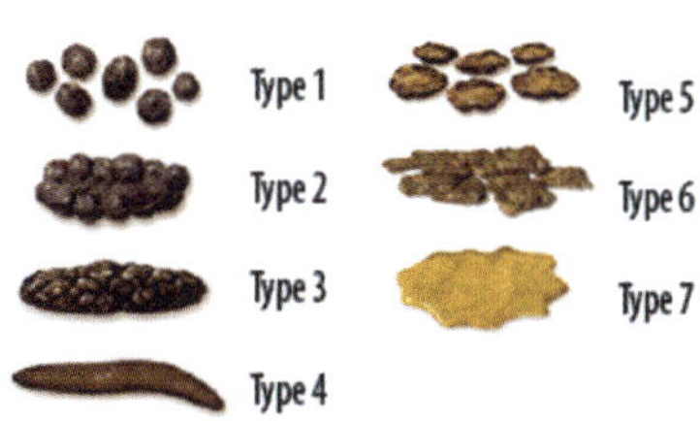

Le chiffre du jour

100 milliards
C'est le nombre de bactéries dans 1 g de caca.

Le saviez-vous ?

Il y a quatre sacs remplis de caca humain sur la Lune. C'est Neil Amstrong qui les a laissés sur place.

À vérifier

Neil Amstrong aurait marché sur une merde de chien sur la Lune

Dupontel A) Vrai B) Vrai C) Vrai D) Faux
Pialat A) Vrai B) Vrai C) Faux D) Faux

Sainte **Tatiana**

Dicton
À la Sainte-Tatiana, numérote tes abats.

Vendredi
12
JANVIER

MOTOWN®

Ça s'est passé le 12 janvier 1959
Création du label de disques Motown à Détroit.

Coucou
Jeff Bezos 1964

Vrai ou Faux?

A) Il est plus riche que Bill Gates
B) En 2014, il a été désigné comme le pire patron au monde
C) Pour arrondir ses fins de mois il lui arrive de livrer lui-même ses colis
D) Ne sachant plus quoi faire de son fric, il se serait fait greffer un second trou du cul

Bye-bye
Claude Berri 2009

Vrai ou Faux?

A) Il a eu un oscar à Hollywood
B) À sa mort, sa collection d'œuvres d'art a été vendue pour 50 millions d'euros
C) C'est le père incestueux de Richard Berry
D) Pendant sa dépression, il a vécu avec Christine Angot

La citation du jour

« L'argent est très estimable quand on le méprise »

Montesquieu

Tous des bêtes

Les chauves-souris pratiquent la fellation.

Transposition chez l'homme :

Le jeu

Retrouve la marque des milliardaires :

1) **Elon Musk**
2) **Bernard Arnault**
3) **Jeff Bezos**
4) **Liliane Bettencourt**
5) **Mark Zuckerberg**
6) **Bill Gates**

Le chiffre du jour

200 milliards de $

Jeff Bezos est devenu la première personne de l'histoire à posséder une telle fortune.

Le saviez-vous?

Le père biologique de Jeff Bezos l'a abandonné quand il était petit. C'était un artiste de cirque sans le sou. Bezos n'a pas souhaité le revoir.

À vérifier

L'argent ne fait pas le bonheur.

Bezos A) Vrai B) Vrai C) Faux D) Faux **Berri** A) Vrai, pour le court-métrage *Le Poulet* B) Vrai C) Faux D) Faux
Le jeu 1) Tesla 2) LVMH 3) Amazon 4) L'Oréal 5) Facebook 6) Microsoft

Sainte **Yvette**

Dicton
À la Sainte-Yvette, pisse pas sur la cuvette.

Samedi
13
JANVIER

Ça s'est passé le 13 janvier 2012
Le *Costa Concordia* s'échoue.

Coucou
Orlando Bloom 1977

Vrai ou Faux?

A) C'est le petit frère de Dalida
B) Il a joué Athéna dans *Le Seigneur des Anneaux*
C) Son vrai nom est Orlando Bloom Pudding
D) Il a refusé de jouer dans le 4ᵉ volet de *Pirates des Caraïbes*

Bye-bye
Denise Grey 1996

Vrai ou Faux?

A) Elle a joué la grand-mère de Sophie Marceau dans *La Boum 1*
B) Elle a joué l'arrière-grand-mère de Sophie Marceau dans *La Boum 2*
C) Elle a inspiré la série « Grey's Anatomy »
D) Elle a joué dans *50 Nuances de Grey*

La citation du jour

« Celui qui a inventé le bateau a aussi inventé le naufrage »

Lao Tseu

Sainte **Nina**

Dicton
À la Sainte-Nina, tu l'auras dans le baba.

Dimanche
14
JANVIER

Ça s'est passé le 14 janvier 2015
DSK a croisé une femme de ménage sans lui sauter dessus.

Coucou
Étienne Daho 1956

Vrai ou Faux?

A) Il a chanté en duo avec Charlotte Gainsbourg
B) Pendant son duo avec Lara Fabian, il saignait des oreilles
C) Il a chanté fort pendant un concert en 2002
D) Daho est né à Doha

Bye-bye
Daniel Balavoine 1986

Vrai ou Faux?

A) Il a été choriste de Patrick Juvet
B) C'est le demi-frère de Marc Lavoine
C) Dans *Starmania*, il détestait Diane Dufresne
D) C'est lui qui pilotait l'hélicoptère qui s'est écrasé

Bloom A) Faux B) Faux, Legolas C) Faux D) Vrai **Grey** A) Vrai B) Vrai C) Faux D) Faux
Daho A) Vrai mais on entendait rien B) Faux, il n'a jamais chanté avec elle C) Faux D) Faux **Balavoine** A) Vrai B) Faux C) Vrai D) Faux

Saint **Remi**

Dicton
À la Saint-Remi, fais moins de bruit quand tu chies.

Lundi
15
JANVIER

Ça s'est passé le 15 janvier 2015
DSK croise une deuxième femme de chambre et ne craque toujours pas.

Coucou
Mary Pierce 1975

Vrai ou Faux?

A) À 14 ans, ses amis la surnommaient « Mary perce tes boutons »
B) Elle a gagné trois tournois du Grand Chelem
C) Son père a fait 5 ans de prison pour vol
D) Elle a eu un enfant avec Amélie Mauresmo

Bye-bye
Susannah York 2011

Vrai ou Faux?

A) Son père faisait des jambons
B) Sa mère élevait des yorkshires
C) Elle a joué dans *On achève bien les chevaux*
D) Elle a eu un prix d'interprétation féminine à Cannes

La citation du jour

« Mieux vaut être l'homme d'un seul exploit que pas d'exploit du tout »

Yannick Noah

Les coutumes du monde

Une tribu de Papouasie-Nouvelle-Guinée a pour coutume de se couper les doigts pour les glisser dans la tombe de défunts chers à leurs yeux. Plus les liens sont forts, plus le nombre de doigts coupés est élevé.

Le chiffre du jour

24 C'est le record mondial de victoires en Grand Chelem que détient l'Australienne Margaret Court.

À vérifier

Un Français aurait gagné le tournoi de Roland-Garros en 1983.

Le jeu

Combien de Grand Chelem en simple ont gagné ces joueuses françaises ?

A) Amélie Mauresmo C) Marie Pierce
B) Marion Bartoli D) Suzanne Lenglen

Pierce A) Faux B) Faux : deux, l'Open d'Australie en 1995 et Roland Garros en 2000 C) Vrai D) Faux
York A) Faux B) Faux C) Vrai D) Vrai **Le jeu** A)2 B)1 C)2 D)12

Saint **Marcel**

Dicton
À la Saint-Marcel, ça pue sous les aisselles.

Mardi
16
JANVIER

Ça s'est passé le 16 janvier 1605
Publication de *Don Quichotte.*

Coucou
Kate Moss 1974

Vrai ou Faux?

A) Son surnom est « l'allumette »

B) Sa fille se prénomme Rose

C) Elle a saccagé des chambres de palace avec Johnny Depp

D) Elle fait la Une de *Vogue* en prenant de la cocaïne

Bye-bye
Gina Lollobrigida 2023

Vrai ou Faux?

A) Elle a joué la chèvre dans *Notre-Dame de Paris*

B) Elle a joué dans *Fanfan la Turlute*

C) Comme Alain Delon, elle parlait d'elle à la 3e personne

D) En 1968, elle a porté plainte contre PPDA

La citation du jour

« Comment voulez-vous gouverner un pays où il existe 246 variétés de fromages ? »

Charles de Gaulle

Le métier insolite

Podologue fromager

L'avantage de conjuguer ces deux activités, c'est que le praticien trouve dans son premier travail la matière première dont il a besoin pour son commerce.
Ce métier repose sur le même modèle économique que le chirurgien-tripier.

Le chiffre du jour

3 000 ans

C'est l'âge d'un fromage retrouvé en Égypte. L'histoire ne dit pas si les asticots étaient momifiés.

Le saviez-vous?

Le *Penicillium glaucum* est le nom du champignon qu'on trouve dans le roquefort.

Vrai ou faux ?

Ces fromages existent :

A) Le trou du cru
B) La boule des moines
C) Le mange-merde
D) Le téton de sainte Agathe
E) La boule puante
F) La couille de bœuf

Moss A) Faux, « la brindille » B) Faux, Lila C) Vrai D) Faux, du *Daily Mirror* **Lollobrigida** A) Faux, Esmeralda B) Faux, *Fanfan la Tulipe* C) Vrai D) Faux

Vrai ou faux ? A) Vrai B) Vrai C Faux D) Vrai E) Faux F) Faux

Sainte **Roseline**

Dicton

À la Sainte-Roseline,
rachète de la vaseline.

Mercredi
17
JANVIER

Ça s'est passé le 17 janvier 1991
Début de l'opération Tempête du désert.

Coucou

François Damiens 1973

Vrai ou Faux?

A) Il a piégé le roi des Belges dans une caméra cachée

B) Il a reçu le César du meilleur acteur en 2011

C) Il a fait la Transat Jacques-Vabre en 2013

D) Il s'est fait couper les cordes vocales pour jouer dans *La Famille Bélier*

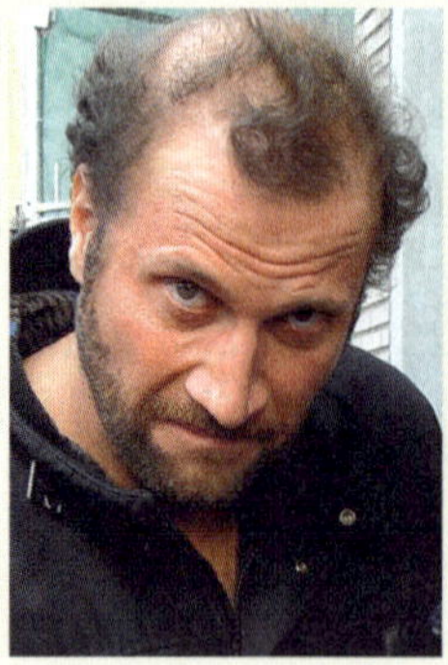

Bye-bye

Carlos 2008

Vrai ou Faux?

A) C'était le fils de Françoise Dolto

B) Il s'échangeait des chemises avec le chanteur Antoine

C) Il a posé des bombes dans Paris

D) Son vrai prénom était Jean-Chrysostome

La citation du jour

« Qui a coulé le Titanic *? Iceberg. Encore un juif »*

Serge Gainsbourg

Cinéma

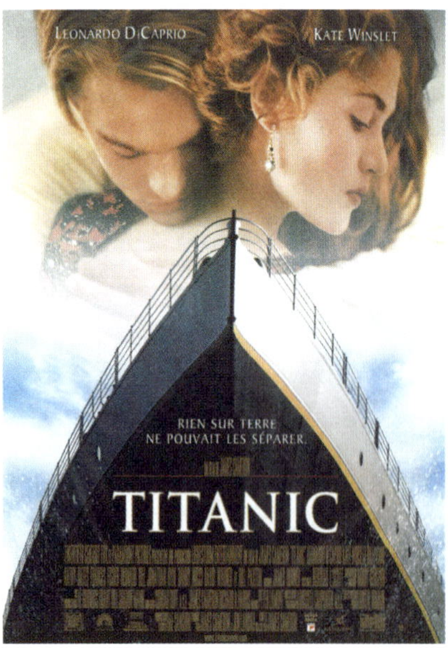

Titanic

Que crie Leonardo à la proue du navire ?

A) « Je suis le maître du CAC 40 »

B) « Je suis le maître d'école »

C) « Je suis le maître Gims »

D) « Je suis le maître du monde »

Le saviez-vous?

À la fin du film *Titanic*, le bateau coule.

Le jeu des naufrages

Relie le nom des bateaux avec le nombre de victimes :

A) *Le Goya*, 1945 •	1) • 1 500
B) *La Méduse*, 1816 •	2) • 250
C) *Le Titanic*, 1912 •	3) • 160
D) *La Sémillante*, 1855 •	4) • 6 100

Carlos ou Cordy ?

Ces chansons ont-elles été chantées par Carlos ou Annie Cordy ?

1) Papayou
2) Cadichon
3) Choubidou
4) Le Kikouyou
5) Le Kazou
6) Boulla Boulla

Damiens A) Faux B) Faux, il raté le césar mais a réussi son discours C) Vrai, il a terminé 8e avec Tanguy de Lamotte D) Faux **Carlos** A) Vrai B) Faux C) Faux, c'est pas lui c'est l'autre D) Vrai **Cinéma** D **Carlos ou Cordy** 1) Carlos 2) Cordy 3) Cordy 4 Carlos 5) Cordy 6) Carlos
Jeu A4 B3 C1 D2

Sainte **Prisca**

Dicton
À la Sainte-Prisca, pense à ton foie, arrête la vodka.

Jeudi
18
JANVIER

Ça s'est passé le 18 janvier 1778
James Cook découvre l'archipel d'Hawaï.

Coucou
Philippe Starck 1949

Entoure l'objet dessiné par Starck

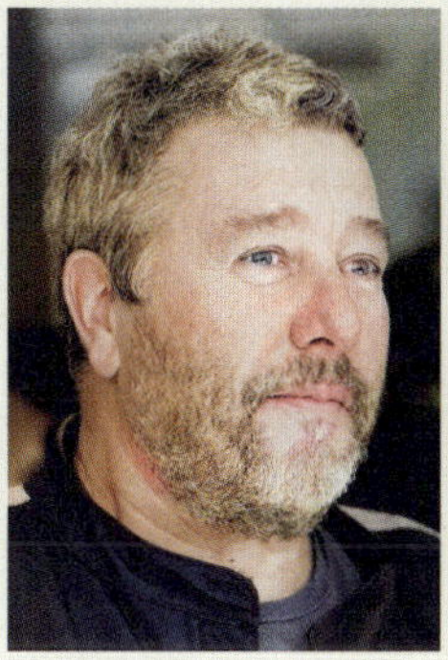

Bye-bye
Jean-Pierre Bacri 2021

Vrai ou Faux?
A) Il a reçu 4 molières
B) Il a reçu 6 césars
C) Il a reçu 1 oscar
D) Dans la vie, il ne râlait jamais

La citation du jour

« Il faut se méfier de laisser du vide, parce que les gens le remplissent »

Jean-Pierre Bacri

Quiz Bacri

Relie la citation avec le film qui correspond :

(A) « On ne sent pas le cul »
(B) « Oh je vais mourir dans deux minutes »
(C) « Je commence à en avoir plein le cul de vos grands airs ! »
(D) « Si les problèmes ont 18 ans et des gros seins, ça l'intéresse encore plus »
(E) « Merde, chier ! »
(F) « C'est la majorité ! Laquelle d'abord ? Celle qui croyait que la terre était plate ? »

(1) ***La Cité de la peur***
(2) ***Cuisine et dépendances***
(3) ***Mes Meilleurs Copains***
(4) ***Subway***
(5) ***Le Goût des autres***
(6) ***Didier***

De l'art ou du cochon

***Fixation*, performance de Piotr Pavlenski, 2013**
L'artiste russe se cloue les testicules sur la Place Rouge de Moscou pour protester contre « l'état policier ».

Bacri A) Vrai B) Vrai, dont un césar d'honneur C) Faux D) Faux
Quiz Bacri A6 B1 C5 D3 E4 F2

Saint **Marius**

Dicton
À la Saint-Marius, embrasse Fanny sur l'anus.

Vendredi
19
JANVIER

Ça s'est passé le 19 janvier 1902
Création du prix Goncourt.

Coucou
Richard Orlinski 1966

Vrai ou Faux?
A) Il a vendu une œuvre 15 millions d'euros
B) On peut s'offrir un Orlinski pour 45 euros
C) Le milieu de l'art le déteste
D) Il s'en fout, c'est l'artiste français le plus vendu dans le monde

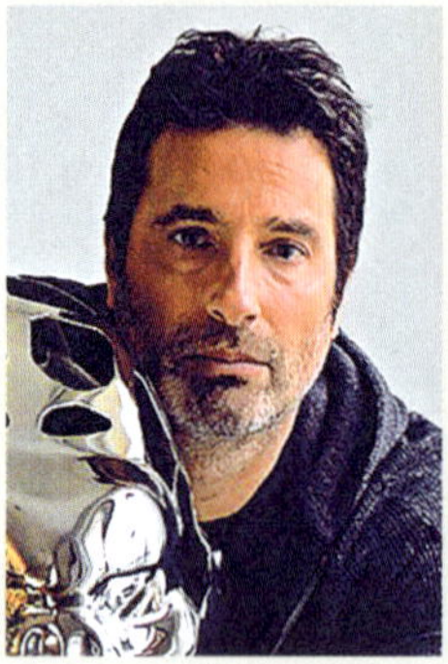

Bye-bye
Gaspard Ulliel 2022

Vrai ou Faux?
A) Il a été l'égérie de Chanel pour un parfum
B) Il a joué Hannibal Lecter jeune
C) Il a joué Al Capone dans un remake de *Scarface*
D) Avant son accident, il devait jouer le biopic de Michael Schumacher

La citation du jour

« Un écrivain qui reçoit un prix littéraire est déshonoré »

Paul Léautaud

Tous des bêtes

Le tatou donne toujours naissance à quatre bébés identiques, 4 mâles ou 4 femelles.

Transposition chez l'homme :

Le chiffre du jour

900 C'est le nombre d'enfants qu'un sultan turc a eu avec 400 femmes.

Le saviez-vous?

Les frères Goncourt étaient deux gros cons miso. Dans leur journal, ils disent à propos des femmes :

« (...) Je ne vois en elle qu'un alambic à merde et à urine. »

« Dans le meilleur des cas, ces jolis animaux atteignent à l'intelligence du singe. »

« On parle à une femme, on lui dit des phrases en sachant bien qu'elle ne comprend pas, comme on parle à un chien ou à un chat. »

« (...) La merde de la femme est la plus puante des déjections et excréments de tous les animaux. »

Ulliel A) Vrai B) Vrai C) Faux D) Faux

Orlinski A) Vrai, une pin-up jaillissant de la bouche d'un crocodile en or B) Vrai, un Mickey apprenti sorcier C) Vrai D) Vrai

Saint **Sébastien**

Dicton
À la Saint-Sébastien, fais les pâtes avec l'eau du bain.

Samedi
20
JANVIER

Ça s'est passé le 20 janvier 1840
Dumont d'Urville découvre la Terre Adélie (c'était le prénom de sa femme).

Coucou
Omar Sy 1978

Vrai ou Faux?
A) Son vrai nom est Omar Matué
B) Il parle peul
C) Depuis qu'il habite Los Angeles, il ne va plus aux soirées
D) Pour préparer son rôle dans *Chocolat*, il dormait dans du papier d'aluminium

Bye-bye
Paul Bocuse 2018

Vrai ou Faux?
A) Il a créé la « soupe aux truffes » pour VGE
B) Il a créé la « soupe à l'IVG » pour Simone Veil
C) Il a créé la « branlade de morue » pour Jacques Chirac
D) Il a créé la cuisson à 49.3 pour Emmanuel Macron

La citation du jour

« J'ai trois étoiles. J'ai eu trois pontages. Et j'ai toujours trois femmes »

Paul Bocuse

Sainte **Agnès**

Dicton
À la sainte-Agnès, fais l'amour dans les fesses.

Dimanche
21
JANVIER

Ça s'est passé le 21 janvier 1976
Premier vol commercial du Concorde.

Coucou
Michel Jonasz 1947

Vrai ou Faux?
A) À 16 ans, il créé son premier groupe les Gefeltefish
B) En 1975, il chante « Les vacances au bord de ta mère »
C) À la base « Super Nana » était une chanson pour une pub de tampons
D) Discret dans la vie, personne le ne reconnait à la pompe quand il fait son plein

Bye-bye
Louis XVI 1793

Vrai ou Faux?
A) Il buvait 1L de bourbon par jour
B) La guillotine qui l'a tué avait 2 lames
C) Son bourreau était le célèbre Sanson
D) Ses dernières paroles ont été : « Déconnez pas les mecs je suis hémophile »

Sy A) Faux B) Vrai C) Vrai D) Faux **Bocuse** A) Vrai B) Faux C) Faux D) Faux
Jonasz A) Faux B) Faux, « Les vacances au bord de la mer » C) Faux D) Vrai **Louis XVI** A) Faux B) Faux C) Vrai D) Faux

Saint **Vincent**

Dicton

Qui donne cent
à la Saint-Vincent recevra
mille à la Saint-Émile.

Lundi
22
JANVIER

Ça s'est passé le 22 janvier 1905
Funérailles de Louise Michel.

Coucou
Didier Bourdon 1959

Vrai ou Faux?
A) Bourdon est né le même jour que Lebœuf
B) Sa fille aînée se prénomme Maya
C) Il a joué dans *Les Clefs de bagnole*
D) Bourdon est un pseudo, son vrai nom est Baygon

Bye-bye
L'abbé Pierre 2007

Vrai ou Faux?
A) Son vrai nom était Henri Grouès
B) C'était un mytho car il n'a pas fait si froid à l'hiver 54
C) Sa soutane a été créée par Yves Saint Laurent
D) En amour, il prônait la position du missionnaire

La citation du jour

« Un sourire coûte moins cher que l'électricité mais donne autant de lumière »

L'abbé Pierre

Les coutumes du monde

En Inde, on ne dit jamais « non ». Les Indiens répondent toujours « oui » même s'ils sont en complet désaccord avec leur interlocuteur car, pour eux, dire « non » est malpoli et irrespectueux.

Le jeu

Retrouve les célébrités avec des noms d'animaux

1 **Hélène ...**
2 **Anne ...**
3 **Didier ...**
4 **Pierre ...**
5 **Yves ...**
6 **Robert ...**
7 **Serge ...**
8 **Brigitte ...**

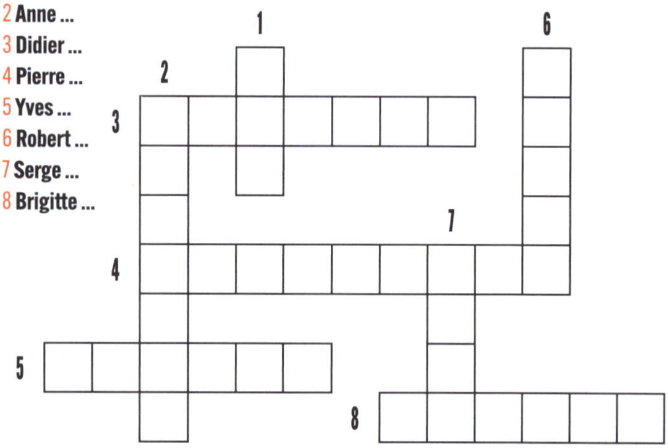

Bourdon A) Vrai, que Franck Lebœuf B) Faux C) Vrai D) Faux **L'abbé Pierre** A) Vrai B) Faux C) Faux D) Faux

Le jeu 1) Hélène Duc 2) Anne Brochet 3) Didier Bourdon 4) Pierre Corneille 5) Yves Lecoq 6) Robert Merle 7) Serge Lama 8) Brigitte Bardot

Saint **Barnard**

Dicton
À la Saint-Barnard, tous tes propos sont vexatoires.

Mardi
23
JANVIER

Ça s'est passé le 23 janvier 1978
Enlèvement du baron Empain.

Coucou
Caroline de Monaco 1957

Vrai ou Faux?

A) Le pape a annulé son premier mariage

B) Son dernier mari était surnommé « le prince la baston »

C) Elle a fait une tentative de suicide quand elle a écouté le 1er disque de sa sœur

D) Ses amis la surnomment « la moule » car elle est toujours accrochée à son rocher

Bye-bye
Salvador Dalí 1989

Vrai ou Faux?

A) Il était abonné à Gala

B) Il était pote avec Franco et était fasciné par Hitler

C) Son cercueil était en forme de tablette de chocolat Lanvin géante

D) Son portrait d'Amanda Lear en 1960 s'appelait « Adiòs el zigounetta »

La citation du jour

« Ne craignez pas d'atteindre la perfection, vous n'y arriverez jamais »

Salvador Dalí

Vrai ou faux ?

Ces toiles de Salvador Dalí existent :

A) *Construction molle aux haricots bouillis*

B) *L'Anus de Morphée*

C) *Le Grand Masturbateur*

D) *La Gare de Perpignan*

E) *L'homme qui chiait du chocolat Lanvin*

F) *Bite dure sur une montre molle*

Le métier insolite

Gynécologue ambulant en milieu rural

Pour exercer cette profession médicale, il suffit d'une camionnette, d'une blouse blanche et d'un Kärcher. Certains font également dépôt de pain ce qui leur permet de proposer une formule attractive : un frottis et une baguette pour 50 euros.

Le chiffre du jour

10 000 $

C'est le prix d'un poil de moustache que Salvador Dalí a vendu à Yoko Ono. En fait il lui a vendu un brin d'herbe car il prenait Yoko Ono pour une sorcière et il avait peur qu'elle lui jette un sort.

Le saviez-vous?

« Avida Dollars » est l'anagramme de Salvador Dalí trouvé par André Breton.

À vérifier

Les montres molles seraient une allégorie de l'impuissance de Salvador Dalí.

Vrai ou faux A) Vrai B) Faux C) Vrai D) Vrai E) Faux F) Faux

Caroline de Monaco A) Vrai B) Vrai, Ernst August de Hanovre C) Faux D) Faux **Dalí** A) Vrai, c'était sa femme et sa muse B) Vrai C) Faux D) Faux

Saint **François**

Dicton

Si tu l'as dans le baba à la Saint-François, tu l'auras dans ... (complète toi-même le dicton.)

Mercredi

24

JANVIER

Ça s'est passé le 24 janvier 1848

Découverte de l'or en Californie.

Coucou

Daniel Auteuil 1950

Vrai ou Faux?

A) Il a joué avec Dave au théâtre

B) C'est le demi-frère du chanteur Passi

C) Il a joué dans *Les Clefs de bagnole*

D) Quand on le regarde, son nez est tordu vers la gauche

Bye-bye

Winston Churchill 1965

Vrai ou Faux?

A) On le surnommait « le Tigre »

B) Il a peint plus de 500 toiles

C) Il n'a jamais bu une goutte d'alcool de sa vie

D) Il a voulu faire le W de Winston avec ses doigts mais il n'a fait que le V à cause d'une crampe

---

La citation du jour

« Une pomme par jour éloigne le médecin, pourvu qu'on vise bien »

Winston Churchill

Cinéma

L'Exorciste

Dans *L'Exorciste*, que dit la possédée au prêtre ?

A) Ta mère suce des bites en enfer.

B) Ton père se fait enculer au purgatoire.

C) Ta sœur lèche des chattes au paradis.

D) Ta grand-mère se chie dessus en EPHAD.

Le chiffre du jour

7,6 millions de $

C'est le prix qu'a été vendu la pièce d'or le « double eagles » de 1933.

Le saviez-vous?

Un gramme d'or peut être étendu sur 165 mètres avec le diamètre d'un cheveu.

Chassez l'intrus

A) Palme

B) Pont

C) Règle

D) Couilles

E) Noces

F) Œil

À vérifier

Les gens qui ont des couilles en or auraient la bite en platine.

Auteuil A) Vrai, dans *Godspell* B) Faux C) Vrai D) Faux, vers la droite **Churchill** A) Faux, « le vieux lion » B) Vrai C) Faux, il était alcoolique D) Faux

Cinéma A) **Intrus** F) Il n'y a pas d'œil en or

Saint **Ananie**

Dicton
À la Saint-Ananie, dis Adieu à mamie.

Jeudi
25
JANVIER

Ça s'est passé le 25 janvier 1785
L'affaire du collier de la reine.

Coucou
Clara Morgane 1981

Vrai ou Faux?

A) Elle a présenté pendant 3 ans « Le jour du seigneur » sur France 2
B) Elle a tourné 3 films avec Jean Khul
C) Elle a lancé une application de rencontre nommée « Comme Papa dans Maman »
D) Son anagramme est « Large Macaron »

Bye-bye
Al Capone 1947

Vrai ou Faux?

A) Ses parents étaient originaires de Sicile
B) Il a quitté l'école à 14 ans après avoir giflé un prof
C) On l'appelait « Scarface » car jeune il a été mordu au visage par un chien
D) C'était le parrain de Patrick Balkany

La citation du jour

« On peut obtenir beaucoup plus avec un mot gentil et un revolver, qu'avec un mot gentil tout seul »

Al Capone

De l'art ou du cochon

En 2019, Maurizio Cattelan scotche une banane sur un mur blanc. L'œuvre a été vendue 120 000 dollars.

Le jeu

Relie ces gangsters avec l'âge de leur mort :

A) Al Capone	1) 44 ans
B) Pablo Escobar	2) 42 ans
C) Jacques Mesrine	3) 35 ans
D) Clyde Barrow	4) 21 ans
E) Jules Bonnot	5) 48 ans
F) Billy the Kid	6) 25 ans

Le chiffre du jour

860 000 $

C'est le prix du pistolet favori d'Al Capone vendu aux enchères en 2021.

Le jeu A5 B1 C2 D6 E3 F4
Morgane A) Faux B) Faux C) Faux D) Vrai **Capone** A) Faux, de Naples B) Vrai C) Faux, un mafieux lui a tailladé la joue avec un rasoir D) Faux

Sainte **Paule**

Dicton
À la Sainte-Paule, retrouve tes clefs de bagnole.

Vendredi 26 JANVIER

Ça s'est passé le 26 janvier 1905
Découverte du diamant Cullinan.

Coucou
Michel Sardou 1947

Vrai ou Faux?

A) « La maladie d'amour » est une chanson sur la syphilis
B) Il a lancé en 1976 *Michel Sardou Magazine*
C) Il a eu un enfant avec Arlette Laguiller
D) Il a lancé avec sa mère le site « Jacky et Michel »

Bye-bye
Michou 2020

Vrai ou Faux?

A) Michou était homosexuel
B) Il a joué dans *Le Bon Anus*
C) Il a été coupé au montage dans *Avatar*
D) Lui et moi on s'est beaucoup aimés

La citation du jour

« Mieux vaut un diamant avec un défaut qu'un caillou sans »

Confucius

Tous des bêtes

Au printemps les testicules du rouge-gorge grossissent de plus

Transposition chez l'homme :

Le chiffre du jour

3 106

C'est le nombre de carats du diamant Cullinan, soit 621,2 grammes, ce qui en fait le plus gros diamant brut jamais découvert.

Le saviez-vous?

Le diamant est la matière la plus dure sur terre.

Question

Pourquoi quand je tape « matière la plus molle sur Internet », je tombe sur ma bite ?

Sardou A) Faux B) Vrai C) Faux D) Faux **Michou** A) Vrai B) Faux, dans *La Bonne Année* C) Faux D) vrai

Sainte **Angèle**

Dicton

Si Angèle est assez conne pour épouser Geoffroy, qu'elle ne vienne pas chouiner quand il fera –3.

Samedi

27

JANVIER

Ça s'est passé le 27 janvier 1945

Libération du camp d'Auschwitz.

Coucou

Renaud Capuçon 1976

Vrai ou Faux?

A) À une lettre près, il s'appelait « Capuchon » le con !

B) Il s'est offert une Ferrari

C) Il a fait plus d'années de violon que Jacques Mesrine

D) Il a déjà cassé un Stradivarius à la fin d'un concert

Bye-bye

Louis de Funès 1983

Vrai ou Faux?

A) *La Grande Vadrouille* n'a à ce jour jamais été diffusée à la télévision française

B) Dans *La Soupe aux Choux*, lui et Jean Carmet pétaient vraiment

C) Christian Clavier lui a tout piqué

D) En 1973, une femme a détourné un avion pour protester contre la sortie du film *Rabbi Jacob*

La citation du jour

« J'ai abandonné la pêche le jour où je me suis aperçu qu'en les attrapant les poissons ne frétillaient pas de joie »

Louis de Funès

Saint **Thomas d'Aquin**

Dicton

À la Saint-Thomas-d'Aquin, baise dans un lit à baldaquin.

Dimanche

28

JANVIER

Ça s'est passé le 28 janvier 1921

Inhumation du Soldat inconnu.

Coucou

Nicolas Sarkozy 1955

Vrai ou Faux?

A) Jeune il a été jardinier chez Truffaut

B) Président, il a fait du Airbnb pour installer Kadhafi dans le jardin de l'Élysée

C) Il détient 10 % du capital de Kärcher

D) Il n'y a pas de 4e question, casse-toi pauvre con !

Bye-bye

Jacques Villeret 2005

Vrai ou Faux?

A) Son vrai nom était Jacques Hadit

C) Il s'appelait juste Villeret, il n'avait pas de prénom

A) Il a joué le frère d'Hitler

D) Il a obtenu les droits du « Petit cheval de manège » et pour pas cher en plus

Capuçon A) Vrai B) Vrai, il est marié avec Laurence Ferrari C) Vrai D) Faux **de Funès** A) Faux B) Faux C) Vrai D) Vrai

Sarkozy A) Vrai B) Vrai C) Faux D) **Villeret** A) Faux B) Faux, il s'appelait Jacky « Boufroura » C) Faux, son demi-frère dans *Papy fait de la Résistance* D) Vrai

Saint **Gildas**

Dicton

À la Saint-Gildas, même les petits ont de l'audace.

Lundi

29

JANVIER

Ça s'est passé le 29 janvier 1635

Naissance de l'Académie Française.

Bye-bye

Oprah Winfrey 1954

Vrai ou Faux?

A) Elle est née à Morizet, dans le Mississippi

B) Elle a été violée à l'âge de 9 ans

C) Elle a offert 276 voitures à son public pendant une émission

D) Un an après elle a voulu récupérer les voitures

Bye-bye

Pierre Cambronne 1842

Vrai ou Faux?

A) Il a toujours nié avoir dit « merde »

B) Il nie aussi avoir dit « La garde meurt mais ne se rend pas »

C) Avant une représentation théâtrale le mot « merde » porte bonheur

D) Petit, il voulait être station de métro

La citation du jour

« Il suffit d'un gramme de merde pour gâcher un kilo de caviar. Un gramme de caviar n'améliore en rien un kilo de merde »

Roland Topor

Les coutumes du monde

En Asie du Sud-Est, il ne faut pas trop complimenter ses interlocuteurs. Le compliment est considéré comme une critique sous-jacente, qui indique que l'on cherche à se débarrasser d'eux.

Le jeu

Relie le nom de ces excréments avec les animaux qui correspondent

A) Guano	1) Faucon
B) Laissées	2) Cerf
C) Émeut	3) Mouche
D) Cordylée	4) Chauve-Souris
E) Fumées	5) Lézard
F) Chiure	6) Sanglier

Le chiffre du jour

11 C'est le nombre de tonnes de caca qu'un homme vivant jusqu'à 80 ans produirait dans sa vie.

Le saviez-vous ?

Un caca de dinosaure s'appelle un coprolithe, car avec le temps, il s'est fossilisé.

La question

Si notre caca sentait bon est-ce qu'on ne serait pas tenté de le remanger ?

Le jeu A4 B6 C1 D5 E2 F3

Winfrey A) Faux, à Kosciusko B) Vrai, par plusieurs membres de sa famille C) Vrai D) Faux **Cambronne** A) Vrai B) Vrai C) Vrai D) Faux

Sainte **Martine**

Dicton
À la Sainte-Martine, arrête la nicotine.

Mardi
30
JANVIER

Ça s'est passé le 30 janvier 1969
Dernière apparition des Beatles sur un toit de Londres.

Coucou
Phil Collins 1951

Vrai ou Faux?
A) Son vrai nom est Phil Dantachambre
B) Il a démarré une carrière d'acteur à 9 ans
C) Il a commencé sa carrière comme moissonneur-batteur
D) Il est connu pour lâcher des caisses pendant ses concerts

Bye-bye
Mahatma Gandhi 1948

Vrai ou Faux?
A) Il s'est marié à 7 ans
B) Il a passé en tout 6 ans en prison
C) Il adorait dormir avec des jeunes filles nues
D) Il a fait 12 fois la couverture de *Jeûne et Jolie*

La citation du jour

« Croire en quelque chose et ne pas le vivre, c'est malhonnête »

Gandhi

Le métier insolite

Frère masseur
Plus qu'un métier cet emploi est un sacerdoce pour les hommes qui voudraient se consacrer à la foi et au bien-être des jeunes enfants.

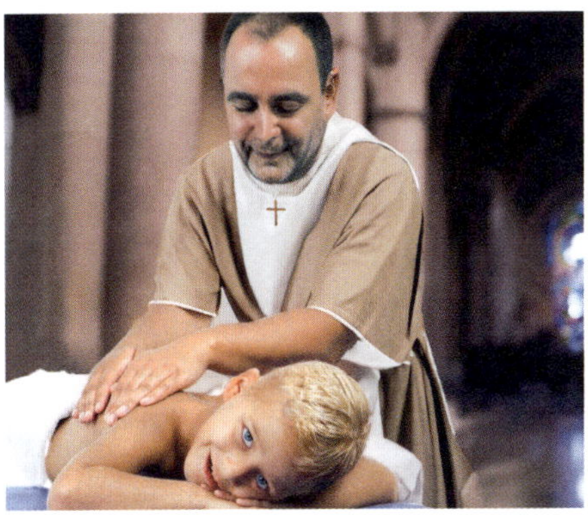

Le saviez-vous?

Mahatma n'est pas le prénom de Gandhi mais son surnom qui signifie « grande âme ». Il s'appelle en réalité Mohandas Karamchand Gandhi.

Le chiffre du jour

5 C'est le nombre de nominations de Gandhi au prix Nobel de la Paix, sans jamais l'obtenir.

Gandhi / Pas Gandhi

Quelles citations sont de Gandhi ?

A) Commencez par changer en vous ce que vous voulez changer autour de vous.
B) On peut juger de la grandeur d'une nation par la façon dont les animaux y sont traités.
C) La non-violence est l'arme des forts.
D) On a beau dire mais, putain, une bonne côte de bœuf quand même…
E) J'ai arrêté les putes et l'alcool le jour où je suis tombé dans la coke.
F) La non-violence, c'est bien mais le 1er qui mate le cul de ma meuf je lui éclate la gueule !

Gandhi / Pas Gandhi A) Gandhi B) Gandhi C) Gandhi D) Pas Gandhi E) Pas Gandhi F) Pas Gandhi
Collins A) Faux B) Vrai C) Faux D) Faux **Gandhi** A) Vrai B) Faux, à 13 ans C) Vrai D) Faux

Sainte **Marcelle**

Dicton
À la Sainte-Marcelle, examine tes selles.

Mercredi
31
JANVIER

Ça s'est passé le 31 janvier 1977
Inauguration du Centre Georges-Pompidou.

Bye-bye
Justin Timberlake 1981

Vrai ou Faux?

A) Il a remporté un concours de beauté à 10 ans

B) Il a rencontré sa future petite amie Britney Spears au club Mickey

C) En 2002, il quitte Britney Spears pour entamer une relation avec Minnie

D) Au Super Ball, il a dévoilé les seins de Janet Jackson

Bye-bye
Mary Higgins Clark 2020

Vrai ou Faux?

A) Son vrai nom était Mary Kouch-Thouala

B) Elle a été hôtesse de l'air

C) Son surnom était « la reine du suspens »

D) Son premier roman était *La Maison du gay*

La citation du jour

« De tous les monuments les plus laids, le centre d'arts Pompidou est de loin le plus beau »

Bibi

Cinéma

Taxi Driver / Raging Bull

Que dit Robert de Niro dans *Taxi Driver* / *Raging Bull* ?

A) You talking to me ?
B) You talking to my sister ?
C) You talking to my mother ?
D) You talking to my Stepfather ?

1) You fuck my wife ?
2) You fuck my sister ?
3) You fuck my mother ?
4) You fuck my stepfather ?

Le chiffre du jour

87 % C'est le pourcentage d'inspectrices des impôts qui refusent la sodomie car elles déclarent préférer enculer elles-mêmes les gens.

Le saviez-vous?

Voici quelques surnoms du centre Pompidou à sa création : « Notre-Dame de la Tuyauterie », « La verrue d'avant-garde », « l'usine à gaz », « la raffinerie de pétrole ».

Le saviez-vous?

Le Centre Pompidou aurait été construit avec des matériaux de récupération.

Cinéma A1

Timberlake A) Vrai B) Vrai C) Faux D) Faux, un sein **Clark** A) Faux B) Vrai C) Vrai D) Faux, *La Maison du guet*

Sainte **Ella**

Dicton
Au 1er février, on peut enfin repicoler.

Jeudi
01
FÉVRIER

Ça s'est passé le 1er février 2003
Explosion de la navette *Columbia*.

Coucou
Stéphanie de Monaco 1965

Vrai ou Faux?

A) Elle a été en couple avec Anthony Delon, Paul Belmondo et Vincent Cassel

B) Elle a été en couple avec un garde du corps, un trapéziste et un dresseur d'éléphant

C) Jeanne Mas a refusé « Comme un ouragan »

D) Après avoir écouté son disque, elle a décidé d'arrêter la chanson

Bye-bye
Buster Keaton 1966

Vrai ou Faux?

A) Son surnom était « l'homme qui ne sourit jamais »

B) Il s'est pris une façade de maison sur la gueule

C) Il était en couple avec Harold Lloyd

D) Il était vraiment muet

La citation du jour

« Si l'homme descend du singe, il peut aussi y remonter »

Buster Keaton

De l'art ou du cochon

***Wild and Free*, de Pigcasso, 2021**

Pigcasso est une truie sud-africaine qui peint avec un pinceau dans la bouche ou avec son groin. Ses toiles abstraites s'arrachent dans le monde de l'art, et son tableau *Wild and Free* a été vendu 27 000 dollars a un collectionneur allemand.

Le jeu des 777 erreurs

Stéphanie de Monaco

Stéphanie deux monaco

Le chiffre du jour

81,9 secondes

C'est le temps du vol avant que la navette *Columbia* n'explose. C'est le second accident après celui de *Challenger*, en 1986, qui avait fait également sept victimes.

Le saviez-vous?

Frank « Buster » Keaton doit son pseudonyme à Harry Houdini. Le magicien, témoin d'une de ses chutes spectaculaires, se serait écrié : « What a buster ! », (Quel casse-cou !)

Monaco A) Faux, pas Vincent Cassel B) Vrai C) Vrai D) Ça a dû jouer
Keaton C) Vrai B) Vrai, dans le film *La Maison démontable* C) Faux D) Faux

Saint **Théophane**

Dicton
À la Saint-Théophane,
fais don de tes organes.

Vendredi
02
FÉVRIER

Ça s'est passé le 2 février 1625
Fondation de La Nouvelle-Amsterdam, future New York.

Coucou
Shakira 1977

Vrai ou Faux?

A) C'est la fille de Pablo Escobar
B) Elle a chanté en duo avec Phil Barney
C) Elle a repris une chanson de Francis Cabrel
D) Elle est née homme et s'appelait Shakiro

Bye-bye
Gene Kelly 1996

Vrai ou Faux?

A) Il a organisé le mariage du Prince Rainier et de Grace Kelly
B) Gene Kelly et Fred Astaire se détestaient
C) Il n'avait que 3 orteils à chaque pied
D) *Chantons sous la pluie* est le film préféré de François Hollande

La citation du jour

« J'ai grandi avec mes six frères. C'est comme ça que j'ai appris à danser… en attendant devant la porte des toilettes ! »

Bob Hope

Tous des bêtes

La tortue serpentine respire par l'anus.

Transposition chez l'homme :

Le chiffre du jour

10 C'est le nombre de films qu'ont tournés ensemble Fred Astaire et Ginger Rogers.

Le saviez-vous?

Debbie Reynolds, la partenaire de Gene Kelly dans *Chantons sous la pluie* est la mère de Carrie Fisher, la princesse Leïa de *Star Wars*.

À vérifier

La femme de Fred Astaire s'appelle Ella-Intérêt Astaire.

Shakira A) Faux B) Faux C) Vrai, « Je l'aime à mourir » D) Faux
Kelly A) Vrai B) Faux C) Faux D) Faux

Saint **Blaise**

Dicton
À la Saint-Blaise, pèse et soupèse les hypothèses.

Samedi
03
FÉVRIER

Ça s'est passé le 3 février 1468
Mort de Gutenberg.

Coucou
Corinne Masiero 1964

Vrai ou Faux?
A) À 15 ans, elle a fait le tour d'Europe en stop
B) Jeune, elle a sombré dans l'alcool, la drogue et la prostitution
C) Elle s'est engagée en politique aux côtés de Marine Le Pen
D) Elle a un groupe d'électro punk nommé « Les Vaginites »

Bye-bye
Paco Rabanne 2023

Vrai ou Faux?
A) Ses robes sublimes sont dans les musées
B) Il disait avoir 75 000 ans et avoir connu Dieu et Jésus
C) Il affirmait que la station Mir allait s'écraser sur Paris le 11 août 1999
D) Il a eu un fils avec Élisabeth Tessier prénommé Nostradamus

La citation du jour

« Le problème avec les citations sur Facebook, c'est qu'on ne sait jamais si elle sont authentiques »

Albert Einstein

Sainte **Véronique**

Dicton
À la Sainte-Véronique, fais-toi tirer en ski nautique.

Dimanche
04
FÉVRIER

Ça s'est passé le 4 février 2004
Mark Zuckerberg fonde Facebook.

Coucou
William Leymergie 1947

Vrai ou Faux?
A) Il n'est pas du matin
B) Il partage ses dents avec Yannick Noah
C) Avant Sophie Davant, il était avec Dorothée
D) Il a un Pac-Man tatoué sur l'anus

Bye-bye
Gilbert Trigano 2001

Vrai ou Faux?
A) Il a été zouave
B) Son premier village de tentes a été créé en 1960
C) Il a été condamné pour homicide involontaire
D) Il a inventé le slogan « Venez bronzer, bouffer et baiser »

Masiero A) Vrai B) Vrai C) Faux D) Vrai **Rabanne** A) Vrai B) Vrai C) Vrai D) Faux
Leymergie A) Faux B) Faux C) Faux D) Invérifiable **Trigano** A) Vrai B) Faux, en 1950 C) Vrai, au Sénégal un avion du Club Med a fait 30 victimes D) Faux

Sainte **Agathe**

Dicton
À la Sainte-Agathe, deviens psychopathe.

Lundi
05
FÉVRIER

Ça s'est passé le 5 février 1896
Freud invente la psychanalyse.

Coucou
Nabilla Benattia 1992

Vrai ou Faux?

A) Elle est parfois à couteaux tirés avec son mec

B) Elle vit à Dubaï car c'est un pays où les femmes sont libres

C) Elle a participé à l'émission « L'île de la tentation des anges marseillais dans le quartier à putes de Cancún »

D) Elle a un fils prénommé « Allô »

Bye-bye
Kirk Douglas 2020

Vrai ou Faux?

A) Il a survécu au naufrage du *Titanic*

B) Il a survécu à un accident d'hélicoptère

C) Il a joué le rôle de Gauguin en 1956

D) Il a joué dans *Ulysse au pays des merveilles*

La citation du jour

« Mon téléphone, c'est comme mon string. Je l'ai toujours sur moi »

Nabilla

Les coutumes du monde

En Indonésie, le peuple Toraja a pour habitude d'exhumer ses morts pour les laver et les habiller. Lors de ce rituel, certains cadavres sont même relevés pour qu'ils fassent le tour du village accompagnés par leurs proches.

Le saviez-vous?

À Dubaï, on peut trouver des distributeurs automatiques d'or qui fonctionnent sur le même principe que des distributeurs de billets !

Incroyable !

Il n'y a pas d'impôt à Dubaï et la charia y a été considérablement assouplie. Ça donne vraiment envie de s'y installer !

Le chiffre du jour

40 C'est le nombre de jours que Nabilla a passés en prison.

Attention !

Si vous vous baladez dans la rue à Dubaï en tenant la main de votre amoureux ou de votre amoureuse, vous pouvez finir manu militari en prison. Sinon après c'est la porte ouverte !

À vérifier

Pour les influenceurs qui voudraient s'installer à Dubaï : pour un appartement acheté, un Bescherelle offert !

Douglas A) Faux B) Vrai C) Faux, celui de Van Gogh D) Faux, juste *Ulysse*
Benattia A) Vrai B) Faux C) Faux D) Faux

Saint **Gaston**

Dicton
À la Saint-Gaston,
ne parle pas aux cons.

Mardi
06
FÉVRIER

Ça s'est passé le 6 février 1971
Alan Shepard joue au golf sur la Lune.

Coucou
Christine Boutin 1944

Vrai ou Faux?

A) Jeune, elle a été photographiée nue au festival de Woodstock

B) Elle a épousé son frère Germain

C) Chaque année, elle défile sur un char à la Gay Pride

D) Elle a été ministre de l'Intolérance

Bye-bye
Arthur Ashe 1993

Vrai ou Faux?

A) Il a été numéro 1 en 1976

B) Il a découvert Yannick Noah au Cameroun

C) Six ans plus tard, ils ont joué le double de Wimbledon ensemble

D) Le central de Wimbledon porte son nom

La citation du jour

« Il ne faudrait pas que celui qui vient de donner son sperme s'en lave les mains »

Christine Boutin

Le métier insolite

Conseiller d'éducation sexuelle en crèche

Métier tentant pour certains, mais dans la pratique il faut savoir que 98 % des personnes qui l'exercent finissent en prison avec des peines très lourdes.

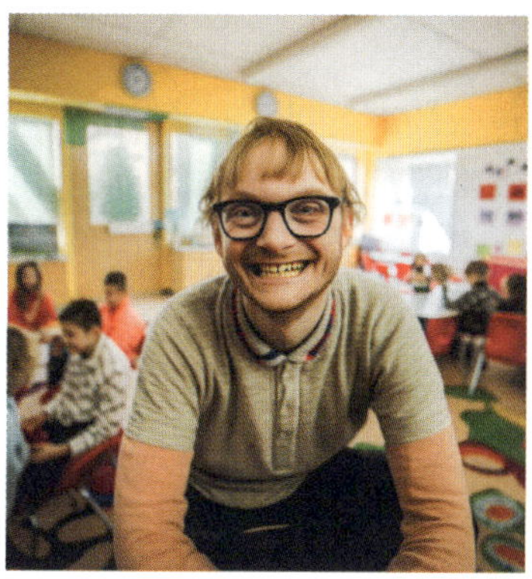

Le chiffre du jour

22 547

C'est la capacité du stade Arthur-Ashe, ce qui en fait le plus grand stade de tennis du monde.

Incroyable !

Albert Einstein, Charles Darwin, Jerry Lee Lewis et Edgar Allan Poe : ils ont tous épousé leur cousine !

Le saviez-vous?

En France, le Code civil interdit le mariage jusqu'au troisième degré (oncle/nièce ou tante/neveu), les cousins germains étant le quatrième !

À vérifier

Dans chaque famille, il existe un cousin péteur.

Boutin A) Faux B) Faux, son cousin germain C) Faux D) Faux
Ashe A) Faux, numéro 2 B) Vrai C) Vrai D) Faux, c'est le central de l'US Open

Sainte **Eugénie**

Dicton
À la Sainte-Eugénie, exprime ton génie.

Mercredi
07
FÉVRIER

Ça s'est passé le 7 février 2005
Ellen MacArthur bat le record du tour du monde à la voile en solitaire.

Coucou
Christine Angot 1959

Vrai ou Faux?

A) Elle fout une putain de bonne ambiance partout où elle passe

B) Elle a profité des consultations gratuites de Doc Gynéco

C) Depuis 2010, c'est la femme préférée des Français

D) Elle a écrit la chanson « Les Sardines » pour Patrick Sébastien

Coucou
Adolphe Sax 1894

Vrai ou Faux?

A) Il a inventé la clarinette

B) Il y a 4 tailles de saxophones

C) Il a inventé le 1er tuba pour plongeur

D) Il n'imaginait pas que des années plus tard son instrument serait omniprésent dans les films pornos

La citation du jour

« Handicapé : gros privilégié qui peut se garer n'importe où. »

Bibi

Cinéma

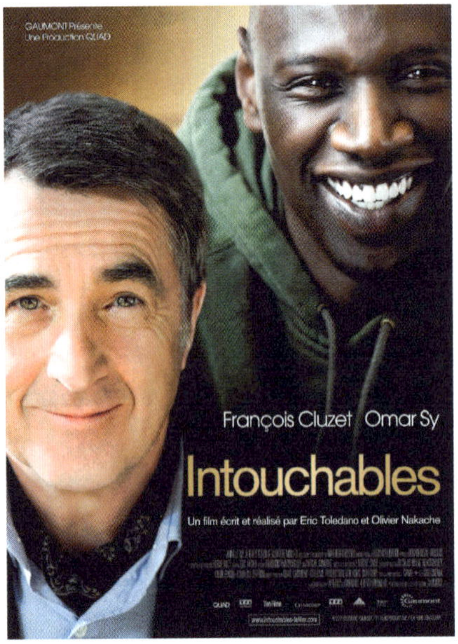

Quelle réplique est dans le film *Intouchables* ?

A) « Lève-toi et marche fainéant. »

B) « Alors ça roule ma poule ? »

C) « L'avantage avec un tétraplégique, c'est que tu le retrouves où tu l'as laissé. »

D) « Pas de bras, pas de branlette. »

Le chiffre du jour

3,3 millions

C'est le nombre de Français de 15 à 59 ans vivant à domicile qui ont des limitations fonctionnelles, une reconnaissance administrative de handicap, ou un handicap ressenti.

Le jeu

Ils ont surmonté leur handicap : relie le nom avec la bonne définition

A) Frida Kahlo	1) Bébé, il a été trop couvé
B) Stephen Hawking	2) Il en aura vu, des trous noirs
C) Oscar Pistorius	3) Aujourd'hui, il préfère le passé au futur
D) Henri de Toulouse-Lautrec	4) Attention : toilette zone
E) Michaël J. Fox	5) Polio + accident de bus, ça fait beaucoup
F) Gilbert Montagné	6) Il ne pouvait pas voir la consanguinité en peinture

À vérifier

Adolphe Sax était aphone.

Angot A) Faux, c'est un lavement B) Vrai, ils ont été en couple C) Faux D) Faux **Sax** A) Faux, le saxophone C) Faux, trois C) Faux D) Vrai
Cinéma C **Le jeu** A5 B2 C4 D6 E3 F1

Sainte **Jacqueline**

Dicton
À la Sainte-Jacqueline,
les partouzes tu déclines.

Jeudi 08 FÉVRIER

Ça s'est passé le 8 février 1916
Tristan Tzara et ses amis proclament l'avènement du mouvement Dada.

Coucou

Guillaume Gallienne 1972

Vrai ou Faux?

A) Il a joué Têtaclax dans *Astérix au service de Sa Majesté*
B) Il a grandi à Saint-Denis
C) Il a un fils prénommé Tado
D) Il a deux césars et trois molières

Bye-bye

Anna Nicole Smith 2007

Vrai ou Faux?

A) Elle a été la playmate de l'année 1992
B) Quand elle était stripteaseuse son pseudo était « Miss Goodyear »
C) Pendant un vol New York-Los Angeles, un de ses seins a explosé faisant 4 blessés graves
D) Elle avait 62 ans d'écart avec son dernier mari

La citation du jour

« Il n'y a pas de milieu dans la vie : dès qu'on est plus jeune on est vieux »

Georges Courteline

Le jeu

Les plus grandes différences d'âge.
Relie les couples avec leur différence d'âge :

(A) **Hugh Hefner et Crystal**	(1) **45 ans**
(B) **Al Pacino et Noor Alfallah**	(2) **53 ans**
(C) **Eddy Barclay et Caroline Giganti**	(3) **36 ans**
(D) **Charlie Chaplin et Oona O'Neill**	(4) **24 ans**
(E)**Johnny Hallyday et Laeticia**	(5) **60 ans**
(F) **Brigitte et Emmanuel Macron**	(6) **31 ans**

Sidérant !

En 1939, Lina Medina une petite Péruvienne de 5 ans et 7 mois, accouche d'un garçon. Elle reste à ce jour la plus jeune maman au monde et encore aujourd'hui personne ne sait par qui elle a été violée.

De l'art ou du cochon

***Poissons dans des mixeurs*, installation de Marco Evarissti, 2003**

Ce plasticien danois expose dans un musée une série de mixeurs contenant chacun un poisson rouge. Le visiteur a le choix d'appuyer ou non sur le bouton. Lors du vernissage, deux poissons ont été « mixés vivants ».

Le chiffre du jour

88 millions de $

C'est la somme que réclamaient les ayants droit d'Anna Nicole Smith en héritage de J. Howard Marshall, son dernier mari. Ils n'ont pas obtenu gain de cause.

Incroyable !

En 2010, l'Indien Ramjit Raghav, âgé de 94 ans et marié à une femme de 52 ans, devient père pour la première fois. Il battra son record à 96 ans en devenant à nouveau le plus vieux papa du monde.

À vérifier

Jeanne Calment serait décédée en pleine période d'ovulation.

Le jeu A5 B2 C1 D3 E6 F4

Gallienne A) Faux, Jolitorax B) Faux, à Neuilly-sur-Seine C) Vrai D) Faux, c'est l'inverse **Smith** A) Faux, de 1993 B) Faux C) Faux D) Vrai

Sainte **Apolline**

Dicton
À la Sainte-Apolline, au poker fais all-in.

Vendredi
09
FÉVRIER

Ça s'est passé le 9 février 1874
Mort de la comtesse de Ségur.

Coucou
Gérard Lenorman 1945

Vrai ou Faux?

A) Son père, qu'il n'a jamais connu, était un soldat allemand

B) Il a été producteur du groupe Indochine

C) Il a un fils humoriste connu sous le nom de Ragnar le Breton

D) Il a contracté un léger strabisme après avoir couché avec Dalida

Bye-bye
Pierre Dac 1975

Vrai ou Faux?

A) Son nom de naissance était Pierre Duc

B) Il a collaboré pendant la Seconde Guerre mondiale

C) Il est l'inventeur du Schmilblick

D) Ce grand dépressif a fait 4 tentatives de suicide

La citation du jour

« Le carré est un triangle qui a réussi, ou une circonférence qui a mal tourné… »

Pierre Dac

Tous des bêtes

Le basilic peut courir sur l'eau.

Transposition chez l'homme :

Le saviez-vous?

Pendant la guerre, Pierre Dac travaillait sur Radio Londres et était l'une des grandes voix de l'émission « Les Français parlent aux Français » !

Le chiffre du jour

5 000 ans

C'est l'âge du plus vieil arbre du monde, un cyprès se trouvant dans le sud du Chili.

Quiz dac ou pas dac

Retrouve les petites annonces de Pierre Dac parmi les miennes :

A) Peuple plongé dans l'obscurantisme cherche despote pour l'éclairer
B) Échange siège empire contre siège en mieux
C) Idiot cherche village
D) Potier vend capote en glaise
E) Coiffeur timide raserait les murs
F) Mécano cherche mec anal

Lenorman A) Vrai B) Vrai C) Faux D) Faux **Dac** A) Faux, André Isaac B) Faux, c'était un grand résistant C) Vrai D) Vrai
Quiz A) Pas Dac B) Dac C) Dac D) Pas Dac E) Dac F) Pas Dac

Saint **Arnaud**

Dicton
À la Saint-Arnaud, tous les laids sont beaux.

Samedi
10
FÉVRIER

Ça s'est passé le 10 février 1940
Naissance de Tom et Jerry.

Coucou
Maxime Le Forestier 1949

Vrai ou Faux?
A) Il a écrit pour sa cousine Marie Laforêt
B) Sa maison bleue de San Francisco était verte
C) Il a joué dans *Les Clefs de bagnole*
D) Contrairement à ce que dit la chanson, il a un frère

Bye-bye
Larry Flynt 2021

Vrai ou Faux?
A) Il a publié des photos de Jackie Onassis nue
B) En 1978, il échappe à un attentat qui l'a rendu paralytique
C) Son fauteuil roulant était en or massif
D) À la fin de sa vie, il portait des couches taillées dans le drapeau américain

La citation du jour

« Les plus beaux souvenirs sont ceux que l'on s'invente »

Maxime Le Forestier

Sainte **Éloïse**

Dicton
À la Sainte-Éloïse, caresse-toi à ta guise.

Dimanche
11
FÉVRIER

Ça s'est passé le 11 janvier 2013
Benoît XVI démissionne.

Coucou
Jennifer Aniston 1969

Vrai ou Faux?
A) Elle est née à Houston au Texas
B) Son parrain était Kojak
C) En 2000, elle a publié un livre intitulé *Fuck my friends*
D) Après leur divorce, Jennifer Aniston et Brad Pitt ont continué à coucher ensemble pour la Chandler

Bye-bye
Whitney Houston 2012

Vrai ou Faux?
A) Dans la vie, elle a épousé son bodyguard
B) Steven Spielberg a tourné un biopic sur elle intitulé *Houston We have a Problem*
C) Serge Gainsbourg est resté très ami avec elle
D) C'est la cousine de la chanteuse Dionne Warwick

Le Forestier A) Faux B) Vrai et Faux, elle a été bleue puis verte puis repeinte à nouveau en bleu C) Vrai D) Faux **Flynt** A) Vrai B) Vrai C) Faux, il était plaqué or D) Vrai
Aniston A) Faux, Los Angeles B) Vrai, Telly Savalas B) Faux C) Faux **Houston** A) Faux B) Faux C) Faux D) Vrai

Saint **Félix**

Dicton
À la Saint-Félix, regarde des films X.

Lundi
12
FÉVRIER

Ça s'est passé le 12 février 1999
Bill Clinton est acquitté dans l'affaire Lewinsky.

Coucou
Corinne Benizio 1962

Vrai ou Faux?

A) Comme Christine Boutin, elle a épousé son cousin
B) Dans la vie elle a la même voix que Shirley
C) Avec Gilles, elle est en procès contre Patrick Sébastien
D) Il existe un site porno appelé Shirley et Dino

Bye-bye
Marivaux 1763

Vrai ou Faux?

A) Il a dit : « Bien écouter, c'est presque répondre »
B) Il a dit : « On aime tant Dieu quand on a besoin de lui »
C) Il a dit : « On n'est pas maître de sa queue »
D) Il a dit « Cueillez la grappe pendant qu'elle pend »

La citation du jour

« La pipe est le parc d'attractions de la bite »

Bibi

Les coutumes du monde

En Chine et en Sibérie, les femmes mangent leur placenta juste après avoir accouché. Il aurait des vertus nutritives mais permettrait aussi d'assurer longévité et jeunesse.

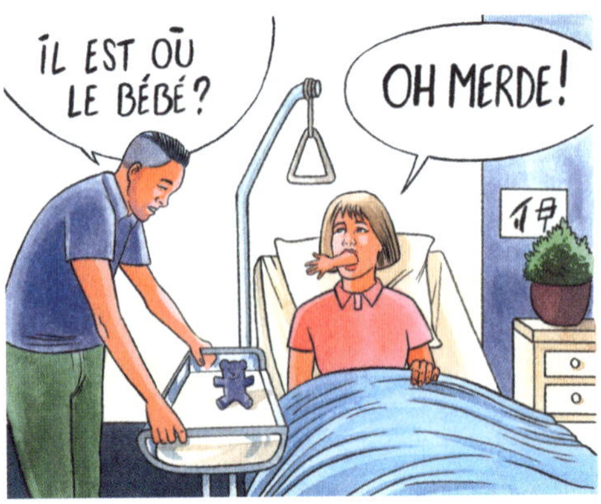

Vrai ou faux ?

Ces hommes politiques se sont fait sucer au boulot :

A) Félix Faure
B) Bill Clinton
C) Donald Trump
D) Dominique Strauss-Khan

Le chiffre du jour

2 000

C'est le nombre de naissances qu'il y a en France chaque jour en moyenne.

Quiz

Quelle pièce est de Marivaux ?

A) *Le jeu de l'amour et du bazard*
B) *Le jeu de l'amour et du braquemard*
B) *Le jeu de l'amour et du braque de Weimar*
C) *Le jeu de l'amour et du hasard*

Chassez l'intrus

A) Köu jiäo
B) Ferachio
C) Allisan
D) Mukhanaithun
E) Tinh Ẏeu
F) Oglancilik

Benizio A) Faux, Gilles n'est pas son cousin B) Faux C) Faux D) Faux **Marivaux** A) Vrai B) Vrai C) Faux D) Vrai
Vrai ou faux A) Vrai B) Vrai C) Ça m'étonnerait que ce soit faux D) Il n'a jamais été président **Quiz** D
Chassez l'intrus F, qui veut dire « sodomie en turc ». Les autres veulent dire « fellation » en chinois, japonais, arabe, hindi et vietnamien.

Sainte **Béatrice**

Dicton
À la Sainte-Béatrice,
même les lépreux guérissent.

Mardi
13
FÉVRIER

Ça s'est passé le 13 février 1973
Première de *La Cage aux folles.*

Coucou
Vianney 1991

Vrai ou Faux?

A) Son nom de famille est Palas

B) Ses deux parents sont pilotes

C) Scout, son nom de totem était « Bite en bois »

D) Il a démarré dans un groupe sataniste

Bye-bye
Henri Salvador 2008

Vrai ou Faux?

A) C'est le père biologique de Jean-Marie Badoit

B) 3 jours avant sa mort, il est venu enregistrer « C'est quoi ce bordel ?! » sur Europe 1

C) Il détestait ses chansons comiques

D) J'ai présenté son dernier concert au Palais des congrès

La citation du jour

« Le travail, c'est la santé ; ne rien faire, c'est la conserver. »

Henri Salvador

Le métier insolite

Aide stagiaire adjoint auprès du 2e assistant auxiliaire du bras droit du vice-président
Boulot idéal pour les personnes qui détestent les responsabilités.

Le saviez-vous?

Henri Salvador a sorti un disque de rock'n'roll parodique sous le pseudonyme de « Henry Cording ». Les textes ont été écrits par Boris Vian et les musiques composées par Michel Legrand. Les trois pensaient que le rock n'avait aucun avenir, et ont donc été précurseurs malgré eux.

Le chiffre du jour

1800

C'est le nombre de représentations de *La Cage aux folles* au théâtre du Palais Royal.

Incroyable !

Au départ, Jean Poiret voulait appeler *La Cage aux folles* « *Prout* ».

À vérifier

Michel Serrault voulait appeler la pièce *La Fiotte 500*.

Vianney A) Faux, Bureau B) Vrai, son père pilote des hélicoptères et sa mère des avions C) Faux D) Faux
Salvador A) Faux, Jean-Marie Périer B) Vrai C) Vrai D) Vrai

Saint **Valentin**

Dicton
À la Saint-Valentin,
branle-toi si t'es radin.

Mercredi
14
FÉVRIER

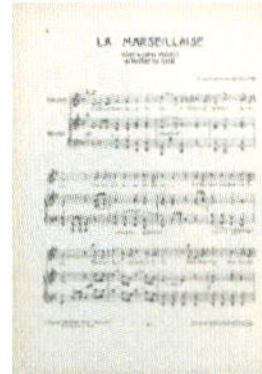

Ça s'est passé
le 14 février 1879
La Marseillaise devient l'hymne national.

Coucou
Edison Cavani 1987

Vrai ou Faux?
A) Son surnom est « El Gringo »
B) Au PSG, il portait le numéro 10
C) À Naples, il a été menacé de mort après avoir marqué contre son camp
D) Après une défaite au PSG, il s'est battu avec Neymar

Bye-bye
Darry Cowl 2006

Vrai ou Faux?
A) C'était un petit canaillou
B) Il a démarré dans le porno avec *Le Tripoteur*
C) Il a perdu des fortunes au jeu
D) Il est le fils de la maîtresse de son père

La citation du jour

« Le premier qui compara la femme à une rose était un poète, le second un imbécile »

Gérard de Nerval

Cinéma

Quelle est la dernière réplique de *Certains l'aiment chaud*?

A) « Tout le monde il est beau. »

B) « Personne n'est parfait. »

C) « Qu'est-ce que c'est, dégueulasse ? »

D) *« Frankly my dear, I don't give a damn. »*

Le chiffre du jour
15 millions
C'est le nombre de roses offertes le 14 février en France.

Le saviez-vous?
La fête de la Saint-Valentin est née au XIVe siècle en Grande-Bretagne. Le 14 février était célébré comme la fête des amoureux car on pensait que les oiseaux choisissaient ce jour pour s'accoupler.

Quiz
Dans quelle ville Rouget de Lisle a-t-il composé la Marseillaise ?
A) Marseille B) Paris C) Strasbourg D) Pithiviers

À vérifier
On a moins de chances de conclure avec une fille si on lui offre des fleurs en couronne.

Cinéma B **Quiz** C
Cavani A) Faux, El Matador B) Faux, le n°9 C) Faux D) Faux **Cowl** A) Vrai B) Faux, *Le Tripoteur* C) Vrai D) Vrai

Saint **Claude**

Dicton
À la Saint-Claude, une p'tite pipe, hourra !

Jeudi
15
FÉVRIER

Ça s'est passé le 15 février 1794
L'Assemblée adopte la forme définitive du drapeau français.

Coucou
Élodie Frégé 1982

Vrai ou Faux?

A) Elle a partagé 1 million d'euros avec un Polonais
B) Une semaine après, le Polonais lui réclamait l'autre moitié
C) Elle a appelé son chien « Michal »
D) Son anagramme est « Froide, gelée »

Bye-bye
Pierre Bachelet 2005

Vrai ou Faux?

A) Il a composé la musique du film *Emmanuelle*
B) Son plus gros tube a été « Les Cojones »
C) Il a composé la musique de la pub Herta
D) Il a été soupçonné de détournement de mineurs

La citation du jour

« Le drapeau porte à sa base une grosse excroissance qu'on appelle le porte-drapeau »

Alfred Jarry

Quiz

C'est le Nord ou c'est le Sud ?

A) La pipe au maroilles
B) Les oursinades
C) Papa dans maman
D) Papa dans les enfants

Que voyez-vous ?

Si comme moi vous voyez des cuisses écartées avec une touffe de poils qui dépasse d'un maillot de bain blanc et bleu, vous avez l'esprit mal placé. C'est juste le drapeau d'Antigua-et-Barbuda.

De l'art ou du cochon

***La crotte* de Terence Koh, 2013**

En 2013, l'artiste Terence Koh recouvre une de ses crottes d'or 24 carats. L'étron doré s'est vendu 500 000 euros.

Le chiffre du jour

12 ans C'est le temps qu'*Emmanuelle* est resté à l'affiche sur les Champs-Élysées.

Beurk !

Voilà le drapeau le plus laid au monde avec, pour bien montrer aux autres pays qu'il ne faut pas trop les chauffer, un AK-47 avec une jolie baïonnette. Bravo à celui ou celle qui trouve le pays.

Frégé A) Vrai B) Faux C) Faux D) Vrai **Bachelet** A) Vrai B) Faux, « Les Corons » C) Vrai D) Faux
Quiz A) Le Nord B) Le Sud C) Le Sud D) Le Nord **Beurk !** Mozambique

Sainte **Julienne**

Dicton
À la Sainte-Julienne,
suce le gland et pas le chêne.

Vendredi
16
FÉVRIER

Ça s'est passé le 16 février 1791
Création de la gendarmerie nationale.

Coucou
John McEnroe 1959

Vrai ou Faux?

A) Il a appris la guitare avec Éric Clapton
B) Il n'a jamais été numéro 1 mondial
C) Il n'a jamais contesté une décision d'arbitre
D) Il a réalisé un film intitulé *You cannot be serious*

Bye-bye
Félix Faure 1899

Vrai ou Faux?

A) Ce président est mort d'épectase à l'Élysée pendant une fellation
B) Sa maîtresse n'était autre que La Goulue
C) Clemenceau a dit de lui « il se croyait César, il n'est mort que Pompée »
D) Sa maîtresse a été surnommée « la pompe funèbre »

La citation du jour

« Robespierre a été tué par un gendarme qui s'appelait Merda dont le nom a beaucoup servi ensuite pour répondre aux gendarmes »

Inconnu

Le saviez-vous?

L'épectase désigne le fait de mourir pendant l'orgasme !

L'info en +

35 millions de français sont venus au cinéma pour voir la série des gendarmes avec Louis de Funès.

Le chiffre du jour

3 %

des hommes dans le monde arrivent à s'autosucer. Ce qui fait 120 millions d'hommes, soit l'équivalent de la population du Japon !

Tous des bêtes

Les femelles kangourous ont trois vagins et deux utérus.

Transposition chez l'homme :

Incroyable !

En 1908, l'ex-maîtresse de Félix Faure, Marguerite Steinheil, a été accusée des meurtres de sa mère et de son mari !

À vérifier

Un homme sur 3 milliards dans le monde arriverait à s'autoenculer.

McEnroe A) Vrai B) Faux C) Faux D) Faux, c'est le titre de son autobiographie
Faure A) Vrai B) Faux, Marguerite Steinheil C) Vrai D) Vrai

Saint **Alexis**

Dicton
À la Saint-Alexis,
essaye l'euthanasie.

Samedi
17
FÉVRIER

Ça s'est passé le 17 février 2002
Fin du franc en France.

Coucou
Michael Jordan 1963

Vrai ou Faux?

A) Il est considéré comme le plus grand joueur de basket de tous les temps
B) Son père a été assassiné
C) Il n'a jamais touché un dollar de la part de Nike
D) Il a un panier de basket dans ses toilettes

Bye-bye
Molière 1673

Vrai ou Faux?

A) On ignore sa date exacte de naissance
B) Il est mort sur scène
C) Personne ne sait pourquoi il avait pris le surnom de Molière
D) La dernière pièce écrite par Molière a été *Toc Toc*

La citation du jour

« La plus irréparable des pertes est celle du temps »

Michel-Ange

Sainte **Bernadette**

Dicton
À la Sainte-Bernadette,
pratique la levrette.

Dimanche
18
FÉVRIER

Ça s'est passé le 18 février 1930
Découverte de Pluton.

Coucou
John Travolta 1954

Vrai ou Faux?

A) Il s'est fâché avec la scientologie
B) Il a chez lui un Boeing, un Jet et une piste d'atterrissage
C) Son fils Jett avait la maladie de Kawasaki
D) Dans *Pulpe Friction*, il mettait sa bite dans une bouteille d'Orangina

Bye-bye
Michel-Ange 1564

Vrai ou Faux?

A) Il détestait Raphaël et Léonard de Vinci qui étaient ses plus gros concurrents
B) Au départ, il devait juste faire l'enduit de la chapelle Sixtine
C) Il a aussi peint la chapelle Fistine
D) Les hommes qu'il sculptait avaient des petites bites

Jordan A) Vrai B) Vrai C) Faux D Faux **Molière** A) Vrai B) Faux, il serait mort 4 h après la représentation du *Malade imaginaire* C) Vrai D) Faux
Travolta A) Vrai B) Vrai C) Vrai D) Faux **Michel-Ange** A) Vrai B) Faux C) Faux D) Vrai

Saint **Gabin**

Dicton
À la Saint-Gabin, greffe-toi un gland de sicilien.

Lundi
19
FÉVRIER

Ça s'est passé le 19 février 2008
Fidel Castro renonce à la présidence de Cuba.

Coucou
Steevy Boulay 1980

Vrai ou Faux?

A) En 2010, il a reçu le Gérard de l'animateur qui porte bien son nom
B) Originaire du Mans, il a sa propre marque de rillettes
C) En 2007, il a soutenu Nicolas Sarkozy
D) En 2016, il a publié son 1er roman *L'étroit mousquetaire*

Bye-bye
Charles Trenet 2001

Vrai ou Faux?

A) Il tâte André à la porte du garage
B) Il a attaqué Claude François et Charlie Chaplin pour plagiat
C) Il était surnommé « l'ogre de Narbonne »
D) En 1963, il a fait de la prison pour homosexualité

La citation du jour

« Condamnez-moi, peu m'importe, l'histoire m'absoudra »

Fidel Castro

Les coutumes du monde

En Grèce, on attache des billets de banque sur la robe de la mariée.

Le saviez-vous?

Charles Trenet s'est fait arrêter à Narbonne par le grand-père du chanteur Cali.

Incroyable !

Fidel Castro n'a eu de cesse de battre son record du discours le plus long. À la fin, il est parvenu au chiffre impressionnant de 7 h 15. Fallait pas avoir envie de pisser au début.

Le chiffre du jour

1000

C'est le nombre de chansons qu'aurait écrites Charles Trenet.

Quand ça veut pas ça veut pas

Fidel Castro aurait été la cible de 638 attentats de la part de la CIA.

À vérifier

« Boum ! » est la chanson préférée des terroristes.

Boulay A) Vrai B) Faux C) Vrai D) Faux
Trenet A) Vrai, c'est ce qu'on entend dans la chanson « À la porte du garage » B) Vrai C) Faux, « le fou chantant » D) Vrai

Sainte **Aimée**

Dicton
À la Sainte-Aimée, va déterrer mémé.

Mardi
20
FÉVRIER

Ça s'est passé le 20 février 1872
Ouverture du Metropolitan Museum of Art à New York.

Coucou
Ophélie Winter 1974

Vrai ou Faux?

A) Son vrai nom est Kleerekoper
B) En 1974, son père a gagné l'Eurovision pour les Pays-Bas
C) En 1994, elle a animé l'émission « Bite Machine »
D) En 1995, elle a personnellement rencontré Dieu qui lui a donné la foi

Bye-bye
Ferruccio Lamborghini 1993

Vrai ou Faux?

A) Il a construit des tracteurs
B) Le logo de ses voitures est un caniche abricot
C) Il a participé à la conception de la Twingo
D) Son cercueil dans une charrette était tiré par un tracteur

La citation du jour

« On achète une Ferrari quand on veut être quelqu'un. On achète une Lamborghini quand on est quelqu'un. »

Franck Sinatra

Le métier insolite

Cultivateur de weed

Ce métier très lucratif est en pleine expansion car il ne semple présenter que des avantages. Aucun diplôme n'est requis. Pas besoin de posséder un champ car vous pouvez faire pousser de l'herbe chez vous. Les vendeurs de weed ne sont pas imposables et ils disposent gratuitement de quoi fumer pour leur consommation personnelle. Donc si vous êtes jeune, lancez-vous. *

*Le service juridique de l'éditeur m'impose de préciser que ce « métier » reste pour l'instant illégal.

Le saviez-vous?

En Égypte antique, l'huile des graines de cannabis était utilisée pour soulager les inflammations vaginales.

Le chiffre du jour

7,6 millions €

C'est le prix de la Lamborghini Veneno Roader, la plus chère du monde.

Le saviez-vous?

En 1960, Ferruccio Lamborghini va se plaindre de l'embrayage de sa Ferrari à Enzo Ferrari lui-même. Celui-ci lui répond : « Ce n'est pas un fabricant de tracteurs qui va m'apprendre à fabriquer des voitures de sport. Chacun son métier. » En rentrant chez lui, Ferruccio Lamborghini décide de lancer sa propre marque de voitures de sport.

Winter A) Vrai B) Faux C) Faux, « Hit Machine » D) Vrai et Faux
Lamborghini A) Vrai B) Faux, c'est un taureau de combat C) Faux D) Vrai

Saint **Pierre Damien**

Dicton
À la Saint-Pierre-Damien, fais une pause, change de main.

Mercredi
21
FÉVRIER

Ça s'est passé le 21 février 1804
Une locomotive à vapeur circule pour la 1ère fois au monde au pays de Galles.

Coucou
Mélanie Laurent 1983

Vrai ou Faux?

A) Son père a fait du doublage pour les Simpsons
B) Sa mère m'a doublé sur le périphérique
C) Elle a eu un fils avec Quentin Tarantino
D) Elle a joué dans *Je vais mal et tu t'en branles*

Bye-bye
Malcolm X 1965

Vrai ou Faux?

A) Malcolm est né sous X
B) Il était protestant
C) Il a vécu 2 ans avec Rosa Parks
D) Jeune, il a été cireur de chaussures

La citation du jour

« Dans les débuts d'une aventure, la bouffe prépare la baise, sur la fin elle la remplace »

Frédéric Dard

Cinéma

Qui ne jouait pas dans *La Grande Bouffe* ?

A) Philippe Noiret
B) Jean-Pierre Marielle
C) Michel Piccoli
D) Marcello Mastroianni

Le saviez-vous?

Les plats présentés dans *La Grande Bouffe* venaient de chez Fauchon !

Le chiffre du jour

635 kg
C'était le poids de Jon Brower Minnoch, l'homme le plus lourd du monde.

Vérifié

Après vérification, l'homme le plus maigre du monde était en réalité une momie précolombienne.

Laurent A) Vrai B) Vrai C) Faux D) Faux, *Je vais bien ne t'en fais pas*
Malcolm X A) Faux B) Faux, musulman C) Faux D) Vrai **Cinéma** B

Sainte **Isabelle**

Dicton
À la Sainte-Isabelle, putain on se les gèle !

Jeudi
22
FÉVRIER

Ça s'est passé le 22 février 1940
Intronisation au Tibet du dalaï-lama.

Coucou
Miou-Miou 1950

Vrai ou Faux?
A) Son vrai prénom est Henriette
B) Son surnom lui a été donné par Patrick Dewaere
C) Elle a eu un garçon avec Julien Clerc
D) Elle jouait la mariée dans *Rabbi Jacob*

Bye-bye
Andy Warhol 1987

Vrai ou Faux?
A) En 1968, une folle lui tire dessus à bout portant mais il survivra
B) Son surnom était « le pape de la pipe »
C) Il se nourrissait exclusivement de soupe Campbell
D) David Bowie a joué son rôle au cinéma

La citation du jour

« Nous cherchons plus à durer que nous n'essayons de vivre »

Andy Warhol

De l'art ou du cochon

Michel Journiac, performance
***Messe pour un corps*, 1969**

Dans une galerie parisienne, l'artiste se travestit en prêtre et célèbre une pseudo-messe en latin. À la fin, il propose une ostie faite de boudin cuisiné avec son propre sang.

Le jeu

Bernard, Serge ou dalaï-lama ?

A) « Surveillez la cage 2 minutes je vais pisser ! »
B) « Hé petit, tu veux pas me lécher la langue ? »
C) « Je suis malade »
D) « Moi, l'arbitre, je lui crache à la gueule »
E) « Je m'en vais voir les p'tites femmes de Pigalle »

À vérifier

Le dalaï-lama ne médite pas, il rumine.

Le chiffre du jour

5 ans
C'est l'âge auquel Tenzin Gyatso a été intronisé 14e dalaï-lama

Incroyable !

En 1968, Valérie Solanas tira à trois reprises sur Warhol à la Factory. Il fut déclaré cliniquement mort avant de revenir à la vie quelques heures plus tard.

Miou-Miou A) Faux, Sylvette B) Faux, par Coluche C) Faux, une fille D) Vrai **Warhol** A) Vrai B) Faux, « Le pape du Pop » C) Faux D) Vrai, dans *Basquiat*
Le jeu A) Bernard Lama B) Le dalaï-lama C) Serge Lama D) Bernard Lama E) Serge Lama F) Le dalaï-lama

Saint **Lazare**

Dicton

À la Saint-Lazare,
tu t'es trompé de gare !

Vendredi
23
FÉVRIER

Ça s'est passé le 23 février 1455
Publication de la Bible de Gutenberg qui est le premier livre imprimé au monde.

Coucou
Louis Bertignac 1954

Vrai ou Faux?

A) Son anagramme est « castor bilingue »

B) En 1986, il créé son propre groupe les Visiteurs

C) Il a 48 ans de plus que sa femme

D) Il a été membre du jury de « La Nouvelle Star »

Bye-bye
Stan Laurel 1965

Vrai ou Faux?

A) Il a été marié 5 fois

B) Il a eu une romance avec Françoise Hardy

C) C'est le père de Linda Hardy

D) C'est vous qui m'avez dit de dire Hardy !

La citation du jour

« Si quelqu'un fait la tête à mon enterrement, je ne lui parlerai plus jamais »

Stan Laurel

Tous des bêtes

Le péripate (sorte de mille-pattes) a un spermatophore sur le front (une capsule contenant des spermatozoïdes) qu'il utilise pour féconder la femelle.

Transposition chez l'homme :

Le saviez-vous?

La Bible aurait été écrite sur une période de 1 000 ans par environ 40 hommes. Elle aurait été écrite sur 3 continents : Asie (Israël), Afrique (Égypte) et Europe. La Bible aurait été écrite en 3 langues : l'hébreu, l'araméen et le grec.

Le chiffre du jour

4,6 millions €

C'est le prix d'une édition de la Bible de Gutenberg, vendue aux enchères en 1987.

Incroyable !

Si certains versets de la Bible sont très longs, le plus court comporte juste deux mots : « Jésus pleura. »

À vérifier

On aurait retrouvé la première bible dans la pyramide de Khéops.

Bertignac A) Faux B) Vrai C) Faux, 34 ans D) Faux « The Voice »
Laurel A) Vrai B) Faux C) Faux D) Faux

Saint **Modeste**

Dicton
À la Saint-Modeste,
I am the best !

Samedi
24
FÉVRIER

Ça s'est passé le 24 février 1982
Naissance d'Amandine, 1er bébé éprouvette français.

Coucou
Laurent Ruquier 1963

Vrai ou Faux?

A) Il est né le même jour que Rahan
B) Il a une rue à son nom au Havre
C) Sur France Inter, il animait « Rien à branler »
D) Il n'a jamais caché être de droite

Bye-bye
Maréchal de La Palice 1525

Vrai ou Faux?

A) Il est mort au combat en faisant la guerre
B) S'il n'avait pas été tué à la bataille de Pavie, il aurait vécu plus longtemps
C) S'il ne s'était pas marié il aurait été célibataire
D) Si personne ne l'avait peint on n'aurait pas de portrait de lui

La citation du jour

« Mais que fait La Palice ? »

Bibi

Saint **Roméo**

Dicton
À la Saint-Roméo,
y a du monde au balcon.

Dimanche
25
FÉVRIER

Ça s'est passé le 25 février 1830
Première d'*Hernani* à la Comédie-Française.

Coucou
Sandrine Kiberlain 1968

Vrai ou Faux?

A) C'est la nièce de Jean Rochefort
B) Elle a enregistré un album qui n'a pas marché
C) Vincent Lindon lui a organisé un mariage surprise
D) Leurs témoins de mariage étaient Tic et Toc

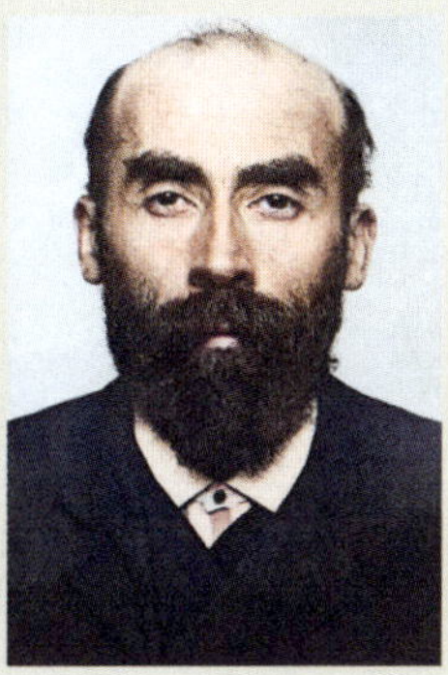

Bye-bye
Henri Désiré Landru 1922

Vrai ou Faux?

A) Il a tué et brûlé dix femmes et un homme
B) Laurent Ruquier a racheté sa cuisinière
C) À son procès, il avait Éric Dupond-Moretti comme avocat
D) Ses dernières paroles ont été « Je sens qu'on va me raser de près »

Ruquier A) Vrai B) Faux C) Faux D) Faux... **La Palice** A) Vrai B) Vrai C) Vrai D) Vrai
Kiberlain A) Faux B) Faux, elle en a vendu 100 000 C) Vrai D) Faux **Landru** A) Vrai B) Vrai C) Faux D) Faux, « Encore merci... pensez à moi ! »

Saint **Nestor**

Dicton
À la Saint-Nestor,
tous les trous tu explores.

Lundi
26
FÉVRIER

Ça s'est passé le 26 février 2012
Jean Dujardin remporte l'oscar du meilleur acteur.

Coucou
Hélène Ségara 1971

Vrai ou Faux?

A) Son vrai nom est Rizzoto
B) Y a trop de gens qui l'aiment
C) Elle a eu un enfant avec Quasimodo
D) Malgré son nom, elle ne sait pas faire un créneau

Bye-bye
Fernandel 1971

Vrai ou Faux?

A) Sa mère aurait trompé son père avec un cheval
B) Il a commencé comme comique au « Don Camillo »
C) Pendant le tournage de *La vache et le prisonnier*, il a eu une aventure avec Marguerite
D) Félicie aussi

La citation du jour

« Le pastis, c'est comme les seins.
Un, c'est pas assez et trois, c'est trop »

Fernandel

Les coutumes du monde

Chez les Ouïghours, le mari tire trois flèches sur la mariée... Des flèches sans pointe, bien sûr. Le marié brise ensuite l'arc et les flèches en guise de porte-bonheur.

Le jeu

Qui chante ça : Bourvil ou Fernandel ?

1) « C'est le piston »
2) « Les crayons »
3) « Ne me dis plus tu »
4) « On m'appelle Simplet »
5) « Ignace »
6) « La tendresse »

Le saviez-vous?

Si en 1952 *Le petit monde de Don Camillo* a fait 12 millions d'entrées en France, il a fait encore mieux en Italie avec 13 millions.

Le chiffre du jour

6 C'est le nombre d'acteurs français à avoir obtenu un oscar : Jean Dujardin, Claudette Colbert, Simone Signoret, Lila Kedrova, Juliette Binoche et Marion Cotillard.

À vérifier

Le film *Don Camillo et les enfants de chœur* aurait été interdit par la censure.

Ségara A) Faux, Rizzo B) Vrai C) Faux D) Faux **Fernandel** A) Faux B) Faux C) On ne sait pas D) On n'en sait pas plus
Le jeu 1) Bourvil 2) Bourvil 3) Fernandel 4) Fernandel 5) Fernandel 6) Bourvil

Sainte **Honorine**

Dicton
À la Sainte-Honorine,
tu dois boire ton urine.

Mardi
27
FÉVRIER

14
6
C

Ça s'est passé le 27 février 1940
Découverte du Carbone 14.

Coucou
Thomas Pesquet 1978

Vrai ou Faux?

A) Enfant il rêvait d'être balayeur

B) Il parle l'anglais, le russe, le chinois, l'allemand et l'espagnol

C) À chaque fois qu'il passait au-dessus de chez lui il faisait coucou à sa mère

D) Il a été le premier Français à se masturber en orbite

Bye-bye
Louis Vuitton 1892

Vrai ou Faux?

A) Il s'est fait la malle à 13 ans

B) Il a écrit « La valise en carton » pour Linda de Suza

C) En 2008, il a fait une collaboration avec Lidl

D) Son modèle le plus célèbre est le « Sakapute »

La citation du jour

« J'ai vu la beauté de la Terre, mais aussi sa fragilité »

Thomas Pesquet

Le métier insolite

Rabbin des bois

Rares sont les chefs religieux qui acceptent de procéder à une circoncision en pleine forêt. Si vous épousez la vocation de rabbin des bois, vous pourrez allier culte et sylviculture, et alterner à loisir maniement du scalpel et de la tronçonneuse.

Le chiffre du jour

1 million €

C'est le prix du sac Louis Vuitton Speedy dessiné par Pharrell Williams.

Incroyable !

En revenant de l'ISS en 2017, Thomas Pesquet avait grandi de 4 cm ! En apesanteur, la colonne vertébrale n'est plus soumise au poids du corps, alors elle s'étire. L'effet se dissipe au bout de quelques heures après le retour sur terre.

Question

Dans quel monde Vuitton ?

Pesquet A) Faux B) Vrai C) Faux D) On ne sait pas

Vuitton A) Vrai, il est parti tout seul à pied B) Faux C) Faux D) Faux

Saint **Romain**

Dicton
À la Saint-Romain,
parle avec les mains.

Mercredi
28
FÉVRIER

Ça s'est passé le 28 février 1935
Invention du nylon par DuPont de Nemours.

Coucou
Jeanne Mas 1958

Vrai ou Faux?

A) Elle est l'arrière-petite-fille de Stendhal
B) Sa fille est romancière
C) Elle remercie les carottes avant de les manger
D) Elle prépare une tournée d'adieu intitulée « La toute dernière fois »

Bye-bye
Annie Girardot 2011

Vrai ou Faux?

A) Elle est née de père inconnu
B) Elle a eu une aventure avec Jacques Brel
C) Elle a été victime de violence conjugale
D) Elle a eu deux enfants avec Louis de Funès : Laziz et Annie

La citation du jour

« Le cinéma, c'est l'art de faire faire de jolies choses à de jolies femmes »

François Truffaut

Cinéma

Quelle réplique n'est pas dans *Tenue de soirée* ?

A) « Enfin je ne vais tout de même pas me faire enculer sous prétexte que c'est un ami ! »

B) « Je vais t'enculer et tu jouiras, ton fion il en pourra plus d'extase ! »

C) « Moi je veux vous voir baiser ma femme. Un par devant, un par derrière, pendant ce temps-là je vous enculerai. »

D) « Je t'encule Thérèse, je te prends, je te retourne contre le mur, je te baise par tous les trous. »

Le chiffre du jour

14 000 fils

sont nécessaires pour produire une paire de bas nylon. Sa durée de vie est de trois jours et il faut 40 ans pour qu'elle se dégrade dans la nature. 750 litres d'eau sont également nécessaires pour une paire de bas. Issu du pétrole, le nylon est une des matières les plus polluantes et énergivores au monde.

Le saviez-vous?

NYLON serait l'acronyme formé par les initiales des prénoms des épouses des cinq chimistes de DuPont de Nemours qui collaborèrent à la découverte du textile, à savoir Nancy, Yvonne, Louella, Olivia et Nina.

Mas A) Faux B) Vrai C) Vrai D) Faux **Girardot** A) Vrai B) Vrai C) Vrai D) Faux
Cinéma D

Saint **Auguste**

Dicton
À la Saint-Auguste, même les masos dégustent.

Jeudi
29
FÉVRIER

Ça s'est passé le 29 février 1940
Hattie McDaniel est la première actrice noire à recevoir un oscar pour *Autant en emporte le vent.*

Coucou
Gérard Darmon 1948

Vrai ou Faux?
A) Officiellement, il a à peine 19 ans
B) Son père était un voyou surnommé « Trompe la mort »
C) Il a joué dans *Les Clefs de bagnole*
D) Il a déjà trompé 100 personnes une fois… Non, une fois 1 000 personnes… non…

Coucou
Pat Garrett 1908

Vrai ou Faux?
A) Ce shérif a tué 100 hors-la-loi
B) Il a abattu Billy The Kid
C) Il est mort de vieillesse
D) Il a touché une prime de 500 dollars pour avoir abattu Billy the Kid

La citation du jour

« Une année-lumière est une distance considérable surtout quand elle est bissextile »

Marc Escayrol

De l'art ou du cochon

***Portrait de Diana et Elizabeth II* de Brent Ray Fraser**

L'artiste britannique peint avec son pénis des portraits royaux. Un garrot l'aide à rester raide pour peindre les détails, tandis qu'il préfère être flasque pour peindre de plus larges surfaces. Une toile coûte 6 000 euros.

Le saviez-vous?

Dans l'Antiquité, la période de quatre années séparant les Jeux était nommée « Olympiade » et servait à l'époque de système de datation : le temps ne se comptait pas en années, mais en olympiades, d'où le nom.

Anagramme

Gérard Darmon = garer mon dard

Le chiffre du jour

889

C'est le nombre total de médailles que totalise la France aux Jeux Olympiques en 56 participations.

Vrai ou faux ?

Ça se passe tous les 4 ans

A) Les jeux Olympiques
B) Le prix Goncourt est lisible
C) La Route du Rhum
D) Anne Hidalgo renonce à faire des travaux à Paris
E) La Coupe du monde de foot
F) La ménopause de Jeannie Longo

Darmon A) Vrai car il ne fête ses anniversaires que tous les 4 ans B) Vrai C) Vrai D) ? **Garrett** A) Faux, 1 B) Vrai C) Faux, il a été assassiné à 57 ans D) Faux, des doutes ayant été émis sur l'identité de Billy The Kid il n'a jamais touché la prime **Vrai ou faux** A) Vrai B) Vrai C) Vrai D) Faux E) Vrai F) Faux

Saint **Aubin**

Dicton
À la Saint-Aubin, revends ce bouquin.

Vendredi
01
MARS

Ça s'est passé le 1er mars 1565
Fondation de Rio de Janeiro.

Coucou
Malik Bentalha 1989

Vrai ou Faux?

A) Son vrai nom est Mala Benthalik

B) Fan de foot, il a été condamné à 6 mois d'interdiction de stade

C) Il s'est excusé dans les médias pour sa prestation dans *Taxi 5*

D) Il a souvent été copié par des comiques américains

Bye-bye
Alain Resnais 2014

Vrai ou Faux?

A) Son vrai nom était Alain Rainette

B) Il a réalisé *Défense de fumer*

C) Il a épousé la fille d'André Malraux

D) Il a réalisé *Pas sous la douche*

La citation du jour

« Si on enlevait l'air du ciel, tous les oiseaux tomberaient par terre »

Jean-Claude Van Damme

Tous des bêtes

La sterne arctique parcourt 70 000 km chaque année pour effectuer sa migration aller-retour. C'est le record toutes catégories chez les oiseaux.

Transposition chez l'homme :

Le chiffre du jour

1200 C'est le nombre d'espèces d'oiseaux qui sont menacées d'extinction dans le siècle à venir. Pendant ce temps, 100 000 avions volent chaque jour à travers la planète et ce chiffre devrait doubler d'ici 20 ans.

Le saviez-vous?

Avec ses presque 20 kg, l'outarde est l'oiseau volant le plus lourd au monde. Cet oiseau n'est pas dangereux pour l'homme, sauf si elle vous monte au nez !

À vérifier

Le kiwi ne serait pas un oiseau mais un fruit. Si cette info s'avère exacte, cela montre bien à quel point nos scientifiques sont nuls !

Bentalha A) Faux B) Vrai, il a allumé un fumigène au Parc des Princes C) Faux D) Faux
Resnais A) Faux B) Faux, *Smoking no smoking* C) Vrai D) Faux, *Pas sur la bouche*

Saint **Charles**

Dicton
À la Saint-Charles, tout le monde à poil.

Samedi
02
MARS

Ça s'est passé le 2 mars 1969
Premier vol du Concorde.

Coucou
Daniel Craig 1968

Vrai ou Faux?
A) Il a des origines françaises
B) Son vrai nom est Jean Bon
C) Il a été le 6e James Bond
D) Il a resigné pour jouer dans 6 James Bond

Bye-bye
Serge Gainsbourg 1991

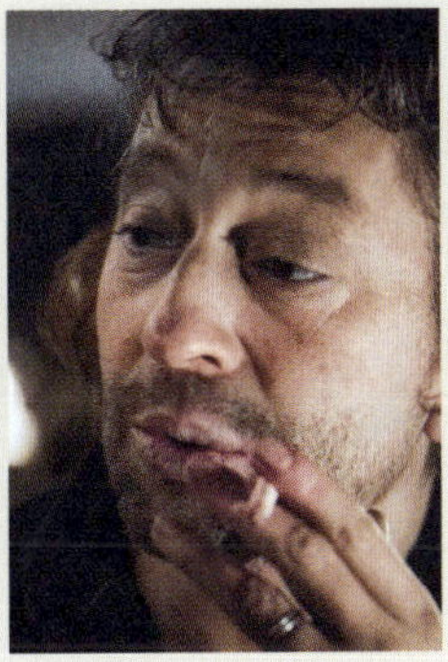

Vrai ou Faux?
A) Il a eu quatre enfants
B) Il a racheté le manuscrit de « la Marseillaise »
C) Il avait surnommé Catherine Deneuve « d'occase »
D) Pour se chauffer le soir, il brûlait des Pascal dans sa cheminée

La citation du jour

« La connerie, c'est la décontraction de l'intelligence ! »

Serge Gainsbourg

Saint **Guénolé**

Dicton
À la Saint-Guénolé, introduis une andouille dans ton intimité.

Dimanche
03
MARS

Ça s'est passé le 2 mars 1931
« La Bannière étoilée » devient l'hymne national des États-Unis d'Amérique.

Coucou
Stéphane de Groodt 1966

Vrai ou Faux?
A) Il a été pilote de course
B) Personne n'arrive à écrire correctement son nom
C) Enfant il était bègue, gaucher contrarié, et dyslexique
D) Il a été giflé en pleine émission par Nabilla

Bye-bye
Georges Perec 1982

Vrai ou Faux?
A) Il a pondu *La Disparition*
B) Son papa mais aussi sa maman sont juifs polonais
C) Il a sorti 15 romans dont un prix Goncourt
D) Il n'y a aucun dans c quiz

Groodt A) Vrai B) Vrai C) Faux, juste dyslexique D) Faux
Perec A) Vrai B) Vrai C) Faux D) Vrai

Saint **Casimir**

Dicton
À la Saint-Casimir, sous le costume y'a un satyre.

Lundi
04
MARS

Ça s'est passé le 4 mars 1877
Première représentation du *Lac des Cygnes* au Bolchoï.

Coucou
Nicole Calfan 1947

Vrai ou Faux?

A) Après la Comédie-Française, elle a posé nue dans *Lui*

B) Elle a deux enfants avec Frédéric François

C) Elle a couché avec Delon, Belmondo et Depardieu

D) Dans la vie, c'est une vraie salope

Bye-bye
Claude Nougaro 2004

Vrai ou Faux?

A) Son père était chanteur d'opéra

B) C'est le père d'Helena Noguerra

C) Sa première fille s'appelait Alice

D) Il n'a jamais foutu les pieds à Toulouse

La citation du jour

« Les cygnes chantent avant de mourir. Certaines personnes feraient bien de mourir avant de chanter »

George Bernard Shaw

Les coutumes du monde

Au Canada, on sert des whiskys dans lesquels flotte un orteil humain récolté auprès de victimes de gelures.

Vrai ou faux ?

Les ballets célèbres :

A) *Le Sacre du Printemps* est le 1er ballet créé dans un grand magasin

B) *La Belle au bois dormant* dénonce les princes qui embrassent les filles sans leur consentement

C) *Gisèle* est une ode à la beauté de Gisèle Bündchen

D) *La Mort du cygne* témoigne de la première épidémie de grippe aviaire

E) *Raymonda* raconte la vie du célèbre danseur brésilien Raymond après son opération

F) *Casse-Noisette* dénonce les dangers du grand écart pour les danseurs

Le chiffre du jour

25 C'est le nombre de vertèbres cervicales que possède le cygne. Pour info, la girafe n'en a que sept comme les humains.

Le saviez-vous?

Le cygne est monogame, herbivore, il peut vivre jusqu'à 20 ans et il siffle ou il trompette. Ses petits s'appellent les cygneaux.

À vérifier

Se faire charger par un cygne serait beaucoup plus dangereux que par un taureau.

Calfan A) Vrai B) Faux, avec François Valéry C) Faux, elle a juste joué avec eux D) Faux, c'est la plus gentille des femmes

Nougaro A) Vrai B) Faux C) Faux, Cécile D) Faux **Vrai ou Faux** Tout est faux

Sainte **Olive**

Dicton
À la Sainte-Olive, reste sur le qui-vive.

Mardi 05 MARS

Ça s'est passé le 5 mars 1982
Mort de John Belushi.

Coucou

MC Solaar 1969

Vrai ou Faux?

A) Il a quitté le Tchad à l'âge de 6 mois

B) Il est revenu au Tchad à l'âge de 7 mois

C) Il a deux enfants : Bonnie et Clyde

D) Il a écrit « Bouge de là » pour son frère paralytique

Bye-bye

Lolo Ferrari 2000

Vrai ou Faux?

A) Son vrai nom est Lola Bigard

B) Elle a subi 25 opérations de chirurgie esthétique

C) Chacun de ses seins pouvaient contenir un fœtus de 9 mois

D) Elle ne prenait jamais l'avion de peur que ses seins explosent

La citation du jour

« Les seins sont la preuve que les hommes peuvent se concentrer sur deux choses à la fois »

Inconnu

Le métier insolite

Anesthésiste sportif

Ce métier qui oscille entre le sport et le médical requiert une grande précision dans la force du coup asséné.

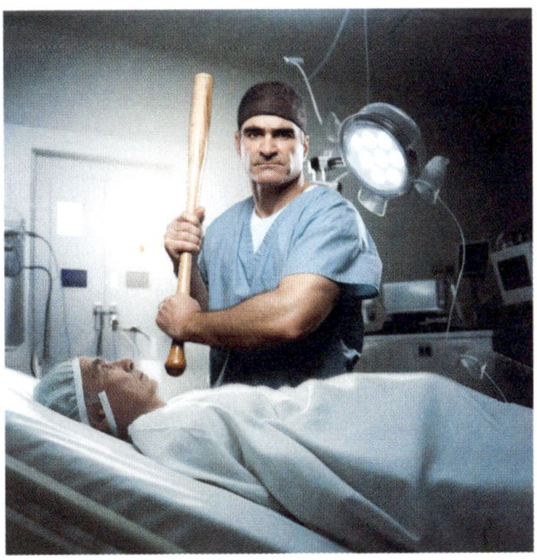

Le chiffre du jour

2,8 kg C'était le poids d'un sein de Lolo Ferrari.

Le saviez-vous?

Le moule de la prothèse des seins de Lolo Ferrari a été fabriqué avec un métal utilisé dans les tableaux de bord d'avion.

À vérifier

Lolo Ferrari produisait 30 litres de lait par jour.

MC Solaar A) Vrai B) Faux C) Faux, Bonnie et Roman D) Faux **Ferrari** A) Faux, Ève Vallois B) Vrai C) Vrai D) Vrai

Sainte **Colette**

Dicton
À la Sainte-Colette, vérifie ta braguette.

Mercredi
06
MARS

Ça s'est passé le 6 mars 1980
Marguerite Yourcenar 1re femme élue à l'Académie française.

Coucou
Leïla Bekhti 1984

Vrai ou Faux?
A) C'est la fille de Smaïn
B) C'est la femme de Tahar Rahim
C) C'est la sœur de Ramzy Bédia
D) C'est la mère de trois beaux enfants

Bye-bye
Davy Crockett 1836

Vrai ou Faux?
A) Il a été tué par Frank Alamo
B) Son rôle a été interprété par John Wayne
C) Il ne mangeait que des croquettes
D) Son chapeau était fabriqué en peau de castor

La citation du jour

« Rien de plus sale que l'amour-propre »

Marguerite Yourcenar

Cinéma

Le shérif est en prison

Dans *Le shérif est en prison*, le shérif est…

1. Noir **3. Gay**
2. Chinois **4. Aveugle**

Le saviez-vous?

Bass Reeves (1838 - 1910) a été le premier shérif noir américain des États-Unis. Cette légende de l'Ouest a effectué plus de 3 000 arrestations.

Le chiffre du jour

11 C'est le nombre de femmes qui ont été élues à l'Académie française, la dernière étant Sylviane Agacinski en 2023.

Incroyable !

Davy Crockett serait un lointain descendant d'un huguenot français appelé monsieur Croquetagne.

À vérifier

Marguerite Yourcenar aurait joué dans *La Vache et le Prisonnier.*

Bekhti A) Faux B) Vrai C) Faux D) Vrai **Crockett** A) Il est mort au siège de Fort Alamo A) Vrai D) Faux D) Faux, en peau de raton laveur
Cinéma A

Sainte **Félicité**

Dicton
À la Sainte-Félicité, sucer n'est pas tromper.

Jeudi
07
MARS

Ça s'est passé le 7 mars 1985
Sortie de la chanson « We Are The World ».

Coucou
Nicolas Dupont-Aignan 1961

Vrai ou Faux?

A) Il a créé le parti « Couché la France »
B) Il a eu 11 enfants avec Christine Boutin
C) Il ne sera jamais président de la République
D) Je veux bien être pendu par les couilles si l'avenir me donne tort

Bye-bye
Paul-Émile Victor 1995

Vrai ou Faux?

A) Paul, Émile, Victor ne sont pas des triplés
B) Son vrai nom était Polémique Victor
C) Son surnom était Mister Freeze
D) Il a dit à Whitney Houston *« I want to phoque you »*

La citation du jour

« Un esquimau qui prend un râteau avec une fille qui ne couche pas le premier soir devra se branler pendant 6 mois »

Attribué à tort à Paul-Émile Victor

Vrai ou faux ?

Œuvres caritatives

A) En 1985, Harry Belafonte est à l'origine de la campagne caritative « We Are The World »

B) Les Solidays ont été créés pour lutter contre l'herpès génital

C) La chanson « Éthiopie » de Chanteurs sans frontières a été écrite par Patrick Sébastien

D) Il y a de vrais enfoirés parmi les Enfoirés

De l'art ou du cochon

***Corps connectés*, performance de Sun Yuan et Peng Yu, 2000**

Pour célébrer leur mariage, les deux artistes chinois transfusent leur sang dans les cadavres de deux nourrissons siamois mort-nés. Ce happening symbolise leur union, et les artistes trouvent ça « très romantique ».

Le chiffre du jour

63 millions $

C'est la somme qui a été récoltée grâce aux ventes de « We Are The World » au profit de la lutte contre la famine en Éthiopie.

Le saviez-vous?

Le père de Paul-Émile Victor possédait une usine de pipes à Saint-Claude.

À vérifier

Mimie Mathy aurait participé à « We Are The World », mais on ne la voit pas à l'image.

Dupont-Aignan A) Faux, « Debout la France » B) Faux C) Vrai D) Vrai **Victor** A) Vrai B) Faux C) Faux D) Faux
Vrai ou faux A) Vrai B) Faux, le sida C) Faux, Renaud D) À vous de juger

Saint **Jean de Dieu**

Dicton
À la Saint-Jean-de-Dieu, va gratter un lépreux.

Vendredi
08
MARS

Ça s'est passé le 8 mars 2014
Disparition du Boeing 777 de la Malaysia Airlines.

Coucou
Agathe Lecaron 1974

Vrai ou Faux?

A) Elle a coprésenté « Top Chef »
B) Elle a présenté « On n'est pas que des cow-boys »
C) Elle a présenté « Le journal du hard »
D) Elle a coprésenté avec Christian Louboutin « La France a un incroyable talon »

Bye-bye
Marcel Amont 2023

Vrai ou Faux?

A) Charles Aznavour lui a écrit « Le Mexicain »
B) Georges Brassens lui a écrit « Le Chapeau de Mireille »
C) Serge Gainsbourg lui a écrit « L'amour, ça fait passer le temps »
D) Jean-Marie Le Pen lui a écrit « Bleu, Blanc, Blond »

La citation du jour

« Si les singes avaient le talent des perroquets, on pourrait en faire des ministres »

Chamfort

Tous des bêtes

Dans une même famille, les bonobos font l'amour entre eux pour calmer les tensions.

Transposition chez l'homme :

Le chiffre du jour

414 C'est le nombre d'espèces de primates recensées dans le monde.

Le saviez-vous?

Le singe le plus vieux du monde est mort à 63 ans.

Question

Pourquoi quand Tarzan a rencontré Jane, le cul de Cheeta a désenflé ?

Lecaron A) Vrai B) Faux, « On n'est pas que des cobayes » C) Faux D) Faux
Amont A) Vrai B) Vrai C) Faux D) Faux

Sainte **Françoise**

Dicton
À la Sainte-Françoise, tape-toi deux sœurs siamoises.

Samedi
09
MARS

Ça s'est passé le 9 mars 1796
Napoléon épouse Joséphine.

Coucou
Valérie Lemercier 1964

Vrai ou Faux?

A) Son père était maire

B) Elle a eu trois molières pour trois one-woman show différents

C) Son anagramme est « écrire à merveille »

D) Petite, sa mère lui faisait de l'huile à manger

Bye-bye
Florence Arthaud 2015

Vrai ou Faux?

A) Elle avait le mal de mer

B) On la surnommait « La petite fiancée de l'Atlantique »

C) En 2011, elle est tombée de son bateau en pleine nuit et a été sauvée in extremis

D) Son père plombier a traversé l'Atlantique en sanitaire

La citation du jour

« J'ai abandonné Dieu et, pendant qu'on prie, moi, je pète sur scène »

Valérie Lemercier

Saint **Vivien**

Dicton
À la Saint-Vivien, oh oui viens !

Dimanche
10
MARS

Ça s'est passé le 10 mars 1893
Naissance de la Côte d'Ivoire.

Coucou
Sharon Stone 1958

Vrai ou Faux?

A) Son cachet dans *Basic Instinct* ne lui a même pas permis de s'acheter une culotte

B) Pour préparer le film *Casino* elle faisait ses courses toute seule au supermarché

C) Elle est l'égérie de Justin Bridoux

D) Son *Basic Instinct 2* était une grosse merde

Bye-bye
Jean Giraud 2012

Vrai ou Faux?

A) Il avait deux pseudonymes : Moebius et Gir

B) Il a créé le personnage de Strawberry

C) Il a collaboré aux films *Alien*, *Tron*, et *Barbecue*

D) Il a fait partie de la secte de Raël

Lemercier A) Vrai B) Vrai C) Vrai D) Vrai, mais dans un sketch **Arthaud** A) Faux B) Vrai C) Vrai D) Faux
Stone A) Faux B) Faux C) Faux D) Vrai **Giraud** A) Vrai B) Faux, Blueberry C) Faux, pas « barbecue » D) Faux, de Siderella

Sainte **Rosine**

Dicton
À la Sainte-Rosine, attention aux épines.

Lundi
11
MARS

Ça s'est passé le 11 mars 1984
Gainsbourg brûle un billet de 500 francs sur le plateau de « Sept sur sept ».

Coucou
Ken 1961

Vrai ou Faux?

A) Pendant l'Occupation Ken aurait été proche de Klaus Barbie

B) Il est d'origine bretonne et son nom de famille est « Avo »

C) N'ayant pas de bite, Ken n'a jamais ken Barbie

D) Une nuit, Ken a été surpris habillé en Barbie

Bye-bye
Claude François 1978

Vrai ou Faux?

A) Il a écrit « Comme d'habitude » pour Françoise Hardy

B) Il était très bon conducteur

C) Il a fait un enfant avec une adolescente de 14 ans

D) Son fils Claude François a appelé son fils Claude François

La citation du jour

« L'eau conduit l'électricité, mais si tu mets du vin dedans, elle n'a plus le droit de conduire »

Jean-Marie Gourio, *Brèves de comptoir*

Les coutumes du monde

En Éthiopie, les femmes de la tribu Mursis expriment leur richesse et leur beauté en se mettant des plateaux en terre cuite dans la lèvre inférieure et dans les lobes d'oreille.

Le chiffre du jour

119 C'est le nombre de chansons qu'a enregistrées Claude François en langues étrangères.

Le saviez-vous?

Frank Sinatra détestait « My Way » et a déclaré que l'interpréter était pour lui « une séance de torture ».

À vérifier

Jackie Sardou faisait partie des premières Claudettes.

Ken A) Faux B) Faux C) Vrai D) C'est une rumeur **François** A) Faux, pour France Gall B) Vrai C) Vrai D) Faux

Sainte **Justine**

Dicton
À la Sainte-Justine, retire les épines (on t'avait pourtant bien dit de faire gaffe hier).

Mardi
12
MARS

Ça s'est passé le 12 mars 2008
Mort du dernier poilu français.

Coucou
Stromae 1985

Vrai ou Faux?

A) Il a travaillé un an chez Quick
B) Il a un fils prénommé Maestro
C) Au départ son 1er tube s'appelait « Putain alors on danse oui ou merde ? »
D) Après « Papa outai », il a fait un bide avec « Maman taila »

Bye-bye
Tonie Marshall 2020

Vrai ou Faux?

A) C'est la fille de Micheline Presle
B) C'est la mère de Julia Piaton
C) C'était la belle-fille de Michèle Morgan
D) C'est la sœur de Zabou

La citation du jour

« Dieu est impitoyable, il vous enlève les poils de la tête pour vous les replanter dans les oreilles »

Bruce Willis

Le métier insolite

Bétonneur d'espace vert

Vous avez acheté une résidence secondaire sans réaliser que 3 000 m² de jardin, c'est beaucoup d'entretien ? Après tant d'efforts pour créer un potager chez vous, vous réalisez que vous n'avez plus envie d'y foutre les pieds tellement le travail y est chiant et harassant ? Le bétonneur d'espace vert saura redonner le sourire à tellement de gens piégés dans la bien-pensance du retour à la terre en bétonnant absolument tout sans se poser la moindre question.

Le chiffre du jour

5 millions

C'est le capital de poils qu'on a tous sur le corps, qu'on soit un homme ou une femme.

Le jeu

Classe ces acteurs du moins poilu au plus poilu :

1) François Berléand
2) Jean Yanne
3) Jean-Pierre Marielle
4) Michel Blanc

Stromae A) Vrai B) Faux C) Faux D) Faux **Marshall** A) Vrai B) Faux C) Vrai D) Faux
Le jeu 4, 1, 2, 3

Saint **Rodrigue**

Dicton

À la Saint-Rodrigue, fais-toi bouffer la figue.

Mercredi

13

MARS

Ça s'est passé le 13 mars 1781

Découverte de la planète Uranus.

Coucou

Pierre Niney 1989

Vrai ou Faux?

A) Il a refusé de passer le casting pour *Spiderman*

B) Il a intégré la Comédie-Française à 16 ans

C) Il a une fille prénommée Ninon

D) Il était l'amant de Catherine Deneuve dans *50 ans d'écart*

Bye-bye

Jean Ferrat 2010

Vrai ou Faux?

A) Son vrai nom est Jean Tenenbaum

B) C'est la ville de Saint-Jean-Cap-Ferrat qui lui a inspiré son pseudonyme

C) On lui a beaucoup reproché son manque d'engagement politique

D) Il est enterré à Monaco

La citation du jour

« Je déclare avec Aragon : La femme est l'avenir de l'homme »

Jean Ferrat

Cinéma

2001

Dans *2001 : l'odyssée de l'espace*, comment s'appelle l'ordinateur de bord ?

A) BIL

B) HAL

C) RON

D) TED

Le saviez-vous?

Le nom du supercalculateur HAL correspondrait à la société informatique IBM, par décalage d'un rang de chacune des lettres (H → I, A → B, L → M).

Le chiffre du jour

– 224°C

C'est la température la plus froide enregistrée sur Uranus.

Le jeu

Lequel de ces anus ne tourne pas rond ?

A) Anus Horribilis

B) Uranus

C) Pandanus

D) Nostradanus

Niney A) Vrai B) Faux, à 21 ans C) Faux D) Faux **Ferrat** A) Vrai B) Vrai C) Faux D) Faux, en Ardèche

Cinéma B **Le jeu** D, c'est Nostradanus

Sainte **Mathilde**

Dicton
À la Sainte-Mathilde, quitte ton crevard et épouse un Rothschild.

Jeudi
14
MARS

Ça s'est passé le 14 mars 1951
Albert Einstein tire la langue à un photographe.

Coucou
Albert II de Monaco
1958

Vrai ou Faux?
A) Son grand-père était triple médaille d'or aux JO de 1920
B) Il a eu deux enfants illégitimes
C) À Monaco, il roule en 2 CV
D) Il est également propriétaire d'un F2 à Bobigny

Bye-bye
Jean Poiret 1992

Vrai ou Faux?
A) Son vrai nom est Jean Cidre
B) Sa première femme était Françoise Dorin
C) Il est mort deux mois après sa meilleure amie Jacqueline Maillan
D) Sa deuxième femme était Mylène Demongeot

La citation du jour

« Je ne pense jamais au futur, il vient bien assez tôt »

Albert Einstein

De l'art ou du cochon

***Io Sono*, sculpture de Salvatore Garau**

Cette sculpture invisible est délimitée par un carré de ruban adhésif de 150 par 150 cm posé au sol. Vendue 15 000 euros aux enchères, l'heureux acquéreur a reçu un certificat d'authenticité et le scotch doit être installé chez lui dans une grande pièce vide.

Le jeu

Dans quelle pièce Jean Poiret n'a jamais joué ?
A) *Joyeuses Pâques*
B) *On purge bébé*
C) *Le connard à l'orange*
D) *Fleur de cactus*

Le chiffre du jour

10,1 cm

C'est la longueur de la plus grande langue du monde qui appartient à l'Américaine Adrianne Lewis.

Le jeu des langues

A. Courante en politique
B. Elle est morte
C. Elle fait mal
D. On la donne...
E. Le bavard ne l'a pas
F. Il fait zozoter
G. Elle fait rire

1. La langue de pute
2. Le cheveu sur la langue
3. La langue de belle-mère
4. La langue de bois
5. Sa langue au chat
6. Le latin
7. La langue dans la poche

Albert II A) Vrai B) Vrai C) Faux D) Faux **Poiret** A) Faux, Jean Poiré B) Vrai C) Vrai D) Faux, Caroline Cellier
Le jeu des langues A4, B6, C1, D5, E7, G3, F2, G3 **Le jeu** C

Sainte **Louise**

Dicton

Dialyse à la Sainte-Louise, greffe de rein a la Saint-Firmin.

Vendredi

15

MARS

Ça s'est passé le 15 mars 1744

Louis XV déclare la guerre à l'Angleterre.

Coucou

Cyril Féraud 1985

Vrai ou Faux?

A) Il a passé brillamment un casting pour Morandini

B) Il prend 10 000 euros pour signer des autographes dans les EPHAD

C) Chaque jour des centaines de personnes âgées meurent en le regardant

D) Il a créé un groupe de rock qui s'appelle « AC2DC »

Bye-bye

Jules César 44 av. J.-C.

Vrai ou Faux?

A) Il est né par césarienne

B) Il s'est fait nommer dictateur à vie

C) Il était bisexuel

D) Le matin, il était content d'avoir la Gaulle

La citation du jour

« Il y a deux boutons introuvables dans l'obscurité : la minuterie et le clitoris »

Bibi

Tous des bêtes

Le clitoris de la hyène tachetée ressemble comme deux gouttes d'eau au pénis du mâle.

Transposition chez l'homme :

Le chiffre du jour

10 000 C'est le nombre de terminaisons nerveuses que possède le clitoris des femmes.

Le jeu

Quel acteur n'a jamais incarné Jules César ?

A) Alain Chabat B) Alain Delon

C) Fabrice Luchini D) Michel Galabru

À vérifier

D'après un ami, le clitoris se situerait sous l'aisselle gauche de la femme.

Féraud A) Vrai B) Faux C) Vrai D) Faux **César** A) Faux B) Vrai C) Vrai D) Vrai

Le jeu D

Sainte **Bénédicte**

Dicton
Si tu as des termites à la Sainte-Bénédicte, tu auras des morpions à la Saint-Gédéon.

Samedi
16
MARS

Ça s'est passé le 16 mars 1831
Parution de *Notre-Dame de Paris.*

Coucou
Isabelle Huppert 1953

Vrai ou Faux?

A) Jeune, elle s'est fait violer par Jean Carmet

B) Elle s'est fait dépuceler par Depardieu et Dewaere

C) Elle a assassiné ses parents

D) Elle a écrit « Le lâcher de salope » pour Jean-Marie Bigard

Bye-bye
Tibère 37

Vrai ou Faux?

A) Il a été empereur pendant 2 ans

B) C'est l'ancêtre de Jean Tiberi

C) Caligula lui succéda en 37

D) C'est lui qui a inventé le spritz à Capri

La citation du jour

« Aucun moment de cinéma ne vaut un moment de vie »

Isabelle Huppert

Saint **Patrick**

Dicton
Fric à la Saint-Patrick, ruine à la Sainte-Corine.

Dimanche
17
MARS

Ça s'est passé le 17 mars 1808
Création du baccalauréat par Napoléon.

Coucou
José Garcia 1966

Vrai ou Faux?

A) Il a deux filles prénommées Thelma et Louise

B) Il a tourné dans *L'Étron* de Karl Zéro

C) Jeune, il a tourné dans un porno gay *La vérité si je m'encule*

D) Il s'est remarié avec Marianne Sergent qui s'appelle à présent Marianne Sergent-Garcia

Bye-bye
Jules Ferry 1893

Vrai ou Faux?

A) Il a rendu l'école gratuite, laïque et obligatoire

B) Partisan de l'expansion coloniale, il était surnommé Le Tonkinois

C) C'est le grand-père de Luc Ferry

D) Il a raté trois fois son bac ce qui la fout mal pour un Ferry

Huppert A) Vrai, dans *Dupont Lajoie* B) Vrai, dans *Les Valseuses* C) Vrai, dans *Violette Nozière* D) Faux **Tibère** A) Faux, 22 ans B) Faux C) Vrai D) Faux
Garcia A) Faux, Thelma et Lorène B) Faux, *Le Tronc* C) Faux D) Faux **Ferry** A) Vrai B) Vrai C) Faux D) Faux

Saint **Cyrille**

Dicton

Pédophile à la Saint-Cyrille,
géronto à la Sainte-Margot.

Lundi
18
MARS

Ça s'est passé le 18 mars 2010
Simone Veil entre à l'Académie française.

Coucou

Luc Besson 1959

Vrai ou Faux?

A) Les films qui commencent par « T » lui portent bonheur

B) Son film *Léon* est le biopic de Léon Blum

C) Son film *Nikita* est le biopic de Nikita Khrouchtchev

D) Son film *Le Grand Bleu* est le biopic de Michou

Bye-bye

Chuck Berry 2017

Vrai ou Faux?

A) Il a influencé les Beatles et les Rolling Stones

B) Jeune, il a fait trois ans de prison pour braquage

C) Son surnom était « Jambes Folles »

D) Sa fille a porté plainte contre lui pour attouchements

La citation du jour

« Il y a deux choses qui sont sans limite, la féminité et les moyens d'en abuser »

Luc Besson

Les coutumes du monde

En Inde, on laisse tomber les nouveau-nés d'un balcon à 15 mètres de hauteur. Leur chute est amortie par un drap tendu par la foule. Ceci est censé renforcer l'esprit de l'enfant.

Incroyable !

En 1993, Chuck Berry a chanté en duo avec Dorothée dans l'émission « Club Dorothée ».

Étonnant

L'expression « En voiture Simone » vient de Simone Louise des Forest, la première pilote de course.

Le chiffre du jour

58,7 millions

C'est le nombre d'entrées qu'a fait le film *Lucy* dans le monde.

Le saviez-vous?

Après avoir tourné *Greystoke*, Christophe Lambert a refusé *Le Grand Bleu* en disant : « Après les singes, les dauphins, et pourquoi pas les vaches ensuite ! »

Anagramme

Luc Besson = ce boss nul

À vérifier

Luc Besson aurait de vrais dauphins dans sa piscine.

Besson A) Vrai, *Taken*, le *Transporteur*, *Taxi* B) Faux C) Faux D) Faux
Berry A) Vrai B) Vrai C) Vrai D) Non, ce n'est pas le même Berry

Saint **Joseph**

Dicton

Si tu fais des bénefs à la Saint-Joseph, ne ferme pas la boutique à la Sainte-Monique

Mardi
19
MARS

Ça s'est passé le 19 mars 1895

Louis et Auguste Lumière tournent *La Sortie de l'usine Lumière à Lyon.*

Coucou

Bruce Willis 1955

Vrai ou Faux?

A) Son vrai nom est John MacLane

B) Jeune, il a été gardien dans une centrale nucléaire

C) À la fin du film *Le Sixième Sens* on découvre qu'il est mort depuis le début

D) Il a eu cinq filles avec Demi Moore

Bye-bye

Edgar Rice Burroughs 1950

Vrai ou Faux?

A) Il a été marchand de taille-crayons

B) Dans son 1er roman, Tarzan s'appelait Zarzan

C) Il a appelé sa deuxième fille Tarzana

D) Il a été condamné pour apologie de la zoophilie pour son roman *Cheeta, bobo, cucul*

La citation du jour

« Il n'est pas indispensable d'être fou pour faire du cinéma, mais ça aide beaucoup »

Samuel Goldwyn

Le métier insolite

Consultant pour sultan con

Boulot extrêmement lucratif qui permet d'être grassement payé en liquide par un cheik pour le conseiller sur sa façon de s'habiller par rapport au temps qu'il va faire dans la journée, tout en sachant que dans cette région il fait 35° C toute l'année.

Le chiffre du jour

900 C'est le nombre d'enfants qu'un sultan turc a eus avec 400 femmes.

Le saviez-vous?

En 1990, Bruce Willis a refusé le rôle principal du film *Ghost* car il pensait que jouer un fantôme serait mauvais pour sa carrière. Dix ans plus tard, il en jouait un dans *Le Sixième Sens*.

À vérifier

Quand j'ai traité Bruce Willis de connard chez Ardisson, il m'aurait mis un pain, mais je ne m'en souviens plus.

Willis A) Faux B) Vrai C) Vrai D) Faux, 3 même s'il en a 5 en tout

Burroughs A) Vrai V) Faux C) Faux, c'était le nom de son ranch D) Faux

Saint **Herbert**

Dicton
À la Saint-Herbert, tous les hommes sont pervers.

Mercredi
20
MARS

Ça s'est passé le 20 mars 1965
France Gall remporte l'Eurovision.

Coucou
Philippe Croizon 1968

Vrai ou Faux?

A) Il n'est membre de rien

B) À l'hôpital, ses médecins trouvaient qu'il en rajoutait beaucoup

C) Il a traversé la Manche à la nage en criant « S'il vous plaît pour les enfants… »

D) C'est sa femme qui l'a aidé à tourner la page

Bye-bye
Maître Capello 2011

Vrai ou Faux?

A) Il aimait chanter *a capella*

B) Il était pour la peine de mort pour ceux qui font des fautes d'orthographe

C) Il a joué dans *Les Clefs de bagnole*

D) Il a eu deux enfants avec un nourrain

La citation du jour

« Je suis animé de mégawatts de désir de vivre »

Philippe Croizon

Cinéma

Quai des brumes

Dans *Quai des brumes*, que répond Michèle Morgan à Jean Gabin qui lui dit : « T'as de beaux yeux, tu sais » ?

A) Embrassez-moi

B) Oh oui, prends moi contre le mur

C) Lâche l'affaire les Anglais ont débarqué

D) C'est des lentilles et ça fait péter

Le chiffre du jour

33 C'est le nombre de kilomètres parcourus par Philippe Croizon lors de sa traversée de la Manche à la nage.

Le saviez-vous?

Lors de son accident, Philippe Croizon a reçu deux décharges de 20 000 V : la première provoque un arrêt cardiaque, et la seconde le ranime.

À vérifier

Après son terrible accident, seule la bite de Philippe Croizon aurait repoussé.

Croizon A) Vrai B) Faux C) Faux D) Vrai **Capello** A) Faux B) Vrai C) Faux D) Faux
Cinéma A

Sainte **Clémence**

Dicton

Semence à la Sainte-Clémence, polichinelle à la Sainte-Joëlle

Jeudi

21

MARS

Ça s'est passé le 21 mars 2006

Lancement de Twitter.

Coucou

Antoine Griezmann 1991

Vrai ou Faux?

A) Son grand-père était un joueur de football portugais

B) Sa grand-mère faisait du vélo

C) Il a fait son coming-out en se teignant les cheveux en rose

D) Il s'est fait tatouer Le Petit Prince sur la bite

Bye-bye

Pocahontas 1617

Vrai ou Faux?

A) Son vrai nom est Matoaka

B) Ça veut dire « petit chauffage d'appoint »

C) Elle est morte à 102 ans

D) Elle est née dans la tribu des Watzefuck

La citation du jour

« Tweeter, d'abord, on s'affilie, on se follow, on en devient fêlé, et on finit solo ! »

Stromae

De l'art ou du cochon

Concetto spaziale, Attese **de Lucio Fontana, 1964-1965**

Monochrome rouge avec un coup de cutter vertical au centre de la toile. L'idée est de « ne plus considérer la toile seulement comme un support plat mais comme une œuvre tridimensionnelle qui enregistre le passage du temps et son interaction avec la lumière ». Parti aux enchères pour 1,2 million d'euros.

Le saviez-vous?

Le NFT du 1er tweet de l'histoire a été acheté aux enchères près de 3 millions de dollars en 2021. Il a vu sa valeur s'effondrer en seulement quelques mois et valait 29 euros en 2022.

Le chiffre du jour

44 milliards de $

C'est le prix auquel Elon Musk a racheté Twitter en 2022.

Le jeu

Attribue ces tweets à leur auteur :

A) Ensuite je rachète Coca-Cola pour remettre de la cocaïne dedans

B) Une sage pratique spirituelle peut t'aider, celle que l'on appelle les jaculatoires

C) Le réchauffement climatique a été créé par les Chinois pour rendre la main d'œuvre américaine non-compétitive

D) Les homosexuels peuvent se marier naturellement, mais avec une personne de l'autre sexe

1. Elon Musk 2. Donald Trump 3. Christine Boutin 4. Pape François

Le jeu A1, B4, C2, D3

Griezmann A) Vrai B) Faux C) Faux D) Faux **Pocahontas** A) Vrai, B) Faux, « Fleur entre deux ruisseaux » C) Faux, 22 ans D) Faux, des Powhatans

Sainte **Léa**

Dicton

À la Sainte-Léa, par derrière t'as le droit.

Vendredi

22

MARS

Ça s'est passé le 22 mars 1983

Première apparition du Chat de Philippe Geluck.

Coucou

Fanny Ardant 1949

Vrai ou Faux?

A) Son père était gouverneur au palais de Monaco

B) Sa mère était femme de ménage à Bagneux

C) Ses faux jumeaux se prénomment Baladin et Baladine

D) Elle admire les Brigades rouges et les Farc

Bye-bye

Jean-Baptiste Lully 1687

Vrai ou Faux?

A) Il est né espagnol

B) Molière le surnommait « le Queutard »

C) Il était bisexuel

D) Il a composé une musique pour la fistule anale de Louis XIV

La citation du jour

« La vie serait plus douce si on se levait plus tard parce que les soirées seraient plus longues»

Fanny Ardant

Tous des bêtes

L'odorat du chien est 1 million de fois plus efficace que le nôtre.

Transposition chez l'homme :

Le chiffre du jour

8,8 C'est, en cm, la taille du nez de Mehmet Özyürek, un Turc qui détient le record du plus long nez du monde.

Le saviez-vous?

Selon une étude de 2014, notre nez serait capable de distinguer au moins 1 000 milliards d'odeurs différentes.

À vérifier

Cyrano de Bergerac aurait subi cinq rhinoplasties.

Ardant A) Vrai B) Faux C) Faux, elle a eu 3 filles : Lumir, Joséphine et Baladine D) Vrai

Lully A) Faux, italien B) Faux, « Le Paillard » C) Vrai D) Vrai, un *Te Deum*

Sainte **Rebecca**

Dicton
À la Sainte-Rebecca,
à Deauville tu iras.

Samedi
23
MARS

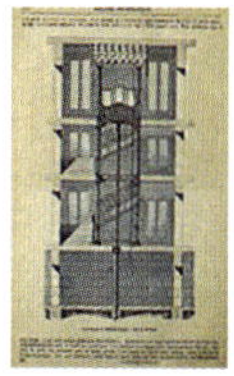

Ça s'est passé le 23 mars 1857
Inauguration du 1er ascenseur créé par Otis.

Coucou
Chantal Lauby 1948

Vrai ou Faux?

A) Elle a démarré comme speakerine en 1970
B) Elle a eu une fille avec Dominique Farrugia
C) Elle a joué dans *Les Clefs de bagnole*
D) Elle a deux raies

Bye-bye
Elizabeth Taylor 2011

Vrai ou Faux?

A) Elle s'est mariée deux fois avec Richard Burton
B) Elle s'est mariée trois fois avec Eddy Barclay
C) Elle a vendu sa vieille Porsche à James Dean
D) Elle a été préférée à Charlotte de Turckheim pour jouer *Cléopâtre*

La citation du jour

« L'ascenseur, c'est comme la femme,
tu mets ton doigt où t'habites »

Un peu tout le monde

Sainte **Catherine de Suède**

Dicton
À la Sainte-Catherine de Suède,
change tes vieilles ampoules et mets
des LED.

Dimanche
24
MARS

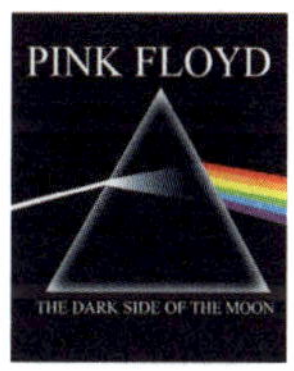

Ça s'est passé le 23 mars 1973
Sortie de l'album *Dark Side of the Moon* des Pink Floyd.

Coucou
Raphaël Mezrahi 1964

Vrai ou Faux?

A) Il déteste les chats
B) Il a piégé Donald Trump
C) Il a chanté « Les courgettes ont des couilles »
D) Il a appris à Nabilla ce qu'était un gland

Bye-bye
Jules Verne 1905

Vrai ou Faux?

A) Il est l'auteur le plus traduit au monde
B) Son vrai nom est Jules Verge
C) Avant d'écrire son roman, il a fait le tour du monde en 80 jours
D) Il a écrit *L'Île mystérieuse* après un séjour en Corse

Lauby A) Vrai B) Faux C) Vrai D) Faux **Taylor** A) Vrai B) Faux C) Faux D) Faux
Mezrahi A) Faux, il en a 20 B) Faux C) Faux, « Les carottes ont des poils » D) Vrai **Verne** A) Faux, 2e derrière Agatha Christie B) Faux C) Faux D) Faux

Saint **Humbert**

Dicton

Cancer à la Saint-Humbert, asticot à la Sainte-Margot.

Lundi
25
MARS

Ça s'est passé le 25 mars 1914
Mort de Frédéric Mistral.

Coucou
Elton John 1947

Vrai ou Faux?

A) C'est le fils de Sheila
B) C'est un rescapé du sida
C) Il a dansé le rock avec la reine d'Angleterre
D) Il a dansé la Macarena avec Lady Di

Bye-bye
Bertrand Tavernier 2021

Vrai ou Faux?

A) Il a été attaché de presse de Stanley Kubrick
B) Il a eu un Oscar
C) Au départ il voulait Alain Delon et non Galabru pour *Le Juge et l'Assassin*
D) Il a réalisé *Conan le Barbare*

La citation du jour

« Parfois, lorsque je suis en avion au-dessus des Alpes, je me dis : ça ressemble à toute la cocaïne que j'ai sniffée »

Elton John

Les coutumes du monde

Aux Pays-Bas, il est déconseillé de chanter à table et de prêter son sel à son voisin.

Le chiffre du jour

250 000

C'est le nombre de paires de lunettes qu'Elton John dit posséder.

Incroyable !

Une étude scientifique de 2022 montre que la taille moyenne du pénis en érection a augmenté de 24 % en 30 ans, passant de 12,2 cm à 15,2 cm. Les causes sont encore inconnues.

À vérifier

Elton John porterait une perruque.

John A) Vrai, c'était le prénom de sa mère B) Vrai, il a eu beaucoup de chance C) Vrai D) Faux **Tavernier** A) Vrai B) Vrai, pour *Autour de minuit* C) Faux D) Faux

Sainte **Larissa**

Dicton

À la Sainte-Larissa, n'oublie jamais qu'après tu dois faire caca.

Mardi
26
MARS

Ça s'est passé le 26 mars 1972
La SNCF présente le TGV.

Coucou
Pif le chien 1948

Vrai ou Faux?

A) Pif est un chien communiste
B) Il a lancé Corto Maltese et Rahan
C) Son meilleur gadget était les pois sauteurs
D) Son pire gadget était le préservatif pour enfant

Bye-bye
Beethoven 1827

Vrai ou Faux?

A) Son père le rajeunissait de deux ans
B) Il n'était pas plus sourd que vous et moi
C) Il mangeait quatre pommes par jour
D) Il avait un chien plus gros que lui

La citation du jour

« Le TGV trop rapide est un mauvais coup porté au livre »

Bernard Pivot

Le métier insolite

Forceur de signature

Ce métier consiste à forcer une personne qui rechigne à signer un contrat désavantageux en le menaçant d'une arme. Le forceur est en général très bien rétribué par le bénéficiaire du contrat léonin.

Le saviez-vous?

« La lettre à Élise » de Beethoven aurait dû s'appeler « La lettre à Thérèse ». Beethoven l'a composée pour une Thérèse dont il était amoureux, et quand des années plus tard, un musicologue a retrouvé la partition, le prénom de Thérèse étant illisible, il le remplaça par celui d'Élise.

Le chiffre du jour

574,8 km/h

C'est le record de vitesse sur rail que détient le TGV.

Incroyable !

Quand il est devenu sourd, Beethoven a continué à composer en se mettant une baguette en bois entre les dents ce qui lui permettait d'entendre les sons par transmission osseuse.

À vérifier

Adepte du naturisme, son surnom était « bite au vent ».

Pif A) Vrai, il est apparu dans le journal *L'Humanité* B) Vrai C) Vrai D) Faux
Beethoven A) Vrai, pour qu'il paraisse encore plus génial B) Faux C) Faux D) Faux

Saint **Habib**

Dicton
L'Habib ne fait pas le moine.

Mercredi
27
MARS

Ça s'est passé le 27 mars 1615
Mort de Marguerite de France.

Coucou
Kad Merad 1964

Vrai ou Faux?

A) Son vrai nom est Kad Havérik
B) Il est né à Oslo
C) Il a chanté en duo avec Johnny Hallyday
D) Il peut jouer de la guitare avec sa bite

Bye-bye
Youri Gagarine 1968

Vrai ou Faux?

A) C'est le premier être humain à avoir effectué un vol dans l'espace
B) Il avait une chienne prénommée Laïka
C) Il mesurait 1m98
D) Au moment du décollage, il a dit « J'ai chaud au cul ! »

La citation du jour

« Linda, je n'ai jamais aimé personne comme toi ! Bon, à part ma Fuego, mais je vais la vendre ! »

Kad Merad

Cinéma

Le Père Noël est une ordure

Quelle réplique n'est pas dans *Le Père Noël est une ordure* ?

A) Il y a un monsieur très mal poli qui a téléphoné, il voulait enculer Thérèse.

B) Il a dû être fini à la pisse tellement il est con !

C) Alors maintenant rentrez dans votre pays et foutez-nous la paix !

D) Donnez-moi un morceau de cette chose longue et molle.

Le saviez-vous?

Alors que l'équipe du film tournait la première scène sans autorisation, une dame est venue gifler Gérard Jugnot dans la rue en lui disant : « Monsieur, remettez immédiatement votre perruque, ma petite-fille croit encore au Père Noël. »

Incroyable !

À l'origine, *Le Père Noël est une ordure* devait s'appeler *Le Père Noël s'est tiré une balle dans le cul* mais ce titre a été jugé trop choquant.

À vérifier

Pendant le tournage, Thierry Lhermitte aurait vraiment baisé Anémone dans la douche.

Habib A) Faux B) Faux, à Sidi Bel Abbès C) Faux D) Vrai, **Gagarine** A) Vrai B) Faux C) Faux, 1m58 D) Faux, « et c'est parti ! »
Cinéma B

Saint **Gontran**

Dicton
À la Saint-Gontran, énerve-toi calmement.

Jeudi
28
MARS

Ça s'est passé le 28 mars 1882
En France, l'enseignement devient laïc et obligatoire.

Coucou
Lady Gaga 1986

Vrai ou Faux?
A) Enfant, elle se destinait à entrer dans les ordres
B) Elle a commencé sa carrière comme gogo danseuse
C) Elle a eu une relation avec le styliste « DADA »
D) Elle coud ses robes elle-même

Bye-bye
Marc Chagall 1985

Vrai ou Faux?
A) Depuis son enfance en Biélorussie il adorait l'ésotérisme
B) Il a lu la Kabbale au Canada
C) André Malraux s'est opposé au projet de plafond de l'opéra Garnier peint par Chagall
D) Mon petit neveu de 10 ans aurait fait mieux

La citation du jour

« Vous vous moquez de moi parce-que je suis différente. Moi, je me moque de vous parce que vous êtes tous pareils »

Lady Gaga

De l'art ou du cochon

***Nexus Vomitus* de Millie Brown, « The Vomit Artist »**

Cette artiste anglaise est l'inventrice du *vomit painting*, une pratique qui consiste à boire du lait coloré, à se mettre deux doigts dans la gorge et à peindre en gerbant. Sa toile *Nexus Vomitus* a été vendue 2 400 dollars.

Étonnant !

Pour arrondir ses fins de mois, Lady Gaga a été gogo danseuse dans sa jeunesse, mais son nom de scène a été inspiré par « Radio Ga Ga » de Queen.

Le jeu des 777 erreurs

Lady Gaga

Jeanne Calment

Le chiffre du jour

23 kg C'est le poids de la robe en viande de bœuf de Lady Gaga.

Le saviez-vous?

Lady Gaga a révolutionné l'industrie du parfum en créant un liquide noir dans le flacon mais translucide à la vaporisation.

À vérifier

Lady Gaga aurait commandé à un rabbin couturier une robe entièrement confectionnée avec des prépuces.

Lady Gaga A) Faux B) Vrai C) Vrai D) Faux **Chagall** A) Vrai B) Faux, en France C) Faux, c'est lui qui l'a commandé D) Faux, mais c'est ce que disait ma grand-mère

Saint **Jonas**

Dicton
À la Saint-Jonas, arrête la vinasse.

Vendredi
29
MARS

Ça s'est passé le 29 mars 1989
Inauguration de la pyramide du Louvre par François Mitterrand.

Coucou
Christophe Lambert 1957

Vrai ou Faux?

A) Depuis qu'il a joué *Highlander*, il est immortel
B) Son anagramme est « short prit béchamel »
C) Son cœur a fait boum pour Sophie Marceau
D) Pendant le tournage de *Greystoke*, il aurait eu un petit avec une guenon

Bye-bye
Bernard Blier 1989

Vrai ou Faux?

A) Il est né au Pérou
B) Il a été le plus grand cocu de l'histoire du cinéma
C) Quand on lui en faisait trop, il dynamitait, il dispersait, il ventilait
D) Il a joué dans *Y a du mou dans le slip*

La citation du jour

« L'expérience est un peigne que vous donne la vie quand vous êtes devenu chauve »

Bernard Blier

Tous des bêtes

Le canard argentin possède un pénis qui fait 42 cm, soit une fois et demi sa taille.

Transposition chez l'homme :

Le jeu

Relie la citation de Bernard Blier avec son film

A) « J'ai déjà vu des faux-culs, mais vous êtes une synthèse. »
B) « Faut r'connaître... c'est du brutal ! »
C) « L'éducation, ça s'apprend pas. »
D) « Quand vous pétez en pantalon, ça vous colle aux guibolles, tandis qu'avec la soutane, hop, on aère. »

1) *Elle boit pas, elle fume pas, elle drague pas, mais... elle cause !*
2) *Les Tontons flingueurs*
3) *Le cave se rebiffe*
4) *Calmos*

Le chiffre du jour

673

C'est le nombre de losanges et triangles de verre qui composent la pyramide du Louvre.

Le saviez-vous?

Depuis la création de la pyramide, le Louvre est passé de 3 à 8,5 millions de visiteurs par an.

À vérifier

La pyramide devrait être démontée pour faire place à l'épreuve de pétanque des Jeux Olympiques.

Lambert A) À voir... B) Vrai C) Vrai D) C'est ce qu'on dit
Blier A) Faux, en Argentine B) Vrai C) Vrai D) Faux **Le jeu** A1 B2 C3 D4

Saint **Amédée**

Dicton
Tourista à la Saint-Amédée, bon courage pour les slips à laver.

Samedi
30
MARS

Ça s'est passé le 30 mars 1867
Les États-Unis rachètent l'Alaska à la Russie pour un montant de 7,2 millions de dollars.

Coucou
Céline Dion 1968

Vrai ou Faux?
A) C'est la dernière d'une famille de 28 enfants
B) Elle a changé une lettre à son nom de famille parce que Céline Fion ça ne le faisait pas
C) Elle a connu son mari lorsqu'elle n'avait que 12 ans
D) Elle a moulé la bite de René pour l'avoir toujours sur sa table de nuit

Bye-bye
Léon Blum 1950

Vrai ou Faux?
A) Son anagramme est « nul bémol »
B) C'est le père des congés payés
C) C'est l'arrière-grand-père d'Orlando Bloom
D) Il était antisémite

La citation du jour

« Je viens souvent à la tour Eiffel parce que c'est le seul endroit de Paris d'où je ne la vois pas »

Guy de Maupassant

Saint **Benjamin**

Dicton
À la Saint-Benjamin, circoncis un rabbin.

Dimanche
31
MARS

Ça s'est passé le 31 mars 1889
Inauguration de la tour Eiffel.

Coucou
Yann Moix 1968

Vrai ou Faux?
A) Il déteste les polémiques
B) Il a fait deux tentatives de suicide quand il travaillait avec Christine Angot
C) Il a reçu le grand prix de la BD au Festival d'Angoulême
D) Il a un rapport fusionnel avec ses parents

Bye-bye
François Ier 1547

Vrai ou Faux?
A) Il mesurait 2 mètres
B) Il a créé la première loterie d'État
C) Il a acheté *la Joconde* à Léonard de Vinci pour une bouchée de pain
D) Son emblème était le ragondin

Dion A) Faux, 14 enfants B) Faux C) Vrai D) Faux, elle a moulé sa main **Blum** A) Vrai B) Vrai C) Faux D) Faux, il était juif et a souffert de l'antisémitisme
Moix A)) Faux B) Faux C) Faux, ses dessins de jeunesse ont fait scandale D) Faux, il les traite de bourreaux et souhaite leur mort
François Ier A) Vrai B) Vrai C) Faux, il l'a payé environ 900 000 euros D) Faux, la salamandre

Saint **Nectaire**

Dicton
*À la Saint-Nectaire,
ton haleine va prendre cher.*

Lundi
01
AVRIL

Ça s'est passé le 1er avril 1882
Découverte à Mykonos du premier fossile de Tripotanus.

Coucou
Le Soldat inconnu 1886

Vrai ou Faux?

A) Jeune, il voulait être connu
B) En 1914, il était déjà inconnu au bataillon
C) Il était très pote avec Bourdon, Campan et Légitimus
D) Il s'est fait tuer d'une balle dans le dos par un Français car il était déserteur

Bye-bye
Jack l'Éventreur 1902

Vrai ou Faux?

A) Il égorgeait ses victimes avant de les éventrer et de prélever leurs organes
B) Il travaillait avec un petit couteau suisse
C) C'était un bon mari, un bon voisin, et un bon père de famille
D) Un film lui a été consacré : *Very Bad Tripes*

La citation du jour

« Si l'administration militaire était bien faite, il n'y aurait pas de Soldat inconnu »

Louis Jouvet

Les coutumes du monde

En Écosse, avant qu'une femme se marie, ses amis et ses proches la recouvrent de diverses immondices : poissons pourris, sauces, lait tourné, boue... On dit que si la future mariée peut survivre à ça, elle pourra survivre au mariage.

Le chiffre du jour

5 C'est le nombre de victimes avérées de Jack l'Éventreur.

Le saviez-vous?

Le Soldat inconnu a été choisi au hasard parmi 8 corps de soldats non identifiés, exhumés dans les 8 régions où les combats ont été le plus meurtriers. C'est Auguste Thin, soldat de deuxième classe alors âgé de 21 ans, qui fut chargé de désigner le cercueil le 8 novembre 1920.

À vérifier

Le Soldat inconnu était le seul poilu totalement imberbe.

Soldat inconnu A) ? B) ? C) Faux D) ?
Jack l'Éventreur A) Vrai B) Faux C) Sûrement D) Faux

Sainte **Sandrine**

Dicton
À la Sainte-Sandrine, offre des fleurs à ta concubine.

Mardi
02
AVRIL

Ça s'est passé le 2 avril 1792
Le dollar devient la monnaie des États-Unis.

Coucou
Marie-Ange Nardi 1961

Vrai ou Faux?

A) Elle s'est fait bouffer par un lion en direct sur France 2

B) Elle s'est fait bouffer la chatte en crypté sur Canal +

C) Son anagramme est « Mandarine Aigre »

D) Elle a participé à « Pyramide » en 3000 avant Jésus-Christ

Bye-bye
Jean-Paul II 2005

Vrai ou Faux?

A) Enfant, il ne croyait pas en Dieu

B) D'origine polonaise, il était toujours saoul

C) En 1981, un jeune Turc lui tire trois balles dans le corps

D) Deux ans plus tard, il se rend en prison pour voir son agresseur et lui tire trois balles dans le corps

La citation du jour

« Papamobile : immatriculée conception.
Un pape au-dessus, seize soupapes en dessous »

Coluche

Le métier insolite

Blanchisseur d'argent sale

Comment ferait la pègre pour blanchir l'argent des trafics de drogue, d'armes ou des cambriolages sans les blanchisseurs d'argent sale ? Si vous voulez vous lancer, soyez prêt à ouvrir au plus vite un kébab, un tabac ou une laverie automatique. Vous verrez, c'est le jackpot assuré !

Le chiffre du jour

265

C'est le nombre de papes qui ont dirigé l'Église catholique avant le pape François.

Le saviez-vous?

Une étude réalisée par le FBI a montré que 97 % des dollars américains portent des traces de cocaïne.

À vérifier

Il y aurait eu un pape Ymoujo.

Nardi A) Vrai B) Faux C) Vrai D) Faux
Jean-Paul II A) Faux B) Faux C) Vrai D) Faux, il lui pardonne

Saint **Richard**

Dicton
À la Saint-Richard,
goinfre-toi de caviar.

Mercredi
03
AVRIL

Ça s'est passé le 3 avril 1922
Joseph Staline devient secrétaire général du Parti communiste de l'Union soviétique.

Coucou
Blanche Gardin 1977

Vrai ou Faux?

A) Son vrai nom est Blanche Lenoir
B) Elle a refusé la décoration des Arts et Lettres
C) En 2022, elle a appelé à voter Dupont-Aignan
D) Sa fille s'appelle Amazone

Bye-bye
Robert Dalban 1987

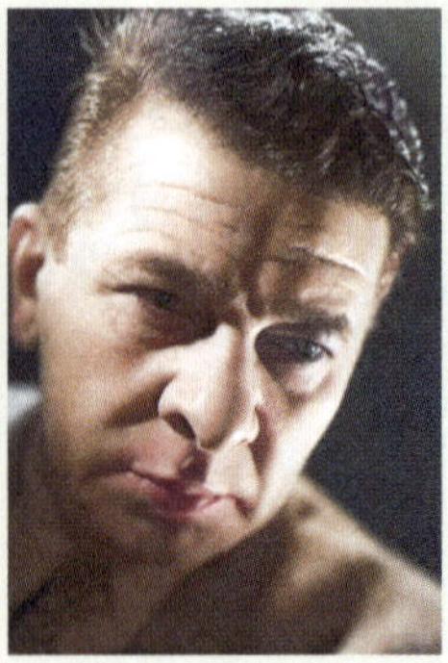

Vrai ou Faux?

A) C'est le petit rôle le plus connu du cinéma français
B) Il a tourné dans 500 films
C) Il a eu une liaison avec Sophie Marceau
D) C'est lui qui sert l'alcool qui a un goût de pomme dans *Les Tontons flingueurs*

La citation du jour

« La mort est la solution à tous les problèmes, pas d'homme, pas de problème »

Joseph Staline

Cinéma

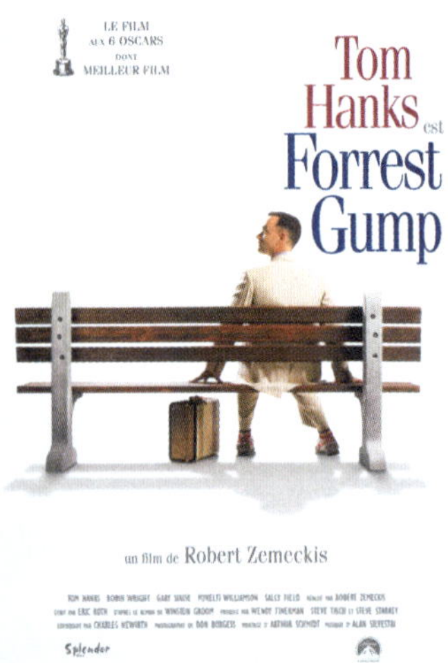

Quelle réplique est dans *Forrest Gump* ?

A. La vie, c'est comme une boîte de chocolat, on ne sait jamais sur quoi on va tomber.

B. La vie c'est comme du papier toilette, on est vite au bout de son rouleau.

C. La vie c'est comme un stylo, on écrit n'importe quoi et quand on veut écrire quelque chose d'important, on n'a plus d'encre.

D. La vie, c'est comme un suppositoire, on avance dans le noir et quand on commence à comprendre le chemin, on a fondu.

Incroyable !

Staline était un grand fan de cinéma américain, et notamment de Chaplin ou John Ford. Il a pourtant engagé des tueurs à gages pour éliminer John Wayne qu'il considérait comme une menace pour le communisme.

Le saviez-vous?

Joseph Staline s'appelle en réalité Iossif Vissarionovitch Djougachvili. Son pseudonyme Staline est formé sur le mot russe сталь (stal), qui signifie « acier ».

À vérifier

Le chanteur Christophe aurait écrit une chanson pour Staline.

Gardin A) Faux B) Vrai C) Faux D) Faux **Dalban** A) Vrai B) Faux, 200 C) Faux D) Vrai
Cinéma A

Saint **Isidore**

Dicton
À la Saint-Isidore, va niquer tes morts.

Jeudi
04
AVRIL

Ça s'est passé le 4 avril 1975
Création de Microsoft en Californie.

Coucou
Bernard Campan 1958

Vrai ou Faux?
A) Il a joué mon rôle dans un sketch
B) Il a joué avec Passe-partout et Mimie Mathy dans un film intitulé *Les Nains connus*
C) Il a joué dans *Les Clefs de Bagnole*
D) Il a déclaré : « Voir Légitimus me fout le bourdon »

Bye-bye
Martin Luther King 1968

Vrai ou Faux?
A) Il a reçu le prix Nobel de la paix en 1964
B) Il portait le même nom que son père
C) Il a donné ce même nom à son fils
D) Son assassin s'appelait comme lui

La citation du jour

« Celui qui accepte le mal sans lutter contre lui coopère avec lui »

Martin Luther King

De l'art ou du cochon

***Cascade de lavabos et d'urinoirs*, installation de Shu Yang**
10 000 lavabos et urinoirs couvrent un mur de 100 mètres de long sur près de 5 mètres de haut. L'installation est reliée à un robinet et inondée régulièrement, créant une cascade monumentale.

Incroyable !

Si Bill Gates dépensait 1 million de dollars par jour, il lui faudrait 400 ans pour dépenser toute sa fortune.

Le jeu

Vrai ou faux ?
Ils ont refusé le prix Nobel
A) Jean-Paul Sartre
B) Martin Luther King
C) Thomas Mann
D) Boris Pasternak
E) Lê Duc Tho
F) Albert Camus

Le chiffre du jour

4 630
C'est le nombre de dollars que Bill Gates gagne à chaque seconde.

Le saviez-vous?

La fondation Bill Gates, en partenariat avec Samsung, a mis au point des toilettes capables de brûler notre caca et de recycler l'eau. Cette solution permettrait de gérer les excréments dans les pays en voie de développement.

À vérifier

À chaque fois qu'il dîne dehors, Bill Gates achète le restaurant.

Campan A) Vrai B) Faux C) Vrai D) Faux **Luther King** A) Vrai B) Vrai C) Vrai D) Faux
Le jeu A) Vrai B) Faux C) Faux D) Vrai E) Vrai F) Faux

Sainte **Irène**

Dicton
À la Sainte-Irène,
même les curés blasphèment.

Vendredi
05
AVRIL

Ça s'est passé le 5 avril 1791
Mirabeau est le 1er à entrer au Panthéon.

Coucou
Charlotte de Turckheim 1955

Vrai ou Faux?
A) Coluche lui a écrit son premier spectacle
B) Elle a fait deux opérations chirurgicales pour agrandir son nez
C) Elle a joué le rôle-titre dans *Cyrano de Bergerac*
D) Petite, elle a joué à touche-pipi avec ses cousins

Bye-bye
Charlton Heston 2008

Vrai ou Faux?
A) Son vrai nom est Carlton Weston
B) Pendant le tournage de *La Planète des singes*, il a harcelé une femelle orang-outan
C) Quand sa femme enceinte a perdu les eaux, il les a écartées
D) Quand il parlait des armes sur Canal + je lui ai demandé d'arrêter son char

La citation du jour

« La roche Tarpéienne est près du Capitole »

Marcus Manlius Capitolinus

Tous des bêtes

Les girafes peuvent se lécher les oreilles avec leur langue bleue de 55 cm.

Transposition chez l'homme :

Les virés du Panthéon

Jean-Paul Marat remplace Mirabeau mais sera sorti à son tour quelques mois plus tard. Michel Lepeletier de Saint-Fargeau sort du Panthéon parce que son corps a été réclamé par sa famille. Le marquis de Dampierre, général de la Révolution, sera viré car soupçonné de trahison.

Le chiffre du jour

81 C'est le nombre de personnes qui reposent au Panthéon : 75 hommes et 6 femmes.

Le saviez-vous?

Mirabeau a été le premier à entrer au Panthéon mais aussi le premier à en sortir : il en a été exclu après la découverte de sa collaboration avec Louis XVI et n'y sera resté que 3 ans.

À vérifier

Dans un cadre culturel, il y aurait chaque année des échanges de cercueil avec le Panthéon de Rome.

Turckheim A) Vrai B) Faux C) Faux, elle a joué Roxane au théâtre D) Vrai
Heston A) Vrai B) Faux C) Faux D) Vrai

Saint **Célestin**

Dicton
À la Saint-Célestin, mets de l'eau dans ton vin.

Samedi
06
AVRIL

Ça s'est passé le 6 avril 1199
Mort de Richard Cœur de Lion.

Coucou
Jérémy Ferrari 1985

Vrai ou Faux?

A) Son vrai nom est Jérémy Bugatti
B) Il souffre de nombreux troubles psychiatriques
C) Il a congelé les bébés qu'il a eus avec Laura Laune
D) Il a été le producteur de Stephen Hawking

Bye-bye
Jacques Higelin 2018

Vrai ou Faux?

A) Il a écrit « Champagne pour tous » pour Michou
B) Il a écrit « Tombé du ciel » après l'accident de la navette Columbia
C) Ses enfants s'appellent Arthur H et Izia LSD
D) Il a enregistré un album de duos avec Michel Sardou

La citation du jour

« Je ne vis pas ma vie, je la rêve »

Jacques Higelin

Saint **Jean-Baptiste**

Dicton
À la Saint-Jean-Baptiste, va mater les nudistes.

Dimanche
07
AVRIL

Ça s'est passé le 7 avril 33
Jésus-Christ aurait été crucifié à Jérusalem à l'âge de 37 ans et non pas 33.

Coucou
Teddy Riner 1989

Vrai ou Faux?

A) À la naissance, il pesait déjà 37 kilos
B) Il mange un tiers de son poids chaque jour
C) Heureusement pour lui, il n'est pas Douillet
D) Il a gagné son 10e titre mondial en battant Raphaël Nadal en finale

Bye-bye
Yves Mourousi 1998

Vrai ou Faux?

A) Il est né de père inconnu
B) Sa mère a également accouché de Marie-Laure Augry
C) En 1978, il échappe à un attentat à la bombe
D) Il a présenté un journal assis sur les toilettes

Ferrari A) Faux, Larzillière B) Vrai C) Faux D) Faux **Higelin** A) Faux B) Faux C) Faux D) Faux
Riner A) Faux B) Faux D) Vrai C) Faux **Mourousi** A) Vrai B) Faux C) Vrai D) Faux

Sainte **Julie**

Dicton
À la Sainte-Julie,
l'argent sale tu blanchis.

Lundi
08
AVRIL

Ça s'est passé le 8 avril 1820
Découverte de la Vénus de Milo.

Coucou
Alexandre Debanne 1960

Vrai ou Faux?

A) Il a présenté « Vidéo Gag » avec Bernard Montiel pendant 22 ans
B) En 1996, il a eu un très grave accident de moto
C) À l'époque, il m'a accusé d'avoir trafiqué sa moto
D) Il a fait le tour de Corse nu en ski nautique tracté par un jet sans pilote et avec des figatelli dans le cul en 2 h 15

Bye-bye
Picasso 1973

Vrai ou Faux?

A) Il a produit près de 50 000 œuvres
B) Le premier mot qu'il prononça fut « crayon »
C) Il a peint des toiles avec le caca de sa fille
D) Jeune, il achetait ses tubes de peinture en vendant de l'opium

La citation du jour

« J'ai mis toute ma vie à savoir dessiner comme un enfant »

Pablo Picasso

Les coutumes du monde

Lors d'un mariage au Congo, le sourire est interdit aux mariés pendant la cérémonie, la réception et les photos. Si l'heureux couple a le malheur de sourire, le mariage ne sera pas vu comme sérieux ou solennel.

Question

Picasso aurait-il aimé peindre Ribéry ?

Le saviez-vous?

Pablo Picasso a été le premier artiste à avoir été exposé au Louvre de son vivant.

Incroyable !

Picasso a peint *Guernica* avec de la peinture Ripolin !

L'info en +

En 1911, Picasso a été accusé avec Apollinaire d'avoir volé la *Joconde*.

À vérifier

La dernière volonté de Picasso a été qu'on donne son nom à une voiture de merde après sa mort.

Debanne A) Faux, 6 ans B) Vrai C) Faux, c'est mon ami D) Faux
Picasso A) Vrai B) Vrai C) Vrai D) Faux, mais il en fumait **Cinéma** A

Saint **Gauthier**

Dicton
Acné à la Saint-Gauthier, vérole à la Sainte-Carole

Mardi
09
AVRIL

Ça s'est passé le 9 avril 1865
Fin de la guerre de Sécession aux États-Unis.

Coucou
André Manoukian 1957

Vrai ou Faux?

A) Il a grandi dans « le grand trou »
B) Il a couché avec toutes les chanteuses qu'il a découvertes
C) Il a des boutiques de prêt-à-porter et des salons de coiffure
D) Ses amis le surnomment « Dédé l'enculé »

Bye-bye
François Rabelais 1553

Vrai ou Faux?

A) Il a dit « L'homme est un roseau pensant»
B) Il a dit « Rire est le propre de l'homme »
C) Il a dit « Celui qui veut péter plus haut que son cul doit se faire un trou dans le dos »
D) Il a dit « Tout vient à point à celui qui demande saignant »

La citation du jour

« Science sans conscience n'est que ruine de l'âme »

François Rabelais

Le métier insolite

Branleuse de panda

Le panda a une libido paresseuse et il faut l'encourager à se reproduire. Votre mission, madame, consistera à exciter le panda mâle jusqu'à ce qu'il s'intéresse à sa femelle. Toutefois si le mâle s'en prenait à vous, le directeur du zoo décline toute responsabilité, donc évitez les robes blanches à taches noires.

Le chiffre du jour

1864

C'est le nombre de pandas géants recensés à l'état sauvage.

À vérifier

L'animal le panda aurait été créé après la voiture du même nom.

Le saviez-vous?

Rabelais a sorti *Pantagruel* sous le pseudonyme de « Alcofribas Nasier », qui était son anagramme.

Manoukian A) Vrai, c'est un quartier de Lyon B) Vrai C) Faux, ce n'est pas le même E) Faux, « Dédé les doigts de fée »
Rabelais A) Faux B) Vrai C) Vrai D) Faux

Saint **Fulbert**

Dicton

À la Saint-Fulbert, le soir sors couvert.

Mercredi

10

AVRIL

Ça s'est passé le 10 avril 1965
Mort de la Belle Otero.

Coucou

Guillaume Canet 1973

Vrai ou Faux?

A) Il a réalisé *Le Petit Mouchard*

B) Il a eu deux enfants et un Oscar avec Marion Cotillard

C) Il a joué dans *Les Clefs de bagnole*

D) Depuis 2010, il forme un trouple avec Diane Kruger et Marion Cotillard

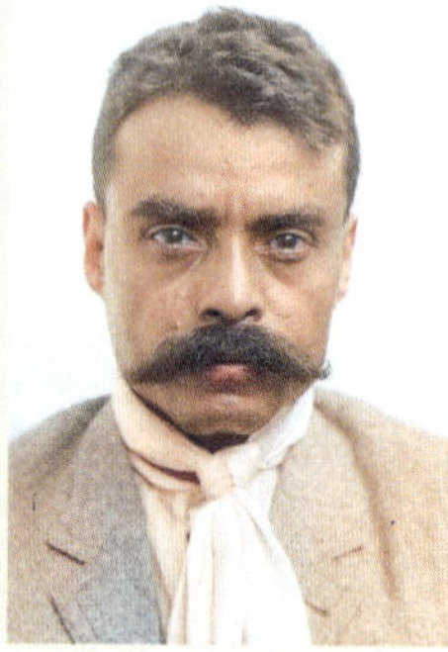

Bye-bye

Emiliano Zapata 1919

Vrai ou Faux?

A) Il était directeur de cirque

B) À la base, ce révolutionnaire cultivait des pastèques

C) Il s'est marié 27 fois

D) Il est mort dévoré par un chihuahua

La citation du jour

« Plutôt mourir debout que vivre à genoux »

Emiliano Zapata

Cinéma

Quelle réplique n'est pas dans *Amélie Poulain* ?

A) « C'est l'angoisse du temps qui passe qui nous fait tant parler du temps qu'il fait. »

B) « Il a l'air mort ce chien. »

C) « La chance, c'est comme le tour de France, on l'attend longtemps et ça passe vite. »

D) « J'ai dû me faire avorter parce que j'ai pris du crack pendant que j'étais enceinte. »

Le chiffre du jour

5 C'est le nombre de nominations du *Fabuleux Destin d'Amélie Poulain* aux Oscars de 2002 sans en remporter un seul.

Anagramme

Guillaume Canet = mulet gai

À vérifier

Attiré par les Oscars, Guillaume Canet aurait eu une aventure avec Jean Dujardin.

Cinéma B, c'est dans *Un Air de famille*

Canet A) Faux B) Vrai, enfin surtout deux enfants C) Faux D) Faux **Zapata** A) Faux B) Vrai C) Vrai D) Faux, il est mort dans une embuscade

Saint **Stanislas**

Dicton
À la Saint-Stanislas, évite les blagues salaces.

Jeudi
11
AVRIL

Ça s'est passé le 11 avril 1970
Lancement de la mission spatiale Apollo 13.

Coucou
Nicoletta 1944

Vrai ou Faux?
A) Après vérification, non, il n'est pas mort le Soleil
B) Ce titre a été repris par Stevie Wonder
C) Elle n'a pas touché un centime pour son duo avec Bernard Lavilliers
D) Pendant un duo avec Joey Starr il lui a arraché l'oreille en la mordant

Bye-bye
Confucius 479 av. J.-C.

Vrai ou Faux?
A) La nuit de sa naissance deux dragons se seraient posés sur le toit de sa maison
B) Il aurait mesuré 2m06
C) Il a dit « La joie est en tout il faut savoir l'extraire »
D) Il a dit « Casse-toi pauvre con ! »

La citation du jour

« Choisissez un travail que vous aimez et vous n'aurez pas à travailler un seul jour de votre vie »

Confucius

De l'art ou du cochon

***La Cloaca*, installation de Wim Delvoye, 2000**

La Cloaca est une installation de Wim Delvoye qui reproduit le fonctionnement d'un tube digestif humain : elle est composée de six cloches en verre contenant différents sucs pancréatiques, bactéries et enzymes, etc. Il existe une dizaine de versions de cette machine à caca dans le monde.

Incroyable !

La légende dit que Confucius aurait rencontré Lao Tseu et, sidéré, il renonça à parler pendant un mois tellement Lao Tseu l'avait impressionné.

Le saviez-vous?

La famille de Confucius possède l'arbre généalogique le plus grand du monde avec plus de 3 millions de descendants.

Le chiffre du jour

4,603
milliards d'années
C'est l'âge de notre soleil selon les astronomes.

À vérifier

Les cosmonautes qui s'approchent du Soleil doivent se protéger avec de la crème indice 99.

Nicoletta A) Vrai B) Faux, Ray Charles C) Vrai D) Faux
Confucius A) Vrai B) Vrai C) Vrai D) Faux

Saint **Jules**

Dicton
À la Saint-Jules,
évite les rimes nulles.

Vendredi
12
AVRIL

Ça s'est passé le 12 avril 1966
Jean-Marie Périer prend « La photo du siècle ».

Coucou
Jean-Louis Aubert 1955

Vrai ou Faux?
A) Son père était préfet
B) Son premier groupe s'appelait Masturbation
C) Il a joué dans *Les Clefs de bagnole*
D) Il a écrit « Voilà c'est fini » après une relation sexuelle

Bye-bye
Joséphine Baker 1975

Vrai ou Faux?
A) Son vrai nom est McDonald
B) À 16 ans, elle s'était déjà mariée 2 fois
C) Elle a toujours eu la banane
D) Elle a adopté 30 enfants

La citation du jour

« Vivre, c'est danser, j'aimerais mourir à bout de souffle à la fin d'une danse »

Joséphine Baker

Tous des bêtes

Pour séduire sa femelle, le bousier lui offre une grosse merde.

Transposition chez l'homme :

Le chiffre du jour

46 C'est le nombre de chanteurs présents sur « La photo du siècle ».

Le saviez-vous ?

Nino Ferrer a fait exprès d'arriver en retard pour « La photo du siècle ». Il ne voulait pas figurer dessus car il ne voulait pas être associé au mouvement yéyé.

À vérifier

Jean-Marie Périer a viré Tino Rossi à coups de pompe dans le cul car il voulait s'incruster sur la photo.

Aubert A) Faux, sous-préfet B) Vrai C) Vrai D) Faux
Baker A) Vrai B) Vrai C) Faux, que sur scène D) Faux, 12

Sainte **Ida**

Dicton
À la Sainte-Ida,
au lit tu simuleras.

Samedi
13
AVRIL

Ça s'est passé le 13 avril 1946
Fermeture des maisons closes en France.

Coucou
Brigitte Macron 1953

Vrai ou Faux?

A) Son nom de naissance est « Trognon »
B) À 15 ans, Emmanuel Macron était dans la même classe que sa fille
C) Au début de sa relation avec Emmanuel, Brigitte risquait 3 ans de prison
D) Son histoire avec Emmanuel a inspiré une chanson à Charles Aznavour

Bye-bye
Michel Bouquet 2022

Vrai ou Faux?

A) Il a interprété François Mitterrand
B) C'est le père de Carole Bouquet
C) Sa fille se prénomme Fleur
D) Le nom de famille de sa première femme était McEnroe

La citation du jour

« Fermer les maisons closes, c'est plus qu'un crime, c'est un pléonasme »

Arletty

Saint **Maxime**

Dicton
À la Saint-Maxime, exhibe tes parties intimes.

Dimanche
14
AVRIL

Ça s'est passé le 14 avril 1912
Naufrage du *Titanic*.

Coucou
Alexandre Jardin 1965

Vrai ou Faux?

A) Son vrai nom est Alexandre Potager
B) Son grand-père était un grand résistant
C) Il a réalisé un film intitulé *Non*
D) En 2000, il devient le papa d'un enfant de petite taille surnommé « Le nain de jardin »

Bye-bye
Simone de Beauvoir 1986

Vrai ou Faux?

A) Son surnom était la Fouine
B) Elle a dit : « Il y a des femmes de talent : aucune n'a cette folie dans le talent qu'on appelle le génie »
C) Quand elle était prof, elle a abusé d'une élève de 16 ans avant de la rabattre sur Sartre
D) Elle a pratiqué le triolisme avec Elsa Triolet

Macron A) Faux, Trogneux B) Vrai C) Vrai D) Faux **Bouquet** A) Vrai, dans *Le Promeneur du Champ-de-Mars* B) Faux C) Faux D) Faux, Borg
Jardin A) Faux B) Faux, il était directeur du cabinet de Pierre Laval C) Faux, *Oui* D) Faux **De Beauvoir** A) Faux, le Castor B) Vrai, dans *Le Deuxième Sexe*
C) Vrai, ils adoraient la chair fraîche D) Faux

Saint **Paterne**

Dicton
À la Saint-Paterne,
même si tu es pompiste
ne sois pas si terne.

Lundi
15
AVRIL

Ça s'est passé le 15 avril 2019
Incendie
de Notre-Dame.

Coucou
Josiane Balasko 1950

Vrai ou Faux?

A) Dans la vie, elle a été la compagne de Monsieur Preskovitch

B) Elle a eu une fille avec Jugnot, un fils avec Clavier, un chien avec Lhermitte

C) Sa fille Marilou a reçu un molière pour « Toc Toc »

D) Son fils Rudy a eu un oscar pour *Les Clefs de bagnole*

Bye-bye
Jean-Paul Sartre 1980

Vrai ou Faux?

A) Son surnom était « la taupe »

B) Il a obtenu le prix Nobel de littérature

C) Il a écrit « Ma Philosophie » pour Amel Bent

D) Piètre amant, il a dit « J'étais plus un masturbateur de femme qu'un coïteur »

La citation du jour

« Quand les riches se font la guerre, ce sont les pauvres qui meurent »

Jean-Paul Sartre

Les coutumes du monde

En Italie, au Nouvel An, les gens balancent les objets dont ils n'ont plus besoin par la fenêtre.

Le saviez-vous ?

Les 10 cloches de Notre-Dame ont un prénom. Elles s'appellent : Emmanuel, Marie, Gabriel, Anne-Geneviève, Denis, Marcel, Étienne, Benoît-Joseph, Maurice, Jean-Marie.

Le chiffre du jour

674 ans

C'est l'âge auquel a brûlé Notre-Dame de Paris.

À vérifier

Didier Bourdon travaillerait à mi-temps à Notre-Dame.

Balasko A) Vrai, elle a vécu avec Bruno Moynot B) Faux C) Vrai D) Faux
Sartre A) Faux B) Faux, il l'a refusé C) Faux D) Vrai

Saint **Benoît Joseph**

Dicton
À la Saint-Benoît-Joseph, surtout, sois bref.

Mardi
16
AVRIL

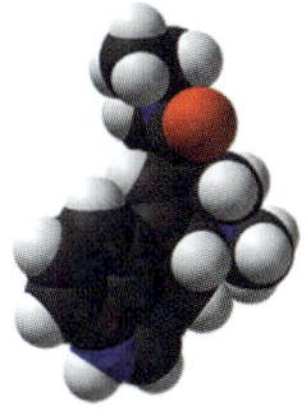

Ça s'est passé le 16 avril 1943
Découverte du LSD.

Coucou
Michel Blanc 1952

Vrai ou Faux?

A) Son père était déménageur
B) Il a vécu avec Helena Noguerra
C) Comme beaucoup de gens il a été très déçu par *Les Bronzés 3*
D) Il encule Thérèse, il la prend il la retourne contre le mur, il la baise par tous les trous, il la défonce

Bye-bye
Christophe 2020

Vrai ou Faux?

A) Son père construisait des marionnettes avec de la ficelle et du papier
B) Il a gagné une Ferrari au poker
C) Il a eu un fils avec Michèle Torr
D) Il mesurait 1,95 m

La citation du jour

« C'est par peur de la mort que je pense au suicide »

Michel Blanc

Le métier insolite

Marabout-en-train

Mage africain qui pour quelques milliers d'euros fait des incantations dans le TGV tout en racontant des blagues salaces afin de procéder au retour de la personne aimée.

Incroyable !

Albert Hofmann a découvert le LSD en absorbant accidentellement un acide qu'il était en train d'étudier. Trois jours plus tard, il décide d'en prendre volontairement.

Le saviez-vous ?

La chanson « Lucy in the Sky with Diamonds » des Beatles aurait été inspirée par le LSD.

À vérifier

Grand consommateur de cette drogue, Raymond Barre voulait légaliser le LSD.

Blanc A) Vrai B) Faux, avec sa sœur Lio C) Vrai D) Vrai
Christophe A) Faux B) Faux C) Vrai D) Faux, 1m65

Saint **Anicet**

Dicton
À la Saint-Anicet,
s'il te plaît crève l'abcès.

Mercredi
17
AVRIL

Ça s'est passé le 17 avril 1961
Débarquement de la baie des Cochons.

Coucou
Maïwenn 1976

Vrai ou Faux?
A) Elle a eu une fille avec Luc Besson
B) Elle a eu un fils avec Joey Starr
C) Elle a eu un César avec Vincent Cassel
D) Elle a eu un Oscar avec Polanski

Bye-bye
Aimé Césaire 2008

Vrai ou Faux?
A) Son surnom était « Le nègre fondamental »
B) Il a une station de métro à son nom
C) Il a un aéroport à son nom
D) Il a une opération chirurgicale à son nom

La citation du jour

« Le crayon de Dieu lui-même n'est pas sans gomme »

Aimé Césaire

Cinéma

Dans *Les Bronzés*, que dit Popeye à Jean-Claude Dusse devant les parents de la fille ?

A) « À ce stade-là, c'est plus une cochonne c'est une grosse truie! »

B) « J'en ai vu des salopes dans la vie mais celle-là dépasse tout ! »

C) « Et bah je sais pas quel âge elle a, mais elle aime la bite ! »

D) « Elle est douée la petite, elle devrait travailler à l'orifice du tourisme ! »

Incroyable !

C'est en Bretagne qu'il y a le plus de cancers de la peau en France.

Le saviez-vous ?

Les algues avec lesquelles Jean-Claude Dusse se cache le sexe dans *Les Bronzés* ont été livrées de Bretagne par avion dans un conteneur frigorifique car il n'y en avait pas sur le lieu de tournage. C'est peut-être le bilan carbone le plus drôle de l'histoire du cinéma.

À vérifier

La troupe du Splendid serait interdite de séjour à vie au Club Med pour mauvaise pub.

Maïwenn A) Vrai B) Faux C) Vrai D) Faux **Césaire** A) Vrai B) Vrai C) Vrai, à Fort-de-France D) Faux, ne pas confondre Césaire et césarienne
Cinéma C

Saint **Parfait**

Dicton
À la Saint-Parfait, idolâtre les gens qui ce jour-là sont nés.

Jeudi
18
AVRIL

Ça s'est passé le 18 avril 1958
Après De Vinci, Einstein, Molière, naissance d'un génie que la modestie m'empêche de citer !

Coucou
Laurent Baffie 1958

Vrai ou Faux?

A) Il ne peut pas faire une phrase sans dire « bite » « chatte » ou « couilles »

B) Dans les années 1990, il a formé un duo comique avec Raymond Barre

C) Il a joué dans *Les Clefs de bagnole*

D) Il a fait des implants capillaires, les poches sous les yeux et un blanchiment de l'anus

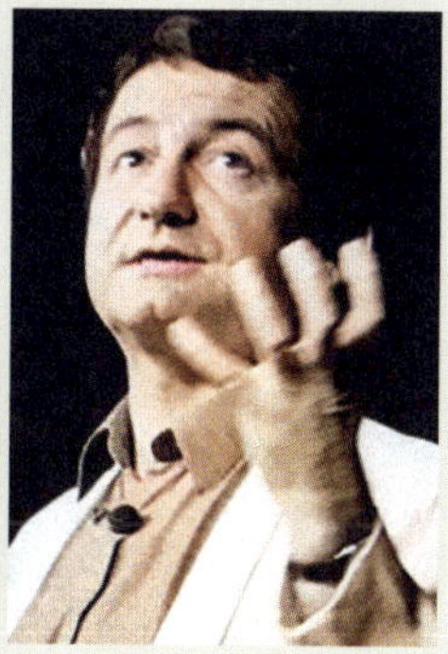

Bye-bye
Pierre Desproges 1988

Vrai ou Faux?

A) Il a travaillé pour *Minute*

B) Il repose au Panthéon

C) Jacques Mesrine l'a menacé de mort

D) Il s'est fâché avec Jacques Martin

La citation du jour

« Quand on me demande d'où me vient mon sens de la repartie, je ne sais jamais quoi répondre »

Bibi

De l'art ou du cochon

***My Bed*, de Tracey Emin.**
En 1998, Tracey Emin expose son lit défait entouré de détritus à la Tate Gallery. Cette œuvre est considérée comme une pièce maîtresse de l'art moderne.

Le jeu

Lolo ou bibi ?

1) « L'escargot est une limace qui a accédé à la propriété »

2) « La bisexualité, c'est l'optimisation des orifices »

3) « La psyché est la seule glace qu'on peut renverser sans s'en foutre partout »

4) « La pédophilie est l'action de mettre son majeur dans un mineur »

5) « L'haltérophilie est le seul sport qui fait prendre du poids »

6) « Le mot "baiser" est ambigu car il désigne à la fois le préliminaire et la finalité »

Chassez l'intrus

Nés un 18 avril
Olivier Besancenot
Francky Vincent
Charles Pasqua
Superman

Chassez l'intrus II

Morts un 18 avril
Pagnol
Einstein
Garcimore
Desproges

Baffie A) Faux B) Faux C) Vrai D) Faux, pas l'anus **Desproges** A) Faux B) Faux C) Vrai D) Vrai
Le jeu 1) Lolo 2) Bibi 3) Lolo 4) Bibi 5) Lolo 6) Bibi **Chassez l'intrus** Superman.
Chassez l'intrus II Si vous avez choisi Garcimore qui n'était pas un génie, c'est pas mal !

Sainte **Emma**

Dicton
Juste un doigt à la Sainte-Emma, toute la main à la Saint-Justin.

Vendredi
19
AVRIL

Ça s'est passé le 19 avril 1956
Grace Kelly épouse le prince Rainier III de Monaco.

Coucou
Les Simpson 1987

Vrai ou Faux?

A) Cette série a été désignée comme la meilleure du XXᵉ siècle
B) L'équipe d'écriture se compose de 160 scénaristes
C) *Les Simpson* ont prédit l'élection de Donald Trump 20 ans avant
D) Dans un épisode, Marge se fait violer par Harvey Weinstein

Bye-bye
Charles Darwin 1882

Vrai ou Faux?

A) À 22 ans, il est parti en expédition à bord du *Bobtail*
B) Il a eu 10 enfants
C) Il avait deux esclaves à son service
D) Il est mort assassiné sur ordre du pape Léon XIII

La citation du jour

« Un mathématicien est un aveugle qui dans une pièce sombre cherche un chat noir qui n'y est pas »

Charles Darwin

Tous des bêtes

Le mâle de la tortue d'Hermann n'est pas très regardant sur ses partenaires. Il peut s'accoupler avec un ballon dégonflé, un jouet en plastique, bref tout ce qui pour lui ressemble vaguement à une femelle.

Transposition chez l'homme :

Le chiffre du jour

2 000 000 $

C'est la dot qu'a dû verser Grace Kelly aux Grimaldi pour épouser Rainier III, ce qui a bien remis la principauté à flot.

Le saviez-vous ?

Les seuls personnages à avoir 5 doigts dans les *Simpson* sont Jésus et Dieu. Les autres en ont 4.

À vérifier

OJ Simpson n'est pas un personnage de la série et il aurait vraiment existé. Si vous ne me croyez pas, demandez à sa femme... Enfin, démerdez-vous !

Les Simpson A) Vrai B) Faux, 16 C) Vrai D) Faux
Darwin A) Faux, du Beagle B) Vrai C) Faux, il militait contre l'esclavage D) Faux

Sainte **Odette**

Dicton
Bronzette à la Sainte-Odette, mélanome à la Saint-Jérôme.

Samedi
20
AVRIL

Ça s'est passé le 20 avril 1792
La France déclare la guerre à l'Autriche.

Coucou
Adolf Hitler 1889

Vrai ou Faux?
A) Il n'avait qu'un testicule
B) Végétarien, il pétait beaucoup
C) Il a peint les 7 nains de Blanche-Neige
D) Son berger allemand s'appelait Samuel

Notre illustrateur Samuel Cohen a formellement refusé de mettre la photo de cette ordure dans ce livre magnifique.

Bye-bye
Jean Carmet 1994

Vrai ou Faux?
A) C'est le neveu de Sacha Guitry
B) Il était ferrovipathe
C) Il ne supportait pas le vin blanc
D) Son anagramme est « j'ai la rage »

La citation du jour

« La seule arme qui m'intéresse, c'est le tire-bouchon. »

Jean Carmet

Saint **Anselme**

Dicton
À la Saint-Anselme, bon courage pour trouver une rime.

Dimanche
21
AVRIL

Ça s'est passé le 21 avril - 753 av. J.-C.
Fondation de Rome par Rémus et Romulus.

Coucou
Robert Smith 1959

Vrai ou Faux?
A) Il a écrit toutes les chansons de The Cure
B) Son coiffeur est un autodidacte
C) Sa maquilleuse souffre de la maladie de Parkinson
D) Son look consiste à ressembler à Elizabeth Taylor ivre morte

Bye-bye
Prince 2016

Vrai ou Faux?
A) En 1993, il se fait appeler « Love Symbol »
B) Jeune, il a hésité entre la musique et une carrière de basketteur
C) Il a été en couple avec Kim Basinger
D) Son vrai nom est Prince Delu

Hitler A) Vrai B) Vrai C) Vrai D) Faux, Blondi **Carmet** A) Faux B) Vrai, il adorait les trains C) Faux D) Faux
Smith A) Vrai B) Sûrement C) Je ne vois pas d'autre explication D) Vrai **Prince** A) Vrai B) Vrai C) Vrai D) Faux

Saint **Alexandre**

Dicton
À la Saint-Alexandre, ferme ta gueule je ne veux rien entendre !

Lundi
22
AVRIL

Ça s'est passé le 22 avril 1616
Mort de Cervantès.

Coucou
François Berléand 1952

Vrai ou Faux?

A) Il a vécu 12 ans avec Nicole Garcia, née le même jour que lui, juste pour économiser un gâteau
B) Il a une belle paire de jumelles
C) Il s'est beaucoup engagé auprès des Gilets jaunes
D) Il a joué dans *Le Con voyeur*

Bye-bye
Richard Nixon 1994

Vrai ou Faux?

A) Il a grandi dans une famille pauvre et violente
B) Il a couché avec Marylin Monroe avant Kennedy
C) Il a fait poser des micros dans les toilettes de la Maison-Blanche
D) Il adorait l'odeur du napalm au petit matin

La citation du jour

« Garde toujours dans ta main la main de l'enfant que tu as été »

Cervantès

Les coutumes du monde

Au Soudan, les gens de la tribu Neur pensent que le mariage n'est pas complet tant que la femme n'a pas eu deux enfants. Si elle ne le fait pas, le marié est en mesure de demander le divorce.

Le saviez-vous ?

On appelle les personnes nées le même jour et la même année des jumeaux astraux.

Chassez les intrus

Charles Darwin et Abraham Lincoln
Adolf Hitler et Charlie Chaplin
Patrick Dewaere et Michel Sardou
Juliette Binoche et Valérie Lemercier
Laurent Boyer et Christophe Dechavanne

À vérifier

Igor et Grichka Bogdanoff auraient un lien de parenté.

Berléand A) Faux B) Vrai, Adèle et Lucie C) Faux D) Faux, « Le Convoyeur »
Nixon A) Vrai B) Faux C) Faux D) Faux **Intrus** Adolf Hitler et Charlie Chaplin. Hitler est né le 20 avril 1889 et Chaplin, le 16 avril 1889. Ils ont quatre jours d'écart.

Saint **Georges**

Dicton
À la Saint-Georges,
évite les coupe-gorges.

Mardi
23
AVRIL

Ça s'est passé le 23 avril 2007
Mort de Boris Eltsine.

Coucou
Michel Leeb 1947

Vrai ou Faux?
A) Il a été prof de philo
B) Sa mère se prénommait Mafalda
C) Son public est composé à 90 % de Blacks
D) Les 10 % qui restent sont des Chinois

Bye-bye
William Shakespeare 1616

Vrai ou Faux?
A) Il a écrit *Richard III* avant le deux
B) On a perdu sa trace pendant 7 ans
C) Il a écrit *Le Roi Lear* pour sa vieille copine Amanda
D) Même lui ne savait pas écrire son nom

La citation du jour

« Gémir sur un malheur passé est le plus sûr moyen d'en attirer un autre »

William Shakespeare

Le métier insolite

Docker à poil long

Ce métier qui consiste pour un homme à décharger plus souvent qu'un acteur porno a ses particularités.
En effet, les dockers à poil long sont particulièrement recherchés pour leur entrain et fidélité. Le docker à poil long doit avoir une grande queue-de-cheval et une longue barbe.
Il doit être également pucé et lofé.

Le chiffre du jour

2 C'est le nombre de Shakespeare qu'on pouvait applaudir au théâtre. Car Edmund, le petit frère de William, était comédien. Le pauvre n'a pas eu beaucoup de succès et il est mort à 27 ans.

Le saviez vous ?

William Shakespeare était pété de thunes. Dramaturge et actionnaire de sa compagnie il possédait même trois belles maisons et a laissé un joli pactole à sa mort.

À vérifier

William Shakespeare aurait écrit *Le Cid* de Corneille.

Leeb A) Vrai B) Vrai C) Faux D) Vrai
Shakespeare A) Faux B) Vrai, de 1585 à 1592 C) Faux D) Faux

Saint **Fidèle**

Dicton

Si t'es cocu à la Saint-Fidèle, tu seras torse nu à la Saint-Marcel.

Mercredi

24

AVRIL

Ça s'est passé le 24 avril 1915

1er jour du génocide arménien qui fera 1,5 million de morts.

Coucou

Véronique Sanson 1949

Vrai ou Faux?

A) Son père était député

B) Elle a composé « Rien que de l'eau » un soir de beuverie

C) Elle est devenue alcoolique après avoir respiré l'haleine de Laurent Boyer

D) Elle n'a aucun souvenir d'avoir épousé Pierre Palmade

Bye-bye

Jean-Pierre Marielle 2019

Vrai ou Faux?

A) Il a fait du cabaret avec Guy Bedos

B) Il a couché avec la fille de son meilleur ami

C) Dans *Signe extérieur de richesse*, il était expert-comptable

D) Dans *Calmos* il était proctologue

La citation du jour

« Les Césars ? J'en ai rien à foutre, je ne suis pas un acteur de tombola »

Jean-Pierre Marielle

Cinéma

Les Galettes de Pont-Aven

Dans *Les Galettes de Pont-Aven*, Jean-Pierre Marielle veut peindre le cul d'Angela...

A. En framboise, abricot, cerise, groseille.

B. En canari, en saumon, en taupe, en perroquet.

C. En bleu nuit, en bleu marine, en bleu électrique, en bleu persan.

D. En vert, en bleu, en rouge, en jaune.

Le jeu

Relie la citation de Jean-Pierre Marielle avec le film qui correspond :

A) « C'est un beau petit morceau, elle vaut bien son coup de chevrotine »

B) « Qu'il s'agisse de rasoirs, de clefs de voiture ou de femmes, j'ai tout en double »

C) « Attention je ne t'ai pas dit que j'étais expert-comptable, je suis expert en comptabilité »

D) « Oh les chiennes ! Elles s'attaquent aux enfants ! »

1) *Signe extérieur de richesse*, 1983

2) *Calmos*, 1976

3) *Comment réussir quand on est con et pleurnichard*, 1974

4) *Comme la lune*, 1977

Sanson A) Vrai B) Faux C) Faux D) Faux **Marielle** A) Vrai B) Vrai, dans *Un moment d'égarement* C) Faux, expert en comptabilité D) Faux, gynécologue

Cinéma D **Le jeu** A4, B3, C1, D2

Saint **Marc**

Dicton

Crack à la Saint-Marc,
LSD à la Saint-Noé.

Jeudi
25
AVRIL

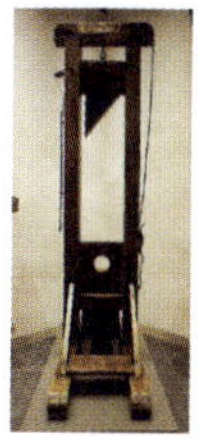

Ça s'est passé le 25 avril 1792
La guillotine est utilisée pour la première fois.

Coucou
Dominique Strauss-Kahn 1949

Vrai ou Faux?

A) Il a été ministre de la Condition féminine

B) Il présidé le syndicat des femmes de chambre

C) Il est client d'honneur des chaînes d'hôtel Sofitel et Carlton

D) Aujourd'hui il est chef de projet chez Jacquie et Michel

Bye-bye
Mike Brant 1975

Vrai ou Faux?

A) Il a été repéré en Iran par Carlos et Sylvie Vartan

B) Avant son suicide, il jetait déjà son argent par les fenêtres

C) Un an avant sa mort, il s'était déjà jeté du 5e étage d'un hôtel de Genève

D) Michel Fugain a refusé de lui donner la chanson « Fais comme l'oiseau »

La citation du jour

« J'ai horreur d'une pratique qui serait d'utiliser les prostituées »

Dominique Strauss-Kahn

De l'art ou du cochon

***Les Fuckfaces* des frères Chapman, 1995**

Les frères Chapman ont sculpté des enfants nus arborant un phallus à la place du nez et un anus dilaté à la place de la bouche. L'un d'eux est parti pour 135 000 euros aux enchères.

Le jeu

Parmi ces artistes, lequel ne s'est pas suicidé ?

1) Dalida
2) Kurt Cobain
3) Luigi Tenco
4) C. Jérôme
5) Nino Ferrer

Chassez l'intrus

Pierre Bérégovoy
Robert Boulin
Roger Salengro
Georges Boulanger

Le chiffre du jour

40 secondes

C'est le temps qui sépare un suicide d'un autre suicide.

Le saviez-vous?

Avec 9 000 décès par an, la France a un des taux de suicides les plus élevés d'Europe.

À vérifier

Certains prétendent que la famille de Xavier Dupont de Ligonnès se serait suicidée.

Strauss-Kahn A) Faux B) Faux C) Faux D) Faux **Brant** A) Vrai B) Faux C) Vrai, il est retombé au 3e étage D) Faux

Le jeu 3 **Chassez l'intrus** Robert Boulin

Sainte **Alida**

Dicton

Qui veut chanter à la Sainte-Alida chiera caramel, bonbon et chocolat.

Vendredi 26 AVRIL

Ça s'est passé le 26 avril 1986
Catastrophe de Tchernobyl.

Coucou

Melania Trump 1970

Vrai ou Faux?

A) Elle a épousé Donald Trump sans savoir qu'il était riche

B) Les médias l'ont surnommée « Melania Trumpé »

C) Elle a réclamé 150 millions de dollars aux médias qui lui ont prêté un passé de call-girl

D) Elle a dit qu'elle reprendrait la main de son mari quand il sera mort

Bye-bye

Macha Béranger 2009

Vrai ou Faux?

A) Elle s'est fait connaître avec son émission de radio « Allô Machin »

B) Son vrai nom est Macha Talair

C) Elle a été la maîtresse de Louis de Funès

D) Après sa mort ses cendres ont été dispersées autour de la Maison de la radio

La citation du jour

« L'arme nucléaire, c'est la fin acceptée de l'humanité »

Théodore Monot

Tous des bêtes

Transposition chez l'homme :

La limace de mer a un pénis détachable. Après l'accouplement, il le laisse dans la femelle et un autre pénis tout neuf repousse en 24 heures.

Le saviez-vous ?

Les quantités de radioactivité libérées à Tchernobyl étaient 400 fois supérieures aux radiations émises par les bombes de Hiroshima et Nagasaki.

Incroyable !

Les retombées radioactives de Tchernobyl sont allées jusqu'en Irlande. Heureusement pour nous le nuage s'est arrêté à nos frontières.

À vérifier

D'après certains homéopathes, la radioactivité serait bonne pour la santé.

Béranger A) Faux, « Allo Macha » B) Faux C) Vrai, ça a duré 13 ans D) faux

Trump A) Faux B) Faux C) Vrai D) Faux

Sainte **Zita**

Dicton
Qui hésita à la Sainte-Zita n'aura toujours rien décidé à la Saint-Amédée.

Samedi
27
AVRIL

Ça s'est passé le 27 avril 1784
Première du *Mariage de Figaro* au Théâtre Français (théatre de l'Odéon).

Coucou
Arielle Dombasle 1953

Vrai ou Faux?

A) Elle souffre de boulimie
B) Elle a épousé BHL à la halle au poisson de Dunkerque
C) Elle n'a jamais pris le métro de sa vie
D) Elle s'habille dans des boutiques de jouets

Bye-bye
Magellan 1521

Vrai ou Faux?

A) Magellan a été le premier navigateur à faire le tour du monde
B) Pendant son périple, il a réprimé une mutinerie
C) Il est mort dévoré par des requins
D) Il a été le premier à ramener de l'opium en Europe

La citation du jour

« L'Église dit que la Terre est plate, mais j'ai vu l'ombre sur la Lune et j'ai plus foi en l'ombre qu'en l'Église »

Ferdinand de Magellan

Sainte **Valérie**

Dicton
Qui avale et rit à la Sainte-Valérie, chie et mène à la Sainte-Chimène.

Dimanche
28
AVRIL

Ça s'est passé le 28 avril 1789
Mutinerie du *Bounty*.

Coucou
Penélope Cruz 1974

Vrai ou Faux?

A) Son premier film était *Saucisson saucisson*
B) Elle s'est fait remarquer au théâtre dans *Arrête de pleurer Penélope*
C) Elle a été en couple avec Tom Cruise, on l'appelait à l'époque Penélope Cruz Cruise
D) En 2015, elle a été élue femme la plus sexy du monde

Bye-bye
Benito Mussolini 1945

Vrai ou Faux?

A) Il a été instituteur
B) À 19 ans, il a fui en Suisse pour éviter le service militaire
C) Il a été ténor à l'opéra de Milan
D) Il jouait à chat-bite avec ses potes Hitler et Franco

Dombasle A) Faux B) Faux C) Vrai D) Faux **Magellan** A) Vrai B) Vrai C) Faux D) Faux
Cruz A) Faux, *Jambon jambon* B) Faux C) Vrai D) Faux, en 2014 **Mussolini** A) Vrai B) Vrai C) Faux D) Faux

Sainte **Catherine de Sienne**

Dicton
À la Sainte-Catherine de Sienne,
tu prends la mienne, je prends la sienne.

Lundi
29
AVRIL

Ça s'est passé le 29 avril 2011
Mariage de Kate et William.

Coucou
Les Shadoks 1968

Vrai ou Faux?

A) En 1968, *Les Shadoks* ont divisé la France en deux, les pour et les contre

B) Il n'y a eu qu'une seule saison des *Shadoks*

C) « Et les Shadoks pompaient pompaient » est devenue une phrase culte

D) C'est Jacques Balutin qui prêtait sa voix à cette série

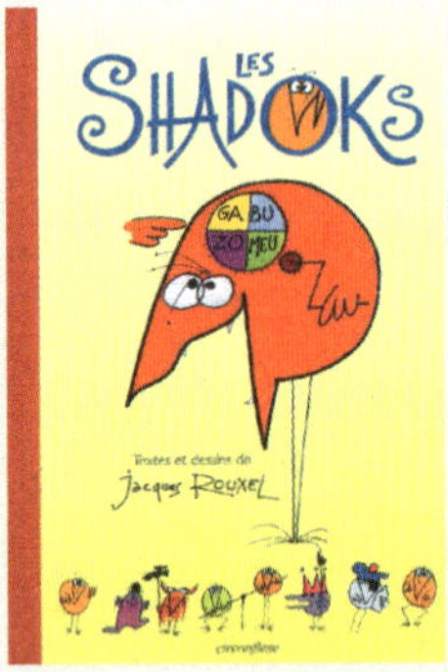

Bye-bye
Alfred Hitchcock 1980

Vrai ou Faux?

A) Il a fait des apparitions dans tous ses films

B) Il n'avait pas de nombril

C) Il n'avait pas d'anus

D) Il a voulu montrer son petit oiseau à Tippi Hedren pendant un tournage

La citation du jour

« La vie, ce n'est pas seulement respirer, c'est avoir le souffle coupé »

Alfred Hitchcock

Les coutumes du monde

En Nouvelle-Zélande, on se frotte le bout du nez en se touchant le front en guise de poignée de main. On a ainsi pu voir Kate Middleton, Angela Merkel ou Hillary Clinton se frotter le nez et le front avec les autorités locales.

Le chiffre du jour

1900

C'est le nombre d'invités au mariage de Kate et William.

Le saviez-vous ?

Malgré ses 54 films, Alfred Hitchcock n'a jamais obtenu d'oscar.

À vérifier

Alfred Hitchcock serait mort poignardé sous sa douche.

Hitchcock A) Vrai B) Vrai, suite à une opération du ventre un chirurgien lui a retiré C) Faux D) Vrai, il a tenté de l'agresser sexuellement pendant un tournage

Shadoks A) Vrai B) Faux, quatre C) Vrai D) Faux, Claude Piéplu

Saint **Robert**

Dicton

Implants mammaires à la Saint-Robert, agrandissement du pénis à la Sainte-Alice.

Mardi
30
AVRIL

Ça s'est passé le 30 avril 1598
Publication de l'édit de Nantes.

Coucou

Bugs Bunny 1938

Vrai ou Faux?

A) Sa phrase préférée est « Heu ... quoi de neuf docteur ? »

B) La façon dont Bugs Bunny tient sa carotte fait référence au cigare de Groucho Marx

C) En fait quand on regarde bien on voit que c'est une lapine

D) Bugs Bunny a inspiré le logo de *Playboy*

Bye-bye

Anémone 2019

Vrai ou Faux?

A) Elle s'est fait arnaquer par l'équipe du « Splendide »

B) Elle n'a jamais dit clairement à son fils qui était son père

C) Elle tricotait des moufles pour les petits lépreux de Jakarta

D) Elle a fait une pub pour Canard WC

La citation du jour

« On ne peut pas rêver d'une croissance infinie de la population et de la consommation sur une planète qui n'est pas en expansion »

Anémone

Le métier insolite

Goal de mi-temps

De plus en plus d'entraîneurs rechignent à laisser les cages sans surveillance pendant les mi-temps. Ils emploient donc des gardiens qui ne travaillent que 15 minutes et qui sont rémunérés sur la base horaire du smic, à savoir 2 euros 38 par match.

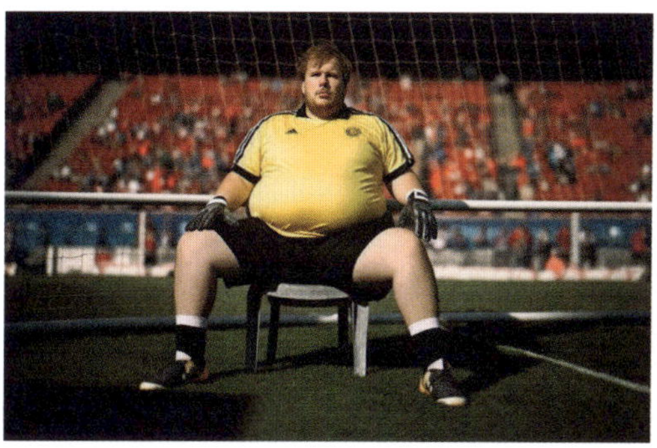

Le chiffre du jour

10 milliards

C'est le nombre d'êtres humains qui peupleront la Terre en 2050 « si tout va bien ».

Le saviez-vous ?

L'humanité vit à crédit. À partir de fin juillet, la population mondiale a consommé tout ce que la Terre peut régénérer en un an.

À vérifier

La Terre pourrait supporter jusqu'à 697 milliards d'êtres humains, sans problème.

Bugs Bunny A) Vrai B) Vrai C) Faux D) Faux

Anémone A) Vrai, elle n'a jamais touché un centime de droits d'auteur pour *Le Père Noël est une ordure* B) Vrai C) Vrai D) Faux

Saint **Jérémie**

Dicton

Muguet au 1er mai, syphilis à la Saint-Boris.

Mercredi

01

MAI

Ça s'est passé le 1er mai 1931

Inauguration de l'Empire State Building.

Coucou

Zaz 1980

Vrai ou Faux?

A) Elle est ceinture noire de kung-fu

B) Elle s'est mariée en secret

C) C'est la demi-sœur de Zazie

D) Elle a chanté « Donnez-moi un clitoris, je n'en veux pas »

Bye-bye

Régine 2022

Vrai ou Faux?

A) Elle a chanté « Ouvre la bouche, ferme les yeux »

B) Son père a perdu sa boulangerie au poker

C) Gloria Gaynor a repris sa chanson « Je survivrai »

D) Souvent le soir chez elle pour dîner, elle ouvrait une boîte

La citation du jour

« Quand on ne sait pas danser, on ne sait pas faire l'amour »

Régine

Cinéma

Dans *Le Sens de la vie*, que mange le gros avant d'exploser ?

A) Un After Eight

B) Un Jelly Bean

C) Un Cherry Lips

D) Un Quality Street

E) Un Sour Cherry

F) Un Pez

Le chiffre du jour

13

C'est le nombre d'années de mariage que célèbrent les noces de muguet.

Le saviez-vous?

Attention, le muguet est une fleur extrêmement toxique, voire mortelle. Ne laissez surtout pas les enfants ou les animaux y toucher.

Attention !

Le 1er mai, la tradition est d'offrir du muguet à ses proches, ce qui n'est pas toujours bien vu car cette infection des muqueuses de la bouche causée par un champignon est extrêmement contagieuse.

À vérifier

Si on offre du muguet par la bouche, ça fait autant plaisir qu'en brin.

Zaz A) Vrai B) Vrai C) Faux D) Faux, mais on dirait **Régine** A) Vrai B) Vrai C) Faux, c'est l'inverse D) Sûrement

Cinéma A

Saint **Boris**

Dicton
À la Saint-Boris, mange ta merde et bois ta pisse.

Jeudi
02
MAI

Ça s'est passé le 2 mai 1869
Ouverture des Folies Bergère.

Coucou
David Beckham 1975

Vrai ou Faux?

A) Il est bourré de tocs
B) Enfant, il a été attaqué par une mouette
C) À l'origine, il voulait sortir avec Geri Halliwell et pas Victoria
D) Il a eu une aventure avec Catherine Middleton

Bye-bye
Léonard de Vinci 1519

Vrai ou Faux?

A) Il achetait des oiseaux en cage pour les libérer
B) La nuit, il allait déterrer les morts pour les autopsier
C) Il a frôlé le bûcher pour homosexualité
D) C'était le David Guetta de l'époque

La citation du jour

« Celui qui n'aime pas la vie ne la mérite pas »

Léonard de Vinci

De l'art ou du cochon

***Le lancer de chats*, performance de Jan Fabre, 2012**

L'artiste belge organise un « lancer de chats » à l'hôtel de ville d'Anvers. Les félins sont jetés à plusieurs mètres dans les airs et retombent lourdement sur leurs pattes. Cette « performance artistique » lui vaudra d'être physiquement agressé.

Le saviez-vous ?

À ses débuts, Léonard de Vinci aurait ouvert un restaurant à Florence nommé « Les Trois Grenouilles » avec son ami Sandro Botticelli. Trop en avance avec des plats sucrés-salés, le restaurant aurait vite fait faillite.

À vérifier

Léonard de Vinci aurait également inventé le fil à couper le beurre salé.

Le chiffre du jour

30,8 millions de $

C'est le prix du livre *Codex Leicester* de Léonard de Vinci qui a été acheté par Bill Gates.

Incroyable

Botaniste à ses heures perdues, il a été le premier à comprendre le rôle du soleil dans la croissance des plantes.

Beckham A) Vrai B) Vrai C) Faux D) Faux
de Vinci A) Vrai B) Vrai C) Vrai, il a été relâché faute de preuve D) Vrai, il organisait des fêtes somptueuses pour les rois

Saint **Philippe**

Dicton
À la Saint-Philippe, prends une douche et change de slip.

Vendredi
03
MAI

Ça s'est passé le 3 mai 1968
La police évacue la Sorbonne.

Coucou
Jean Lassalle 1955

Vrai ou Faux?

A) Il n'avait pas ce visage avant de mettre sa tête dans une ruche

B) D'après certains témoignages, il aurait la main au cul facile

C) D'après certains témoignages, il éjaculerait de la sauce béarnaise

D) En 1982, il s'est remarié avec Sophie Deusport, qui s'appelle depuis Sophie Lassalle-Deusport

Bye-bye
Dalida 1987

Vrai ou Faux?

A) Elle a une sœur plus jeune qu'elle

B) Tout le monde s'est suicidé autour d'elle

C) Elle a eu une liaison avec François Mitterrand

D) Alain Delon l'a séduite en lui offrant des caramels, bonbons et chocolats

La citation du jour

« On ne doit pas nous voler notre propre mort »

Dalida

Tous des bêtes

En 18 mois, un rat peut avoir 1 million de descendants.

Transposition chez l'homme :

Le chiffre du jour

5 millions
C'est le nombre de rats qui habitent à Paris.

Le saviez-vous ?

Le rat ne transpire pas, il régule sa température par la queue.

À vérifier

Un service dédié trie tous les rats à la naissance. Toutefois, certains spécimens échappent à ce contrôle et fuient en bateau. On les appelle les rats pas triés.

Dalida A) Faux B) Vrai : Lucien Maurice, Luigi Tenco, Richard Chanfray, Mike Brant C) Vrai D) Vrai et Faux
Lasalle A) Faux B) Vrai C) Faux D) Faux

Saint **Sylvain**

Dicton
À la Saint-Sylvain, ne mens pas c'est vilain.

Samedi
04
MAI

Ça s'est passé le 4 mai 1979
Margaret Thatcher devient Première ministre au Royaume-Uni.

Coucou

Gérard Jugnot 1951

Vrai ou Faux?

A) Il a eu un enfant avec Anémone

B) Il a été victime d'un sosie qui faisait des animations en se faisant passer pour lui

C) Il a joué dans *Les Clefs de bagnole*

D) Il a fait une grave dépression après avoir vu *Les Bronzés 3*

Bye-bye

Victor Lanoux 2017

Vrai ou Faux?

A) Son nom de naissance est Nataf

B) À ses débuts, il a fait du cabaret avec Jean Rochefort

C) Son père était brocanteur

D) Il casse tout dans un bar en jouant les faux aveugles dans *Un éléphant ça trompe énormément*

La citation du jour

« Quand on veut, on peut. Quand on peut, on veut »

Napoléon

Sainte **Judith**

Dicton
À la Sainte-Judith, surveille ton transit.

Dimanche
05
MAI

Ça s'est passé le 5 mai 1818
Naissance de Karl Marx.

Coucou

Chantal Ladesou 1948

Vrai ou Faux?

A) Ses parents étaient orthophonistes

B) Dans les années 1990, elle a dansé nue au Crazy Horse Saloon

C) Elle a joué dans *Les Clefs de bagnole*

D) Elle surnomme son mari « le cocu »

Bye-bye

Napoléon Ier 1821

Vrai ou Faux?

A) Il a inventé le baccalauréat

B) Il était petit

C) Il buvait de l'eau de Cologne avant chaque bataille

D) Il a signé un décret contre les paillotes sur les plages

Jugnot A) Faux B) Vrai C) Vrai D) Faux **Lanoux** A) Vrai B) Faux, avec Pierre Richard C) Faux D) Faux, c'est Claude Brasseur
Ladesou A) Faux B) Faux C) Vrai D) Faux **Napoléon Ier** A) Vrai B) Faux, il mesurait 1 m 69 alors que la moyenne à l'époque était 1 m 65 C) Vrai, il s'en aspergeait aussi D) Faux

Sainte **Prudence**

Dicton
À la Sainte-Prudence, ne conjugue pas voiture et dépendance.

Lundi
06
MAI

Ça s'est passé le 6 mai 1994
Inauguration du tunnel sous la Manche.

Coucou
George Clooney 1961

Vrai ou Faux?

A) Sa mère était reine de beauté
B) Il a joué dans *Le Retour des tomates tueuses*
C) Il est allergique au café
D) Pour avoir une doublure, il a été cloné

Bye-bye
Édouard VII 1910

Vrai ou Faux?

A) Il est né à 10 h 48 du matin
B) C'est le fils de Victoria's Secret
C) Il a eu la gale à 3 ans
D) Une de ses maîtresses était la mère de Winston Churchill

La citation du jour

« Quand vous verrez la lumière au bout du tunnel, priez pour que ce ne soit pas le train »

Daniel Lemire

Les coutumes du monde

Lors d'un mariage en Russie, il est d'usage de kidnapper la future mariée. Son futur époux devra par la suite la retrouver pour la mener à l'autel. Il devra également payer une prétendue rançon à la famille de cette dernière pour la libérer.

Le chiffre du jour

15 milliards d'€

C'est le coût final du tunnel sous la Manche et c'est deux fois plus que prévu.

Le jeu

Quelle est la longueur du tunnel sous la Manche ?

A. 44,5 km
B. 46,6 km
C. 48,5 km
D. 50,5 km

Clooney A) Vrai B) Vrai C) Faux D) Faux **Édouard VII** A) Vrai, mais putain comment vous savez ça ?! B) Faux, juste de la reine Victoria C) Faux D) Vrai
Jeu D

Sainte **Gisèle**

Dicton
Varicelle à la Sainte-Gisèle, oreillons à la Saint-Léon.

Mardi
07
MAI

Ça s'est passé le 7 mai 1977
Marie Myriam gagne l'Eurovision.

Coucou
Philippe Geluck 1954

Vrai ou Faux?

A) En vrai, il déteste les chats

B) Ce mégalo a fait une exposition itinérante avec des statues monumentales

C) Il y a des gens assez cons pour acheter ses statues

D) Son album *Le Chat encule le roi* a été interdit en Belgique

Bye-bye
Maurane 2018

Vrai ou Faux?

A) Elle a été choriste de Johnny Hallyday

B) Elle a eu une aventure avec André Manoukian

C) Elle a appris à Lara Fabian qu'on pouvait chanter sans gueuler

D) C'est la petite sœur de Bob Morane

La citation du jour

« Boire du café n'empêche pas de dormir, par contre dormir empêche de boire du café »

Philippe Geluck

Le métier insolite

Souteneur de balcon

Ce métier très physique se pratique en général à deux, et les congés se prennent exclusivement quand les propriétaires de l'appartement sont en vacances.

Le chiffre du jour

18 C'est le nombre d'heures qu'un chat peut passer à dormir chaque jour.

Le saviez-vous ?

Les chats miaulent uniquement pour communiquer avec les humains. Le reste du temps, ils ferment bien leur gueule !

À vérifier

Il n'y a aucun danger à attraper un chat sauvage pour le caresser.

Geluck A) Faux B) Vrai C) Vrai D) Faux
Maurane A) Faux B) Faux C) Vrai D) Faux

Saint **Désiré**

Dicton
À la Saint-Désiré,
va te faire avorter.

Mercredi
08
MAI

Ça s'est passé le 8 mai 1842
Premier accident de chemin de fer.

Coucou
Laurence Boccolini 1963

Vrai ou Faux?

A) Jeune, elle a été standardiste à Europe 1

B) Dans « Le Maillon faible », elle faisait pleurer les candidats

C) Elle aurait pu faire une carrière de chanteuse

D) Elle a remplacé Mimi Mathy dans deux épisodes de *Joséphine, ange gardien*

Bye-bye
Paul Gauguin 1903

Vrai ou Faux?

A) Sa mère s'appelait Claire Chazal

B) Avant d'être peintre, il a été trader

C) Il a été ouvrier sur le chantier de la tour Eiffel

D) À Tahiti et à l'âge de 43 ans, il couchait avec son modèle de 13 ans

La citation du jour

« L'éternité c'est long, surtout vers la fin »

Woody Allen

Cinéma

Dans *Annie Hall*, Woody Allen dit :

A) « La masturbation, c'est faire l'amour avec quelqu'un qu'on aime. »

B) « La pénétration, c'est rentrer en territoire conquis. »

C) « La fellation est un préliminaire qui peut vite devenir une conclusion. »

D) « La sodomie est une façon de se rapprocher des gens qui vous tournent le dos. »

Le chiffre du jour

40 $ C'est le prix que Woody Allen a payé sa première machine à écrire quand il était adolescent et sur laquelle il continue à écrire tous ses films.

Le saviez-vous ?

Woody Allen porte le même modèle de lunettes depuis qu'il a 16 ans. Buddy Holly, Truman Capote et Johnny Depp ont eux aussi adopté ce modèle.

À vérifier

Woody Allen aurait épousé la fille qu'il a eue avec sa fille adoptive.

Boccolini A) Faux, RTL B) Faux C) Vrai D) Faux **Gauguin** A) Faux, Aline Chazale B) Vrai C) Faux, sur le chantier du canal de Panama D) Vrai, c'était un précurseur du tourisme sexuel **Cinéma** A

Saint **Pacôme**

Dicton

Qui fait un môme à la Saint-Pacôme l'abandonnera à la Sainte-Rita.

Jeudi
09
MAI

Ça s'est passé le 9 mai 1949
Avènement du prince Rainier III de Monaco.

Coucou
Kermit la grenouille 1955

Vrai ou Faux?

A) Kermit a son étoile sur Hollywood Boulevard
B) Kermit a eu un enfant avec Miss Piggy
C) Statler et Waldorf, les deux vieux du balcon, ne sont pas morts car en réalité ce sont des marionnettes
D) Kermit a été confectionné avec un vieux manteau récupéré dans une poubelle

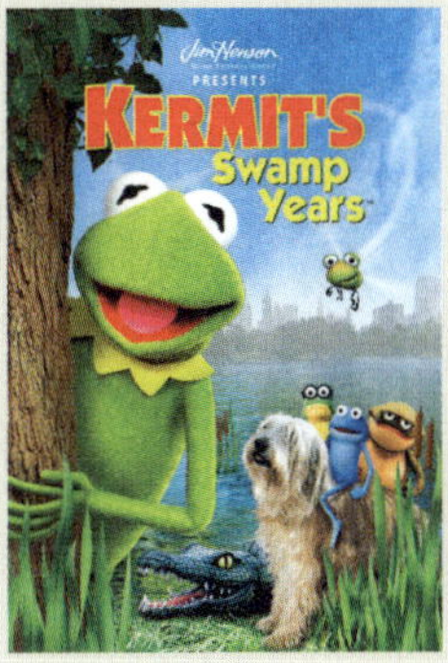

Bye-bye
Pascal Sevran 2008

Vrai ou Faux?

A) Il a écrit « Il venait d'avoir 18 ans » pour Dalida
B) Il a écrit « Le zizi » pour Pierre Perret
C) Il pouvait piquer une colère si Tintin ne filmait pas son bon profil
D) Il a dit que la bite des Noirs était responsable de la famine en Afrique

La citation du jour

« Le téléphone portable est un signe extérieur de détresse »

Pascal Sevran

De l'art ou du cochon

***Tree* de Paul McCarthy**

Ce sapin gonflable de 24 mètres de haut est installé place Vendôme en 2014. La sculpture ressemblant davantage à un plug anal qu'à un conifère, l'artiste est agressé pendant son inauguration et l'œuvre est sabotée dans la nuit.

Le saviez-vous?

Monaco est le deuxième pays le plus petit au monde après le Vatican.

À vérifier

Un Roumain qui aurait nettoyé les pare-brises à un feu rouge de Monaco se serait fait 135 000 € dans la journée en billets de 500.

Le chiffre du jour

17 C'est le nombre d'années pendant lesquelles Pascal Sevran a animé « La Chance aux chansons ».

Le saviez-vous ?

De son vrai nom, Jean-Claude Jouhaud, Pascal Sevran a démarré comme garçon de coiffeur.

À vérifier

Joey Starr aurait fait sa première télé chez Pascal Sevran.

Kermit la grenouille A) Vrai B) Faux C) Vrai D) Vrai
Sevran A) Vrai B) Faux C) Vrai D) Vrai

Sainte **Solange**

Dicton
À la Sainte-Solange,
évite les mélanges.

Vendredi
10
MAI

Ça s'est passé le 10 mai 1981
Mitterrand est élu président.

Coucou

Doc Gynéco 1974

Vrai ou Faux?

A) Il n'a aucun diplôme de gynécologie
B) Il a quand même fait un frottis à Christine Angot
C) En 2007, il a perdu une large partie de son public en soutenant Nicolas Sarkozy
D) Il envisage de relancer sa carrière en se faisant appeler Doc Procto

Bye-bye

Yves Robert 2002

Vrai ou Faux?

A) Son surnom était « Ivre Robert »
B) Il a découvert les Monty Python
C) Il a baisé Maguy
D) En souvenir du *Grand Blond*, les gens déposent des chaussures noires sur sa tombe

La citation du jour

« Tous les premiers samedis du mois, j'ai les deux mains sous les draps »

Doc Gynéco

Tous des bêtes

La mésange charbonnière est une coquine qui peut avoir des relations extraconjugales. Les analyses démontrent que la plupart du temps les œufs d'un même nid ne sont pas tous du même père.

Transposition chez l'homme :

Le chiffre du jour

50 milliards

C'est le nombre d'oiseaux qui peupleraient la Terre. Le temps de les compter, ils auront déjà perdu la moitié de leur effectif.

Le saviez-vous ?

La mésange zinzinule, la huppe pupule et le hibou bouboule. Tous les oiseaux chantent grâce à leur syrinx, l'équivalent de notre larynx.

À vérifier

La mésange friquée claquerait plus de 1 000 € par mois en graines de toutes sortes.

Doc Gynéco A) Vrai B) Vrai C) Vrai D) Faux
Robert A) Faux B) Vrai C) Vrai, il a vécu avec Rosy Varte D) Faux, des boutons pour *La Guerre des boutons*

Sainte **Estelle**

Dicton
*À la Sainte-Estelle,
ça sent fort sous les aisselles.*

Samedi
11
MAI

Ça s'est passé le 11 mai 1950
Première de *La Cantatrice chauve* de Ionesco.

Coucou
Renaud 1952

Vrai ou Faux?
A) Sa première chanson s'appelait « Crève Salope »
B) Il habite rue du Renard
C) En 1985, il a provoqué un incident diplomatique avec l'Angleterre
D) Il a sa carte de donneur d'organe

Bye-bye
Bob Marley 1981

Vrai ou Faux?
A) En 1976, il a survécu à une tentative d'assassinat
B) Il aurait eu 50 enfants
C) Il a eu une aventure avec Anna Wintour, la rédactrice en chef de *Vogue*
D) Il a créé un sextoy : le « Positive Vibration »

La citation du jour

« Le temps est assassin et emporte avec lui le rire des enfants »

Renaud

Saint **Achille**

Dicton
À la Saint-Achille, tous les talons seront fragiles.

Dimanche
12
MAI

Ça s'est passé le 12 mai 2020
Mort de Michel Piccoli.

Coucou
Michel Fugain 1942

Vrai ou Faux?
A) Il a un big bazar
B) Il est obsédé par les grosses poitrines
C) Il a écrit « Fais comme l'oiseau » sous LSD
D) « C'est un beau roman » raconte la première rencontre de Michel Fourniret

Bye-bye
Jacqueline Maillan 1992

Vrai ou Faux?
A) Elle a eu une liaison avec Louis de Funès
B) Dans la vie, elle n'arrêtait jamais de déconner
C) Elle était bisexuelle
D) Elle a été la première victime de Pierre Palmade

Renaud A) Vrai B) Faux C) Vrai, avec sa chanson « Miss Maggie » D) J'espère que non **Marley** A) Vrai, il a reçu 7 balles B) C'est ce qu'on dit, seulement 11 sont officiels C) Vrai D) Faux **Fugain** A) Faux, plus maintenant B) Vrai C) Faux D) Faux... **Maillan** A) Faux B) Faux, elle était lugubre C) Vrai D) Faux, mais c'est ce que disaient les chansonniers de l'époque

Sainte **Rolande**

Dicton
Qui glande à la Sainte-Rolande s'active à la Saint-Yves.

Lundi
13
MAI

Ça s'est passé le 13 mai 1917
Première apparition de Fatima.

Coucou
Daniel Russo 1948

Vrai ou Faux?

A) Il dit à tout le monde qu'il est né en 1958
B) Il est exceptionnel dans *93 Rue Lauriston*
C) Il est nul dans *Les Clefs de bagnole*
D) Au théâtre, avant chaque représentation, il se caresse pour évacuer la tension

Bye-bye
Eddie Barclay 2005

Vrai ou Faux?

A) Son vrai nom est Eddy de Nantes
B) Il a refusé de produire Brel à ses débuts
C) Les artistes le surnommaient « Eddie Clébard »
D) À sa mort, il a laissé une énorme fortune

La citation du jour

« Je dois 90 % de ma réussite à mon public et 10 % à mon imprésario »

Francis Blanche

Les coutumes du monde

Dans les mariages hindous à Madagascar, l'initiale du prénom du marié est tatouée au henné quelque part sur le corps de la mariée, au milieu de motifs très complexes sur l'intégralité de ses bras et de ses jambes. Au début de la nuit de noces, il doit d'abord retrouver cette initiale…

Le chiffre du jour

8 C'est le nombre de fois qu'Eddy Barclay s'est marié.

Un pif en or

Aux débuts de Michel Sardou, Eddy Barclay lui a dit : « Mon petit vieux, écris tes chansons si tu veux mais surtout ne les chante pas, tu n'as aucun talent ! »

Russo A) Vrai B) Faux C) Faux D) Vrai
Barclay A) Faux, c'est Édouard Ruault B) Faux C) Faux D) Faux, il avait tout dépensé

Saint **Matthias**

Dicton

Poisse à la Saint-Matthias,
veine de cocu à la Sainte-Lulu.

Mardi
14
MAI

Ça s'est passé le 14 mai 1610

Henry IV est assassiné par Ravaillac.

Coucou
Patrick Bruel 1959

Vrai ou Faux?

A) Il a raté le casting de *La Boum*

B) C'est Gilbert Montagné qui lui a écrit les paroles de l'album « Alors regarde »

C) Artiste engagé, il est contre le conflit israélo-palestinien

D) Il milite contre les slips de massage qui « tiennent trop chaud »

Bye-bye
Frank Sinatra 1998

Vrai ou Faux?

A) Il était très proche des Balkany

B) Il était le parrain de Caroline de Monaco

C) Il s'agenouillait devant les grands mafieux et leur baisait les mains

D) Il était très ami avec Marlon Brando

La citation du jour

« Le rock'n'roll est la plus brutale, la plus hideuse et la plus vicieuse des formes d'expression qu'il m'ait été donné d'écouter »

Frank Sinatra

Le métier insolite

Biographe de mort-nés

Vous avez envie d'écrire mais vous n'avez ni style, ni technique, ni talent ou inspiration ? Qu'à cela ne tienne, devenez biographe de mort-nés ! L'ouvrage se résumera à quelques mots et vous aurez peut-être la joie d'être publié.

Le chiffre du jour

150 millions

C'est le nombre de disques qu'a vendus « The Voice ».

Le saviez-vous?

Frank Sinatra était très ami avec le chef de la pègre, Lucky Lucciano. Après ça plus personne n'osait l'appeler « le nabot » qui était son surnom quand il était jeune ; son nouveau surnom devint le « porte-valise de la mafia ».

À vérifier

Frank Sinatra aurait eu une aventure avec Yvonne de Gaulle.

Bruel A) Vrai B) Faux C) Vrai D) Vrai

Sinatra A) Faux B) Faux, de Stéphanie C) Vrai D) Faux, ils se détestaient

Sainte **Denise**

Dicton
À la Sainte-Denise,
toutes les chattes sont grises.

Mercredi
15
MAI

Ça s'est passé le 15 mai 2011
Arrestation de DSK.

Coucou
David Charvet 1972

Vrai ou Faux?

A) Il a gagné une carte verte à la loterie
B) Il a vécu 3 ans avec Pamela Anderson
C) Après la naissance de leur fils, il a écrit un livre intitulé *Pamela allaite à Malibu*
D) Il était doublé dans les scènes dans l'eau car il ne sait pas nager

Bye-bye
Joëlle Mogensen 1982

Vrai ou Faux?

A) J'ai encore rêvé d'elle
B) Elle a fait du striptease à Pigalle
C) Johnny Hallyday était fou amoureux d'elle
D) Elle a eu des aventures avec Pierre Billon, Joe Dassin et Julio Iglesias

La citation du jour

« Qui viole une meuf se fait serrer par les keufs »

MC Solaar

Cinéma

Dans *Tootsie*, qui voit-on pour la 1ère fois à l'écran ?

A) Julia Roberts
B) Geena Davis
C) Sharon Stone
D) Meg Ryan
E) Sandra Bullock
F) Charlize Theron

Le chiffre du jour

1 million de $

C'est l'indemnité touchée par Nafissatou Diallo dans l'affaire DSK.

Le saviez-vous?

Nafissatou Diallo est de nationalité guinéenne.

À vérifier

DSK serait toujours en contact avec Nafissatou Diallo.

Charvet A) Vrai B) Vrai C) Faux D) Faux **Mogensen** A) Vrai B) Vrai C) Vrai, il s'est pris le râteau de sa vie D) Vrai
Cinéma B

Saint **Honoré**

Dicton

À la Saint-Honoré, tous les gâteaux sont trop sucrés.

Jeudi

16

MAI

Ça s'est passé le 16 mai 1929

Première cérémonie des Oscars.

Coucou

Laura Pausini 1974

Vrai ou Faux?

A) Sa chanson la plus connue est « La Solitudine »

B) C'était la chanson préférée de Nelson Mandela

C) 99 % des Français sont incapables de citer une autre de ses chansons

D) La chanson raconte son histoire d'amour avec Marc Blondel

Bye-bye

Django Reinhardt 1953

Vrai ou Faux?

A) À 18 ans, il a été victime d'un incendie dans sa roulotte

B) Il a enregistré avec Stéphane Grappelli une version magistrale de la Marseillaise

C) Au cinéma, il a été incarné par Ramzy Bedia

D) Il a incarné Django dans 4 westerns

La citation du jour

« Décrocher un oscar c'est aussi difficile que d'embrasser ses propres fesses »

Robin Williams

De l'art ou du cochon

Tricotage vaginal
performance de Casey Jenkins

L'artiste s'enfile une pelote de laine dans le vagin et tricote une écharpe pendant 28 jours. La laine est d'abord blanche, puis rouge, puis noire. La vidéo de sa performance a fait scandale sur internet

Chassez l'intrus

Parmi tous ces grands réalisateurs, lequel a obtenu 3 oscars sachant que les autres n'ont absolument rien eu.

1. Alfred Hitchcock
2. Fritz Lang
3. Frank Capra
4. Cecil B. DeMille
5. Otto Preminger
6. Charlie Chaplin

Le chiffre du jour

4

C'est le nombre d'oscars que Katharine Hepburn a reçus dans sa carrière et c'est le record. Seuls Jack Nicholson, Meryl Streep et Daniel Day Lewis peuvent espérer l'égaler voire le dépasser car ils en ont obtenu trois.

À vérifier

Louis de Funès aurait obtenu un oscar.

Pausini A) Vrai B) Vrai C) Vrai D) Faux

Reinhardt A) Vrai, il aura de terribles séquelles aux mains B) Vrai C) Faux, Reda Kateb D) Faux **L'intrus** 3

Saint **Pascal**

Dicton

À la Saint-Pascal, les agneaux s'font la malle.

Vendredi

17

MAI

Ça s'est passé le 17 mai 1642
Naissance de Montréal.

Coucou

Jean-Marie Bigard 1954

Vrai ou Faux?

A) Il a tué l'assassin de son père

B) Il reste le seul comique français à avoir fait le Stade de France

C) Il a rencontré sa femme Lola dans un bar à putes

D) Au Vatican, il a fait son sketch « Le lâcher de salopes » au pape Benoît XVI

Bye-bye

Donna Summer 2012

Vrai ou Faux?

A) Son vrai nom est Donna Winter

B) Son père était un pionnier du rock

C) À ses débuts, elle a fait partie du groupe Boney M

D) Elle a développé un cancer du poumon déclenché par l'inhalation des poussières du 11 Septembre

La citation du jour

« Vive Montréal, vive le Québec, vive le Québec libre ! »

On me dit que c'est Céline Dion mais j'ai un doute

Tous des bêtes

L'apogonidé est un poisson qui crache de la lumière.

Transposition chez l'homme :

Le chiffre du jour

- 63 °C C'est la température la plus basse mesurée au Canada en février 1947.

Le saviez-vous?

Quand les Indiens iroquois ont vu débarquer Jacques Cartier chez eux, ils lui ont fait des grands gestes en criant : « Kaneta ! » Cartier a cru que c'était le nom de leur pays alors que ce mot voulait juste dire « village ». C'est con, mais c'est resté.

Bigard A) Faux, il lui a pardonné B) Vrai C) À vérifier D) Faux
Summer A) Faux B) Faux C) Faux D) Vrai

Saint **Éric**

Dicton
À la Saint-Éric,
tous les mecs ont la trique.

Samedi
18
MAI

Ça s'est passé le 18 mai 1770
Mariage de Louis XVI et Marie-Antoinette

Coucou
Yannick Noah 1960

Vrai ou Faux?

A) Il a été classé 2e meilleur joueur mondial à l'ATP

B) Il a un fils totalement blanc

C) Il a été le 2e comique français à faire le Stade de France

D) Il déteste le Cameroun et les Noirs en général

Bye-bye
Beaumarchais 1799

Vrai ou Faux?

A) Il a démarré comme journaliste au *Figaro*

B) Il a été l'éditeur de Voltaire

C) Il a été espion et marchand d'armes

D) Homme d'affaires avisé, il a créé Le Bon Marché

La citation du jour

« Je me presse de rire de tout de peur d'être obligé d'en pleurer »

Beaumarchais

Saint **Yves**

Dicton
À la Saint-Yves,
tes conclusions
seront hâtives.

Dimanche
19
MAI

Ça s'est passé le 19 mai 1802
Création de la Légion d'honneur.

Coucou
Sophie Davant 1963

Vrai ou Faux?

A) Son père était ornithologue

B) Elle a vécu 3 ans avec Passe-Partout

C) Son surnom dans le métier est « Affaire conclue »

D) Elle s'est tapée toute l'Académie française

Bye-bye
Jackie Onassis 1994

Vrai ou Faux?

A) Son nom de jeune fille était Jackie Haimychel

B) Pendant l'attentat de Dallas, elle ramassait des bouts de cervelle pour les remettre dans le crâne de son mari

C) En 1968, elle épouse Aristote Onassis, qui abandonne Maria Callas pour elle

D) À l'enterrement d'Onassis, elle dansait le sirtaki en cassant des assiettes

Noah A) Faux, 3e B) Vrai C) Vrai D) Faux **Beaumarchais** A) Faux B) Vrai C) Vrai D) Faux
Davant A) Vrai B) Faux C) Faux D) Faux... **Onassis** A) Faux B) Vrai C) Vrai D) Faux

Saint **Bernardin**

Dicton
À la Saint-Bernardin, rien de ce que tu feras ne sera bien.

Lundi
20
MAI

Ça s'est passé le 20 mai 1802
Napoléon Bonaparte rétablit l'esclavage.

Coucou
Cher 1946

Vrai ou Faux?

A) Elle a démarré avec son mari Sony Leloir en formant le duo « Leloir et Cher »

B) Son nom de famille est Lockholms

C) Un biographe juif lui a consacré un livre intitulé *Le Cas Cher*

D) Pour sa tournée en Russie, elle a pris le nom de Cher Nobyl

Bye-bye
Christophe Colomb 1506

Vrai ou Faux?

A) Christophe Colomb était italien

B) Il était persuadé que la Terre était ronde

C) Il a inventé la coloscopie

D) Ses trois navires s'appelaient la *Pinta*, la *Niña*, et la *Marie-couche-toi-là*

La citation du jour

« On ne va jamais aussi loin que lorsqu'on ne sait pas où on va »

Christophe Colomb

Les coutumes du monde

Au Venezuela, dans la tribu Yanomami, lorsqu'une personne meurt, on fait brûler son corps puis sa famille entière se partage les cendres et les mange.

Le chiffre du jour

12 millions

C'est le nombre estimé d'esclaves qui ont été arrachés à l'Afrique en 110 ans lors de la traite atlantique.

Le saviez-vous?

Christophe Colomb n'a pas vraiment découvert l'Amérique. Il est arrivé aux Bahamas, à Cuba, puis à Haïti, avant de rentrer en Europe. Quelques années plus tard, c'est Amerigo Vespucci qui sera désigné par la Couronne espagnole comme découvreur de l'Amérique.

Cher A) Faux B) Faux C) Faux D) Faux
Colomb A) Vrai B) Vrai C) Faux D) Faux, la *Pinta*, la *Niña* et la *Santa Maria*

Saint **Constantin**

Dicton
À la Saint-Constantin,
de péter tu t'abstiens.

Mardi
21
MAI

Ça s'est passé le 21 mai 1927
Lindbergh traverse l'Atlantique.

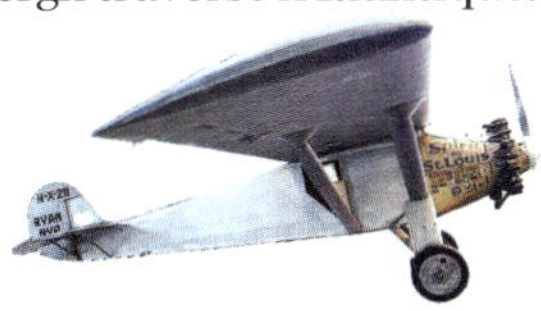

Coucou
Yoda 1980

Vrai ou Faux?

A) Il a plus de 900 ans
B) Sa devise est : « C'est vert mais juste »
C) C'est le père de Guillaume Bats
D) Il a dit à Luc : « Quand le matin il durcira, ton kiki tu toucheras »

Bye-bye
Le chevalier d'Éon 1810

Vrai ou Faux?

A) Sans contrefaçon c'était un garçon
B) Il a vécu habillé en homme pendant 49 ans et en femme pendant 32 ans
C) Son surnom était « M'sieur-dame »
D) Son nom a donné un mot

La citation du jour

« Plus nous pénétrons dans l'inconnu, plus il nous semble immense et merveilleux »

Charles Lindbergh

Le métier insolite

Agent secret en milieu rural

Ce métier consiste à se déguiser en épouvantail pour dissuader les oiseaux de nuire à la culture tout en laissant traîner une oreille au cas où des espions étrangers échangeraient des infos ultra sensibles pour la sécurité du pays.

Le chiffre du jour

33 heures 30 minutes

C'est le temps qu'il a fallu à Charles Lindbergh pour traverser l'Atlantique.

Vrai ou faux

Charles Lindbergh

1- Il a manifesté plusieurs fois sa sympathie à l'égard d'Adolf Hitler.
2- Son fils a été enlevé et assassiné.
3- Il a reçu un prix d'un million de dollars pour son exploit.
4- Pendant sa traversée, il regardait le ciel à travers un périscope.

Yoda A) Vrai B) Faux C) Faux D) Faux **Le chevalier d'Éon** A) Vrai B) Vrai C) Faux D) Vrai : l'éonisme qui désigne un goût pour le travestissement
Vrai ou faux A) Vrai B) Vrai C) Faux, 25 000 $ D) Vrai

Saint **Émile**

Dicton

En plein dans le mille
à la Saint-Émile, tout à côté
à la Saint-René.

Mercredi 22 MAI

Ça s'est passé le 22 mai 1910

Mort de Jules Renard à l'âge de 46 ans.

Coucou

Novak Djokovic 1987

Vrai ou Faux?

A) Son régime sans gluten est pour lui le secret de son succès

B) Il pense que les molécules présentes dans l'eau réagissent à nos émotions

C) Il a trois enfants prénommés : Jeu, Set et Match

D) Il a gagné deux médailles d'or aux JO

Bye-bye

Victor Hugo 1885

Vrai ou Faux?

A) Il a habité sa rue de son vivant

B) Son meilleur ami l'a fait cocu

C) Quand il travaillait, il mettait sur la porte « Silence, Hugo bosse »

D) Il est mort d'une hernanie discale

La citation du jour

« Il y a des gens qui ont une bibliothèque comme les eunuques ont un harem »

Victor Hugo

Cinéma

Quelle réplique n'est pas dans *Un éléphant ça trompe énormément* ?

A) « J'aime vos seins, enfin surtout celui de gauche. »

B) « J'ai envie de voir votre corps sans habits. »

C) « C'est normal que tu t'enfermes avec monsieur Simouni quand ta mère elle est au bord du gaz ? »

D) « Tu m'emmerdes, tu m'emmerdes gentiment, affectueusement, avec amour, mais tu m'emmerdes ! »

Le chiffre du jour

19 ans

C'est l'âge auquel sa fille Léopoldine s'est noyée dans la Seine.

Le saviez-vous?

Victor Hugo adorait les honneurs et les décorations. Il comptait sur ses amis Balzac, Dumas, Flaubert, Lamartine et Chateaubriand pour l'aider à accéder aux récompenses suprêmes.

À vérifier

Victor Hugo aurait appris à tricoter à Jersey.

Djokovic A) Vrai B) Vrai C) Faux D) Faux, c'est la seule récompense qui manque à son tableau
Hugo A) Vrai B) Vrai, Adèle l'a trompé avec Sainte-Beuve C) Faux D) Faux **Cinéma** : D (C'est dans *Un Singe en hiver*)

Saint **Didier**

Dicton
À la Saint-Didier, pense à t'accoupler.

Jeudi
23
MAI

Ça s'est passé le 23 mai 1934
Mort de Bonnie et Clyde.

Coucou
François Feldman 1958

Vrai ou Faux?

A) Son père était grand rabbin de France
B) Son plus gros tube est « Tout le monde debout »
C) Suivi de « … là bas »
D) Après le Téléthon, il s'est installé à Lourdes

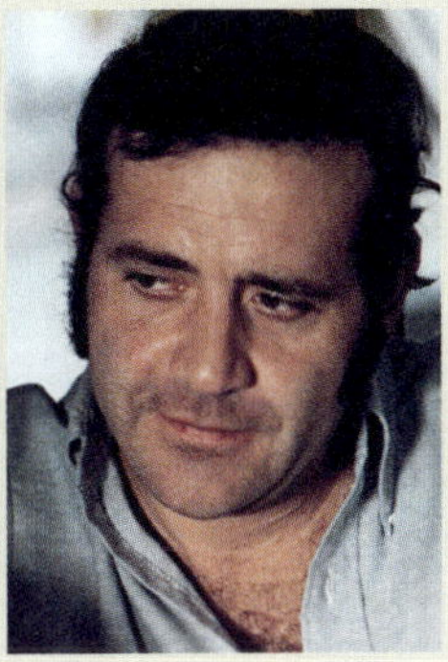

Bye-bye
Jean Yanne 2003

Vrai ou Faux?

A) Il a reçu le prix d'interprétation à Cannes en 1972
B) Il est l'auteur du slogan « Il est interdit d'interdire »
C) Il a vécu 7 ans avec Nicole Calfan
D) Il a écrit une chanson pour Line Renaud

La citation du jour

« De toute façon, ils ne pouvaient pas s'en sortir. La seule solution, c'était mourir »

Serge Gainsbourg

De l'art ou du cochon

***(Dans la peau de) L'Ours*, performance d'Abraham Poincheval, 2014**

L'artiste français s'enferme pendant 13 jours dans un ours empaillé tout équipé : eau, électricité, VMC, toilettes dans la patte gauche… Une expérience retransmise 24 h/24 en ligne.

Quiz

Yanne ou pas Yanne?

1. « L'amour, c'est du sport, surtout s'il y en a un des deux qui veut pas. »
2. « Il faut faire des enfants quand on est vieux parce qu'on les emmerde pas longtemps. »
3. « Tout le monde veut sauver la planète, mais personne ne veut descendre les poubelles. »
4. « La légion d'honneur, c'est comme les hémorroïdes, n'importe quel trou du cul peut l'avoir. »
5. « Ni dieu ni maître, même nageur. »
6. « L'homme descend du singe et monte sur la femme. »

Le chiffre du jour

14 C'est le nombre de personnes tuées par Bonnie et Clyde.

Feldman A) Faux B) Vrai C) Vrai D) Faux **Yanne** A) Vrai, pour son rôle dans *Nous ne vieillirons pas ensemble* B) Vrai C) Vrai D) Vrai, « Mon coeur au Portugal » **Quiz** Les six citations sont de Jean Yanne

Saint **Donatien**

Dicton

À la Saint-Donatien,
tu prends tout, tu donnes rien.

Vendredi
24
MAI

Ça s'est passé le 24 mai 1950
La fête des Mères devient nationale.

Coucou
Éric Cantona 1966

Vrai ou Faux?

A) Il a incité des gens à retirer leur argent des banques

B) Il a été parrain de la coupe du monde au Qatar

C) Il a joué dans *Les Clefs de bagnole*

D) Il restera dans ce siècle comme un grand philosophe

Bye-bye
Jean-Loup Dabadie 2020

Vrai ou Faux?

A) C'était le beau-frère de Robert Charlebois

B) Il a écrit pour Polnareff « On ira tous au paradis » et il dialoguera le film du même nom

C) Il est mort un jour avant son ami Guy Bedos

D) Il a écrit « Tu veux mon zizi » pour Francky Vincent

La citation du jour

« Quand les mouettes suivent un chalutier, c'est qu'elles pensent qu'on va leur jeter des sardines »

Éric Cantona

Tous des bêtes

Le homard urine par les yeux.

Transposition chez l'homme :

Le chiffre du jour

40 C'est le pourcentage de Français qui souhaiteraient que la fête des Mères et la fête des Pères soit remplacées par une seule et unique fête : la fête des Parents.

Le jeu

Classe ces cadeaux de fête des Mères du moins pourri au plus dégueulasse

1-Un collier de nouilles
2-Un diplôme de super maman
3-Un épilateur électrique
4- Un abonnement à *Comme j'aime*
5-Une crème antirides
6-Un livre sur la ménopause

Cantona A) Vrai B) Faux, il a encouragé son boycott C) Vrai D) Vrai
Dabadie A) Vrai B) Vrai C) Faux, 4 jours avant D) Faux **Le jeu** Quel que soit votre classement, vous avez bon

Sainte **Sophie**

Dicton
À la Sainte-Sophie,
fais fi des soucis.

Samedi
25
MAI

STAR WARS

Ça s'est passé le 25 mai 1977
Sortie du premier *Star Wars* aux États-Unis.

Coucou
François Bayrou 1951

Vrai ou Faux?

A) Il a été quatre fois candidat à la présidentielle
B) Enfant, il était bègue
C) À 20 ans, il a eu un accident de tracteur qui l'a laissé idiot
D) Il a dit de Pau : « C'est joli mais, c'est le trou du cul du monde »

Bye-bye
Jean-Louis Murat 2023

Vrai ou Faux?

A) Son premier groupe s'appelait Les pointeurs-fisteurs
B) Son premier disque était *Suicidez-vous*
C) Son meilleur ami dans le métier était Renaud
D) Il détestait aussi Hallyday, Goldman, Polnareff, Souchon et beaucoup d'autres.

La citation du jour

« La peur mène à la colère, la colère mène à la haine, la haine mène à la souffrance »

Yoda

Saint **Béranger**

Dicton
À la Saint-Béranger,
les dés seront pipés.

Dimanche
26
MAI

Ça s'est passé le 26 mai 1972
Premier accord de limitation des armes nucléaires.

Coucou
Dracula 1897

Vrai ou Faux?

A) Ce personnage a été créé par David Rhésus
B) Il raconte l'histoire d'un trans nommé Sylvanie
C) La légende dit que Dracula chie du boudin
D) Avant qu'il ne se fasse refaire les dents, François Mitterrand était surnommé Dracula

Bye-bye
Pierre Bellemare 2018

Vrai ou Faux?

A) Il a joué dans *OSS 117*
B) Il a vendu du beurre aux Allemands
C) Il a été condamné pour avoir vendu une crème amincissante bidon
D) Il avait sa propre marque de bretelles

Bayrou A) Faux, trois B) Vrai C) Faux D) Faux **Murat** A) Faux B) Vrai C) Faux, ils se détestaient D) Vrai
Dracula A) Faux, par Bram Stoker B) Faux C) Faux D) Faux **Bellemare** A) Vrai B) Faux B) Vrai C) Faux

Saint **Augustin**

Dicton
À la Saint-Augustin, pense aux autres, prends un bain.

Lundi
27
MAI

Ça s'est passé le 27 mai 1564
Mort de Jean Calvin.

Coucou
Alain Souchon 1944

Vrai ou Faux?

A) Il est franco-suisse
B) Sa mère a écrit pour la collection Harlequin
C) Il a été condamné à 6 mois de prison pour avoir regardé sous les jupes des filles
D) Il a écrit « Allô maman bobo » après s'être coincé la bite dans sa braguette

Bye-bye
François Ravaillac 1610

Vrai ou Faux?

A) Son père a tenté d'assassiner le duc d'Épernon
B) Il était hanté par des visions mystiques
C) En portant 3 coups de couteau à Henri IV, il a crié : « Et un, et deux, et trois zéro ! »
D) Il est mort brûlé place de Grève

La citation du jour

« Foule sentimentale, on a soif d'idéal, attirés par les étoiles, les voiles, que des choses pas commerciales »

Alain Souchon

Les coutumes du monde

Au Vanuatu, après s'être enduit le corps d'huile de coco, les hommes montent sur un mur composé de troncs d'arbres, et sautent les pieds attachés par des lianes. Si aucun homme ne se blesse, alors la récolte sera bonne...

La chanson oubliée

**« Week-end au couvent,
Silence dans les rangs,
Week-end au couvent,
On n'y va pas en protestant »**

Et c'est signé Ramon Pipin

Le chiffre du jour

900 millions

C'est le nombre de protestants dans le monde, soit un tiers des chrétiens.

Le saviez-vous?

En 1960, les Américains élisent leur premier président catholique Kennedy. Avant lui, tous les autres présidents étaient protestants.

Souchon A) Vrai B) Vrai C) Faux D) Faux
Ravaillac A) Vrai B) Vrai C) Faux D) Faux, il a été écartelé

Saint **Germain**

Dicton
À la Saint-Germain, pense aux autres, donne un rein.

Mardi
28
MAI

Ça s'est passé le 28 mai 585 av. J.-C.
Une éclipse de Soleil interrompt une bataille entre les Mèdes et les Lydiens.

Coucou
Romain Duris 1974

Vrai ou Faux?

A) Il est né un mardi soir
B) Il a joué dans le biopic de Léonard de Vinci
C) Jeune il a tourné dans un porno nommé *Chacun cherche sa chatte*
D) Il a enchaîné avec *De jouir ma bite s'est arrêtée*

Bye-bye
Guy Bedos 2020

Vrai ou Faux?

A) Sa mère s'appelait Hildeberte
B) Il a refusé la Légion d'honneur
C) Il a joué dans *Les Clefs de bagnole*
D) Il a eu un enfant avec Nadine Morano mais il ne l'a pas reconnu

La citation du jour

« Je vais bien, et si tout le monde allait aussi bien que moi, j'irais beaucoup mieux »

Guy Bedos

Le métier insolite

Armateur de jolies filles

Ce métier consiste à exploiter une flottille de jolies filles à travers le monde. L'armateur est responsable du transport et du ravitaillement de ces filles. En échange, il sera grassement rétribué par les commanditaires.

Le chiffre du jour

600
millions d'années

C'est la période qui marquera la fin totale des éclipses sur Terre, car la distance Terre-Lune aura augmenté de 23 500 kilomètres. Donc, la Lune ne pourra plus couvrir totalement le disque solaire. On a hâte de pouvoir le vérifier par nous-mêmes !

À vérifier

Ça tombera un mardi.

Duris A) Faux, « Mardi soir » est son anagramme B) Faux, Gustave Eiffel C) Faux, *Chacun cherche son chat* D) Faux, il a joué dans *De battre mon cœur s'est arrêté* **Bedos** A) Vrai B) Vrai C) Vrai D) Faux

Sainte **Ursule**

Dicton
À la Sainte-Ursule,
si tu avances, je recule.

Mercredi
29
MAI

Ça s'est passé le 29 mai 1953
Edmund Hillary et Tensing Norgay sont les premiers à faire l'ascension de l'Everest.

Coucou
Catherine Lara 1945

Vrai ou Faux?

A) Son vrai nom est Godet
B) Son professeur de violon était Yehudi Menuhin
C) Elle a été la compagne de Muriel Robin
D) Jeune, elle a eu une aventure avec Georges Moustaki

Bye-bye
Romy Schneider 1982

Vrai ou Faux?

A) Sa mère était une amie d'Adolf Hitler
B) Romy a détesté interpréter Sissi
C) Romy a imposé Alain Delon pour le film *La Piscine*
D) Pendant le tournage de *César et Rosalie*, Romy a eu une aventure avec Yves Montand

La citation du jour

« Qu'importe le flocon pourvu qu'on ait l'Everest »

Pierre Dac

Cinéma

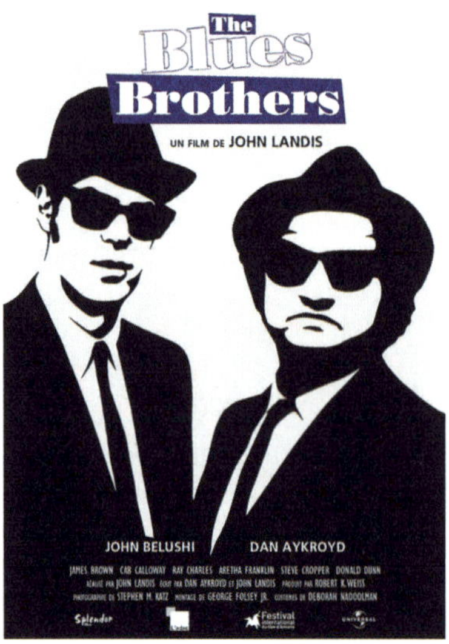

Pendant le tournage des *Blues Brothers*, combien de voitures ont été cassées ?

A) 57
B) 78
C) 103
D) 199

Le chiffre du jour

8 849 mètres
C'est la hauteur exacte de l'Everest.

Le saviez-vous?

Le nom de la plus haute montagne du monde vient de George Everest, qui a été arpenteur général des Indes. Son nom a été donné à cette montagne en 1865.

Plus de détails

Le nom tibétain de l'Everest est Chomo Lungma qui signifie « déesse mère du monde ». Le nom népalais est Sagamartha qui signifie « mère de l'univers » et le nom chinois est Shengmu Feng « la sainte mère du pic ».

Lara A) Faux, Bodet B) Faux C) Vrai D) Vrai
Schneider A) Vrai B) Vrai C) Faux, c'est l'inverse D) Faux **Cinéma** C

Saint **Ferdinand**

Dicton

À la Saint-Ferdinand,
quelle que soit la question
tu dis nan !

Jeudi
30
MAI

Ça s'est passé le 30 mai 1413

Jeanne d'Arc est brûlée vive à Rouen.

Coucou
Élise Lucet 1963

Vrai ou Faux?

A) Elle a fait connaître un lieu secret à la télé

B) Elle a coanimé « La marche du siècle » avec Jean-Luc Delarue

C) En 2006, elle a pris un congé maternité sans être enceinte

D) Elle a interpellé le pape en lui disant : « Eh mon père, vous êtes bon ! »

Bye-bye
Voltaire 1778

Vrai ou Faux?

A) Il a été embastillé plusieurs fois

B) Il a dit : « Les Blancs sont supérieurs aux Nègres »

C) Il a dit : « Le peuple juif est le peuple qui a le plus souillé la France »

D) Heureusement qu'il n'est pas enterré au Panthéon

La citation du jour

« Dieu n'a créé les femmes que pour apprivoiser les hommes »

Voltaire

De l'art ou du cochon

Incorruptible Flesh
performance de Ron Athey, 2014

L'artiste, allongé nu sur une table, est attaché et ses paupières sont tenues ouvertes par des crochets. Une batte de baseball est enfoncée dans son rectum. Les spectateurs sont invités à l'oindre d'une substance blanche et mousseuse.

Les dates de Jeanne

Née en 1412
Brûlée en 1431
Béatifiée en 1909
Canonisée en 1920

Le chiffre du jour

20 000

C'est le nombre de statues de Jeanne d'Arc recensées en France.

Le saviez-vous?

Jeanne d'Arc ne s'appelait pas Jeanne d'Arc mais Johannette de Vouthon.

À vérifier

Jeanne d'Arc serait l'arrière-arrière-grand-mère de Mireille Darc.

Lucet A) Vrai, « Lieu secret » est son anagramme B) Faux C) Faux D) Faux

Voltaire A) Vrai B) Vrai C) Vrai D) Faux, il y est

Sainte **Pierrette**

Dicton

À la Sainte-Pierrette,
la défaite tu acceptes.

Vendredi
31
MAI

Ça s'est passé le 31 mai 2020
Mort de Christo.

Coucou

Pascal Sellem 1964
François Rollin 1953

Vrai ou Faux ? (valable pour les deux)

A) Ils sont humainement très décevants
B) Ils cuisinent super bien
C) Ils ont joué dans *Les Clefs de bagnole*
D) Ils ont fait 10 enfants à eux deux

Bye-bye

Étienne Roda-Gil 2004

Vrai ou Faux?

A) Il a écrit « Cadillac » pour Johnny Hallyday
B) Il a écrit « 4L » pour Jean-Pierre François
C) Il a écrit « Le lac Majeur » pour Mort Shuman
D) Il a écrit « Le Lac Mineur » pour Jean-Luc Lahaye

La citation du jour

« Comment ? »

Ludwig van Beethoven

Tous des bêtes

Les lombrics sont hermaphrodites. Après l'accouplement, ils sont à la fois père et mère d'une portée de l'autre.

Transposition chez l'homme :

Le chiffre du jour

918

Je ne sais plus à quoi ça correspond, mais c'était super intéressant.

Le saviez-vous?

Christo a emballé le Reichstag, l'arc de Triomphe et le pont Neuf.

À vérifier

Le cercueil de Christo était également emballé.

Sellem Rollin A) Faux B) Vrai C) Vrai D) Faux, 9
Roda-Gil A) Vrai B) Faux C) Vrai D) Faux

Saint **Justin**

Dicton
À la Saint-Justin,
si t'en mets deux, ça craint.

Samedi
01
JUIN

Ça s'est passé le 1er juin 1898
Ouverture du Ritz à Paris.

Coucou
Karen Mulder 1970

Vrai ou Faux?

A) Elle a fait huit fois la couverture de *Chasse et Pêche*

B) Elle a acheté un château en France

C) Elle a fait de la garde à vue pour harcèlement

D) Dans « Tout le monde en parle », elle a dit s'être fait violer pendant la tournée des Restos du Cœur

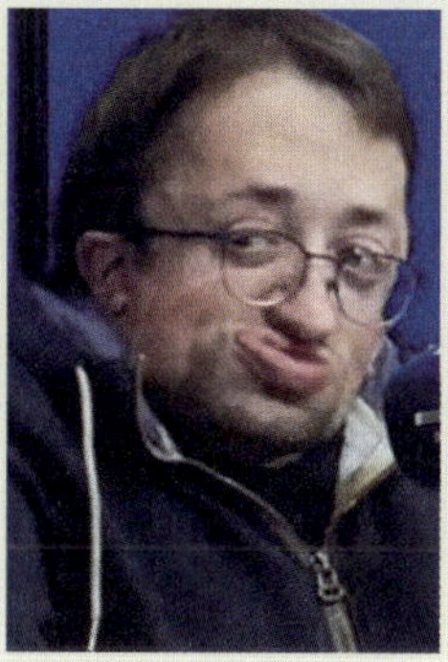

Bye-bye
Guillaume Bats 2023

Vrai ou Faux?

A) Il souffrait de la maladie des os de verre

B) La création de son personnage lui demandait 5 heures de maquillage

C) Il a été abandonné par ses parents à la DDASS à l'âge de 1 an

D) Son faux frère jumeau n'est autre que Pierre Niney

La citation du jour

« On dit que Dieu a créé l'homme à son image, j'ai un doute »

Guillaume Bats

Sainte **Blandine**

Dicton
À la Sainte-Blandine, toutes les fleurs tu butines.

Dimanche
02
JUIN

Ça s'est passé le 2 juin 1740
Naissance du marquis de Sade.

Coucou
Martin Lamotte 1947

Vrai ou Faux?

A) Il a fondé le Théâtre de la Veuve Clicquot

B) Son rôle de Super Résistant a été inspiré par Jean Moulin

C) Il a joué l'inspecteur Columbo au théâtre

D) Il a écrit « Les hommes préfèrent les gosses » pour Jean-Luc Lahaye

Bye-bye
Alain 1951

Vrai ou Faux?

A) Il a dit : « Une preuve ne sert à rien tant qu'on n'a pas la preuve de la preuve »

B) Il a dit : « Un homme honnête est un voleur qui se repose »

C) Il a dit : « Le destin, c'est l'avenir qui refuse d'avoir tort »

D) Il a dit : « J'ai souvent demandé aux femmes par quoi elles remplacent l'intelligence »

Mulder A) Faux B) Vrai C) Vrai D) Vrai, son intervention a été coupée au montage **Bats** A) Vrai B) Faux C) Vrai D) Faux
Lamotte A) Faux, la Veuve Pichard B) Faux C) Vrai D) Faux **Alain** A) Faux B) Faux C) Faux D) Vrai

Saint **Kévin**

Dicton
À la Saint-Kévin, branle du chef et opine.

Lundi
03
JUIN

Ça s'est passé le 3 juin 1800
Washington devient la nouvelle capitale des États-Unis.

Coucou
Rafael Nadal 1986

Vrai ou Faux?
A) Il a peur des chiens, du noir et des orages
B) La nuit, il dort avec ses trophées
C) Il n'a jamais perdu un match à Roland-Garros
D) Il n'a que quatre orteils au pied droit

Bye-bye
Mohamed Ali 2016

Vrai ou Faux?
A) En 1999, il a été nommé sportif du siècle
B) Avant, il s'appelait Cassius Clay de Bagnol
C) Il a eu dix enfants
D) À deux ans, il a mis KO sa mère avec un crochet du droit

La citation du jour

« Je vole comme un papillon, je pique comme une abeille »

Mohamed Ali

Les coutumes du monde

Les jeunes garçons d'une tribu d'Amazonie doivent mettre leur main 20 fois pendant 10 minutes dans un gant rempli de fourmis dont la piqûre est 30 fois plus douloureuse que celle d'une abeille. Après cette épreuve, ils seront considérés comme de vrais hommes.

Le chiffre du jour

100

C'est le nombre de victoires remportées par Mohamed Ali en amateur.

Incroyable !

À 12 ans, le jeune Cassius Clay se fait piquer son vélo. Fou de rage, il cherche le voleur partout pour se venger. Il tombe sur un policier qui est également entraîneur de boxe et qui va canaliser sa colère en l'emmenant en salle pour en faire le plus grand des champions.

À vérifier

Il jouait également au football sous le nom de Pelé.

Nadal A) Vrai B) Faux C) Faux, il a perdu 3 fois D) Faux
Ali A) Vrai B) Faux, C) Vrai D) Vrai

Sainte **Clotilde**

Dicton
À la Sainte-Clotilde,
ton museau est placide.

Mardi
04
JUIN

Ça s'est passé le 4 juin 1783
Premier vol d'une montgolfière.

Coucou
Angelina Jolie 1975

Vrai ou Faux?

A) Enfant, elle s'auto-mutilait avec des couteaux
B) C'est la fille de Warren Beatty
C) C'est la filleule de Jacqueline Bisset
D) Elle ramène un enfant comme souvenir de tous ses voyages

Bye-bye
Casanova 1798

Vrai ou Faux?

A) Il a été magicien
B) Il a couché avec sa propre fille
C) Ce séducteur avait le visage grêlé, l'air féroce, les joues creuses et le nez crochu
D) C'est l'inventeur de l'écarteur de cuisses

La citation du jour

« Les Français sont jaloux de leur maîtresse et jamais de leur femme »

Casanova

Le métier insolite
Pilote de ligne de coke

Dans les soirées, les gens font souvent n'importe quoi avec la cocaïne : rail trop petit ou trop grand, prise trop rapprochée ou trop éloignée, etc. Le pilote de ligne de coke est là pour veiller à ce que la drogue soit de qualité et prise dans les règles de l'art. Il est en contact permanent avec l'aiguilleur du rail.

Le chiffre du jour

21 027m
Record d'altitude d'une montgolfière dans le ciel.

Le saviez-vous ?

Pilâtre de Rozier a été le premier pilote de montgolfière au monde, il s'est tué en 1785 à l'âge de 31 ans en essayant de traverser la Manche en ballon.

À vérifier

Le premier homme à avoir pris sur la gueule un pilote de montgolfière tombé du ciel aurait dit : « Il n'y a plus de saison ! »

Jolie A) Vrai B) Faux, de Jon Voight C) Vrai D) Faux
Casanova A) Vrai B) Vrai C) Vrai D) Faux

Saint **Igor**

Dicton

À la Saint-Igor, si tu bouges plus, c'est que t'es mort.

Mercredi
05
JUIN

Ça s'est passé le 5 juin 2004
Mort de Ronald Reagan.

Coucou
Guy Carlier 1949

Vrai ou Faux?

A) C'est le père de McFly
B) Il a été marié à la fille de Frédéric Dard
C) Il a écrit une chanson pour Sylvie Vartan
D) Il a perdu 125 kg

Bye-bye
Georges Feydeau 1921

Vrai ou Faux?

A) Il a écrit *On purge bébé*
B) Il a écrit *L'Anus à l'orteil*
C) Il a écrit *Lèche mon dindon*
D) Il a écrit *Le Fil à la chatte*

La citation du jour

« Certains maris ne sont bons qu'à être cocu, encore faut-il que leur femme les aident »

Georges Feydeau

Cinéma

Dans *Ni vu ni connu*, comment s'appelle le chien de Louis de Funès ?

A) Le chat
B) Le chien
C) Viens-là
D) Fous-le-Camp

Le chiffre du jour

10 C'est le nombre d'années où Georges Feydeau a vécu à l'hôtel après son divorce.

Le saviez-vous ?

Sa mère a dit au petit Georges qu'il était l'enfant de Napoléon III.

Incroyable !

Il était joueur, cocaïnomane et bisexuel.

À vérifier

Avant chaque relation sexuelle, Georges Feydeau frappait les trois coups.

Carlier A) Faux, Carlito B) Vrai C) Faux, pour Johnny Hallyday D) Vrai, il en pesait 250
Feydeau A) Vrai B) Faux C) Faux D) Faux **Cinéma** D

Saint **Norbert**

Dicton
À la Saint-Norbert, allume les vrais Berbères.

Jeudi
06
JUIN

Ça s'est passé le 6 juin 1944

Débarquement de Normandie.

Coucou
Björn Borg 1956

Vrai ou Faux?
A) Son surnom était « le 5e Abba »
B) Il a arrêté sa carrière à 26 ans
C) Ruiné, il a vendu ses 5 trophées de Wimbledon
D) Il a chanté « Borg to be Alive »

Bye-bye
Frédéric Dard 2000

Vrai ou Faux?
A) Il a écrit 242 *San Antonio*
B) Sa fille a été enlevée à l'âge de 13 ans
C) En 1992, il a racheté la maison de Charlie Chaplin en Suisse
D) Il était tripolaire

La citation du jour

« Le sexe masculin est ce qu'il y a de plus léger au monde, une simple pensée le soulève. »

Frédéric Dard

De l'art ou du cochon

La Salade **de Giovanni Anselmo, 1968**
Sculpture composée d'une laitue fraîche ligotée à deux blocs de granit. Lorsque la salade flétrit, un bloc tombe et une nouvelle est mise en place. Pièce maîtresse de « l'arte povera », l'art pauvre, acquise par le Centre Pompidou.

Le saviez-vous ?

Avant le débarquement, Utah Beach s'appelait la plage de la Madeleine.

Dur à croire

La légende dit que quand les Anglais ont débarqué, la Manche était rouge sang.

À vérifier

Pour les requins, le 6 juin serait une fête nationale.

Borg A) Vrai B) Vrai C) Faux, il a finalement renoncé à son projet D) Faux
Dard A) Faux, 175 B) Vrai C) Faux D) Faux, bipolaire ça suffit.

Saint **Gilbert**

Dicton
À la Saint-Gilbert,
tu dois manger casher.

Vendredi
07
JUIN

Ça s'est passé le 7 juin 1954
Mort d'Alan Turing.

Coucou

Jean-Pierre François 1965

Vrai ou Faux?

A) Évidemment, « Je te survivrai » est signé Didier Barbelivien

B) N'empêche qu'il lui a survécu

C) Il va refaire un tube un jour

D) C'est quand même dommage qu'on ne le voie plus

Bye-bye

Jean Harlow 1937

Vrai ou Faux?

A) La blonde platine a eu une aventure avec Clark Gable

B) Elle a eu un amant prénommé Titanic

C) Le soir de sa nuit de noces, elle éclate de rire en découvrant le micropénis de son mari

D) Après cet évènement, son mari se suicidera

La citation du jour

« Les tentatives de création de machines pensantes nous seront d'une grande aide pour découvrir comment nous pensons nous-même »

Alan Turing

Tous des bêtes

Chez les escargots de Bourgogne, les préliminaires peuvent durer dix heures de baveux bisous.

Transposition chez l'homme :

Le chiffre du jour

2 C'est le nombre d'années que la Seconde Guerre mondiale aurait duré en plus si Turing n'avait pas décrypté Enigma.

Le saviez-vous ?

La machine de Turing a contribué à accélérer la conception de l'ordinateur.

À vérifier

Turing était également capable de déchiffrer n'importe quelle ordonnance.

François A) Vrai B) Faux, il a totalement disparu C) Oui, c'est ça, et Johnny va refaire le Stade de France D) Non non, c'est mieux comme ça
Harlow A) Vrai B) Vrai C) Vrai D) Vrai

Saint **Médor**

Dicton
À la Saint-Médor, même ton chien tu honores.

Samedi
08
JUIN

Ça s'est passé le 8 juin 632
Mort du prophète Mahomet. (Pardon, mais la peur nous empêche d'illustrer cet événement.)

Coucou
Kanye West 1977

Vrai ou Faux?

A) Il a été candidat à la présidence de la République

B) Il est ouvertement antisémite et pronazi

C) Il a été interné de force dans un asile psychiatrique

D) Il a trois fils : North, South, East ; et une fille : Boussole

Bye-bye
George Sand 1876

Vrai ou Faux?

A) Son vrai nom est Aurore Dupin

B) Elle a pris le prénom de George en hommage à George Harrison

C) Elle a dit : « Je voudrais mourir par curiosité »

D) Elle a écrit *La Petite Fadette* après avoir reçu sa facture de téléphone

La citation du jour

« Aimer sans être aimé, c'est comme allumer une cigarette à une allumette déjà éteinte »

George Sand

Sainte **Diane**

Dicton
À la Sainte-Diane, à la pompe jerricane.

Dimanche
09
JUIN

Ça s'est passé le 9 juin 1885
Le Vietnam devient français.

Coucou
Johnny Depp 1963

Vrai ou Faux?

A) Enfant, il a joué dans la série *Happy Days*

B) Il s'est inspiré de Bob Marley pour jouer Jack Sparrow

C) Sa fille s'appelle Marie-Rose

D) Son ex-femme Amber Heard a fait caca dans son lit

Bye-bye
Cochise 1874

Vrai ou Faux?

A) En langue apache, Cochise veut dire « gland »

B) Il joue son propre rôle dans *Le Massacre de fort Apache*

C) Il a dit : « Ce sont toujours les plus faibles qui perdent »

D) Il a dit : « Tiens Martine, passe-moi le Dermophil Indien »

West A) Vrai B) Vrai C) Vrai D) Faux **Sand** A) Vrai B) Faux C) Vrai D) Faux
Depp A) Faux, *21 Jump Street* B) Faux, de Keith Richards C) Faux, Lily-Rose D) Vrai **Cochise** A) Faux, chêne B) Faux C) Vrai D) Faux

Saint **Landry**

Dicton

À la Saint-Landry,
fais pas de bruit quand
tu chies.

Lundi
10
JUIN

Ça s'est passé le 10 juin 1903
Assassinat du roi et de la reine de Serbie.

Coucou
Chantal Goya 1942

Vrai ou Faux?

A) Son vrai nom est Chantal de Guerre
B) Elle a tourné avec Brigitte Bardot
C) Elle a inspiré son nom de scène à Booba
D) Elle a chanté « Bécassine, elle aime la pine »

Bye-bye
Ray Charles 2004

Vrai ou Faux?

A) Son vrai nom est Ray Duku
B) Jeune, il a été physionomiste dans une boîte de Harlem
C) Il a été classé le plus grand chanteur de tous les temps
D) Il était persuadé d'être blanc

La citation du jour

« Je suis aveugle mais on trouve toujours plus malheureux que soi… J'aurais pu être noir »

Ray Charles

Les coutumes du monde

Autrefois en Sibérie, les sages-femmes avaient l'habitude de boucher l'anus de la femme en couche afin d'éviter à l'enfant de sortir par le mauvais orifice.

Le chiffre du jour

7 ans

C'est l'âge auquel Ray Charles est devenu aveugle.

Le saviez-vous ?

À l'âge de 5 ans il assiste impuissant à la noyade dans une bassine de son petit frère de 3 ans.

À vérifier

Il aurait fait deuxième au Grand Prix d'Indianapolis.

Goya A) Vrai B) Vrai, dans *Masculin féminin* de Godard C) Faux D) Faux
Charles A) Faux B) Faux C) Faux, 2e derrière Aretha Franklin D) Faux

Saint **Barnabé**

Dicton

À la Saint-Barnabé, dis « oui, monsieur l'abbé ».

Mardi

11

JUIN

Ça s'est passé le 11 juin 323 avant J.-C.
Mort d'Alexandre le Grand.

Coucou

Peter Dinklage 1969

Vrai ou Faux?

A) Il mesure pile 1 mètre

B) Il a fait une apparition dans un épisode de *Joséphine, ange gardien*

C) Il a une toute petite étoile sur Hollywood Boulevard

D) Jeune, il a eu une aventure avec Blanche-Neige

Bye-bye

John Wayne 1979

Vrai ou Faux?

A) Il se prénommait Marion

B) Il n'a jamais eu un seul oscar dans toute sa carrière

C) Après les tournages, pour se détendre, il tuait des Indiens

D) Il fumait six paquets de cigarettes par jour

La citation du jour

« Demain est la chose la plus importante de la vie »

John Wayne

Le métier insolite

Le boulanger parti-chier

Même s'il démoule beaucoup de cakes, le boulanger parti-chier ne fait pas de gâteaux. Il fait également peu de pain car on ne peut pas être à la fois au four et au petit coin.

Le chiffre du jour

180

C'est le nombre de films qu'a tournés John Wayne.

Le saviez-vous ?

Alexandre le Grand a eu Aristote comme professeur. Puis conseiller quand il est devenu roi de Macédoine.

À vérifier

Enfant, Alexandre ne mangeait jamais à la cantine car il détestait la macédoine.

Dinklage A) Faux, 1 m 32 B) Faux C) Faux D) Faux

Wayne A) Vrai B) Faux, un seul C) Faux D) Vrai

Saint **Guy**

Dicton
À la Saint-Guy,
danse et crie toute la nuit.

Mercredi
12
JUIN

Ça s'est passé le 12 juin 1964
Nelson Mandela est condamné à la prison à vie.

Coucou
Denis Brogniart 1967

Vrai ou Faux?

A) Son vrai nom est Denis Totem

B) Il a épousé une gagnante de « Koh Lanta »

C) Il a été accusé de harcèlement sexuel par des candidates, mais il n'a pas été poursuivi grâce à un collier d'immunité

D) Père de 6 enfants, il a décidé de faire une vasectomie et sa sentence est irrévocable

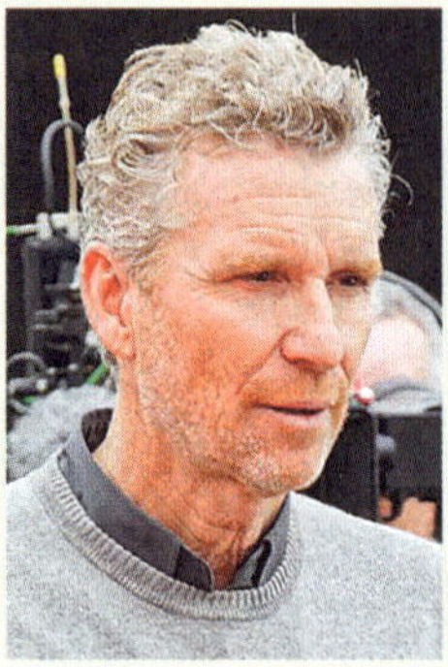

Bye-bye
Gregory Peck 2003

Vrai ou Faux?

A) Son vrai nom est Gregory Peck-Citron

B) Il a joué dans *Elle est canon la baronne*

C) Il a joué dans *My Big Dick*

D) Son fils Po a fait une carrière de comique

La citation du jour

« Je ne perds jamais, soit je gagne, soit j'apprends »

Nelson Mandela

Cinéma

Quelle réplique est dans *Le Silence des agneaux* ?

A) « **J'ai savouré son cœur en tartare avec du lacryma christi.** »

B) « **J'ai mangé ses reins flambés au cognac avec un grand bordeaux.** »

C) « **J'ai dégusté son foie avec des fèves au beurre et un excellent chianti.** »

D) « **Je lui ai bouffé le cul avec un petit muscadet bien frais.** »

Le chiffre du jour

27 C'est le nombre d'années que Nelson Mandela a passées en prison.

Le saviez-vous ?

Son vrai prénom était Rolihlahla ce qui veut dire « fauteur de troubles » en xhosa. Lors de son premier jour d'école, on lui a donné un prénom à consonance anglaise, ce qui était pratique courante à l'époque.

Incroyable !

En 1951, il a été le premier avocat noir à Johannesburg.

À vérifier

Il détestait les Noirs.

Brogniart A) Faux B) Faux C) Faux D)Faux
Peck A) Faux B) Faux, *Les Canons de Navarone* C) Faux, *Mobydick* D) Faux **Cinéma** C

Saint **Antoine de Padoue**

Dicton

À la Saint-Antoine-de-Padoue, tous les mecs bandent mou.

Jeudi

13

JUIN

Ça s'est passé le 13 juin 1924

Gaston Doumergue devient président de la République.

Coucou

DJ Snake 1986

Vrai ou Faux?

A) Son vrai nom est William Crotal

B) Il doit son surnom à ses graffitis

C) Il a fait une collab avec André Rieux

D) Son dernier album s'appelle *Perte blanche*

Bye-bye

Guy Lux 2003

Vrai ou Faux?

A) Son vrai prénom était Fiat

B) Il a inventé le tiercé

C) Pendant « Interville », il aurait eu une relation suivie avec une vachette

D) Sa moumoute était aussi célèbre que lui

La citation du jour

« Plus mes émissions ont du succès, plus elles sont traitées de débiles par les critiques »

Guy Lux

De l'art ou du cochon

***4'33"*, œuvre musicale composée par John Cage**

Quatre minutes trente-trois secondes de total silence. L'œuvre est régulièrement interprétée par de grands philarmoniques à travers le monde.

Le saviez-vous ?

Guy Lux a commencé sa carrière comme parolier mais il n'a jamais vendu une chanson.

Le chiffre du jour

2

C'est le nombre d'enfants qu'il a eus hors mariage mais il n'en a reconnu aucun.

À vérifier

Il aurait trempé dans un trafic d'organes de vachette.

DJ Snake A) Faux, William Grigahcine B) Vrai C) Faux D) Faux, *Carte blanche*

Guy Lux A) Faux B) Vrai C) Faux D) Vrai

Saint **Élisée**

Dicton
À la Saint-Élisée,
Joe Dassin va chanter.

Vendredi
14
JUIN

Ça s'est passé le 14 juin 1928
Naissance d'Ernesto Guevara.

Coucou
Donald Trump 1946

Vrai ou Faux?

A) Il a dit : « J'ai bien niqué Kadhafi »

B) Il a dit : « Le Mexique ne nous envoie que de la drogue et des violeurs »

C) Il a dit : « Si Ivanka n'était pas ma fille, je sortirais peut-être avec elle »

D) Il a dit : « J'aime bien tenir Angela Merkel par la chatte »

Bye-bye
Mouloudji 1994

Vrai ou Faux?

A) Son prénom était Marcel

B) Il a été l'amant de Simone de Beauvoir

C) Il n'a jamais chanté l'amour

D) Il a écrit « Un jour, tu verras » pour Ray Charles

La citation du jour

« Si le communisme ne devait pas conduire à la création d'un homme nouveau, il n'aurait aucun sens »

Che Guevara

Tous des bêtes

En s'accouplant, les libellules forment un cœur.

Transposition chez l'homme :

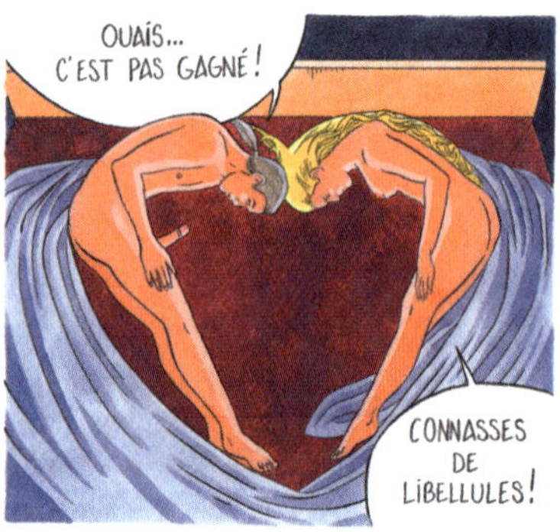

Le saviez-vous ?

Le Che n'était pas cubain mais argentin. C'est après avoir rencontré Fidel Castro qu'il a décidé de le rejoindre pour renverser Batista.

Le chiffre du jour

600

C'est le nombre de victimes directes ou indirectes que certains historiens imputent au Che, qui était surnommé à l'époque « le Petit Boucher » et qui était d'une cruauté insensée.

À vérifier

Il aurait écrit les paroles de la chanson « Che Laurette ».

Trump A) Vrai B) Vrai C) Vrai D) Faux
Mouloudji A) Vrai B) Faux, juste son ami C) Faux D) Faux

Sainte **Germaine**

Dicton
À la Sainte-Germaine,
ne dis jamais Fontaine…

Samedi
15
JUIN

Ça s'est passé le 15 juin 1969
Georges Pompidou est élu président de la République.

Coucou
Jean-Jacques Bourdin 1949

Vrai ou Faux?

A) Son vrai nom est Jean-Jacques Gourdin
B) Sa femme est super sympa
C) Il aurait participé à des soirées libertines avec DSK
D) Il fume peu de sunnites mais beaucoup de chiites

Bye-bye
Raymond Devos 2006

Vrai ou Faux?

A) Il est né à Caen
B) Il n'écrivait pas ses sketchs
C) À sa mort, une fausse infirmière a réclamé son héritage
D) Quand il n'avait rien à dire, il voulait que ça se sache

La citation du jour

« Arrêtez d'emmerder les Français : il y a trop de lois, trop de textes, trop de règlements, on en crève ! »

Georges Pompidou

Saint **Jean-François**

Dicton
À la Saint-Jean-François,
une pendule tu chieras.

Dimanche
16
JUIN

Ça s'est passé le 16 juin 1816
Naissance de *Frankenstein.*

Coucou
Thomas Dutronc 1973

Vrai ou Faux?

A) Son père est Eddy Mitchell
B) Sa mère est Marie Laforêt
C) Il joue du piano manouche
D) Il n'aime plus Paris

Bye-bye
Thierry Roland 2012

Vrai ou Faux?

A) Son vrai nom est Roland Thierry
B) Il a commenté 13 Coupes du monde
C) C'est le père de Sonia Rolland
D) Il a vécu en couple avec Jean-Michel Larqué

Bourdin A) Faux B) Faux C) Certains l'affirment D) Faux **Devos** A) Faux B) Faux C) Vrai D) Vrai
Dutronc A) Faux B) Faux C) Faux D) Vrai **Roland** A) Faux B) Vrai C) Faux D) Vrai et Faux

Saint **Hervé**

Dicton
À la Saint-Hervé, ne sois pas énervé.

Lundi
17
JUIN

Ça s'est passé le 17 juin 1945
Naissance d'Eddy Merckx

Coucou
Lio 1962

Vrai ou Faux?
A) Elle a six enfants
B) Elle a eu une histoire d'amour avec Alain Chamfort
C) Elle a été brutalisée par un conjoint
D) Elle a un enfant avec Stéphane Guillon

Bye-bye
Jean-Louis Trintignant
2022

Vrai ou Faux?
A) Il était pilote de moto de course
B) Il a été marié à Stéphane Audran
C) Il a eu une histoire d'amour avec Romy Schneider
D) Brigitte Bardot l'a quitté pour Serge Gainsbourg

La citation du jour

« Il faut apprendre à vivre sans consolation »

Jean-Louis Trintignant

Les coutumes du monde

En Équateur, on porte des sous-vêtements jaunes pour faire venir l'argent et des sous-vêtements rouges pour que l'amour vienne frapper à la porte.

Le chiffre du jour

5

C'est le nombre de Tours de France gagnés par Eddy Merckx. Ce record a été égalé par Jacques Anquetil, Bernard Hinault et Miguel Indurain.

Question

Le cycliste qui arrive dernier au Tour de France s'est-il dopé à l'homéopathie ?

Encore une question

Pourquoi personne n'a jamais grimpé le col de l'utérus à vélo ?

Lio A) Vrai B) Vrai C) Vrai D) Faux
Trintignant A) Faux, de voiture B) Vrai C) Vrai D) Faux, pour Gilbert Bécaud

Saint **Léonce**

Dicton
*À la Saint-Léonce,
vas-y fonce.*

Mardi
18
JUIN

Ça s'est passé le 18 juin 1940
La Pelle.

Coucou
Jamel Debbouze 1975

Vrai ou Faux?

A) Il a perdu un bras en faisant de l'auto-stop
B) Il est pote avec le roi du Maroc
C) Il a joué dans *Les Clefs de bagnole*
D) Il n'a jamais fumé un pétard de sa vie

Bye-bye
Marcel Bigeard 2010

Vrai ou Faux?

A) À l'armée, son surnom était « Le roi du steak haché »
B) Il a toujours nié avoir pratiqué la torture tout en la trouvant nécessaire
C) Il s'est fait connaître avec sa réplique : « Vous avez dit Bigeard ? Comme c'est Bigeard ! »
D) Il était très ami avec Maxime Le Forestier

La citation du jour

« Je suis devenu acteur car c'est moins dangereux que vendre de la drogue »

Jamel Debbouze

Le métier insolite

Chirotracteur

Personne qui prétend réparer les machines agricoles en les manipulant. À ne pas confondre avec l'ostéopâte qui redresse les spaghettis.

Le saviez-vous ?

En raison de l'exode, l'appel du 18 juin a été très peu entendu par les Français, mais les journaux qui ont retranscrit le texte en France et à l'étranger lui ont donné une dimension historique.

Le chiffre du jour

7 000

C'est le nombre de Français qui sont partis en Angleterre après l'appel du général.

À vérifier

Au départ, de Gaulle voulait juste passer une annonce à la radio pour trouver un appart à Londres, mais après 5 ou 6 pintes dans un pub avec des potes il a décidé de faire le con au micro.

Debbouze A) Faux, il s'est fait happer par un train B) Vrai C) Vrai D) Faux
Bigeard A) Faux B) Vrai C) Faux D) Faux

Saint **Romuald**

Dicton
À la Saint-Romuald, évite les algarades.

Mercredi
19
JUIN

Ça s'est passé le 19 juin 1953
Exécution des époux Rosenberg.

Coucou
Jean Dujardin 1972

Vrai ou Faux?

A) Jeune, il était serrurier
B) Il a racheté la maison de Jean Gabin
C) Il a joué dans *Les Clefs de bagnole*
D) Il a pécho Péchalat

Bye-bye
Coluche 1986

Vrai ou Faux?

A) Son père se prénommait Onorio
B) À 15 ans, il a volé le sac d'une vieille dame
C) Il a offert à Patrick Dewaere la carabine avec laquelle ce dernier se suiciderait plus tard
D) Le camionneur qui a provoqué son accident mortel s'appelait Ardisson

La citation du jour

« Les portes sont ouvertes à ceux qui savent les pousser »

Coluche

Cinéma

Quelle réplique n'est pas dans *OSS 117*?

A) « J'aime me beurrer la biscotte. »

B) « À l'occasion, je vous mettrai un petit coup de polish. »

C) « Tu es un traître comme ta petite taille le laissait deviner. »

D) « Si ça se trouve les nazis ont raison, ils sont bien supérieurs aux juifs. »

Le chiffre du jour

12 millions

C'est le nombre d'entrées que cumulent les trois OSS 117.

Le saviez-vous ?

OSS 117 est né d'une série de romans d'espionnage créée en 1949 par Jean Bruce.

À vérifier

SS117 était le surnom de Himmler.

Dujardin A) Vrai B) Faux, de Lino Ventura C) Vrai D) Vrai, c'est sa femme
Coluche A) Vrai B) Vrai C) Vrai D) Vrai **Cinéma** D

Saint **Silvère**

Dicton
À la Saint-Silvère,
passe le feu s'il est vert.

Jeudi 20 JUIN

Ça s'est passé le 20 juin 2006
Inauguration du musée du Quai Branly.

MUSÉE DU QUAI BRANLY JACQUES CHIRAC

Coucou
Nicole Kidman 1967

Vrai ou Faux?
A) Elle est née à Bora-Bora
B) Tom Cruise lui interdisait de mettre des talons
C) Elle a interprété Grace de Monaco
D) Elle a posé nue pour *Playboy*

Bye-bye
Louis le Pieux 840

Vrai ou Faux?
A) Son surnom vient du fait qu'il était narcoleptique
B) C'était le fils de Charlemagne
C) Il ne pouvait pas entrer dans une église sans chialer
D) Il a fait de la pub pour La Maison de la literie

La citation du jour

« L'ambition est un sentiment extrêmement noble. Ce qui la pervertit, c'est l'obsession »

Nicole Kidman

De l'art ou du cochon

***Piss Christ*, photographie d'Andres Serrano, 1987**
La photographie représente un crucifix plongé dans un mélange d'urine et de sang de l'artiste. Évidemment, cette œuvre fit scandale. Prix de cette photo : 277 000 dollars aux enchères.

Le saviez-vous ?

Nicole Kidman et Tom Cruise se sont séparés pour incompatibilité d'ordre religieux, il était difficile pour eux et leurs enfants de concilier catholicisme et scientologie.

Le chiffre du jour

10 cm
C'est ce qui séparait Tom Cruise de Nicole Kidman qui est bien plus grande que lui.

À vérifier

La légende dit que les 10 cm qui faisaient défaut à Tom Cruise se trouvent dans son slip.

Kidman A) Faux, à Honolulu B) Vrai C) Vrai D) Faux
Louis le Pieux A) Faux B) Vrai C) Vrai D) Faux

Saint **Rodolphe**

Dicton
À la Saint-Rodolphe,
ferme ta gueule si tu morfles.

Vendredi
21
JUIN

Ça s'est passé le 21 juin 1982
Première Fête de la musique.

Coucou
Gérard Lanvin 1950

Vrai ou Faux?

A) On le confond souvent avec Gérard Louvin
B) Il a joué le rôle de Jacques Mesrine
C) Il a joué dans *Les Clefs de bagnole*
D) Il a vendu des tripes sur les marchés

Bye-bye
Nicolas Machiavel 1527

Vrai ou Faux?

A) Il a écrit *Le Petit Prince*
B) Il a laissé un adjectif très positif
C) Il a dit : « Tous les Nicolas sont machiavéliques »
D) Il a dit : « Pour le goûter une seule idée : le Prince... de LU ! »

La citation du jour

« Il est plus sûr d'être craint que d'être aimé »

Nicolas Machiavel

Tous des bêtes

Chez la bonellie (ver marin), le mâle est 2 000 fois moins gros que la femelle, et il vit à l'intérieur d'elle. On a compté jusqu'à 85 mâles dans une femelle.

Transposition chez l'homme :

Le saviez-vous ?

La Fête de la musique vient de Joel Cohen, un musicien américain travaillant à Paris, avant que Jack Lang ne s'en empare.

Le chiffre du jour

120

C'est le nombre de pays dans lesquels est célébrée la Fête de la musique.

À vérifier

Jack Lang aurait aussi lancé la Fête de la bière, la Fête de la cochonnaille et la Fête des anciens ministres de la Culture qui se croient toujours au pouvoir.

Lanvin A) Faux B) Faux, celui de Charlie Bauer C) Vrai D) Faux, des fripes
Machiavel A) Faux, juste *Le Prince* B) Faux, très négatif C) Faux D) Faux

Saint **Alban**

Dicton
À la Saint-Alban, plante un chêne et suce un gland.

Samedi
22
JUIN

Ça s'est passé le 22 juin 1986
Maradona marque de la main contre l'Angleterre en quart de finale de la Coupe du monde.

Coucou
Meryl Streep 1949

Vrai ou Faux?
A) C'est l'actrice la plus nommée aux Oscars
B) Elle en a remporté cinq
C) Elle a eu un enfant avec Robert De Niro
D) Elle a été critiquée pour sa proximité avec Harvey Weinstein

Bye-bye
Fred Astaire 1987

Vrai ou Faux?
A) Son vrai nom est Frederick Austerlitz
B) Son père était brasseur
C) Il a dansé la carioca
D) Il a joué dans *Danse avec les loups*

La citation du jour

« J'ai grandi dans une résidence privée, privée d'eau, privée d'électricité et de téléphone »

Maradona

Sainte **Audrey**

Dicton
À la Sainte-Audrey, adopte un migrant à Calais.

Dimanche
23
JUIN

Ça s'est passé le 23 juin 2016
Les Anglais se prononcent en faveur du Brexit.

Coucou
Zinedine Zidane 1972

Vrai ou Faux?
A) Jeune, il se faisait appeler Benoît
B) Il fumait en douce avant une grande rencontre
C) En près de 800 matchs, il n'a jamais été signalé hors-jeu
D) Marco Materazzi est le parrain de son dernier fils

Bye-bye
Boris Vian 1959

Vrai ou Faux?
A) Son pseudonyme était Vernon Sullivan
B) C'est Louis Armstrong qui lui a appris à jouer de la trompette
C) Il a inventé le mot « tube » pour désigner une chanson à succès
D) Il s'est battu en duel avec Jean-Paul Sartre

Streep A) Vrai, 21 nominations B) Faux, 3 C) Faux D) Vrai **Astaire** A) Vrai B) Vrai 3 C) Faux D) Faux
Zidane A) Faux, Yazid, son 2e prénom B) Vrai C) Vrai D) Faux **Vian** A) Vrai B) Faux C) Vrai D) Faux

Saint **Jean-Baptiste**

Dicton
À la Saint-Jean-Baptiste, résiste, montre que tu existes.

Lundi
24
JUIN

Ça s'est passé le 24 juin 1917
Naissance de la franc-maçonnerie moderne.

Coucou
Lionel Messi 1987

Vrai ou Faux?

A) Jeune, il a souffert d'un déficit d'hormones de croissance
B) Il a reçu six Ballons d'or
C) Son père était vendeur de ballons
D) C'est le footballeur le plus titré du Brésil

Bye-bye
Eli Wallach 2014

Vrai ou Faux?

A) Il a joué dans *Les 7 Mercenaires*
B) Il a joué dans *Les 7 Péchés capitaux*
C) Il a joué dans *Les 7 Voleurs*
D) Il a joué dans *Les 7 Soldats*

La citation du jour

« Les meilleures décisions ne sont pas prises avec votre esprit mais avec votre instinct »

Lionel Messi

Les coutumes du monde

En Espagne, à l'époque de Noël, on place dans la crèche le *caganer*, un santon en position accroupie et en train de faire ses besoins, histoire de montrer que tous les hommes sont égaux.

Le chiffre du jour

3 millions

Environ le nombre de francs-maçons dans le monde contre 7 millions dans les années 1950.

Le saviez-vous ?

Si l'équerre et le compas sont les symboles des francs-maçons, la truelle et le fil à plomb sont les outils des maçons pas très francs du collier.

À vérifier

Il existerait une confrérie des francs-carreleurs au Portugal.

Messi A) Vrai B) Faux, sept C) Faux D) Faux, il est argentin
Wallach A) Vrai B) Faux C) Vrai D) Faux

Saint **Prosper**

Dicton
À la Saint-Prosper, surveille tes arrières.

Mardi
25
JUIN

Ça s'est passé le 25 juin 1876
Mort du général Custer dans l'embuscade de Little Big Horn.

Coucou
Philippe Lacheau 1980

Vrai ou Faux?

A) Il a eu un enfant avec Élodie Fontan
B) On le surnomme Philippe « le chaud »
C) Son premier film a été *Baby Sitting 2*
D) Il a perdu un testicule en participant à « Fort Boyard »

Bye-bye
Michael Jackson 2009

Vrai ou Faux?

A) Il a épousé la fille d'Elvis Presley
B) Le mime Marceau faisait le moonwalk bien avant lui
C) Il a eu beaucoup de nouveaux nez
D) Lui et ses frères sont nés par fécondation in vitro d'où leur nom « Les Jackson Five »

La citation du jour

« Essayez de rester un enfant aussi longtemps que vous le pouvez »

Michael Jackson

Le métier insolite

Glaire de notaire

Liquide visqueux secrété par les muqueuses des juristes chargés d'instrumenter les actes juridiques civils. Attention, glaire de notaire n'est en aucun cas un métier et n'a strictement rien à faire dans cette rubrique très mal gérée par l'auteur.

Le chiffre du jour

6 C'est le nombre de rhinoplasties qu'aurait subi Michael Jackson. Au total, il aurait eu recours à plus de 100 opérations de chirurgie esthétique.

Le saviez-vous ?

Michael Jackson et Whitney Houston auraient eu une aventure secrète dans les années 1990 qui a duré deux ans.

Incroyable !

Avec 2,5 milliards de téléspectateurs dans le monde, la cérémonie hommage à Michael Jackson a été l'événement le plus suivi au monde.

À vérifier

En arrivant au ciel, il aurait dit :
« Mais putain, pourquoi les anges n'ont pas de sexe ?! »

Lacheau A) Vrai B) Faux C) Faux D) Faux
Jackson A) Vrai B) Vrai C) Vrai D) Faux

Saint **Anthelme**

Dicton
À la Saint-Anthelme, voyage en ULM.

Mercredi
26
JUIN

Ça s'est passé le 26 juin 1997
Parution du premier tome d'*Harry Potter*.

Coucou
Dany Boon 1966

Vrai ou Faux?

A) Il est d'origine marseillaise

B) Ses enfants se prénomment Fricadelle, Welch, Carbonade, Hochepot et Chicon

C) Après avoir gagné 26 millions d'euros avec les *Ch'tis*, il s'est converti au judaïsme

D) Ses ex disent que sa bite sent le maroilles

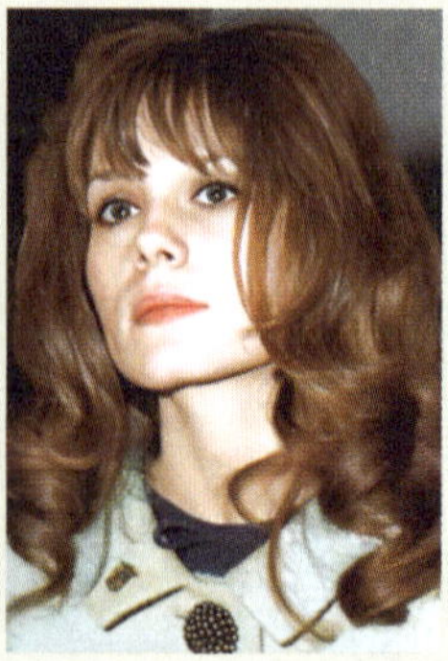

Bye-bye
Françoise Dorléac 1967

Vrai ou Faux?

A) C'était la petite sœur de Catherine Deneuve

B) Jeune, c'était une excellente élève

C) Elle a été mannequin pour Dior

D) Elle a eu une aventure avec Roger Vadim avant sa sœur

La citation du jour

« Je ne rêve pas la nuit, je rêve le jour, je rêve toute la journée, je rêve pour vivre »

Steven Spielberg

Cinéma

Quelle réplique est dans *E.T.* ?

A) « Télévision immeuble »

B) « Aspirateur pavillon »

C) « Imprimante villa »

D) « Téléphone maison »

Le chiffre du jour

10 milliards

de dollars de recette : Spielberg est le premier réalisateur à avoir franchi ce cap au box-office.

Le saviez-vous ?

Steven Spielberg a racheté le traîneau Rosebud de *Citizen Kane*.

Incroyable !

Spielberg a refusé de réaliser *Spider-Man* et *Harry Potter*, jugeant qu'il avait eu suffisamment de succès dans sa vie.

À vérifier

Il est très fan des *Clefs de bagnole*.

Boon A) Faux B) Faux C) Faux, avant D) Faux **Dorléac** A) Faux, la grande B) Faux, rebelle, elle s'est fait virer de partout C) Vrai D) Faux
Cinéma D

Saint **Fernand**

Dicton
À la Saint-Fernand, baise moins vite. Prends ton temps.

Jeudi
27
JUIN

Ça s'est passé le 27 juin 1905
Mutinerie du cuirassé *Potemkine.*

Coucou
Isabelle Adjani 1955

Vrai ou Faux?

A) Elle est née d'un père allemand et d'une mère kabyle

B) Elle a démarré au cinéma à l'âge de 14 ans

C) Elle a refusé le rôle de Kate Winslet dans *Titanic*

D) Elle a chanté « Nulle Marine »

Bye-bye
Jack Lemmon 2001

Vrai ou Faux?

A) Son vrai nom est Jack Citrus

B) Il a obtenu deux fois le prix d'interprétation à Cannes

C) Il a joué dans *L'Homme pressé*

D) Jeune, il a tourné un film érotique intitulé *Certains l'aiment chaude*

La citation du jour

« J'ai appris que s'exposer, se révéler est un test de votre humanité »

Isabelle Adjani

De l'art ou du cochon

***Shoot*, performance de Chris Burden, 1971**
Devant le public d'une galerie d'art californienne, l'artiste demande à un ami de lui tirer dessus avec un fusil 22 long rifle. La performance est filmée et il finit à l'hôpital avec une balle dans le bras.

Le chiffre du jour

11 C'est le nombre d'officiers qui ont survécu à la mutinerie du *Potemkine.*

Le saviez-vous ?

La mutinerie du *Potemkine* a démarré à cause d'une viande avariée que les marins ont refusé de manger.

À vérifier

L'accident du Concorde serait dû à une mutinerie des passagers car le caviar n'était pas frais.

Adjani A) Faux, c'est l'inverse B) Vrai, dans *Le Petit Bougnat* C) Faux D) Faux
Lemmon A) Faux B) Vrai, en 1979 et 1982 C) Faux. Vous avez compris le jeu de mot ? D) Faux

Saint **Irénée**

Dicton
À la Saint-Irénée, pense à changer le bébé.

Vendredi
28
JUIN

Ça s'est passé le 28 juin 1635
La Guadeloupe devient française.

Coucou
Elon Musk 1971

Vrai ou Faux?

A) Ses enfants ont des noms de code
B) Il veut connecter le cerveau à des ordinateurs
C) Il veut coloniser Mars
D) Il veut racheter Facebook pour le rebaptiser Z

Bye-bye
François Périer 2002

Vrai ou Faux?

A) Son vrai nom est François Pillu
B) Il a été le beau-père de Michel Sardou
C) Il a toujours considéré Jean-Marie Périer comme son vrai fils
D) Il a tourné le film *X*

La citation du jour

« J'aimerais bien mourir sur Mars mais pas pendant l'impact »

Elon Musk

Tous des bêtes

On a recensé 1 500 espèces d'animaux qui ont des comportements homosexuels. Des papillons aux baleines en passant par les pingouins, les bisons et les girafes.

Transposition chez l'homme :

Le chiffre du jour

61,2 millions de km

C'est la distance entre la Terre et Mars.

Question

Y aura-t-il une révolte comme sur le *Bounty* pour la première mission sur Mars ?

Musk A) Vrai, ses deux derniers s'appellent X Æ A-XII et Exa Dark Siderael B) Vrai C) Vrai D) Faux
Périer A) Vrai B) Vrai C) Vrai, mais son père naturel était Henri Salvador D) Faux, Z

Saint **Pierre-et-Paul**

Dicton
À la Saint-Pierre-et-Paul, surveille tes auréoles.

Samedi
29
JUIN

Ça s'est passé le 29 juin 1949
Pierre Sabbagh présente le premier journal télévisé.

Coucou
Pierre Ménès 1963

Vrai ou Faux?

A) Il a été prof de tennis au Club Med
B) Son vrai nom est Pierre Malaise
C) En 2017, il a été opéré d'une triple greffe : rein, foie, poumons
D) En 2022, aucune femme ne l'a accusé d'agression sexuelle

Bye-bye
Charles Pasqua 2015

Vrai ou Faux?

A) Il a écrit un livre intitulé *L'affaire est dans le sac*
B) Malgré toutes les affaires contre lui, il n'a jamais fait de prison
C) Il est pour beaucoup soupçonné d'être le commanditaire de l'assassinat de Robert Boulin
D) Il avait des dossiers qui faisaient trembler tout Paris

La citation du jour

« La politique, ça se fait à coups de pied dans les couilles »

Charles Pasqua

Saint **Martial**

Dicton
À la Saint-Martial, mets-toi une dragée dans le trou de balle.

Dimanche
30
JUIN

Ça s'est passé le 30 juin 1827
Arrivée à Paris de la girafe Zarafa, offerte à Charles X.

Coucou
Mike Tyson 1966

Vrai ou Faux?

A) Sa mère était pute et son père maquereau
B) Il a goûté à la cocaïne à l'âge de 13 ans
C) Il a tué un adversaire pendant un combat
D) Parfois, il se déguisait en clochard pour faire la manche dans la rue

Bye-bye
Simone Veil 2017

Vrai ou Faux?

A) Elle a été déportée à l'âge de 16 ans
B) Elle a fait graver son numéro de déportée sur son épée d'académicienne
C) Elle a fait voter une loi pour légaliser le TGV
D) Elle est entrée au Panthéon de son vivant

Ménès A) Vrai B) Faux C) Faux, pas les poumons D) Faux **Pasqua** A) Faux B) Vrai C) Vrai D) Vrai
Tyson A) Vrai B) Faux, 11 ans C) Faux D) Vrai **Veil** A) Vrai B) Vrai C) Faux, l'IVG D) Faux

Saint **Thierry**

Dicton

À la Saint-Thierry,
tout le monde en parle
sauf lui.

Lundi
01
JUILLET

Ça s'est passé le 1er juillet 776 av. J.-C.
Naissance des Jeux Olympiques.

Coucou

Pamela Anderson 1967

Vrai ou Faux?

A) Jeune, elle a été violée
B) Femme, elle a été frappée
C) Elle est en couple avec Julien Doré
D) Elle a soutenu Jean-Luc Mélenchon pour les présidentielles de 2017

Bye-bye

Marlon Brando 2004

Vrai ou Faux?

A) Il a joué *Le Parrain* avec des boules de coton dans les joues
B) Il a joué *Sur les quais* avec une bouteille de Coca dans le pantalon
C) Il a interprété Napoléon
D) Il a violé une actrice à la demande de son réalisateur

La citation du jour

« Je voudrais tant être celui que j'étais quand je voulais être celui que je suis devenu »

Marlon Brando

Les coutumes du monde

Les Tibétains offrent le corps des défunts aux vautours afin qu'ils s'en nourrissent. Pour eux, les vautours sont considérés comme des anges.

Le chiffre du jour

77 millions C'est le nombre de dollars qu'a rapportés la sexe-tape de Pamela Anderson en moins d'un an. Et ce n'est qu'une estimation.

Le saviez-vous ?

Bisexuel, Marlon Brando a eu des aventures avec Marilyn Monroe, Jackie Onassis et Édith Piaf, mais également avec Cary Grant, James Dean et Montgomery Clift.

À vérifier

Après Édith Piaf, il se serait tapé Georgette Lemaire et Mireille Mathieu, juste pour comparer.

Anderson A) Vrai B) Vrai C) Faux D) Vrai **Brando** A) Vrai B) Faux C) Vrai D) Vrai, Bertolucci n'a pas prévenu

Saint **Martinien**

Dicton
À la Saint-Martinien,
lâche le tien, prends le mien.

Mardi
02
JUILLET

Ça s'est passé le 2 juillet 1816
Naufrage de La *Méduse*.

Coucou
Line Renaud 1928

Vrai ou Faux?

A) Édith Piaf aurait essayé de nuire à sa carrière
B) Elle a eu une liaison avec Elvis Presley
C) Elle a son étoile sur le Hall of Fame de Hollywood Boulevard
D) Le chien dans la vitrine s'appelait Loulou

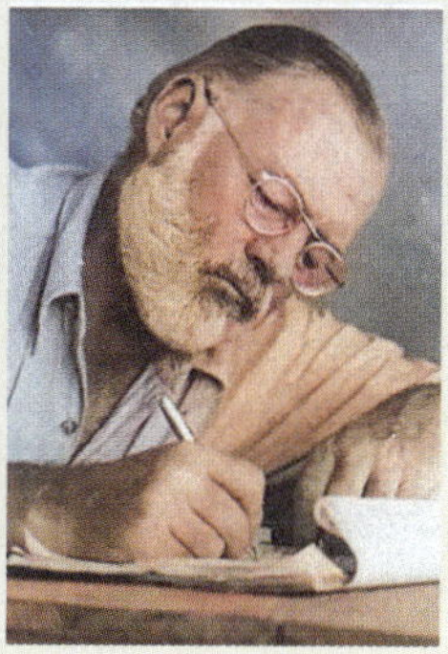

Bye-bye
Ernest Hemingway 1961

Vrai ou Faux?

A) Son père, son frère, sa sœur et sa petite-fille se sont suicidés
B) Il a écrit *L'Adieu aux larmes*
C) C'était le parrain de Claude Brasseur
D) Il avait une centaine de chats à six doigts

La citation du jour

« Un homme intelligent est parfois obligé d'être saoul pour passer du temps avec des imbéciles »

Ernest Hemingway

Le métier insolite

Rechapeur de préservatifs

Métier qui consiste à donner une deuxième vie à un objet à usage unique.

Le chiffre du jour

61 ans C'est l'âge auquel Hemingway s'est suicidé en 1961.

Le saviez-vous ?

Lorsqu'il était petit, la mère d'Ernest Hemingway l'habillait en fille et refusait de lui couper les cheveux.

Incroyable !

Plus étonnant encore, sa femme Pauline, désirait une fille, mais ils eurent un garçon prénommé Gregory. Peu importe, ils l'ont surnommé Gigi et l'ont habillé lui aussi en fille. Adulte, le jeune homme devint médecin. Il eut huit enfants, mais se sentant toujours femme il se fit opérer pour changer de sexe en 1995. Il mourut en prison après avoir été arrêté pour attentat à la pudeur.

Renaud A) Vrai B) Faux C) Faux, mais elle a une rue à son nom à Las Vegas D) Faux **Hemingway** A) Vrai B) Faux, *L'Adieu aux armes* C) Vrai D) Vrai, on appelle ça des chats polydactyles

Saint **Thomas**

Dicton

À la Saint-Thomas,
ne crois pas ce que tu vois.

Mercredi
03
JUILLET

Ça s'est passé le 3 juillet 1942
Naissance d'Eddy Mitchell.

Coucou
Michel Polnareff 1944

Vrai ou Faux?

A) Jeune, même les poupées lui disaient non

B) Son père a écrit des chansons pour Édith Piaf

C) Il s'est enfermé 1 000 jours dans un palace parisien

D) Il a adopté son fils après avoir découvert que ce n'était pas son fils

Bye-bye
Jim Morrison 1971

Vrai ou Faux?

A) Il est mort d'overdose dans les toilettes d'une boîte de nuit

B) Kate Moss a dansé sur sa tombe au Père-Lachaise

C) Sa dernière compagne a été Françoise Dorléac

D) Il a été accusé d'avoir montré sa bite en plein concert

La citation du jour

« Donnez-moi un rêve à vivre. Parce que la réalité est en train de me tuer »

Jim Morrison

Cinéma

Quelle réponse est la bonne ?

A) On peut tromper mille fois une personne.

B) On peut tromper une fois mille personnes.

C) Un ne peut pas tromper une fois mille personnes.

D) On ne peut pas tromper mille fois une personne.

Le saviez-vous ?

Eddy Mitchell a succédé à la mère Denis dans une série de spots publicitaires pour la marque Vedette.

Le chiffre du jour

4 Jim Morrison est le 4e chanteur à rejoindre le Club des 27. Brian Jones, membre fondateur des Rolling Stones, est le 1er rockeur mort à 27 ans.

À vérifier

Eddy Mitchell a démarré comme chanteur dans le groupe Les Chaussettes sales.

Cinéma Toutes les réponses sont bonnes

Polnareff A) Vrai B) Vrai C) Faux, 800 jours au Royal Monceau D) Vrai **Morrison** A) Vrai B) Vrai C) Faux D) Vrai

Saint **Florent**

Dicton
À la Saint-Florent,
aux impôts donne ton argent.

Jeudi
04
JUILLET

Ça s'est passé le 4 juillet 1776
Indépendance des États-Unis.

Coucou
Henri Leconte 1963

Vrai ou Faux?

A) Il a gagné le double à Roland-Garros avec Yannick Noah

B) Il a été troisième à l'ATP

C) Il a été ruiné par un escroc

D) Après son divorce avec la torera Marie Sara elle lui aurait réclamé les oreilles et la queue

Bye-bye
Marie Curie 1934

Vrai ou Faux?

A) Elle a été la première femme à obtenir le prix Nobel

B) Elle a été la première femme à obtenir deux prix Nobel

C) Elle a été la première femme à obtenir trois prix Nobel

D) Aujourd'hui, son corps est toujours radioactif

La citation du jour

« Le prix Nobel, c'est une bouée de sauvetage lancée à un nageur qui a déjà atteint la rive »

George Bernard Shaw

De l'art ou du cochon

***Anal Painting* de David Khang, 2005**
L'homme place un plug dans son anus et y attache un énorme pinceau. Devant le public il s'accroupit, dépose son pinceau dans la peinture et se baisse sur sa toile pour dessiner son œuvre.

Le chiffre du jour

890 000 €

C'est la somme que reçoit un prix Nobel, plus une médaille en or.

Le saviez-vous ?

En littérature, la France est en tête avec seize prix Nobel.

À vérifier

Sacha Distel aurait reçu le prix Nobel.

Leconte A) Vrai B) Vrai C) Faux D) Vrai **Curie** A) Vrai B) Vrai C) Faux D) Vrai

Saint **Antoine**

Dicton
À la Saint-Antoine,
fais fructifier ton patrimoine.

Vendredi
05
JUILLET

Ça s'est passé le 5 juillet 1994
Création d'Amazon.

Coucou
Gilles Lellouche 1972

Vrai ou Faux?

A) Il a reçu un césar pour *Les Petits Mouchoirs*
B) Sur Twitter il a traité Dupont-Aignan de « grosse merde »
C) Il a eu une fille avec Marion Maréchal
D) C'est le neveu de Claude Lelouch

Bye-bye
Nicéphore Niépce 1833

Vrai ou Faux?

A) Il n'existe aucune photo de Nicéphore Niépce
B) Lui et Louis Daguerre se détestaient
C) Il y a eu une polémique entre eux sur la paternité de l'invention de la photo
D) Un jour pour déconner il a fait une photo de sa bite

La citation du jour

« Photographier, c'est mettre sur la même ligne de mire la tête vers l'œil et le cœur »

Henri Cartier-Bresson

Tous des bêtes

Le lion peut s'accoupler une centaine de fois dans la journée mais les saillies ne durent que 20 secondes.

Transposition chez l'homme

Le chiffre du jour

12,4 millions de $

C'est le prix qu'a atteint *Le Violon d'Ingres* de Man Ray, ce qui en fait à ce jour la photo la plus chère au monde.

Le saviez-vous ?

89 % des photos prises dans le monde sont capturées avec un smartphone.

À vérifier

Il existerait une photo de Michel Drucker interviewant Nefertiti.

Lellouche A) Faux B) Vrai C) Faux D) Faux **Niépce** A) Faux, *Point de vue du Gras* pris en 1827 est considéré comme la plus ancienne photo existante B) Faux, ils ont travaillé ensemble C) Vrai, et c'est Niépce qui a eu gain de cause D) Faux

Sainte **Mariette**

Dicton
À la Sainte-Mariette,
sous tes bras
rasent les rillettes.

Samedi
06
JUILLET

Ça s'est passé le 6 juillet 1885
Première vaccination contre la rage.

Coucou
Sylvester Stallone 1946

Vrai ou Faux?

A) Il est né le même jour et la même année que George W. Bush
B) Il est d'origine bretonne
C) Jeune il a tourné un film pornographique
D) Il a tourné 12 *Rocky* et 9 *Rambo*

Bye-bye
Louis Armstrong 1971

Vrai ou Faux?

A) Sa mère se prostituait
B) Plus tard il a épousé une prostituée
C) Il a écrit « Hello Dolly » pour Annie Cordy
D) Il a un aéroport à son nom

La citation du jour

« Colonel, tous les matins il y a un type qui joue du clairon »

Sylvester Stallone (à vérifier)

Saint **Raoul**

Dicton
À la Saint-Raoul,
un gros cake tu démoules.

Dimanche
07
JUILLET

Ça s'est passé le 7 juillet 2006
Dernière de « Tout le monde en parle » sur France 2.

Coucou
Julien Doré 1982

Vrai ou Faux?

A) Il a gagné la « Star Academy »
B) Il est l'arrière-petit-fils de Gustave Doré
C) Il s'est fait tatouer le visage de Jean d'Ormesson
D) Il a un frère prénommé Staphylocoque

Bye-bye
Arthur Conan Doyle 1930

Vrai ou Faux?

A) Il était médecin
B) Il a piqué le nom de Sherlock Holmes sur une pierre tombale dans un cimetière
C) Il a eu une aventure avec Agatha Christie
D) Ses derniers mots à sa femme avant de mourir ont été : « Tu te laisses aller »

Stallone A) Vrai B) Vrai, du côté de sa mère C) Faux, érotique D) Faux, 7 et 4 **Armstrong** A) Vrai B) Vrai C) Faux D) Vrai, à la Nouvelle-Orléans
Doré A) Faux, « La Nouvelle Star » B) Faux, l'arrière-arrière-petit-neveu C) Faux, juste le nom D) Faux **Doyle** A) Vrai B) Faux C) Faux D) Faux,
« Tu es merveilleuse »

Saint **Thibault**

Dicton
Si Thibault en juillet,
tu seras laid en janvier.

Lundi
08
JUILLET

Ça s'est passé le 8 juillet 1827
Mort de Robert Surcouf.

Coucou
Mimie Mathy 1957

Vrai ou Faux?

A) Elle a fait partie du Big Bazar de Michel Fugain

B) Elle a tourné plus de 100 épisodes de « Joséphine, ange gardien »

C) Elle a épousé un de ses spectateurs qui était venu la voir au théâtre

D) Elle économise pas mal de fric au supermarché en achetant les produits situés tout en bas

Bye-bye
Jean Moulin 1943

Vrai ou Faux?

A) Il a été préfet deux fois

B) Son pseudonyme dans la Résistance était « Sultan »

C) L'urne à son nom au Panthéon ne contient pas ses cendres

D) Klaus Barbie a torturé personnellement Jean Moulin

La citation du jour

« Entre ici, Jean Moulin, avec ton terrible cortège »

André Malraux

Les coutumes du monde

Chez les Papous, le baiser est particulier : la tradition veut que l'on coupe les cils d'une personne avec les dents pour lui montrer son intérêt.

Le chiffre du jour

150 000

C'est l'estimation du nombre de résistants en France pendant la guerre de 39-45.

Le saviez-vous ?

Quand il a voulu s'engager dans l'armée en 1939, Jean Moulin a été déclaré inapte au combat à cause de sa mauvaise vue. Qu'à cela ne tienne, il ira combattre ailleurs.

À vérifier

Jean Moulin aurait volontiers parlé si son connard de bourreau ne lui avait pas coupé la langue.

Mathy A) Faux, mais elle a postulé B) Vrai C) Vrai D) Vrai **Moulin** A) Vrai, préfet d'Aveyron et d'Eure-et-Loir B) Faux, « Rex » C) Vrai, ce sont ses cendres présumées D) Vrai

Sainte **Amandine**

Dicton
À la Sainte-Amandine,
fais refaire ta poitrine.

Mardi
09
JUILLET

Ça s'est passé le 9 juillet 1816
Indépendance de l'Argentine.

Coucou
Tom Hanks 1956

Vrai ou Faux?
A) Depuis 2020, il est citoyen grec
B) C'est l'acteur le plus rentable de toute l'histoire du cinéma
C) Omar Sy était son voisin à Los Angeles
D) Il a la réputation d'être antipathique avec les gens

Bye-bye
Jean Lefebvre 2004

Vrai ou Faux?
A) Il a eu la polio à 18 mois
B) La maladie l'a laissé totalement idiot
C) En 1999, il a gagné 15 millions de francs au loto
D) Il a épousé trois fois la même femme

La citation du jour

« La vie, c'est comme une boîte de chocolats.
On ne sait jamais sur quoi on va tomber »

Forrest Gump

Le métier insolite

Poseur d'amiante

Ce métier totalement à contre-courant offre l'avantage de ne souffrir d'aucune concurrence. Toutefois si vous avez envie de vous lancer ne vous attendez pas à être débordé par les demandes.

Le chiffre du jour

89 229 $

C'est le prix que Tom Hanks a payé pour acquérir la machine à écrire de Ian Fleming.

Le saviez-vous ?

Tom Hanks est mécascriptophile. En clair, il collectionne les machines à écrire. Il en a plus de 120.

À vérifier

Tom Hanks aurait également acheté la machine à écrire de William Shakespeare.

Hanks A) Vrai B) Vrai C) Faux, c'était Johnny Hallyday D) Faux il est adorable **Lefebvre** A) Vrai B) Faux C) Vrai D) Faux, deux fois

Saint **Ulrich**

Dicton

À la Saint-Ulrich,
sans pudeur, tu forniques.

Mercredi
10
JUILLET

Ça s'est passé le 10 juillet 1873
Paul Verlaine tire sur Arthur Rimbaud.

Coucou

Clara Luciani 1992

Vrai ou Faux?

A) Enfant, elle était moquée pour sa grande taille

B) Elle partage sa vie avec Matt Pokora

C) Elle a écrit « La Grenade » pour protester contre les attentats

D) Son premier groupe s'appelait « Clara et les pauvres types »

Bye-bye

Omar Sharif 2015

Vrai ou Faux?

A) Il a grandi à Alexandrie avec sa mère prénommée Alexandra

B) Il parlait six langues

C) Il a eu une aventure avec Dalida

D) En 1978 il a perdu en une nuit 80 millions de francs au casino

La citation du jour

« Il ne faut jamais juger les gens sur leurs fréquentations. Tenez, Judas, par exemple. Il avait des amis irréprochables »

Paul Verlaine

Cinéma

Quelle réplique n'est pas dans *Quand Harry rencontre Sally ?*

A) « Si vous avez besoin de moi vous n'avez qu'à siffler. »

B) « J'adore que tu mettes une heure et demie pour commander un sandwich. »

C) « Presque toutes les femmes font semblant de temps en temps. »

D) « Donnez-moi la même chose qu'elle. »

Le chiffre du jour

434 500 €

C'est le prix auquel a été vendu le revolver avec lequel Verlaine a tiré sur Rimbaud en 1873.

Le saviez-vous ?

Quatre ans de passion, de violence, d'absinthe et de poésie, voilà le cocktail explosif de la relation Rimbaud-Verlaine.

Il aurait dit

« C'est parce que j'aime Rimbaud que j'ai mal vers l'aine »

Cinéma A

Luciani A) Vrai B) Faux C) Faux D) Faux **Sharif** A) Faux B) Vrai C) Vrai D) Vrai

Saint **Benoît**

Dicton
À la Saint-Benoît, dénonce ton frère si c'est pas toi.

Jeudi
11
JUILLET

Ça s'est passé le 11 juillet 1989
Mort de Laurence Olivier.

Coucou
Julie Leclerc 1945

Vrai ou Faux?

A) Elle a eu une fille avec Christian Morin prénommée Clarinette

B) Elle a été ma partenaire de jeu pendant 4 ans sur Europe 1

C) C'est la grand-mère de Julien Clerc

D) À l'antenne, elle a traité Carla Bruni de pute et Nicolas Sarkozy de gros con

Bye-bye
George Gershwin 1937

Vrai ou Faux?

A) En 1924, il présente sa « Rhapsody in black »

B) En 1935, il sort son opéra *Piggy and Bess*

C) Pendant le tournage de *Un Américain à Paris*, il s'est fâché avec Gene Kelly

D) Il a fait cocu Charlot

La citation du jour

« Il est 16 heures sur Europe 1 »

Julie Leclerc

De l'art ou du cochon

L'Impossibilité physique de la mort dans l'esprit d'un vivant,
sculpture de Damien Hirst, 1991
Un requin-tigre de 4 mètres est immergé dans du méthanal et exposé dans une vitrine. Cette œuvre aurait été vendue 12 millions de dollars à un riche homme d'affaires.

Le chiffre du jour

49

C'est le nombre d'années que Julie a passé à Europe 1.

Le saviez-vous ?

Son mari, Gérard Leclerc, était le demi-frère de Julien Clerc, qui est l'ex de Miou-Miou, qui est la mère d'Angèle Herry, qui est la fille de Patrick Dewaere, puis la fille de Julien Clerc qui l'a adoptée.

À vérifier

Julie et Maryse seraient sœurs jumelles.

Leclerc A) Faux B) Vrai C) Faux, la belle-sœur D) Vrai **Gershwin** A) Faux, « Rhapsody in Blue » B) Faux, *Porgy and Bess* C) Faux
D) Vrai, il a eu une aventure avec Paulette Goddard qui venait d'épouser Charlie Chaplin

Saint **Olivier**

Dicton
À la Saint-Olivier,
un noyau tu vas chier.

Vendredi
12
JUILLET

Ça s'est passé le 12 juillet 1998
La France remporte sa première Coupe du monde de foot.

Coucou
Lionel Jospin 1937

Vrai ou Faux?

A) C'est le demi-frère de DSK

B) Chez les éclaireurs son surnom était Langue agile

C) Jeune, il a été trotskiste

D) Quand on lui rappelle qu'il a été Premier ministre, il écarquille les yeux

Bye-bye
Jacques Chazot 1993

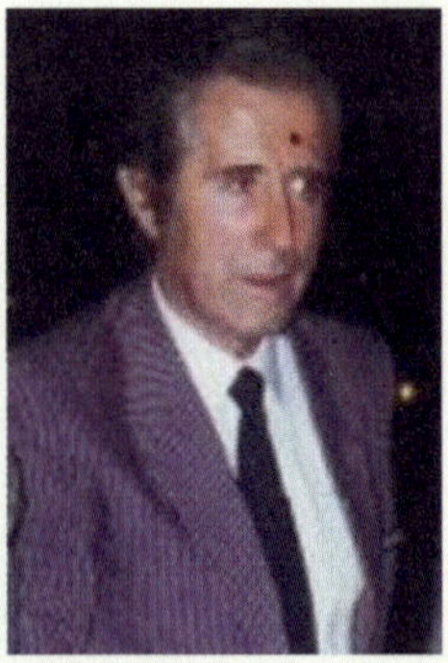

Vrai ou Faux?

A) Il appelait Thierry Le Luron « le bébé que je n'ai pas eu »

B) Il appelait Philippe Bouvard « ma petite fausse couche »

C) Il appelait F. Sagan « ma deuxième Coco Chanel »

D) Il a inventé le personnage de Marie-Chantal en observant Nadine de Rothschild

La citation du jour

« Quoi ? Qu'est-ce que tu as dit sur ma sœur ? »

Zinedine Zidane

Tous des bêtes

Les abeilles mâles ne copulent qu'une fois dans leur vie et meurent une fois la mission accomplie.

Transposition chez l'homme :

Le chiffre du jour

1000

Le 1 000e but des Bleus en équipe de France a été marqué par Emmanuel Petit face au Brésil.

Le saviez-vous ?

Trois équipes ont été invaincues pendant la Coupe du monde de 98. La France, bien sûr, la Belgique avec trois matchs nuls et l'Italie éliminée aux tirs au but.

À vérifier

Zidane aurait marqué deux fois de la tête en voulant donner des coups de boule à ses adversaires.

Jospin A) Faux B) Vrai C) Vrai D) Faux **Chazot** A) Vrai B) Faux C) Faux D) Vrai

Saint **Henri**

Dicton
À la Saint-Henri,
j'entends Salvador qui rit.

Samedi
13
JUILLET

Ça s'est passé le 13 juillet 1793
Marat est assassiné dans sa baignoire par Charlotte Corday.

Coucou
Harrison Ford 1942

Vrai ou Faux?

A) Son grand-père est le créateur des automobiles Ford

B) Une star du cinéma muet portait le même nom que lui

C) Il a battu Al Pacino au casting de Han Solo

D) Il a vécu deux ans avec Chewbacca

Bye-bye
Frida Kahlo 1954

Vrai ou Faux?

A) Après avoir contracté la polio à 6 ans, elle a eu pour surnom « Frida la boiteuse »

B) Elle a été l'élève de Pablo Picasso

C) À 18 ans, elle est victime d'un grave accident de bus

D) À 25 ans, elle survit à un crash aérien qui a fait 132 victimes au Mexique

La citation du jour

« J'ai tué un homme pour en sauver 100 000 »

Charlotte Corday

Sainte **Camille**

Dicton
À la Sainte-Camille, fâche-toi
avec toute ta famille.

Dimanche
14
JUILLET

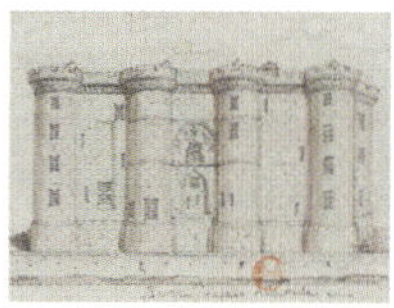

Ça s'est passé le 14 juillet 1789
Prise de la Bastille.

Coucou
Dorothée 1953

Vrai ou Faux?

A) Elle m'a renversé un seau de glaçons sur la tête

B) Elle a eu un enfant avec Goldorak

C) Elle a tourné avec Truffaut et Godard

D) Le Capitaine Flam lui a refilé une chaude-pisse

Bye-bye
Léo Ferré 1993

Vrai ou Faux?

A) Il était monégasque

B) Enfant, il a été victime d'un prêtre pédophile

C) Il a fait Sciences Po dans la même section que François Mitterrand

D) Il avait une guenon prénommée Brigitte

Ford A) Faux B) Vrai C) Vrai D) Faux **Kahlo** A) Vrai B) Faux C) Vrai D) Faux **Dorothée** A) Vrai B) Faux C) Faux, que Truffaut D) Faux **Ferré** A) Vrai, il a été naturalisé en 1853 B) Vrai C) Faux, ils étaient dans deux sections différentes D) Faux, elle s'appelait Pépée

Saint **Donald**

Dicton

À la Saint-Donald, prise de bec et salades.

Lundi
15
JUILLET

Ça s'est passé le 15 juillet 2018
La France remporte sa deuxième Coupe du monde de foot.

Coucou

Anne Sinclair 1948

Vrai ou Faux?

A) Sa mère a été peinte par Picasso

B) Elle a fait sa 6e dans la même classe que Véronique Sanson

C) Elle a décliné l'offre de François Hollande qui voulait la nommer ministre de la Culture

D) Elle est restée très amie avec Nafissatou Diallo

Bye-bye

Robert Wadlow 1940

Vrai ou Faux?

A) Il mesurait 2,73 m

B) Il collectionnait les escabeaux

C) Il roulait en Fiat 500

D) Pendant un safari il a tué une girafe d'un coup de boule

La citation du jour

« Dominique, nique, nique »

Anne Sinclair

Les coutumes du monde

À Shanghai, des parents affichent des photos de leur enfant avec leur nom, leur âge, leur profession et leur salaire pour les proposer au mariage à d'autres parents.

Le chiffre du jour

71 C'était la pointure de Robert Wadlow !

Le saviez-vous ?

Chandra Bahadur Dangi, l'homme le plus petit du monde, mesurait 54,6 cm.

Le jeu

Classe ces politiques du plus petit au plus grand :

1) Nicolas Sarkozy
2) Emmanuel Macron
3) François Hollande
4) Valéry Giscard-d'Estaing

À vérifier

En 1976, Émile Gravillon a été élu l'homme le plus moyen au monde.

Sinclair A) Vrai B) Vrai C) Vrai D) Faux **Wadlow** A) Faux, 2,72 m B) Faux C) Faux D) Faux

Sainte **Carmen**

Dicton

À la Sainte-Carmen, l'amour est enfant de bohème.

Mardi

16

JUILLET

Ça s'est passé le 16 juillet 1982

Mort de Patrick Dewaere.

Coucou

Mike Horn 1966

Vrai ou Faux?

A) Il a traversé les égouts de Paris en hydrospeed

B) Il a descendu l'Everest d'un trait en luge

C) Il a fait le tour du cercle polaire de nuit en ski tracté par un cerf-volant avec deux doigts dans le cul

D) Pendant une expédition il a fait trois jolis petits à une ourse polaire

Bye-bye

Jane Birkin 2023

Vrai ou Faux?

A) Son père a sauvé François Mitterrand pendant la guerre

B) Sa mère a couché avec Jacques Chirac en 1960

C) Son premier mari a composé la musique de James Bond

D) C'est la descendante d'Elizabeth II

La citation du jour

« Je ne serai jamais vieux »

Patrick Dewaere

Le métier insolite

Poseur de lapin

Ce métier consiste à donner des rendez-vous à quelqu'un et à ne pas y aller. À ne pas confondre avec le métier de souleveur de lièvres, qui consiste à identifier un problème avant les autres.

Le chiffre du jour

35 C'est l'âge auquel Patrick Dewaere nous a quittés.

Le chiffre du jour

0 C'est le nombre de césar reçu par Patrick Dewaere malgré 6 nominations.

Le saviez-vous ?

Dewaere était guitariste, saxophoniste et pianiste. En 1976, il a même composé la musique du film *F comme Fairbanks*.

À vérifier

Il a tourné une pub où il disait : « Dewaere ça va, trois verres bonjour les dégâts. »

Birkin A) Faux B) Faux C) Vrai D) Faux, c'est une cousine éloignée

Horn A) Faux B) Faux C) Faux D) Faux

Sainte **Charlotte**

Dicton
À la Sainte-Charlotte,
ferme ta gueule, tu radotes.

Mercredi
17
JUILLET

Ça s'est passé le 17 juillet 1453
Fin de la guerre de Cent Ans.

Coucou
Camilla Parker Bowles 1947

Vrai ou Faux?

A) Lady Di la surnommait « Le Rottweiler »
B) Jeune elle a gagné un premier prix de beauté
C) Elle a son brevet de pilote d'avion
D) Charles la surnomme « Mon petit épouvantail »

Bye-bye
Bernard Giraudeau 2010

Vrai ou Faux?

A) Il est né dans un train
B) À 16 ans, il s'est engagé dans la Légion étrangère
C) Il a eu deux enfants avec Annie Duperey
D) C'est l'arrière-petit-neveu de Jean Giraudoux

La citation du jour

« Ça fait quand même chier de mourir pucelle »

Jeanne d'Arc

Cinéma

À la fin des *Valseuses*, quelle voiture conduit Gérard Depardieu ?

A) Une DS
B) Une Cadillac
C) Une Renault 16
D) Une deux-chevaux

Le chiffre du jour

116

C'est le nombre d'années qu'a duré la guerre de Cent Ans.

Le saviez-vous ?

Camilla s'est mariée en 1973 alors qu'elle était toujours amoureuse de Charles.

À vérifier

En 1997, Camilla était très proche d'un marabout africain spécialisé dans la disparition des rivales.

Parker Bowles A) Vrai B) Faux C) Faux, elle déteste l'avion D) Faux **Giraudeau** A) Faux B) Faux, la marine marchande C) Vrai D) Faux

Saint **Frédéric**

Dicton
À la Saint-Frédéric,
tous les prêtres ont la trique.

Jeudi
18
JUILLET

Ça s'est passé le 18 juillet 1100
Mort de Godefroy de Bouillon.

Coucou
Richard Branson 1950

Vrai ou Faux?

A) Il a démarré dans la vie comme éleveur de perruches

B) Il a traversé la Manche en kite surf

C) Il a acheté une île dans la mer de la Tranquillité

D) Il a prénommé ses deux filles Virgin

Bye-bye
Hector Malot 1907

Vrai ou Faux?

A) Hector Malot est né à Saint-Malo

B) Il a obtenu le prix Goncourt pour son roman *Sans famille*

C) En 1894, il a succédé à Alphonse Allais au siège 18 de l'Académie française

D) Après la parution de son roman *Sans famille* Victor Hugo l'a attaqué pour plagiat

La citation du jour

« Les opportunités, c'est comme les autobus, il y en a toujours une autre qui arrive »

Richard Branson

De l'art ou du cochon

***Bloody Trump menstrues sur toile à bord mat* de Sarah Levy, 2015**

L'artiste américaine Sarah Levy a peint un portrait de Donald Trump en utilisant du sang menstruel et un tampon pour protester contre sa misogynie. Elle a vendu les posters pour 27 dollars.

Le chiffre du jour

87 km

C'est l'altitude à laquelle Richard Branson a volé à bord d'un avion expérimental de sa compagnie. La limite de l'espace étant fixée à 100 kilomètres d'altitude, il n'est pas considéré comme un astronaute.

Le saviez-vous ?

Le premier succès de son label Virgin a été *Tubular Bells* de Mike Oldfield, dont l'ouverture a été utilisée comme musique du film *L'Exorciste.*

À vérifier

Il aurait joué dans *Les Sept mercenaires* et *Les Douze salopards.*

Branson A) Vrai B) Vrai C) Faux, dans la mer des Caraïbes D) Faux
Malot A) Faux, à La Bouille B) Faux C) Faux D) Faux

Saint **Arsène**

Dicton
À la Saint-Arsène, y a pas de plaisir si y'a de la gêne.

Vendredi
19
JUILLET

Ça s'est passé le 19 juillet 1900
Inauguration du métro parisien.

Coucou
Karen Cheryl 1955

Vrai ou Faux?

A) Son vrai nom est Isabelle Chorizot
B) Elle a chanté « À l'endroit à l'envers »
C) Elle a épousé Henry-Jean Servat
D) En 2012, PPDA a porté plainte contre elle pour harcèlement sexuel

Bye-bye
Dani 2022

Vrai ou Faux?

A) Jeune, elle a été peinte par Salvador Dalí
B) Elle a chanté « Papa vient d'épouser la conne »
C) Elle a joué dans *Les Clefs de bagnole*
D) En 1975 elle a fait le concours de l'Eurovision

La citation du jour

« Si madame de Sévigné avait pris le métro, elle aurait peut-être raté sa correspondance »

Les Frères ennemis

Tous des bêtes

Le pivert ne tape pas sur les arbres avec son bec que pour y chercher des insectes. Pendant la période des amours, ce bruit excite les femelles et fait partie de la parade nuptiale. Plus le matraquage est fort et plus il aura de chances de séduire la femelle.

Transposition chez l'homme :

Le chiffre du jour

309 C'est le nombre de stations de métro à Paris.

Le saviez-vous ?

La station Châtelet-Les Halles est la plus grande gare souterraine d'Europe. La station la plus profonde est Abbesses, à 36 mètres sous terre. Le métro le plus ancien du monde est celui de Londres, construit en 1863. La station Louise-Michel est la seule à porter uniquement le nom d'une femme. Il y a quatre stations fantômes à Paris qui sont définitivement fermées. La station Porte-des-Lilas, fermée depuis 1939 est devenue un studio de cinéma. On peut y changer le nom à loisir et de nombreux films y ont été tournés, tels que *Amélie Poulain*, *Une époque formidable*, *John Wick*, etc.

À vérifier

Il y a un magasin Picard à la station Glacière.

Cheryl A) Faux, Isabelle Morizet B) Vrai C) Faux D) Faux **Dani** A) Vrai B) Faux, « Papa vient d'épouser la bonne » C) Vrai D) Faux, elle devait mais Antenne 2 l'a annulé

Sainte **Marina**

Dicton
À la Sainte-Marina, vends ton bateau qui coûte un bras.

Samedi
20
JUILLET

Ça s'est passé le 20 juillet 1969
On a marché sur la Lune.

Coucou
Olivier de Kersauson
1944

Vrai ou Faux?

A) Il est né à Brest
B) Il est baron
C) Son frère est amiral
D) Dans la vie, il est trimaran

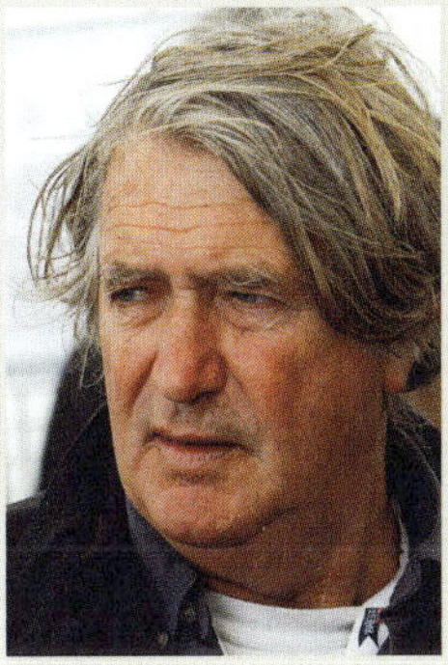

Bye-bye
Bruce Lee 1973

Vrai ou Faux?

A) Il a démarré comme acteur dans la série « Le Frelon Vert »
B) Il a enseigné les arts martiaux à Steve McQueen
C) Il a combattu Hitler dans le film *Le Führer et le Dragon*
D) Il a inventé le premier nunchaku avec des nems géants

La citation du jour

« Viser la Lune, ça ne me fait pas peur »

Neil Armstrong (à vérifier)

Saint **Victor**

Dicton
À la Saint-Victor, ferme ta gueule, tu as tort.

Dimanche
21
JUILLET

Ça s'est passé le 21 juillet 356 av. J.-C.
Naissance d'Alexandre le Grand.

Coucou
Charlotte Gainsbourg
1971

Vrai ou Faux?

A) Elle a chanté en duo avec son demi-frère, Lulu
B) Paul McCartney lui a composé une chanson
C) Elle a eu trois enfants avec Vincent Elbaz
D) En 1987, elle a échappé à un enlèvement

Bye-bye
Alan Shepard 1998

Vrai ou Faux?

A) Il a été le premier Américain à voyager dans l'espace
B) Il a été le 4e homme à marcher sur la Lune
C) Il a fait l'alunissage le plus dégueulasse de toutes les missions Apollo
D) Il a joué au baseball sur la Lune

Kersauson A) Faux, dans la Sarthe B) Faux, il est vicomte C) Vrai D) Vrai **Lee** A) Vrai B) Vrai C) Faux D) Faux
Gainsbourg A) Faux B) Vrai C) Faux, avec Yvan Attal D) Vrai **Shepard** A) Vrai B) Faux, le 5e C) Faux, le plus précis D) Faux, au golf

Sainte **Marie Madeleine**

Dicton
À la Sainte-Marie-Madeleine, lave-moi les pieds si tu m'aimes.

Lundi
22
JUILLET

Ça s'est passé le 22 juillet 1834
Les Français s'installent en Algérie.

Coucou
Mireille Mathieu 1946

Vrai ou Faux?

A) C'est la cadette de 14 enfants
B) Elle a été dépucelée par Maurice Chevalier
C) Elle a eu un enfant avec Yves Mourousi
D) Elle a chanté devant Poutine et Kadhafi

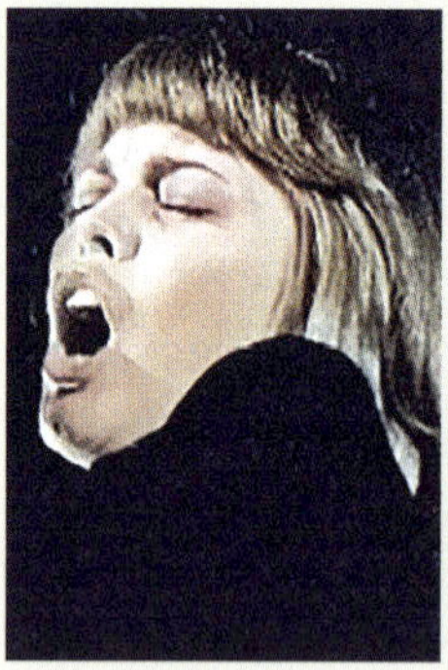

Bye-bye
Jean-Yves Lafesse 2021

Vrai ou Faux?

A) Il est mort à Vannes
B) Il a foutu la merde à la gare de Monaco
C) Sa mère s'appelait Germaine Ledoux
D) Ses dernières paroles ont été « Ça ne peut plus durer »

La citation du jour

« La Russie est pour moi comme l'amour d'un homme et d'une femme »

Mireille Mathieu

Les coutumes du monde

En Chine, recourir à des pleureuses professionnelles lors d'obsèques est monnaie courante : leur rôle est de se présenter à l'enterrement de personnes qu'elles ne connaissent pas et de manifester une grande tristesse.

Le chiffre du jour

500 000

C'est le nombre de morts estimé pendant la guerre d'Algérie, 470 000 du côté algérien (civils et combattants) et 30 000 soldats français.

Le saviez-vous ?

Aux débuts de Mireille Mathieu, son imprésario Johnny Stark organisait des fausses paparazzades pour faire croire à une idylle entre la chanteuse et Jean-Pierre Foucault.

À vérifier

Dans son salon, Mireille Mathieu aurait une volière avec 1 000 colombes.

Mathieu A) Faux c'est l'aînée B) Faux C) Faux D) Vrai
Lafesse A) Vrai B) Vrai C) Faux D) Faux

Sainte **Brigitte**

Dicton

À la Sainte-Brigitte,
offre le couvert
mais pas le gîte.

Mardi 23 JUILLET

Ça s'est passé le 23 juillet 2011

Mort d'Amy Winehouse.

Coucou

Daniel Radcliffe 1989

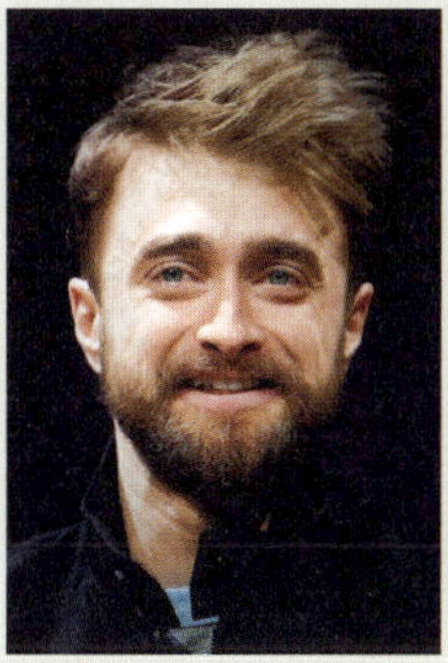

Vrai ou Faux?

A) Son personnage d'Harry Potter a généré plus d'1 milliard de dollars de bénéfices

B) Il a joué sept fois Harry Potter

C) Il a coanimé « C'est pas Sorcier » sur France 3

D) Quand il jouait, il était souvent ivre-mort

Bye-bye

Arletty 1992

Vrai ou Faux?

A) À 16 ans, elle a perdu son premier amour à la guerre de 14

B) Elle a un stade à son nom à Paris

C) Pendant la guerre, elle est tombée enceinte d'un officier allemand

D) Elle a dit : « Mon cœur est français mais mon cul est international »

La citation du jour

« L'alcool ne résout pas tous les problèmes, mais l'eau et le lait non plus »

Amy Winehouse

Le métier insolite

Sexeur de poussins

Ce métier qui nous vient du Japon est rémunéré jusqu'à 5 000 euros par mois dans le monde de l'agriculture. En revanche dans les clubs sportifs, le sexeur de poussins risque jusqu'à 20 ans de prison et 50 000 euros d'amende.

Le chiffre du jour

19 117

C'est le nombre de voix qu'obtiendra Victor Schœlcher sur 20 698 pour devenir député de la Martinique.

Le saviez-vous ?

C'est en voyageant comme représentant de commerce qu'il débarque à Cuba en 1830. Et il est révolté par l'esclavage. Ce sera le déclic.

Incroyable !

Amy Winehouse ne voulait pas être chanteuse ; jeune elle rêvait d'être serveuse sur rollers.

À vérifier

À elle seule, elle représentait 18 % du chiffre d'affaires du cartel de Medellín.

Radcliffe A) Vrai B) Faux, huit fois C) Faux D) Vrai

Arletty A) Vrai B) Faux C) Vrai D) Vrai

Sainte **Christine**

Dicton
À la Sainte-Christine, tu peux boire ton urine.

Mercredi
24
JUILLET

Ça s'est passé le 24 juillet 1911
Découverte du Machu Picchu.

Coucou

Jennifer Lopez 1969

A) Elle est née à Cuba
B) Elle a épousé Ben Affleck 17 ans après leur première aventure
C) Son vrai nom est Salma Hayek
D) C'est la sœur de Frédéric Lopez

Bye-bye

Sacha Guitry 1957

Vrai ou Faux?

A) Son vrai prénom est Alexandre
B) Il a eu une aventure avec Sarah Bernhardt
C) À la Libération, il a été accusé d'intelligence avec l'ennemi
D) Il a été marié 5 fois à des comédiennes

La citation du jour

« Si ceux qui disent du mal de moi savaient exactement ce que je pense d'eux, ils en diraient bien davantage »

Sacha Guitry

Cinéma

Quelle réplique n'est pas dans *Un singe en hiver*?

A) Dis-toi bien que si quelque chose devait me manquer, ce ne serait plus le vin, ce serait l'ivresse.

B) Je suis trop vieux pour ces conneries.

C) Cette nuit Albert vous a parlé du Yang Tsé Kiang, eh bien il ne faut pas, c'est mauvais pour lui.

D) Une paëlla sans coquillages, un gigot sans ail, un escroc sans rosette.

Le chiffre du jour

124

C'est le nombre de pièces signées Sacha Guitry.

Le saviez-vous ?

Guitry était un grand découvreur de talents. Il a lancé Raimu, Louis de Funès, Michel Serrault, Darry Cowl et bien d'autres.

À vérifier

Arielle Dombasle fait une apparition dans le premier film de Sacha Guitry.

Lopez A) Faux, à New York B) Vrai C) Faux D) Faux
Guitry A) Vrai B) Faux, c'est son père Lucien C) Vrai D) Vrai **Cinéma** B

Saint **Jacques**

Dicton

À la Saint-Jacques, sors de ta coquille et vide ton sac.

Jeudi
25
JUILLET

Ça s'est passé le 25 juillet 2000
Crash du Concorde.

Coucou
Diam's 1980

Vrai ou Faux?

A) Son grand-père était diamantaire
B) Elle fait très bien les boulettes
C) En 2010, elle s'est convertie au judaïsme
D) Son mari est sourd

Bye-bye
Bernadette Lafont 2013

Vrai ou Faux?

A) C'était l'égérie de la nouvelle vague
B) C'est la sœur de Patrice Laffont
C) Sa mère l'appelait Bernard
D) Elle a joué dans *La putain et la maman*

La citation du jour

« Je suis venu, j'ai vu, j'ai vaincu.
Puis j'ai fait marche arrière »

Diam's

De l'art ou du cochon

Prends l'argent et tire-toi
de Jens Haaning

Au Danemark, un musée confie 70 000 euros en petites coupures à l'artiste afin qu'il confectionne des tableaux avec les billets. Deux jours avant le début de l'exposition, il rend les cadres vides et rebaptise l'œuvre « Prends l'argent et tire-toi ». Le musée expose tout de même les toiles toutes blanches.

Le chiffre du jour

2145 km/h

C'était la vitesse de croisière du Concorde. Sa vitesse maximale était de 2 369 km/h ce qui en faisait l'avion de ligne le plus rapide jamais construit. Il mettait New York à seulement 3 heures de Paris.

Question

Si le Concorde s'était écrasé place de la Concorde, Cela aurait-il été considéré comme un pléonasme ?

À vérifier

Un jour, le Concorde a atterri avant même d'avoir décollé.

Diam's A) Faux B) Vrai C) Faux, à l'islam D) Faux, il est aveugle
Lafont A) Vrai B) Faux C) Vrai D) Faux, *La Maman et la Putain*

Sainte **Anne**

Dicton
À la Sainte-Anne, fais-toi trépaner le crâne.

Vendredi
26
JUILLET

Ça s'est passé le 26 juillet 1833
L'Angleterre abolit l'esclavage.

Coucou
Mick Jagger 1943

Vrai ou Faux?
A) Il avait juré de prendre sa retraite à 60 ans
B) Les Hells Angels ont voulu l'assassiner
C) Mick et Keith sont nés dans le même hôpital et se connaissent depuis la maternelle
D) Keith Richards a dit que Mick Jagger avait une petite bite

Bye-bye
Olivia de Havilland 2020

Vrai ou Faux?
A) Elle est née à Tokyo
B) Elle est morte à Tokyo
C) C'était la sœur de Joan Fontaine
D) Elle a épousé Clark Gable en 1950

La citation du jour

« Si le groupe manque d'énergie, c'est simplement qu'il a passé toute la nuit précédente à baiser »

Mick Jagger

Tous des bêtes

Le kakapo, cet oiseau très rare de Nouvelle-Zélande aussi appelé « le perroquet hibou » pèse près de 5 kilos et ses petites ailes ne lui permettent pas de voler. La nuit pendant les périodes de reproduction, il pousse un cri grave et profond qui résonne jusqu'à 5 km à la ronde. Il crie 8 heures d'affilée dans l'espoir souvent déçu d'attirer une femelle qui, elle, n'est réceptive que tous les cinq ans.

Transposition chez l'homme :

Le chiffre du jour

7 millions de dollars

C'est la somme que vous devrez débourser si vous voulez vous offrir un concert privé des Stones.

Le saviez-vous ?

La langue, le logo des Rolling Stones est un mix entre la déesse indienne Kali et la bouche de Mick Jagger.

À vérifier

En 1962, Adamo aurait fait partie de la première formation des Stones.

Jagger A) Faux, à 50 ans B) Vrai C) Vrai D) Vrai **Havilland** A) Vrai B) Faux, à Paris C) Vrai D) Faux

Sainte **Nathalie**

Dicton
À la Sainte-Nathalie,
offre-toi un guide en Russie.

Samedi
27
JUILLET

Ça s'est passé le 27 juillet 754
Pépin le Bref est sacré roi de France.

Coucou
Winnie Harlow 1994

Vrai ou Faux?

A) Je ne la connaissais pas avant de faire ce livre

B) Elle souffre de la même maladie qu'Édouard Philippe

C) Si j'avais trouvé quelqu'un de plus connu né ce jour-là je ne l'aurais jamais choisie

D) Je galère comme un fou à trouver une 4e question pour cette fille dont je me branle totalement

Bye-bye
Bob Hope 2003

Vrai ou Faux?

A) Son vrai prénom était « Allay »

B) « Bob » est un pangramme

C) Il a animé la cérémonie des Oscars 29 fois

D) Il a joué au golf avec 11 présidents américains

La citation du jour

« Vous commencez à vous rendre compte que vous vieillissez quand les bougies coûtent plus cher que le gâteau »

Bob Hope

Saint **Samson**

Dicton
À la Saint-Samson,
coupe la tête et garde le tronc.

Dimanche
28
JUILLET

Ça s'est passé le 28 juillet 1794
Exécution de Robespierre.

Coucou
Vincent Moscato 1965

Vrai ou Faux?

A) Grand prématuré, il pesait 800 grammes à la naissance

B) Il était connu pour faire des chat-bite dans les mêlés

C) Il a été viré de l'équipe de France par Laporte

D) Il a fait son coming out en 2002

Bye-bye
Michel Audiard 1985

Vrai ou Faux?

A) Il a été maillot jaune du Tour du France en 1941

B) Il a adapté *Voyage au bout de la nuit* au cinéma

C) Il a écrit 17 films pour Jean Gabin

D) En 1944 il a traité Joseph Kessel de « petit youpin »

Harlow A) Vrai B) Vrai, le vitiligo C) Vrai D) Vrai **Hope** A) Faux, Leslie B) Faux, c'est un palindrome C) Faux, 19 fois D) Vrai
Moscato A) Faux B) Faux C) Faux D) Faux **Audiard** A) Faux B) Il voulait mais il est mort trop tôt C) Vrai D) Vrai

Sainte **Marthe**

Dicton

À la Sainte-Marthe, divorce et change d'appart.

Lundi

29

JUILLET

Ça s'est passé le 29 juillet 1836

Inauguration de l'Arc de Triomphe.

Coucou

Jean-Hugues Anglade 1955

Vrai ou Faux?

A) Son père était vétérinaire

B) À 13 ans, il a été violé par un pédophile

C) Il était passager du Thalys dans lequel un attentat islamiste a été déjoué

D) Dans le subway avec l'homme blessé il nikita la reine Margot qui avait 37°2 le matin.

Bye-bye

Michel Serrault 2007

Vrai ou Faux?

A) Jeune au séminaire il a fait vœu de chasteté

B) Il était fâché avec Jean Poiret

C) Il a joué dans *Les Clefs de bagnole*

D) En 2000, il s'est cassé le nez sur une porte

La citation du jour

« Pour bien jouer, il ne faut rien savoir mais se laisser porter par la vérité de la situation »

Michel Serrault

Les coutumes du monde

Au Brésil et en Colombie, lorsqu'un hôte accueille ses invités, il leur demande s'ils souhaitent prendre une douche. Il s'agit d'une marque de politesse dans ces pays où il fait très chaud.

Le chiffre du jour

30 C'est le nombre d'années qu'il a fallu pour construire l'Arc de Triomphe. 558 généraux ont leur nom gravé sur l'édifice. Quand le nom est souligné, cela signifie que le militaire est mort au combat.

Le saviez-vous ?

Au départ, il devait y avoir un éléphant géant sur la place de l'Étoile. Finalement, le projet a été rejeté.

À vérifier

La loi autorise les Parisiens à organiser un barbecue sur la flamme du Soldat inconnu tous les 15 août entre 18 et 22 heures.

Anglade A) Vrai B) Vrai C) Vrai D) Admettons **Serrault** A) Faux B) Faux C) Vrai D) Faux, il souffrait d'une maladie rare

Sainte **Juliette**

Dicton
À la Sainte-Juliette, Roméo ouvre sa braguette.

Mardi 30 JUILLET

Ça s'est passé le 30 juillet 1863
Naissance d'Henry Ford.

Coucou

Arnold Schwarzenegger 1947

Vrai ou Faux?

A) Son surnom est « Musclor »
B) Il a été « Mister Olympia »
C) Il a signé pour trois nouveaux *Terminator*
D) Quand il était sénateur de Californie, il touchait un salaire de 175 000 dollars par an

Bye-bye

Ingmar Bergman 2007

Vrai ou Faux?

A) Il a été marié 5 fois et a eu 9 enfants
B) Il a obtenu 3 Oscars à Hollywood
C) Il a eu l'idée de *Cris et chuchotements* après avoir entendu un couple faire l'amour dans un hôtel
D) En 2005, il a été élu le réalisateur le plus chiant de toute l'histoire du cinéma

La citation du jour

« Quel est l'intérêt d'être sur cette Terre si vous voulez être comme tout le monde ? »

Arnold Schwarzenegger

Le métier insolite

Comportementaliste pour chien et chat empaillés

Boulot relativement tranquille qui permet de gagner pas mal de blé en ne branlant rien de la journée.

Le chiffre du jour

93 minutes

C'est le temps qu'il fallait, en 1914, pour construire une Ford T à la chaîne. Vendue 850 $ au départ, Ford réussira à faire tomber son prix à 260 $ grâce à la mécanisation. Il en produira 2 000 par jour dès 1916.

Le saviez-vous ?

Ford a eu également beaucoup de succès en fabriquant des avions.

À vérifier

Au début, il y avait une call-girl dans chaque Ford Escort.

Schwarzenegger A) Faux, « Le chêne autrichien » ou « Gouvernator » B) Vrai, sept fois C) Faux D) Il a renoncé à son salaire
Bergman A) Vrai B) Vrai C) Faux D) Faux

Saint **Ignace**

Dicton
À la Saint-Ignace, Fernandel vous embrasse.

Mercredi 31 JUILLET

Ça s'est passé le 31 juillet 1914
Assassinat de Jean Jaurès.

Coucou

Grand Corps Malade 1977

Vrai ou Faux?

A) Il aurait pu devenir basketteur professionnel

B) Il s'est brisé les vertèbres cervicales dans un accident de moto

C) Il a un fils prénommé Anis

D) Il a une fille prénommée Anus

Bye-bye

Jeanne Moreau 2017

Vrai ou Faux?

A) Sa mère était danseuse pour Joséphine Baker

B) Son père était sociétaire de la Comédie-Française

C) Elle avait la mémoire qui flanchait

D) Elle a accouché le jour de son premier mariage

La citation du jour

« Il ne faut avoir aucun regret pour le passé, aucun remords pour le présent et une confiance inébranlable pour l'avenir »

Jean Jaurès

Cinéma

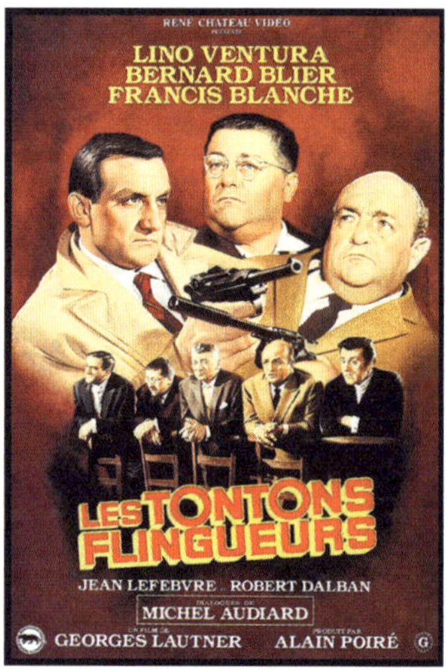

Quelle réplique n'est pas dans *Les Tontons flingueurs*?

A) « Touche pas au grisbi, salope ! »

B) « Quand on mettra les cons sur orbite t'as pas fini de tourner. »

C) « Mais il connaît pas Raoul ! Y va avoir un réveil pénible ! »

D) « Les cons ça ose tout, c'est même à ça qu'on les reconnaît. »

Le chiffre du jour

150 000

C'est le nombre de personnes présentes pour le discours historique de Jean Jaurès au Pré-Saint-Gervais.

Le saviez-vous ?

Au début de l'affaire Dreyfus, Jaurès était persuadé de sa culpabilité. Après avoir changé d'avis, il en deviendra le plus fervent défenseur.

Incroyable !

L'assassin de Jean Jaurès s'appelait Raoul Villain !

À vérifier

Au départ, Jaurès s'appelait Stalingrad.

Malade A) Vrai B) Faux, il a plongé dans une piscine trop peu remplie C) Vrai D) Faux
Moreau A) Vrai B) Faux C) Faux D) Faux, le lendemain **Cinéma** B, c'est dans *Le Pacha*

Saint **Alphonse**

Dicton
À la Saint-Alphonse,
ta grand-mère j'la défonce.

Jeudi
01
AOÛT

Ça s'est passé le 1er août 1785
Départ de La Pérouse.

Coucou
Orelsan 1982

Vrai ou Faux?
A) Une de ses chansons s'appelle « Sale pute »
B) Son dernier album s'appelle *Va niquer tes morts*
C) Son vrai nom est Aurélien Roussillon
D) Enceinte de lui, sa mère a essayé d'avorter avec un Opinel

Bye-bye
Marie Trintignant 2003

Vrai ou Faux?
A) Elle avait quatre enfants
B) Son beau-père était Bertrand Tavernier
C) Elle a eu une aventure avec Patrick Dewaere
D) Elle a un jardin à son nom à Paris

La citation du jour

« Un jour, on est venu au monde ; depuis, on attend que le monde vienne à nous »

Orelsan

De l'art ou du cochon

Les ballons anus **de Nicola Costantino**
Cette artiste argentine travaille le cuir et le silicone pour fabriquer des ballons de foot recouverts de tétons et d'anus.

Le chiffre du jour

45
C'est le nombre de pages rédigées par Louis XVI. Dans ce document, il donne de nombreuses recommandations à La Pérouse sur la façon de se comporter avec les populations locales.

Le saviez-vous ?

Les deux bateaux de la flotte de La Pérouse s'appelaient *L'Astrolabe* et *La Boussole*.

À vérifier

Au départ, La Pérouse s'appelait La Péro mais il a changé car ça la foutait mal pour ses hommes.

Orelsan A) Vrai B) Faux C) Faux, Aurélien Cotentin D) Faux
Trintignant A) Vrai B) Faux, Alain Corneau C) Faux D) Vrai

Saint **Julien**

Dicton
À la Saint-Julien,
ne bois rien d'autre,
savoure ce vin.

Vendredi 02 AOÛT

Ça s'est passé le 2 août 1834
Naissance d'Auguste Bartholdi.

Coucou
Muriel Robin 1955

Vrai ou Faux?

A) Elle est née le même jour et la même année que Michelle Bernier
B) Elle est née d'une relation extraconjugale
C) Elle a appris à conduire à Pierre Palmade
D) Elle est mariée à José Dayan

Bye-bye
Michel Berger 1992

Vrai ou Faux?

A) Son vrai nom était Hamburger
B) Il jouait du piano debout
C) Il a écrit des chansons pour Bourvil
D) Il a une étoile à son nom

La citation du jour

« Je veux chanter pour ceux qui sont loin de chez eux et qui ont dans leurs yeux quelque chose qui fait mal »

Michel Berger

Tous des bêtes

Les punaises pratiquent les accouplements traumatiques : les mâles perforent leur partenaire avec leur sexe en forme de sabre. Les impacts sur les carapaces des femelles trahissent le nombre de rapports.

Transposition chez l'homme :

Le chiffre du jour

93 mètres

C'est la hauteur à laquelle culmine la statue de la Liberté au-dessus de l'océan.

Le saviez-vous ?

Le socle de la statue est plus haut que la statue elle-même.

À vérifier

Au départ, elle n'avait pas de torche à la main, elle appelait juste un taxi.

Robin A) Vrai et faux, elles ont un an d'écart B) Vrai C) Faux D) Faux
Berger A) Vrai B) Faux C) Vrai D) Faux

Sainte **Lydie**

Dicton
À la Sainte-Lydie,
trouve un bon alibi.

Samedi
03
AOÛT

Ça s'est passé le 3 août 2004
Mort d'Henri Cartier-Bresson.

Coucou
Lambert Wilson 1958

Vrai ou Faux?

A) Il a été pressenti pour reprendre le rôle de James Bond.
B) Il a pété en jouant une scène avec Sharon Stone.
C) Il a joué l'Abbé Pierre, Cousteau et de Gaulle.
D) Il va jouer Hitler, DSK et PPDA.

Bye-bye
Colette 1954

Vrai ou Faux?

A) Elle a dansé nue sous une peau de panthère au Moulin-Rouge
B) Elle a ouvert un institut de beauté
C) Elle était ouvertement bisexuelle
D) Elle a vécu avec Jean Cocteau

La citation du jour

« Il y a deux sortes d'amour, l'amour insatisfait, qui vous rend odieux, et l'amour satisfait, qui vous rend idiot »

Colette

Saint **Jean-Marie**

Dicton
À la Saint-Jean-Marie,
l'œil de verre tu essuies.

Dimanche
04
AOÛT

Ça s'est passé le 4 août 1997
Mort de Jeanne Calment à l'âge de 122 ans.

Coucou
Meghan Markle 1981

Vrai ou Faux?

A) Elle a joué dans six saisons de *Suits*
B) Avant d'épouser Harry, elle a été mariée deux fois
C) La reine Elizabeth II l'aurait traitée de « négresse »
D) Elle apparaît dans deux épisodes de *Plus belle la vie*

Bye-bye
Marilyn Monroe 1962

Vrai ou Faux?

A) Elle n'a jamais su qui était son vrai père
B) Elle a été mariée deux fois
C) Elle s'est convertie au judaïsme
D) Elle a eu comme amants John Fitzgerald Kennedy et son frère Robert en même temps

Wilson A) Vrai B) Vrai C) Vrai D) Faux **Colette** A) Vrai B) Vrai C) Vrai D) Faux, ils étaient juste voisins **Markle** A) Faux, sept B) Faux, une fois C) Faux D) Faux **Monroe** A) Vrai B) Faux, trois fois C) Vrai D) C'est une rumeur, il existerait une sextape les montrant tous les trois

Saint **Abel**

Dicton
À la Saint-Abel, mets ton œil sous la stèle.

Lundi
05
AOÛT

Ça s'est passé le 5 août 1930
Naissance de Neil Armstrong.

Coucou
Marine Le Pen 1968

Vrai ou Faux?
A) Son vrai prénom est Marion
B) Sa mère s'appelait Lalanne
C) Elle habite 93, rue Lauriston, à Paris
D) Elle a fait une thérapie avec les Alcooliques anonymes

Bye-bye
Richard Burton 1984

Vrai ou Faux?
A) En 1962, il a refusé le rôle de James Bond
B) Il a épousé deux fois Elizabeth Taylor
C) Il a divorcé trois fois d'Elizabeth Taylor
D) Pendant le tournage de *Cléopâtre*, il s'est battu avec Rex Harrison

La citation du jour

« La paix est l'histoire des sages, la guerre est l'histoire des hommes »

Richard Burton

Les coutumes du monde

Chez les Inuits, lorsqu'un vieillard devient un poids pour sa famille, il se suicide en se laissant mourir de froid sur la banquise.

Le chiffre du jour

8 C'est le nombre de candidatures à la présidence d'un ou d'une Le Pen. Cinq pour le père, trois pour la fille.

Le saviez-vous ?

En breton, Le Pen signifie « la tête ».

À vérifier

Un des chats de Marine Le Pen s'appelle Adolf.

Le Pen A) Vrai B) Vrai C) Faux D) Vrai
Burton A) Faux B) Vrai C) Faux, vous êtes con ou quoi ? D) Faux

Saint **Octavien**

Dicton
À la Saint-Octavien, remets tout à demain.

Mardi
06
AOÛT

Ça s'est passé le 6 août 1945
Bombardement de Hiroshima.

Coucou
Marc Lavoine 1962

Vrai ou Faux?
A) Il a été ouvreur à l'Olympia
B) Il a chanté en duo avec Dorothée
C) Il a joué dans *Les Clefs de bagnole*
D) Sa fille est avec le fils de Daniel Balavoine

Bye-bye
Diego Vélasquez 1660

Vrai ou Faux?
A) Il a affranchi son esclave
B) Son père a joué comme avant-centre à Séville
C) Diego était libre dans sa tête
D) Il a eu une aventure avec le roi d'Espagne

La citation du jour

« On crée des vedettes et on tue des artistes »

Marc Lavoine

Le métier insolite

Derviche tourneur-fraiseur
Ce métier qui allie danse orientale et travail en usine permet aux ouvriers de s'étourdir en tournant, ce qui les met dans une transe qui les aide à augmenter leur cadence et à oublier leur salaire de merde.

Le chiffre du jour

140 000
C'est le nombre de victimes à Hiroshima. Si on ajoute les 80 000 morts de Nagasaki, cela fait un total de 220 000 victimes.

Le saviez-vous ?

Les villes de Hiroshima et Nagasaki ont été choisies car elles n'avaient encore subi aucun raid aérien.

À vérifier

Après une épidémie de dysenterie, la ville a été surnommée « Hiroshimou ».

Lavoine A) Vrai B) Faux C) Vrai D) Faux
Vélasquez A) Vrai B) Faux C) Vrai D) Faux

Saint **Gaëtan**

Dicton

À la Saint-Gaëtan, personne n'est compétent.

Mercredi

07

AOÛT

Ça s'est passé le 7 août 1947

Arrivée triomphale du Kon-Tiki en Polynésie.

Coucou

Charlize Theron 1975

Vrai ou Faux?

A) Elle a été la première africaine à recevoir un Oscar

B) Elle a été en couple avec Sean Penn

C) Elle a un enfant transgenre

D) En Afrique du Sud, elle a une ferme de crocodiles

Bye-bye

Bruno Cremer 2010

Vrai ou Faux?

A) Il était franco-suisse

B) Sa fille est écrivain

C) Il a tourné 53 épisodes du « Commissaire Maigret »

D) Il a tourné *La Pute et le Privé*

La citation du jour

« Le nénuphar est le radeau de la grenouille »

Sylvain Tesson

Cinéma

Quelle réplique n'est pas dans *Coup de tête*?

A) « **Bled de merde, France de merde, partout où je vais, je me fais enculer.** »

B) « **Ça va pas être simple maintenant de le refoutre en taule.** »

C) « **Je lève mon verre aux tas de merde qui m'entourent.** »

D)« **Je vous enverrai mon slip par la poste, madame la présidente.** »

Le chiffre du jour

101 jours

C'est la durée qu'il fallut à l'équipage du Kon-Tiki pour parcourir 8 000 kilomètres.

Le saviez-vous ?

En 1947, un Norvégien et cinq hommes ont construit un radeau rudimentaire pour traverser le Pacifique du Pérou aux îles Tuamotu afin de démontrer que la Polynésie aurait pu se peupler à partir de l'Amérique du Sud.

À vérifier

Pendant la traversée, il y avait cinq hôtesses à bord pour servir des rafraîchissements.

Theron A) Vrai B) Vrai C) Vrai D) Faux **Cremer** A) Faux, franco-belge B) Faux, c'est son fils C) Vrai D) Faux, *La Puce et le Privé*

Cinéma A C'est dans *Les Valseuses*

Saint **Dominique**

Dicton
À la Saint-Dominique,
les voisins tu les niques.

Jeudi
08
AOÛT

Ça s'est passé le 8 août 1786
Première ascension du mont Blanc par Balmat et Paccard.

Coucou
Roger Federer 1981

Vrai ou Faux?

A) Cette légende du tennis est née à Bâle
B) Il a été ramasseur de balles à Bâle
C) Avec sa femme Mirka, il a eu trois fois des jumeaux
D) À 40 ans, il s'est fait greffer des balles neuves

Bye-bye
Jean-Pierre Mocky 2019

Vrai ou Faux?

A) Il a acheté son propre cinéma pour y passer ses films
B) Selon ses dires, il a eu un enfant à 13 ans
C) Personne ne sait s'il a eu 4, 6, ou 17 enfants comme il l'affirmait
D) Il a dit à Nabilla à la télévision qu'il la trouvait « baisable »

La citation du jour

« Certains veulent y arriver, certains espèrent y arriver, d'autres y arrivent »

Roger Federer

De l'art ou du cochon

***Diva*, de Juliana Notari**
Une vulve de 33 mètres de long implantée sur le flanc d'une montagne a fait scandale au Brésil. Profond de 6 mètres, ce vagin géant vise à interroger sur la question de genre.

Le chiffre du jour

30 millions d'années
C'est l'âge du mont Blanc.

Le saviez-vous ?

Au XVIIe **siècle, des processions et des exorcismes ont été organisés afin de stopper la progression de la Mer de Glace, qui s'approchait dangereusement de Chamonix.**

À vérifier

Le mont Blanc serait composé principalement de lait concentré, de poudre de lait écrémé, de caramel et de sirop de glucose.

Federer A) Vrai B) Vrai C) Faux, deux fois D) Faux
Mocky A) Vrai B) Vrai C) Vrai D) Vrai

Saint **Amour**

Dicton
À la Saint-Amour,
même les dindes tu les fourres.

Vendredi
09
AOÛT

Ça s'est passé le 9 août 1945
Bombe atomique sur Nagasaki.

Coucou
Zorro 1919

Vrai ou Faux?
A) Zorro signifie « aigle » en espagnol
B) Zorro est assez con pour croire que personne ne va le reconnaître avec son petit masque de merde
C) Dès que Zorro a le dos tourné, Bernardo lui fait des doigts d'honneur
D) Le sergent Garcia a une maîtrise de philosophie

Bye-bye
Sharon Tate 1969

Vrai ou Faux?
A) Elle a rencontré Roman Polanski à 14 ans
B) Elle a été assassinée par le père de Jeane Manson
C) Ce drame a signé la fin du Flower Power
D) À 6 mois, elle a gagné un concours de beauté pour bébé

La citation du jour

« Il faut se méfier des ingénieurs, ça commence par la machine à coudre et ça finit par la bombe atomique »

Marcel Pagnol

Tous des bêtes

Le quetzal, oiseau sacré pour les Mayas et les Aztèques, meurt si on le met en cage.

Transposition chez l'homme :

Le chiffre du jour

138 kg
C'était le poids du sergent Garcia dans la série.

Le saviez-vous ?

En espagnol, Zorro signifie renard. Zorro est donc le seul renard qui porte un loup.

Incroyable !

Alain Delon a lui aussi joué Zorro dans un film inoubliable, sobrement intitulé *Zorro*.

Zorro A) Faux, renard B) Vrai C) Faux D) Faux
Tate A) Faux B) Faux, par Charles Manson C) Vrai D) Vrai

Saint **Laurent**

Dicton
À la Saint-Laurent,
fais-toi faire des implants.

Samedi
10
AOÛT

Ça s'est passé le 10 août 1960
Naissance d'Antonio Banderas.

Coucou
Spiderman 1962

Vrai ou Faux?

A) Peter Parker a développé des super-pouvoirs après avoir été mordu par une araignée radioactive
B) Après l'amour, il a l'habitude de dévorer ses partenaires
C) Devant Baygonman, il ne fait pas le poids
D) Il a 8 paires de couilles

Bye-bye
Jeffrey Epstein 2019

Vrai ou Faux?

A) Il était pote avec Bill Clinton et Donald Trump
B) Il a fourni des petites jeunes au prince Andrew
C) Ce fils de pute s'est pendu en prison
D) Il a légué sa fortune à une fondation de protection de l'enfance

La citation du jour

« À un moment, on réalise que Dieu nous a donné un cerveau et un pénis, et pas assez de sang pour les faire fonctionner en même temps »

Robin Williams

Sainte **Claire**

Dicton
À la Sainte-Claire,
si t'es pas con, t'en as l'air.

Dimanche
11
AOÛT

Ça s'est passé le 11 août 1988
Mort de Pauline Lafont à l'âge de 25 ans.

Coucou
Hulk Hogan 1953

Vrai ou Faux?

A) Il a été 13 fois champion du monde de catch
B) Quand il s'énerve, il devient vert
C) Il a perdu sa première finale contre Pierre Niney
D) Il aurait cassé 8 côtes à Arielle Dombasle en lui faisant l'amour

Bye-bye
Robin Williams 2014

Vrai ou Faux?

A) Il a joué Popeye
B) Il était très ami avec Superman
C) Il est mort dans un accident de ski
D) Il n'a jamais gagné l'oscar du meilleur acteur

Spiderman A) Vrai B) Faux C) Vrai D) Faux **Epstein** A) Vrai B) Vrai C) Vrai, même s'il y a un doute D) Faux **Hogan** A) Vrai B) Faux C) Faux D) Faux **Williams** A) Vrai B) Vrai, avec Christopher Reeves C) Faux, il s'est suicidé D) Vrai

Sainte **Clarisse**

Dicton
À la Sainte-Clarisse,
mets du gel et ça glisse.

Lundi
12
AOÛT

Ça s'est passé le 12 août 1961
Construction du mur de la honte à Berlin.

Coucou
François Hollande 1954

Vrai ou Faux?

A) Il aurait été président de la République
B) Il maîtrise la danse de la pluie
C) Il ne peut pas aller baiser sans mettre un casque
D) Il a été incarné au cinéma par Ned Beatty

Bye-bye
Jean-Michel Basquiat 1988

Vrai ou Faux?

A) Il savait lire et écrire à 4 ans
B) Il s'est fait percuter par une voiture à 7 ans
C) Il a produit ses premiers graffs sous le pseudo « Harring »
D) Il a vécu une idylle avec Madonna

La citation du jour

« Je ne pense pas à l'art quand je travaille, j'essaye de penser à la vie »

Jean-Michel Basquiat

Les coutumes du monde

Au Ghana, pour rendre hommage aux défunts, les cercueils sont personnalisés à leur image. Un boulanger peut avoir un cercueil en forme de baguette.

Le chiffre du jour

2 000

C'est le nombre de peintures et de dessins que Basquiat a laissés à juste 27 ans.

Le saviez-vous ?

Warhol disait de Basquiat : « Il ne vivra pas longtemps, Ça se sent dans cette urgence, cette intensité. »

À vérifier

Basquiat aurait dit de Warhol : « Ce con ne sait peindre que des boîtes de soupe. »

Hollande A) Après vérification, cette info s'avère exacte B) Vrai C) Faux D) Faux, Patrick Braoudé
Basquiat A) Vrai B) Vrai C) Faux Samo D) Vrai

Saint **Hippolyte**

Dicton
À la Saint-Hippolyte, fais partie de l'élite.

Mardi
13
AOÛT

Ça s'est passé le 13 août 1863
Mort d'Eugène Delacroix.

Coucou
Manuel Valls 1962

Vrai ou Faux?

A) Il est issu d'une famille originaire de Vienne

B) Il a été ministre de l'Extérieur

C) Petit, il surnommait sa sœur « le thon à la catalane »

D) En 2019, il a gagné le jackpot en épousant une riche héritière espagnole

Bye-bye
Nino Ferrer 1998

Vrai ou Faux?

A) Il détestait les yé-yé

B) Il s'appelait Ferrari

C) Sa fille se prénommait Mirza

D) Son anagramme est « ferronnier »

La citation du jour

« Oui, je sais, je perds tout, mais ce que je veux pas, c'est qu'on se moque de moi, oh hé hein bon ! »

Nino Ferrer

Le métier insolite

Clown de crémation

Vous avez déjà assisté à une crémation ? Vous avez vu l'ambiance ? Les gens pleurent, reniflent, se mouchent, c'est d'une tristesse affligeante. C'est pourquoi le clown de crémation est indispensable pour dérider l'ambiance avec ses grimaces, ses blagues, sa maladresse, sa perruque qui tourne et ses chaussures trop grandes.

Le chiffre du jour

3 000 francs

C'est la somme que Louis-Philippe a déboursée en 1831 pour acquérir *La Liberté guidant le peuple*.

Le saviez-vous ?

Delacroix serait le fils naturel de Talleyrand.

À vérifier

La toile *La Liberté guidant le peuple* a été peinte après les événements de Mai 68.

Valls A) Faux, non, c'est pas ça « les Valls de Vienne » B) Faux, de l'Intérieur C) Faux D) Vrai **Ferrer** A) Vrai B) Vrai C) Faux D) Vrai

Saint **Évrard**

Dicton
À la Saint-Évrard,
nique-les tous ces bâtards.

Mercredi
14
AOÛT

Ça s'est passé le 14 août 1972
Mort de Pierre Brasseur.

Coucou
David Hallyday 1966

Vrai ou Faux?

A) C'est le fils de Stone et Charden
B) Son parrain est Eddy Mitchell
C) Il a chanté en duo avec Jonathan
D) Il a écrit pour sa mère « La plus vieille pour aller danser »

Bye-bye
Enzo Ferrari 1988

Vrai ou Faux?

A) Il a commencé la mécanique en construisant des tracteurs
B) Son père était boucher chevalin
C) Il a été pilote automobile
D) Il a dit : « Pour arriver premier, il faut premièrement arriver »

La citation du jour

« Papa, s'il te plaît, arrête de fumer »

David Hallyday

Cinéma

Qui cherche Arnold Schwarzenegger dans *Terminator* ?

A) Sarah Palin
B) Sarah Ferguson
C) Sarah Jessica Parker
D) Sarah Connor

Le chiffre du jour

48 405 000 $

C'est le prix que s'est vendue une Ferrari 250 GTO en 2018.

Le saviez-vous ?

Avant de construire ses propres voitures, Enzo Ferrari était pilote de course chez Alfa Romeo.

À vérifier

Enzo Ferrari détestait le rouge.

Cinéma D

Hallyday A) Faux B) Faux, c'est Carlos C) Faux D) Faux **Ferrari** A) Faux, c'est Lamborghini B) Faux C) Vrai D) Vrai

Sainte **Marie / Assomption**

Dicton
À la Sainte-Marie,
toutes les vierges sont sexy.

Jeudi
15
AOÛT

Ça s'est passé le 15 août 1969
Début du festival de Woodstock.

Coucou
Sylvie Vartan 1944

Vrai ou Faux?

A) Son vrai prénom est Sophia
B) Elle a fait plus de couvertures de magazine que Bardot et Deneuve
C) Elle est née un jour après son fils
D) Elle a survécu à trois graves accidents de voiture

Bye-bye
René Magritte 1967

Vrai ou Faux?

A) Sa mère s'est suicidée dans la Sambre
B) Son père s'est noyé dans la Meuse
C) Les Beatles ont piqué la pomme de Magritte pour le logo de Apple Records
D) Mécontent d'une fellation, il aurait dit à une prostituée : « Ceci n'est pas une pipe »

La citation du jour

« Les titres des tableaux ne sont pas des explications, et les tableaux ne sont pas des illustrations des titres »

René Magritte

De l'art ou du cochon

Memory Works **de**
Carl Michael von Hausswolff

Cet artiste suédois a volé des cendres de victimes de la Shoah et les a utilisées pour peindre son tableau *Memory Works*. L'œuvre a été exposée dans une galerie suédoise et a fait l'objet de nombreuses plaintes.

Le chiffre du jour

500 000

C'est le nombre de beatniks qui se sont rendus au festival de Woodstock, organisé pour en recevoir dix fois moins.

Le saviez-vous ?

Le festival de Woodstock a eu lieu à 80 kilomètres de Woodstock, dans la ville de Bethel. 900 personnes se sont blessées en marchant pieds nus sur du verre brisé. Deux personnes sont mortes. Une d'overdose et l'autre, écrasée par un tracteur pendant qu'elle dormait.

À vérifier

Mireille Mathieu aurait chanté au festival de Woodstock.

Magritte A) Vrai B) Faux C) Vrai D) Faux
Vartan A) Faux B) Vrai, 2 000 C) Oui et non D) Faux, deux

Saint **Armel**

Dicton
À la Saint-Armel, ne regarde pas tes mails.

Vendredi
16
AOÛT

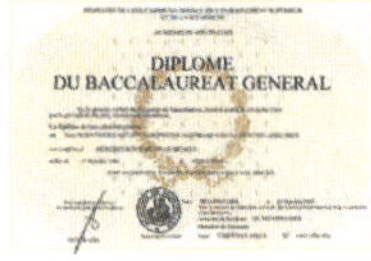

Ça s'est passé le 16 août 1861
Une Française accède pour la première fois au baccalauréat.

Coucou
Sheila 1945

Vrai ou Faux?

A) Jeune, elle adorait déballer les bonbons de son père

B) Son témoin de mariage était Johnny Hallyday

C) Elle a été mariée à Yves Saint Laurent

D) Elle a été victime d'une rumeur affirmant que son premier mari, Ringo, était une femme

Bye-bye
Elvis Presley 1977

Vrai ou Faux?

A) Son frère jumeau est mort à 100 ans

B) Au cinéma, il n'a tourné que des merdes

C) Aux États-Unis, il a 5 000 sosies qui payent un droit à ses héritiers pour pouvoir se produire sur scène

D) Constipé chronique, le King est mort sur le trône

La citation du jour

« Le bac c'est comme la lessive, on mouille, on sèche et on repasse »

Henri Troyat

Tous des bêtes

La durée de gestation du requin lézard peut atteindre 3 ans et demi.

Transposition chez l'homme :

Le chiffre du jour

91 %

C'était le taux de réussite au bac l'année dernière, de quoi conforter ceux qui pensent qu'on le donne vraiment à tout le monde.

Le saviez-vous ?

Le Français le plus âgé à avoir passé son bac en France avait 93 ans, le plus jeune avait seulement 11 ans et 10 mois.

À vérifier

Nabilla aurait eu son bac à l'oral.

Sheila A) Vrai, ses parents étaient vendeurs de bonbons sur les marchés B) Faux, Claude François C) Faux, Yves Martin D) Faux, elle a été victime d'une rumeur affirmant qu'elle était un homme **Presley** A) Faux, il est mort-né B) Vrai C) Vrai D) Vrai

Saint **Hyacinthe**

Dicton
À la Saint-Hyacinthe,
baise le maire et l'adjointe.

Samedi
17
AOÛT

Ça s'est passé le 17 août 1951
Mort de Louis Jouvet.

Coucou
Robert De Niro 1943

Vrai ou Faux?

A) Son père et sa mère étaient peintres
B) Il a une voiture à son nom
C) Il a été interrogé par la police française sur un réseau de prostitution
D) Il a lancé le slogan « Fuck Trump »

Bye-bye
Fernand Léger 1955

Vrai ou Faux?

A) Son vrai nom est Fernand Lelourd
B) Mobilisé en 14, il a continué à dessiner dans les tranchées
C) Il a travaillé deux ans sur sa toile La Grande Parade
D) Son art est qualifié d'entubisme

La citation du jour

« Pisser, c'est la jouissance du chaste »

Louis Jouvet

Sainte **Hélène**

Dicton
À la Sainte-Hélène,
surveille ton haleine.

Dimanche
18
AOÛT

Ça s'est passé le 18 août 1563
Mort d'Étienne de La Boétie.

Coucou
Carole Bouquet 1957

Vrai ou Faux?

A) Elle a été James Bond Girl
B) Elle déteste les fleurs
C) Elle a eu un fils avec Claude Berri
D) Elle a été placée sur écoute par l'Élysée

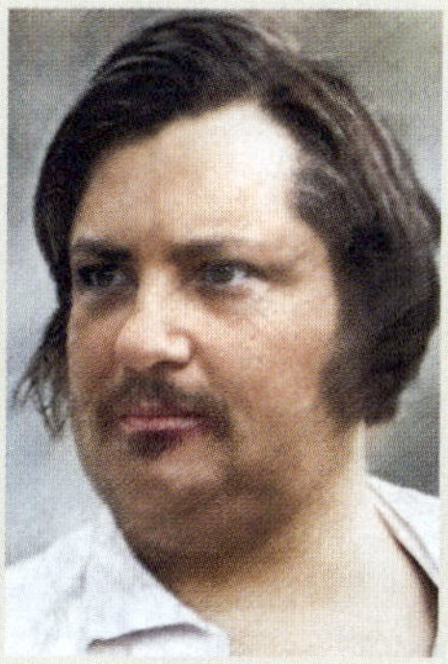

Bye-bye
Honoré de Balzac 1850

Vrai ou Faux?

A) Son père avait 32 ans de plus que sa mère
B) Il était connu pour sa fainéantise légendaire
C) Il est mort criblé de dettes dans un luxe inouï
D) Il était connu pour coucher avec ses admiratrices

De Niro A) Vrai B) Vrai C) Vrai D) Vrai **Léger** A) Faux B) Vrai C) Vrai D) Faux, de tubisme **Bouquet** A) Vrai B) Faux C) Faux D) Faux, c'était son compagnon de l'époque **Balzac** A) Vrai B) Faux, il pouvait travailler jusqu'à 18 heures par jour C) Vrai D) Vrai

Saint **Jean-Eudes**

Dicton
À la Saint-Jean-Eudes, lâche ta Kro et prends une Bud.

Lundi
19
AOÛT

Ça s'est passé le 19 août 1924
Mort du facteur Cheval.

Coucou
Bill Clinton 1946

Vrai ou Faux?

A) Dès qu'on a vu sa femme, on a su qu'il allait pécho une stagiaire

B) Après lui, le bureau Ovale a été rebaptisé « le bureau avale »

C) Avant de fumer un cigare, il demandait à Monica de l'humidifier

D) Heureusement, il n'a jamais fait aucune tache sur la robe du pape

Bye-bye
Groucho Marx 1977

Vrai ou Faux?

A) Il a dit : « Je bois pour rendre d'autres personnes intéressantes »

B) Il a dit : « Je n'oublie jamais un visage mais pour vous je vais faire une exception »

C) Il a dit : « J'ai passé une excellente soirée mais ça n'était pas celle-là »

D) Il a dit : « L'État, c'est moi »

La citation du jour

« Vous pouvez mettre des ailes à un cochon, vous ne ferez pas de lui un aigle »

Bill Clinton

Les coutumes du monde

Dans la tribu Wodaabe du Niger, les femmes peuvent avoir des relations sexuelles avec n'importe quel partenaire à leur guise avant de finalement s'installer avec le bon.

Le chiffre du jour

33 C'est le nombre d'années qu'il a fallu à Ferdinand Cheval pour bâtir son palais.

Le jeu

Relie ces présidents avec la phrase qui leur correspond :

A) J.F. Kennedy	1) A joué les cow-boys
B) G.W. Bush	2) Yes we can
C) Bill Clinton	3) Le plus con de tous
D) Barack Obama	4) Aurait dû mettre une capote
E) Ronald Reagan	5) Ancien alcoolique
F) Donald Trump	6) A pris le cigare

Clinton A) Vrai B) Faux C) Vrai D) Vrai **Marx** A) Vrai B) Vrai C) Vrai D) Faux
Le jeu A4 B5 C6 D2 E1 F3

Saint **Bernard**

Dicton
À la Saint-Bernard,
doucement sur le pinard.

Mardi
20
AOÛT

Ça s'est passé le 20 août 1858
Darwin présente sa théorie de l'évolution.

Coucou
Laurent Fabius 1946

Vrai ou Faux?

A) Jeune, il a participé au jeu télévisé « La tête et les jambes »

B) Quand son fils a été condamné pour escroquerie, ils ont participé à « Une famille en or »

C) Pendant le débat présidentiel de 1985, il s'est fait traiter de roquet par Jacques Chirac

D) Énervé, il l'a traité à son tour de fils de pute

Bye-bye
Joe Dassin 1980

Vrai ou Faux?

A) Son père a été ministre de la Culture

B) Il a eu une aventure avec Marie Laurencin

C) Pour relancer sa carrière, il a enregistré un album avec Hélène Ségara

D) Il traçait les lignes de son court de tennis avec de la coke

La citation du jour

« Le sexe, c'est ce qu'il y a de plus profond entre l'homme et la femme »

Laurent Fabius

Le métier insolite

Maître chocolatier en EPAHD

Cette profession permet de faire chuter considérablement le prix de la matière première, qui ne cesse d'augmenter, à savoir la fève de cacao. Certes l'arôme des chocolats ne sera plus du tout le même mais, ce que les consommateurs perdront en goût, ils le gagneront en pouvoir d'achat.

Le chiffre du jour

10 C'est le nombre d'enfants qu'a eus Charles Darwin.

Le saviez-vous ?

Sa théorie de l'évolution a rendu folle de rage la reine Victoria, qui était très croyante.

À vérifier

À Paris, il habitait au métro Lamarck.

Fabius A) Vrai B) Faux C) Vrai D) Faux
Dassin A) Faux, c'est sa belle-mère Melina Mercouri en Grèce B) Faux C) Faux D) Faux

Saint **Christophe**

Dicton

À la Saint-Christophe,
aucune fille tu n'apostrophe.

Mercredi
21
AOÛT

Ça s'est passé le 21 août 1911

Vol de *La Joconde* par Vincenzo Perrugia.

Coucou

Usain Bolt 1986

Vrai ou Faux?

A) Il a décroché neuf médailles d'or aux JO

B) Hitler a refusé de lui serrer la main aux JO de Berlin

C) Il court plus vite qu'un lapin

D) Il court moins vite qu'un chameau

Bye-bye

Léon Trotski 1940

Vrai ou Faux?

A) Il était très ami avec Groucho Marx

B) Il a été assassiné d'un coup de hache au Guatemala

C) Il a été l'amant de Frida Kahlo

D) Son surnom était « le soviet périodique »

La citation du jour

« Un parti qui n'aspire pas à s'emparer du pouvoir ne vaut rien »

Léon Trotski

Cinéma

Quelle réplique n'est pas dans *Scarface*?

A) « **Je ne suis pas une pute, je suis Tony Montana.** »

B) « **Je vous pisse à la raie.** »

C) « **Cette ville est une chatte bien poilue qui ne demande qu'à se faire fourrer.** »

D) « **Je pense à toi sans cesse, tu es mon bonheur, ma joie, je t'aime.** »

Le chiffre du jour

28 C'est le nombre de mois qu'a passés *La Joconde* cachée sous le lit du voleur, le vitrier Vincenzo Perrugia.

Le saviez-vous ?

Pendant l'absence de *La Joconde* au Louvre, de nombreux visiteurs venaient contempler l'emplacement vide du célèbre tableau.

À vérifier

Quand elle était sous le lit de son voleur, *La Joconde* aurait perdu son petit sourire en coin.

Bolt A) Faux, huit B) Faux, c'était Jesse Owens C) Faux, lui 44 km/h et le lapin 54 km/h D) Faux, le chameau 40 km/h

Trotski A) Faux B) Faux, d'un coup de piolet au Mexique C) Vrai D) Faux **Cinéma** D, c'est dans *Sissi*

Saint **Fabrice**

Dicton
À la Saint-Fabrice, n'écarte pas les cuisses.

Jeudi
22
AOÛT

Ça s'est passé le 22 août 1812
Découverte de Pétra.

Coucou
Laurent Lafitte 1973

Vrai ou Faux?

A) Il a démarré dans « Hélène et les abeilles »
B) Il est sociétaire de la Comédie-Française
C) C'est le fils du pilote Jacques Laffite
D) Il a joué dans *Les Grands Sopalins*

Bye-bye
Richard III 1485

Vrai ou Faux?

A) C'était le fils de Jean Bon d'York
B) C'était un monstre machiavélique et infanticide
C) On peut s'intéresser à Richard III même si on n'a pas vu le I et le II
D) En 2012, son squelette a été retrouvé par hasard sous un parking

La citation du jour

« Les archéologues font des maris idéaux. Plus leur femme vieillit, plus ils l'apprécient »

Agatha Christie

De l'art ou du cochon

NYC Garbage
de Justin Gignac

L'artiste récupère des détritus dans les rues de New York et les dépose dans des boîtes transparentes. Ses « œuvres » sont vendues entre 50 et 100 dollars et exportées partout dans le monde.

Le chiffre du jour

VIIIe siècle avant J.-C.

C'est la période où les Édomites se sont installés à Pétra.

Le saviez-vous ?

Mille ans plus tard, les Nabatéens ont remplacé les Édomites à Pétra. Les Nabatéens étaient un peuple cultivé. Des vestiges de leurs inscriptions gravées dans la roche sont toujours visibles sur le site.

À vérifier

Après avoir envahi les lieux pour y organiser des ballets, les Corses auraient rebaptisé l'endroit « Pétra gala ».

Lafitte A) Faux, « Classe mannequin » B) Faux, pensionnaire C) Faux D) Faux, dans *Les Petits Mouchoirs*
Richard III A) Faux B) Vrai C) Vrai D) Vrai

Sainte **Rose**

Dicton

À la Sainte-Rose,
offre un bouquet grandiose.

Vendredi
23
AOÛT

Ça s'est passé le 23 août 1926
Mort de Rudolph Valentino.

Coucou
Roland Dumas 1922

Vrai ou Faux?

A) C'est l'arrière-petit-fils d'Alexandre Dumas
B) Il a descendu les Champs-Élysées avec De Gaulle à la Libération
C) Quand il a un coup de pompe, c'est des Berluti
D) Il a une fille de 78 ans

Bye-bye
Jean-Luc Delarue 2012

Vrai ou Faux?

A) Son grand-père s'appelait Adolf Samuel
B) Il a ouvert un resto à Paris avec Al Pacino
C) Il a été en colocation avec Pierre Palmade
D) Pendant un vol en avion, il a mordu un steward et peloté une hôtesse

La citation du jour

« Dis-moi, chérie, comment tu les trouves, ces pompes ? »

Roland Dumas

Tous des bêtes

Le brochet possède environ 700 dents qui sont capables de repousser.

Transposition chez l'homme :

Le chiffre du jour

100 000

C'est le nombre de personnes qui se sont rassemblées à New York pour accompagner la dépouille de Rudolph Valentino.

Le saviez-vous ?

Bien avant Elvis Presley, des rumeurs ont couru disant que Rudolph Valentino n'était pas mort et qu'il avait simulé sa disparition pour échapper aux pressions du vedettariat.

À vérifier

La femme de Rudolph Valentino avait de tout petits petons.

Dumas A) Faux B) Vrai C) Vrai D) Faux
Delarue A) Vrai B) Faux, avec De Niro C) Faux D) Vrai

Saint **Barthélemy**

Dicton
À la Saint-Barthélemy,
massacre tes ennemis.

Samedi
24
AOÛT

Ça s'est passé le 24 août 79
Éruption du Vésuve à Pompéi.

Coucou
Jean-Michel Jarre 1948

Vrai ou Faux?

A) Il a reçu un oscar pour la musique du *Docteur Jivago*
B) Il a eu un fils avec Charlotte Rampling
C) Il a trompé Anne Parillaud avec Isabelle Adjani
D) Il a fait un concert pour Kim Jong-un en Corée du Nord

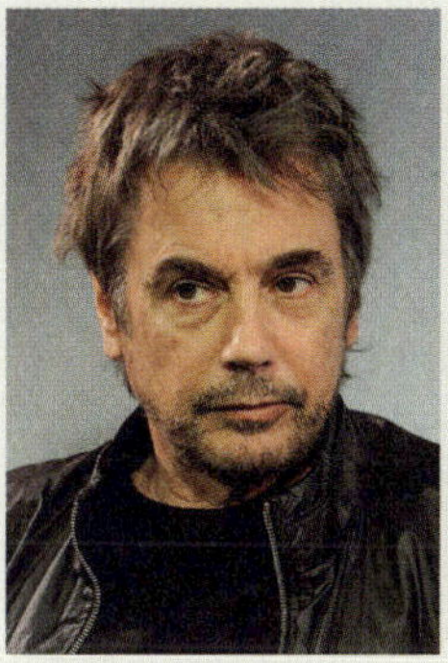

Bye-bye
Charlie Watts 2021

Vrai ou Faux?

A) En 1962, il a fait un essai pour être le batteur des Beatles mais il a été recalé
B) En 2004, il a vaincu un cancer de la gorge
C) Il était éleveur de pur-sang arabes
D) Sur scène, il adorait les solos

La citation du jour

« L'amour platonique est un volcan sans éruption »

André Prévot

Saint **Louis**

Dicton
Bougie à la Saint-Louis,
gros cierge à la Saint-Serge.

Dimanche
25
AOÛT

Ça s'est passé le 25 août 1944
Libération de Paris.

Coucou
Claudia Schiffer 1970

Vrai ou Faux?

A) Elle a posé pour *Playboy*
B) Elle a défilé pour la Foir'fouille
C) Elle a été avec Albert de Monaco
D) Elle a été mariée à Paul-Loup Sulitzer

Bye-bye
Neil Armstrong 2012

Vrai ou Faux?

A) Il a participé à la guerre du Vietnam
B) Quand il a aluni, il ne lui restait plus que 60 secondes de carburant
C) Contrairement à la légende, ses premières paroles sur la Lune auraient été « Putain c'est la zone ici »
D) Il a joué de la trompette sur la Lune

Jarre A) Faux, c'est son père B) Vrai C) Faux, c'est l'inverse D) Faux **Watts** A) Faux B) Vrai C) Vrai D) Faux, il les détestait **Schiffer** A) Vrai B) Faux C) Vrai D) Faux **Armstrong** A) Faux, la guerre de Corée B) Vrai C) Faux D) Faux

Sainte **Natacha**

Dicton
À la Sainte-Natacha, tue ton chien et mange ton chat.

Lundi
26
AOÛT

Ça s'est passé le 26 août 1980
Mort de Tex Avery.

Coucou
Macaulay Culkin 1980

Vrai ou Faux?

A) Dans *Maman, j'ai raté l'avion*, son frère jouait son cousin

B) Dans *Maman, j'ai encore raté l'avion*, son cousin jouait son frère

C) C'est le parrain de la fille de Michael Jackson

D) Trois de ses sœurs sont mortes

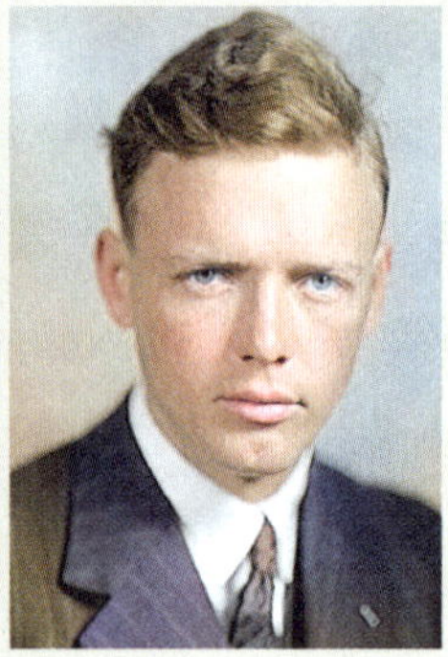

Bye-bye
Charles Lindbergh 1974

Vrai ou Faux?

A) Son surnom était « l'aigle solitaire »

B) Après sa traversée de l'Atlantique, il s'est posé à Orly

C) Son fils a été enlevé et assassiné

D) Avant son décollage, sa femme lui aurait crié « Charles, attends ! »

La citation du jour

« What's up, doc ? »

Tex Avery

Les coutumes du monde

En Arménie, pour connaître l'avenir d'un bébé, on dispose des objets symboliques autour de lui : stéthoscope, livre, etc. Le premier qu'il choisit indique son avenir.

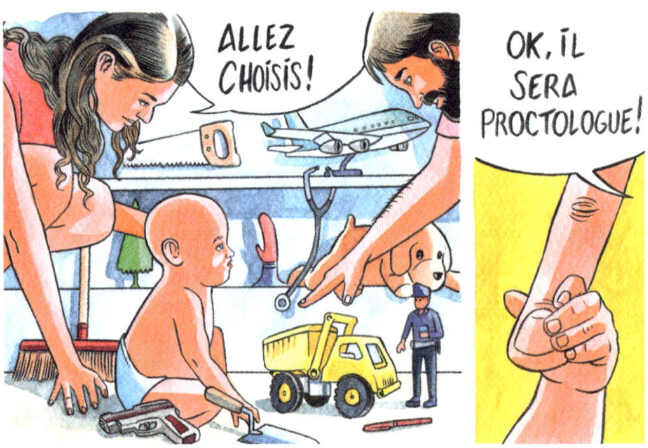

Le chiffre du jour

1940

C'est la date de naissance de Bugs Bunny, ce qui en fait à ce jour le plus vieux lapin du monde.

Le saviez-vous ?

En France, c'est l'acteur Guy Piérauld qui a prêté sa voix au célèbre lapin.

À vérifier

Bugs Bunny aurait un bec-de-lièvre.

Culkin A) Vrai B) Faux C) Vrai D) Faux, deux : Jennifer d'overdose, et Dakota renversée par une voiture
Lindbergh A) Vrai B) Faux, au Bourget C) Vrai D) Faux

Sainte **Monique**

Dicton

À la Sainte-Monique,
trouve cinq potes au plus vite.

Mardi
27
AOÛT

Ça s'est passé le 27 août 1967
Mort de Brian Epstein.

Coucou
Arno Klarsfeld 1965

Vrai ou Faux?

A) Ses parents étaient des chasseurs de nazis
B) Avocat, il est arrivé au tribunal en patin à roulettes
C) Dans « Tout le monde en parle », il a jeté son verre d'eau à la gueule de Robert Ménard
D) Il est le parrain de la fille de Dieudonné

Bye-bye
Le Corbusier 1965

Vrai ou Faux?

A) Il a été le premier à remplacer les murs porteurs par des pilotis de béton
B) Il pouvait construire un immeuble en une semaine
C) Il a conçu le centre Pompidou
D) Il s'est beaucoup inspiré des bunkers

La citation du jour

« Les Beatles ne se reformeront pas tant que John Lennon sera mort »

George Harrison

Le métier insolite
Maire au foyer

Combien d'élus perdent des heures dans les embouteillages pour se rendre à leur mairie ? Grâce au télétravail, une nouvelle espèce d'édile a fait son apparition : celle qui gère la ville à domicile, ce qui leur permet de mieux s'occuper des enfants, même si ce n'est pas toujours simple quand on marie des gens à domicile.

Le chiffre du jour

1 milliard

C'est l'estimation d'albums vendus par les Beatles dans le monde.

Le saviez-vous ?

Le Corbusier n'a jamais obtenu aucun diplôme d'architecture.

À vérifier

Le Corbusier aurait écrit pour Renaud la chanson « Laisse béton ».

Klarsfeld A) Vrai B) Vrai C) Vrai D) Faux
Le Corbusier A) Vrai B) Vrai C) Faux, c'est Piano et Rogers D) Faux

Sainte **Linda**

Dicton
À la Sainte-Linda,
au Portugal tu iras.

Mercredi
28
AOÛT

Ça s'est passé le 28 août 1933
Arrestation de Violette Nozière.

Coucou
Power Rangers 1993

Vrai ou Faux?

A) Le Power Ranger rouge est communiste

B) Le Power Ranger rose est gay

C) Les Rangers auxiliaires n'ont aucune couverture sociale

D) Deux Power Rangers ont été impliqués dans des affaires de détournement de mineur

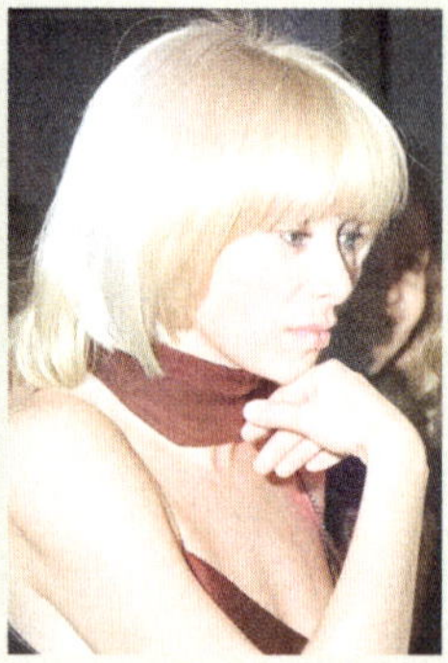

Bye-bye
Mireille Darc 2017

Vrai ou Faux?

A) Son vrai père était un marin de passage

B) Elle a eu un fils avec Alain Delon

C) Sa robe dans *Le Grand Blond* était d'Yves Saint Laurent

D) Son père l'appelait « la grande sauterelle »

La citation du jour

« Pardonner, c'est bon pour le moral »

Mireille Darc

Cinéma

Quelle réplique n'est pas dans *Harold et Maude* ?

A) « Je ne redoute pas ce que je connais et j'aspire à connaître ce que j'ignore. »

B) « Je n'ai pas vécu. Je suis mort quelques fois. »

C) « Les zoos sont remplis, les prisons pleines à craquer. Oh mon Dieu, notre monde aime tellement les cages. »

D) « Emmanuel, écoute ta Brigitte : un jour tu seras président de la République. »

Le chiffre du jour

19 ans

C'est l'âge auquel Violette Nozière a été condamnée à mort, en 1934, puis aux travaux forcés à perpétuité. Pétain réduira encore sa peine à douze ans. Elle est finalement libérée en 1945, puis graciée par le général de Gaulle.

Anagramme

Mireille Darc
=
admirer le cil

À vérifier

Mireille Darc se prénommait Jeanne.

Rangers A) Faux B) Faux C) Vrai D) À vérifier
Darc A) Vrai B) Faux C) Faux, de Guy Laroche D) Faux, « La bâtarde » **Cinéma** D

Sainte **Sabine**

Dicton
À la Sainte-Sabine, trempe ton cul dans la bassine.

Jeudi
29
AOÛT

Ça s'est passé le 29 août 1619
Naissance de Colbert.

Coucou
Kyan Khojandi 1982

Vrai ou Faux?
A) Son père était gynécologue en Iran
B) Il a l'oreille absolue
C) Il a eu l'idée de « Bref » après un rapport sexuel
D) En France, son père était marchand de tapis

Bye-bye
Lee Marvin 1987

Vrai ou Faux?
A) C'était un salopard
B) C'était un mercenaire
C) C'était un homme en colère
D) C'était une fille du Dr March

La citation du jour

« L'art de l'imposition consiste à plumer l'oie pour obtenir le plus de plumes possible avec le moins de cris »

Colbert

De l'art ou du cochon

***PlopEgg#1*, performance de Milo Moiré, 2014**
L'artiste pond, au-dessus d'une toile posée au sol, des œufs remplis de peinture préalablement insérés dans son vagin.

Le chiffre du jour

24 C'était le numéro du fauteuil de Colbert à l'Académie française.

Le saviez-vous ?

Colbert a été l'instigateur du Code noir. Il régule la base légale de l'esclavage en France.

À vérifier

Colbert aurait eu l'idée du Livret A de la Caisse d'épargne.

Khojandi A) Faux, géologue B) Vrai C) Faux D) Vrai
Marvin A) Vrai B) Faux C) Faux D) Faux

Saint **Fiacre**

Dicton

À la Saint-Fiacre,
avant de jouir tu te rétractes.

Vendredi
30
AOÛT

Ça s'est passé le 30 août 1483
Mort de Louis XI.

Coucou

Loana 1977

Vrai ou Faux?

A) Elle a été mariée à Michel Petrucciani

B) Elle a une fille prénommée Miette

C) On la confond souvent avec Louane

D) Elle a fait de la prison pour avoir poignardé son petit ami

Bye-bye

Mikhaïl Gorbatchev 2022

Vrai ou Faux?

A) Jeune, il a été torturé et condamné à mort pour complot avant d'être mis hors de cause

B) Il a fait de la pub pour Pizza Hut

C) Il a reçu le prix Nobel de la paix

D) Selon une rumeur, ce serait le père biologique de Jean-Luc Reichmann

La citation du jour

« C'est dur d'être filmé sept jours sur 24 »

Loana

Tous des bêtes

Le koala dort 20 heures par jour. Il ne défèque que tous les 10 jours au sol et il perd alors 30 % de son poids. Un homme de 80 kg ferait des étrons de 25 kg.

Transposition chez l'homme :

Le chiffre du jour

11,7 millions

C'est le pic d'audience obtenu par Loft Story 1.

Le saviez-vous ?

Loana a été mannequin pour Jean-Paul Gaultier.

À vérifier

Loana aurait eu un fils avec Massimo Gargia prénommé Gigolo.

Loana A) Faux, c'est juste son nom de famille B) Faux C) Faux D) Faux

Gorbatchev A) Vrai B) Vrai C) Vrai D) Faux

Saint **Aristide**

Dicton
À la Saint-Aristide, évite la coke et les bolides.

Samedi
31
AOÛT

Ça s'est passé le 31 août 1846
Découverte de Neptune par Urbain Le Verrier.

Coucou
Éric Zemmour 1958

Vrai ou Faux?

A) Il a dit : « La plupart des trafiquants sont des Arabes et des Noirs »

B) Il a dit : « Les employeurs ont le droit de refuser des Arabes et des Noirs »

C) Il a dit : « Je suis pour la peine de mort pour les Arabes et les Noirs »

D) Il a dit : « Si Dieu existe, pourquoi a-t-il créé les Arabes et les Noirs ? »

Bye-bye
Lady Di 1997

Vrai ou Faux?

A) À l'école, elle était première partout

B) Elle avait des crises d'anorexie

C) On lui a prêté une liaison avec Booder

D) Avant sa mort, elle a vu un grand tunnel avec de la lumière blanche

La citation du jour

« Les photographes ne font que leur boulot, mais parfois ils devraient s'abstenir »

Lady Di

Saint **Gilles**

Dicton
À la Saint-Gilles, si t'as deux raies, t'es pédophile.

Dimanche
01
SEPTEMBRE

Ça s'est passé le 1er septembre 1557
Mort de Jacques Cartier à 65 ans.

Coucou
Gaël Monfils 1986

Vrai ou Faux?

A) Son vrai nom est Monfils-Mabataille

B) Comme beaucoup de tennismen français, il réside en Suisse

C) Il est en couple avec la joueuse de tennis ukrainienne Svitlana Vazytecho

D) Ensemble, ils ont une fille prénommée Similicuir

Bye-bye
Louis XIV 1715

Vrai ou Faux?

A) Il a régné 72 ans, 3 mois et 19 jours

B) Son surnom était « Dieudonné »

C) Son opération d'une fistule est entrée dans les annales

D) C'était un roi sans palais

Zemmour A) Vrai B) Vrai C) Faux D) Faux **Di** A) Faux, elle était nulle B) Faux, de boulimie C) Faux D) Vrai
Monfils A) Faux B) Vrai, l'air y est meilleur C) Faux, Elina Svitolina D) Faux, Skaï **Louis XIV** A) Faux, 72 ans, 3 mois et 18 jours B) Vrai C) Vrai D) Vrai, pendant qu'il se faisait arracher une dent, le « médecin » lui a arraché tout le palais

Sainte **Ingrid**

Dicton
À la Sainte-Ingrid, prends des stéroïdes.

Lundi 02 SEPTEMBRE

Ça s'est passé le 2 septembre 1666
Le grand incendie de Londres.

Coucou
Dominique Farrugia
1962

Vrai ou Faux?

A) Il a été assistant à Canal+ pour finir président
B) Il s'est converti à l'islam
C) Il a joué dans *Les Clefs de bagnole*
D) Il a eu deux filles avec Chantal Lauby

Bye-bye
Pierre de Coubertin 1937

Vrai ou Faux?

A) Il a dit : « L'important n'est pas de participer mais de gagner »
B) Il a fait dessiner les anneaux olympiques par Philippe Starck
C) Il était colonialiste, raciste et misogyne, ce qui n'est pas très sport
D) Ha, j'oubliais, il était pronazi aussi

La citation du jour

« C'est quand je n'y pense plus que la maladie se rappelle à moi »

Dominique Farrugia

Les coutumes du monde

Au pays de Galles, on célèbre la Saint-Valentin non pas le 14 février mais le 25 janvier. Les hommes offrent à leur amoureuse des cuillères de bois sculptées, représentant le sexe masculin.

Le chiffre du jour

13 200

C'est le nombre de maisons brûlées par l'incendie de Londres, plus 87 églises.

Le saviez-vous ?

À l'époque, en Angleterre, des rumeurs accusaient les Français et les Hollandais d'avoir allumé l'incendie. Il y a même eu des lynchages.

À vérifier

Avec sa chanson « Allumer le feu », Johnny Hallyday était considéré comme un dangereux pyromane en Angleterre.

Farrugia A) Vrai B) Faux, au judaïsme C) Vrai D) Faux
Coubertin A) Faux, c'est l'inverse B) Faux, il les a dessinés lui-même C) Vrai D) Vrai

Saint **Grégoire**

Dicton

À la Saint-Grégoire, recommence à boire.

Mardi
03
SEPTEMBRE

Ça s'est passé le 3 septembre 1928

Alexander Fleming découvre la pénicilline.

Coucou
Muriel Hermine 1963

Vrai ou Faux?

A) Elle fait partie de la famille des mustélidés

B) Elle finit parfois au cou des juges

C) Elle a été médaille de bronze à Séoul en 1988

D) Elle était connue pour pisser dans l'eau pendant les compétitions

Bye-bye
Adolphe Thiers 1877

Vrai ou Faux?

A) Son vrai nom est Adolphe Tiers-Provisionnel

B) Il aurait servi de modèle à Balzac pour le personnage de Rastignac

C) Il figure dans pas mal de recettes de cuisine

D) Il a épousé la fille de sa maîtresse qui avait 15 ans

La citation du jour

« C'est la pénicilline qui guérit les hommes, mais c'est le bon vin qui les rend heureux »

Alexander Fleming

Le métier insolite

Castreur de pédophile

Ce métier est un excellent plan B pour les éleveurs d'ovins dont le cheptel décline. Il permet également de préserver la société des pervers et d'alimenter les restaurants en rognons frais.

Le chiffre du jour

80 millions

C'est le nombre de vies qu'aurait sauvées Alexander Fleming depuis 1940.

Le saviez-vous ?

Au départ, en 1926, la découverte de Fleming n'a pas intéressé grand monde, mais il a continué à y travailler, ce qui a finalement conduit à la mise au point du premier antibiotique.

À vérifier

Pour ses 25 ans de mariage, il aurait offert à sa femme un magnifique staphylocoque doré.

Hermine A) Faux, elle non, mais l'hermine oui B) Faux C) Faux, elle a fini 4e D) Faux

Thiers A) Faux B) Vrai C) Faux, ce n'est pas le même tiers D) Vrai

Sainte **Rosalie**

Dicton
À la Sainte-Rosalie, explique à César que vous serez trois dans le lit.

Mercredi
04
SEPTEMBRE

Ça s'est passé le 4 septembre 1970
Élection de Salvador Allende à la présidence du Chili.

Coucou
Beyoncé 1981

Vrai ou Faux?

A) Elle a chanté pour l'investiture de Donald Trump

B) C'est la nièce de Tina Turner

C) Une espèce de mouche porte son nom

D) Elle a eu trois enfants avec Jean Zay

Bye-bye
Annie Cordy 2020

Vrai ou Faux?

A) Elle était baronne

B) Sa mère était la bonne d'un curé belge

C) Elle a joué dans *Annie Hall* de Woody Allen

D) Elle a couché avec Jean Nohain, Guy Lux et Michel Drucker

La citation du jour

« Je suis tellement occupée que quand je serai morte, je ne m'en rendrai même pas compte »

Annie Cordy

Cinéma

Laquelle de ces répliques n'est pas dans *Les Aventures de Rabbi Jacob* ?

A) « C'était Farès ? C'est effarant ! »

B) « C'est là qu'est l'os hélas. »

C) « Vous avez vu la mariée ? Elle est noire ! »

D) « Mais qu'est-ce qu'il fout dans la 3e file ? »

Le chiffre du jour

87 ans

C'est l'âge où Annie Cordy a monté les marches du Festival de Cannes pour la première fois malgré une carrière de plus de 40 films.

Le saviez-vous ?

Elle a été faite baronne en 2004 par le roi des Belges Albert II.

À vérifier

Avec ses hauts et ses bas, Tata Yoyo a été diagnostiquée bipolaire.

Beyoncé A) Faux, Barack Obama B) Faux C) Vrai D) Faux, Jay-Z
Cordy A) Vrai B) Faux C) Faux D) Faux **Cinéma** B, c'est dans *La Grande Vadrouille*

Sainte **Raïssa**

Dicton
À la Sainte-Raïssa,
mollo sur la harissa.

Jeudi
05
SEPTEMBRE

Ça s'est passé le 5 septembre 1638
Naissance de Louis XIV.

Coucou
Michael Keaton 1951

Vrai ou Faux?
A) Son vrai nom est Michael Douglas
B) Il s'est blessé gravement en jouant Batman
C) Il a joué Dr Octopus dans *Spiderman*
D) Il a remplacé Julien Lepers dans « Questions pour un champion »

Bye-bye
Mère Teresa 1997

Vrai ou Faux?
A) Elle était serbe
B) Elle a été béatifiée par le pape François et canonisée par Jean-Paul II
C) Elle a refusé le prix Nobel
D) On lui prête une relation avec l'abbé Pierre

La citation du jour

« Ne vous laissez jamais décourager par l'échec, si vous avez fait de votre mieux »

Mère Teresa

De l'art ou du cochon

***Eating People*, performance de Zhu Yu, 2001**
Zhu Yu, 32 ans, se présente comme le premier artiste anthropophage. En 2000, il mange un bébé mort-né lors d'un festival d'arts à Shanghai.

Le saviez-vous ?

Son premier contact avec la pauvreté a eu lieu quand elle est venue en aide à une vieille femme que son fils avait carrément jetée à la poubelle !

Le chiffre du jour

20 ans
C'est la période pendant laquelle Mère Teresa a enseigné la géographie à des jeunes filles à Calcutta.

À vérifier

Mère Teresa aurait eu une résidence secondaire à Dubaï.

Keaton A) Vrai B) Faux C) Faux, le Vautour D) Faux
Teresa A) Faux, albanaise B) Faux, c'est l'inverse C) Faux D) Faux

Saint **Bertrand**

Dicton
À la Saint-Bertrand,
tous les trous sont béants.

Vendredi
06
SEPTEMBRE

Ça s'est passé le 6 septembre 1566
Mort de Soliman le Magnifique.

Coucou
Général de La Fayette
1757

Vrai ou Faux?

A) Son surnom était « le général La Faillite »

B) Napoléon disait de lui qu'il était niais, borné, et sans aucun talent militaire

C) Il a tout fait pour épater la galerie

D) Sa fille Anastasie a été la première femme générale

Bye-bye
Jean-Paul Belmondo
2021

Vrai ou Faux?

A) Il a pratiqué la boxe en professionnel

B) Il a pratiqué l'haltérophilie en marginal

C) Il a pratiqué le lancer de poids en guignolo

D) Il a mis une cartouche à Claudia Cardinale

La citation du jour

« Quand les types de 130 kg disent certaines choses, les hommes de 60 kg les écoutent »

Michel Audiard

Tous des bêtes

Le scarabée-rhinocéros peut porter 850 fois son poids.

Transposition chez l'homme :

Le chiffre du jour

130 millions
C'est le nombre d'entrées réalisées par Bébel au cinéma.

Le saviez-vous ?

Petit, Bébel volait des bouteilles de lait sur le perron de Sartre et Beauvoir.

Incroyable !

Ça ne vous étonne pas que Bébel soit mort le même jour que Soliman le Magnifique ?!

La Fayette A) Faux B) Vrai C) Faux D) Faux, à l'époque il n'y avait pas d'Anastasie générale
Belmondo A) Vrai B) Faux C) Faux D) On ne sait pas

Sainte **Régine**

Dicton

À la Sainte-Régine,
ouvre une boîte et régime !

Samedi
07
SEPTEMBRE

Ça s'est passé le 7 septembre 1027
Mort de *Guillaume le Conquérant.*

Coucou
Maud Fontenoy 1977

Vrai ou Faux?

A) Elle a traversé l'Atlantique à la rame
B) Elle a traversé le Pacifique à la rame
C) Elle a traversé Paris en métro dans la première rame
D) En 2008, elle a déposé une main baladeuse contre PPDA

Bye-bye
Mobutu 1997

Vrai ou Faux?

A) Son surnom était « le boucher du Zaïre »
B) Il était très respectueux des finances publiques
C) En 1960, ce dictateur a été reçu à l'Élysée par de Gaulle
D) Il a été 1er au top 50 avec sa chanson « Ah Zaïrois, Zaïrois, Zaïrois »

La citation du jour

« C'est horrible, si je ne souris pas, j'ai un genre de visage à l'air ronchon »

Élisabeth II

Saint **Adrien**

Dicton

À la Saint-Adrien,
de câlins je m'abstiens.

Dimanche
08
SEPTEMBRE

Ça s'est passé le 8 septembre 70
Destruction du Temple de Jérusalem par les Romains.

Coucou
Jeff Panacloc 1986

Vrai ou Faux?

A) Il gagne des millions en enfonçant son bras dans le cul d'un singe
B) Il a trouvé son nouveau nom de famille par anacyclisme
C) Avant de rencontrer Jeff, Jean-Marc ne pratiquait pas le fist-fucking
D) Jeune, il s'entraînait avec sa petite sœur

Bye-bye
Élisabeth II 2022

Vrai ou Faux?

A) Vers la fin, elle avait Balmoral
B) Elle surnommait son fils « Dumbo »
C) Elle a piqué un fou rire pendant l'enterrement de Lady Di
D) Elle a légué toutes ses robes à Roselyne Bachelot

Fontenoy A) Vrai B) Vrai C) Faux D) Faux **Mobutu** A) Faux, le léopard du Zaïre B) Faux, il a pillé son pays C) Vrai D) Faux
Panacloc A) Vrai B) Vrai, son vrai nom est Colcanap C) Vrai D) Faux **Élisabeth II** A) Vrai B) Faux C) Faux D) Faux

Saint **Alain**

Dicton
À la Saint-Alain, pas plus de trois bouteilles de vin.

Lundi
09
SEPTEMBRE

Ça s'est passé le 9 septembre 1976
Mort de Mao Tsé-toung.

Coucou
Bilal Hassani 1999

Vrai ou Faux?

A) C'est le fils de Conchita Wurst
B) Il a été victime de cyberharcèlement
C) Il a gagné « Danse avec les Stars »
D) Il a chanté « La famille, c'est un papa une maman »

Bye-bye
Henry de Toulouse-Lautrec 1901

Vrai ou Faux?

A) Ses parents étaient cousins germains
B) Il souffrait de la maladie des os de verre
C) Il était exhibitionniste
D) Il était également syphilitique, alcoolique et diabétique

La citation du jour

« On ne meurt pas d'un trou à son pantalon, sauf si on est scaphandrier »

Toulouse-Lautrec

Les coutumes du monde

Le lundi de Pâques en Pologne, les garçons jettent de l'eau sur les filles qui leur plaisent.

Le chiffre du jour

80 millions

C'est le nombre de morts dont serait responsable Mao Tsé-toung. Ce qui le place au premier rang devant Staline (30 millions de morts), et Hitler (17 millions de morts).

Le saviez-vous ?

Léopold II de Belgique, dont on parle très peu, serait responsable de 10 millions de morts à cause de la colonisation du Congo.

À vérifier

Mao aurait eu une liaison avec Marguerite Yourcenar.

Toulouse-Lautrec Vrai B) Faux, de Pycnodysostose C) Vrai D) Faux, il n'avait pas de diabète
Hassani A) Faux B) Vrai C) Faux, il a terminé second D) Faux

Sainte **Inès**

Dicton
À la Sainte-Inès, montre ton cul et lâche des caisses.

Mardi
10
SEPTEMBRE

Ça s'est passé le 10 septembre 1915
Premier numéro du *Canard enchaîné*.

Le Canard enchaîné

Coucou
Alban Ivanov 1984

Vrai ou Faux?
A) Il a démarré comme acteur pour « Jacquie et Michel »
B) Il a fait trois ans de prison pour avoir vendu de la drogue à la sortie d'une école primaire
C) Chez Mireille Dumas, il a avoué s'être livré à des attouchements sur sa mère
D) Il a obtenu un non-lieu dans une affaire de trafic d'organes d'enfant

Bye-bye
Charles Denner 1995

Vrai ou Faux?
A) Son vrai nom est Charles Crise-Denner
B) Jeune, à la maison il parlait l'allemand
C) Il s'est fait refaire le nez pour jouer Landru au cinéma
D) Il a dit : « Le chemin le plus court pour aller de la barbarie à la décadence passe par la civilisation »

La citation du jour

« La liberté de la presse ne s'use que lorsqu'on ne s'en sert pas »

Devise du *Canard enchaîné*

Le métier insolite

Ramasseur de balle perdue
Ce métier ne s'exerce pas à Roland-Garros mais sur les champs de bataille des conflits mondiaux. Il consiste à repérer les soldats qui ratent leur cible au combat et à courir très vite pour se mettre devant le projectile afin de se prendre la balle perdue.

Le chiffre du jour

8 C'est le nombre de pages que contient *Le Canard enchaîné.*

Le saviez-vous ?

Format pas très pratique, maquette surannée, refus catégorique de céder au numérique, *Le Canard* fait figure de dinosaure dans la presse française. Mais il continue à faire trembler les présidents et à faire sauter les ministres.

À vérifier

Éric Zemmour envisage de créer son propre journal qu'il voudrait appeler *Le Connard déchaîné.*

Ivanov A) Vrai B) Vrai C) Vrai D) Vrai (Je n'aime pas trop Alban Ivanov, ça se voit ou pas ?)
Denner A) Faux B) Faux, le yiddish C) Faux D) Vrai, dans *L'Aventure, c'est l'aventure*

Saint **Adelphe**

Dicton
À la Saint-Adelphe,
lâche le nain et baise un elfe.

Mercredi
11
SEPTEMBRE

Ça s'est passé le 11 septembre 2001
Attentats du World Trade Center.

Coucou

Bachar el-Assad 1965

Vrai ou Faux?

A) Il adore exterminer les civils avec des armes chimiques

B) Il ne sait pas s'il préfère la torture à la pendaison ou l'inverse

C) Son plus grand rêve serait d'exterminer Israël, l'Amérique et la France

D) En vrai dans la vie, c'est un mec super cool

Bye-bye

Roger Carel 2020

Vrai ou Faux?

A) C'était la voix française de Kermit la grenouille

B) C'était la voix d'Astérix dans les dessins animés

C) C'était la voix de Mickey dans les années 70

D) Il a également doublé Charlot, C3PO, Benny Hill, Alf, Winnie l'Ourson et Isabelle Mergault

La citation du jour

« Comme 1914 a marqué l'entrée dans le XXe siècle, le 11 Septembre a marqué l'entrée dans le XXIe siècle »

Jean-François Deniau

Cinéma

Quelle réplique est dans *Nous nous sommes tant aimés*?

A) « Nous voulions bouffer la vie, mais c'est la vie qui nous a bouffés. »

B) « Nous voulions changer le monde, mais c'est le monde qui nous a changés. »

C) « Nous voulions arriver au sommet et nous nous sommes retrouvés au fond du trou. »

D) « Nous voulions baiser les filles mais ce sont les filles qui nous ont baisé. »

Le chiffre du jour

2 977

C'est le nombre de victimes qu'ont fait les attentats du 11 Septembre. L'histoire ne dit pas combien de gens vont mourir de cancer pour avoir inhalé les fumées et les cendres toxiques.

Le saviez-vous ?

En 2003, Michael Jackson a composé le titre « What more can I give » en hommage aux victimes des attentats.

À vérifier

Aucun avion ne se serait écrasé sur le Pentagone.

Assad A) Vrai B) Vrai C) Vrai D) Faux
Carel A) Vrai B) Vrai C) Vrai D) Faux, pas Isabelle Mergault **Cinéma** B

Saint **Apollinaire**

Dicton
À la Saint-Apollinaire sur le pont Mirabeau, tu t'aères.

Jeudi
12
SEPTEMBRE

Ça s'est passé le 12 septembre 1940
Découverte de la grotte de Lascaux.

Coucou
Mylène Farmer 1961

Vrai ou Faux?

A) Elle a eu une aventure avec Marilyn Manson
B) Un de ses fans a tué quelqu'un qui refusait de lui donner l'adresse de Mylène
C) La nuit, elle cherche l'inspiration dans les cimetières
D) Dans son dernier album, elle a enregistré sa version de « Tata Yoyo »

Bye-bye
Claude Chabrol 2010

Vrai ou Faux?

A) Comme Truffaut, il a commencé comme critique de cinéma
B) Comme Truffaut, il a publié un livre sur Alfred Hitchcock
C) Comme Truffaut, c'était un spécialiste de l'arrosage automatique
D) Il était copain comme cochon avec J. M. Le Pen

La citation du jour

« Nous courons à notre perte, être désenchantés est pire qu'être perdus »

Mylène Farmer

De l'art ou du cochon

***Miroir de l'origine*, performance de Deborah de Robertis, 2014**
L'artiste luxembourgeoise s'est installée jambes écartées devant *L'Origine du monde* de Gustave Courbet, au musée d'Orsay. Une performance immobile qui a duré six minutes avant qu'elle soit emmenée en garde à vue.

Le chiffre du jour

20 000 ans
C'est l'âge estimé des peintures de la grotte qui sont au nombre de 600. Il y a également 1 400 gravures et dix animaux sont représentés.

Le saviez-vous ?

Un groupe de quatre adolescents qui se promenaient dans la nature a découvert la grotte de Lascaux grâce à leur chien robot qui s'est engouffré dans ce qu'ils croyaient être un terrier de renard.

À vérifier

À ce jour, personne n'a encore découvert la grotte de Giens.

Farmer A) Faux B) Vrai C) Faux D) Faux
Chabrol A) Vrai B) Vrai C) Faux D) Vrai

Saint **Aimé**

Dicton

Aimé en septembre, détesté en décembre.

Vendredi

13

SEPTEMBRE

Ça s'est passé le 13 septembre 1515

François Ier bat les Suisses à Marignan.

Coucou

Emma Smet 1997

Vrai ou Faux?

A) C'est la fille de David Hallyday et Estelle Lefébure

B) C'est la petite-fille de Johnny Hallyday et Sylvie Vartan

C) Elle a été la belle-fille d'Arthur

D) C'est la sœur de la future maman de l'ex d'un chanteur qui n'est pas encore né

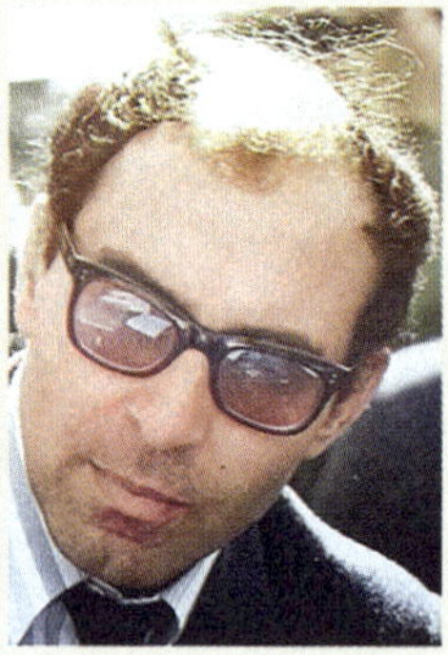

Bye-bye

Jean-Luc Godard 2022

Vrai ou Faux?

A) C'était un grand cleptomane

B) Il a épousé Anna Karénine

C) Son nom de naissance était Jean-Luc Grodard

D) Il était ouvertement antisémite

La citation du jour

« Quand on va au cinéma on lève la tête, quand on regarde la télévision on la baisse »

Jean-Luc Godard

Tous des bêtes

La tortue des Seychelles vit 200 ans.

Transposition chez l'homme :

Le chiffre du jour

16 000

C'est le nombre de morts qu'il y a eu à la bataille de Marignan.

Le saviez-vous ?

La ville de Marignan se situe à seize kilomètres de Milan.

À vérifier

Tous les soldats morts pendant cette bataille avaient 16 ans.

Smet A) Vrai B) Vrai C) Vrai D) Répondez ce que vous voulez, je m'en tape

Godard A) Vrai B) Faux, Anna Karina C) Faux D) Vrai

Saint **Cyprien**

Dicton
À la Saint-Cyprien,
de faire tes besoins
tu t'abstiens.

Samedi
14
SEPTEMBRE

Ça s'est passé le 14 septembre 1925
Première exposition surréaliste.

Coucou
Hoshi 1996

Vrai ou Faux?
A) Son prénom signifie « dièse » en japonais
B) Elle souffre de la maladie de Ménière, qui lui procure des troubles auditifs
C) C'est peut-être pour ça qu'elle chante
D) Elle a été « outé » par Paris-Match

Bye-bye
Jacques Martin 2007

Vrai ou Faux?
A) En 1973, il a présenté une émission nommée « Taratata »
B) Son grand-père était le cuisinier du tsar Nicolas II
C) Sa dernière femme avait participé enfant à « L'école des fans »
D) Il a eu douze enfants

La citation du jour

« Que c'est triste Venise, ça me rappelle Morlaix pendant les inondations »

Jacques Martin

Saint **Roland**

Dicton
À la Saint-Roland,
joue du cor en clamsant.

Dimanche
15
SEPTEMBRE

Ça s'est passé le 15 septembre 1635
La Martinique devient française.

Coucou
Henry de Sussex 1984

Vrai ou Faux?
A) Son parrain est Elton John
B) En 2005, il s'est rendu à un bal masqué déguisé en nazi
C) En 2012, il a été photographié nu sur un bar en train de faire l'hélicoptère avec sa bite
D) Pendant un dîner officiel, il aurait traité sa grand-mère de vieille peau

Bye-bye
Pierre Mondy 2012

Vrai ou Faux?
A) Son vrai nom est Pierre Cuq
B) Il a interprété Napoléon
C) Il était Chaudard dans la 7e compagnie
D) Il a été marié à la femme du gendarme

Hoshi A) Faux, « étoile » B) Vrai C) Faux D) Vrai **Martin** A) Vrai B) Vrai C) Faux D) Faux, huit **Sussex** A) Faux B) Vrai C) Faux D) Faux
Mondy A) Vrai B) Vrai, dans *Austerlitz* d'Abel Gance en 1960 C) Vrai D) Vrai, il a épousé Claude Gensac en 1955

Sainte **Édith**

Dicton
À la Sainte-Édith, chante du Piaf et prends une cuite.

Lundi
16
SEPTEMBRE

Ça s'est passé le 16 septembre 1936
Mort de Maria Callas.

Coucou
Casimir 1974

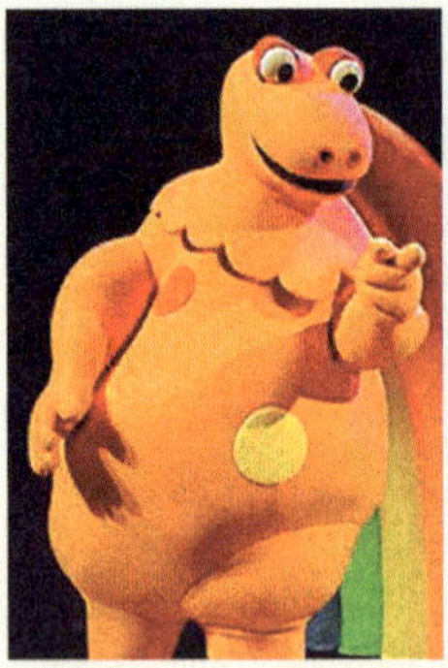

Vrai ou Faux?

A) Il n'a que trois doigts à chaque main
B) Son premier nom était Plocus
C) La recette du gloubiboulga est : saucisse de Toulouse crue, moutarde, banane écrasée, chocolat râpé et confiture de fraise
D) Jugé trop proche des enfants, il a porté un bracelet électronique pendant deux ans

Bye-bye
Filip Nikolic 2009

Vrai ou Faux?

A) Il a été champion d'Europe de gymnastique par équipe
B) Son chien s'appelait Toby Free
C) Il savait qu'il allait partir un jour sans retour
D) Il n'imaginait pas que ce serait si tôt

La citation du jour

« L'amour, c'est tellement mieux quand on n'est pas marié »

Maria Callas

Les coutumes du monde

3 % des Suisses mangent du chien et du chat en cachette. Le chien est utilisé pour faire des saucisses et de la graisse contre les rhumatismes, et le chat est plutôt consommé à Noël.

Le chiffre du jour

30 C'est le nombre de kilos que Maria Callas a perdus pour chanter *La Traviata*.

Le saviez-vous ?

Quand Maria Callas a enregistré *Carmen* en 1964, la diva n'était déjà plus à son apogée. Sa voix était fatiguée et usée par le surmenage et l'amaigrissement.

À vérifier

Avant de l'épouser, Aristote Onassis l'a beaucoup menée en bateau.

Casimir A) Faux B) Vrai C) Vrai D) Faux
Nikolic A) Faux, champion de France B) Faux C) Vrai D) Vrai

Saint **Renaud**

Dicton
À la Saint-Renaud,
arrête la clope et le Pernod.

Mardi
17
SEPTEMBRE

Ça s'est passé le 17 septembre 1822
Champollion déchiffre les hiéroglyphes.

Coucou
Adriana Karembeu 1971

Vrai ou Faux?

A) Elle mesure 1,92 m
B) C'est l'ambassadrice de la Croix-Rouge
C) Son surnom est « la girafe »
D) Elle a eu une fille avec Michel Cymès

Bye-bye
Édouard Leclerc 2012

Vrai ou Faux?

A) Il a fait 6 mois de prison à la Libération pour avoir balancé un résistant aux Allemands
B) Il a obtenu une ordonnance de non-lieu en 1945
C) Il a été recondamné en 1946
D) Il a renoncé à la traîtrise, puis à la prêtrise pour être épicier

La citation du jour

« Je suis tout à l'Égypte et elle est tout pour moi »

Jean-François Champollion

Le metier Insolite

Dresseur de table

Dresser une table n'est pas toujours chose facile. Outre le risque de se couper avec un couteau ou un verre ébréché, on peut se faire agresser si on a le malheur de mettre les couteaux à gauche, les fourchettes à droite, ou les petites cuillères avant les grandes. C'est la raison pour laquelle de plus en plus de gens font appel à des professionnels.

Le chiffre du jour

3 C'est le nombre de langues dans lesquelles est écrit le même texte sur la pierre de Rosette : de l'égyptien en hiéroglyphes, l'égyptien démotique et l'alphabet grec.

Le saviez-vous ?

Il aura fallu dix ans à Champollion pour percer le mystère des hiéroglyphes.

À vérifier

Le texte sur la pierre serait en réalité une simple liste de courses à faire.

Karembeu A) Faux, 1,85 m. B) Vrai C) Faux D) Faux
Leclerc A) Vrai B) Vrai C) Faux D) Vrai

Sainte **Nadège**

Dicton

À la Sainte-Nadège, toutes les vierges voient des verges.

Mercredi

18 SEPTEMBRE

Ça s'est passé le 18 septembre 1981

Abolition de la peine de mort en France.

Coucou

Lance Armstrong 1971

Vrai ou Faux?

A) Son vrai nom est Aby Ciclette

B) En 1996, il a été victime d'un cancer des testicules

C) Il a gagné puis reperdu pour dopage huit tours de France

D) Pour désherber, il pisse dans son jardin

Bye-bye

Jimi Hendrix 1970

Vrai ou Faux?

A) Il a été classé meilleur joueur de guitare électrique de tous les temps

B) Ce gaucher jouait avec une guitare de droitier en inversant les cordes

C) Son premier groupe s'appelait Overdose

D) Il est mort électrocuté par sa guitare

La citation du jour

« Ceux qui sont contre l'avortement sont ceux-là mêmes qui sont pour la peine de mort »

Guy Bedos

Cinéma

Dans *Le Clan des Siciliens*, Alain Delon pêche…

A) Un thon

B) Une murène

C) À la dynamite

D) Par orgueil

Le chiffre du jour

53 C'est le nombre de pays dans le monde qui pratiquent encore la peine de mort. La Chine reste la championne toutes catégories, avec des milliers d'exécutions chaque année, même s'il est impossible d'obtenir un chiffre précis.

Le saviez-vous ?

Contrairement à une idée reçue, ce n'est pas Christian Ranucci mais Hamida Djandoubi qui fut le dernier condamné à mort en France. Il a été guillotiné le 10 septembre 1977 à la prison des Baumettes.

À vérifier

La première guillotine aurait été inventée par le Dr Gillette. La première lame coupait la tête et la deuxième la recoupait avant qu'elle ne se rétracte.

Armstrong A) Faux B) Vrai C) Faux, sept D) On ne sait pas
Hendrix A) Vrai B) Vrai C) Faux D) Faux **Cinéma** B

Sainte **Émilie**

Dicton
À la Sainte-Émilie, prends les lanternes pour des vessies.

Jeudi
19
SEPTEMBRE

Ça s'est passé le 19 septembre 1648
Blaise Pascal découvre le vide.

Coucou
Marie-Anne Chazel 1951

Vrai ou Faux?

A) Elle a eu deux filles avec Christian Clavier

B) Elle était vraiment enceinte dans *Le père Noël est une ordure*

C) Son nom trop long ne rentre pas dans les cases

D) Son surnom est sac à merde »

Bye-bye
Charles Gérard 2019

Vrai ou Faux?

A) Il est né à Istanbul

B) Il a tourné 20 films avec Claude Lelouch

C) Il a tourné dans *Les Clefs de bagnole*

D) Il a essayé de vendre trois fois sa Mercedes dans des films

La citation du jour

« Se moquer de la philosophie, c'est vraiment philosopher »

Blaise Pascal

De l'art ou du cochon

***Pretend You're Actually Alive*, photographie de Leigh Ledare, 2008**
L'artiste photographie sa propre mère nue, se masturbant, ou en plein acte sexuel avec de jeunes amants. Il décrit leur relation comme « très complice ».

Le chiffre du jour

11 ans

C'est l'âge auquel Blaise Pascal compose un traité des sons. À 16 ans, il écrira un traité de géométrie projective.

Le saviez-vous ?

Pascal était si précoce que Descartes pensait que ses publications étaient rédigées par le père du petit génie.

À vérifier

La pascaline était à l'origine un sextoy.

Chazel A) Faux, une B) Faux C) Faux D) Faux
Gérard A) Vrai B) Vrai C) Vrai D) Faux, deux fois : une fois dans *L'aventure, c'est l'aventure* et l'autre dans *Les Clefs de bagnole*

Saint **Davy**

Dicton
Bien mal acquis
à la Saint-Davy profitera
à la Sainte-Sarah.

Vendredi
20
SEPTEMBRE

Ça s'est passé le 20 septembre 1946
Première édition du Festival de Cannes.

Coucou
PPDA 1947

Vrai ou Faux?
A) Enfant, il a souffert de harcèlement scolaire
B) Adulte, il a pratiqué le harcèlement sexuel
C) Claire Chazal n'a jamais porté plainte contre lui
D) Son surnom est « **P**remier **P**rédateur **D**es **A**nimateurs »

Bye-bye
Raimu 1946

Vrai ou Faux?
A) Il a commencé comme proxénète sur le port de Marseille
B) Dans *La Femme du boulanger*, il a improvisé la scène de « la pomponette »
C) C'était un radin compulsif
D) Il passait son temps à se fâcher et se réconcilier avec Marcel Pagnol

La citation du jour

« Le Festival de Cannes est un échec constant, dominé par les compromis, les combines et les faux pas »

François Truffaut

Tous des bêtes

Les blattes peuvent vivre entre 7 et 9 jours sans leur tête.

Transposition chez l'homme

Le chiffre du jour
1946
C'est l'année du premier Festival de Cannes, qui devait avoir lieu en 1939, mais qui a été repoussé à cause de la guerre.

Le saviez-vous ?
Au départ, Biarritz avait été choisie pour accueillir le plus grand festival de cinéma français. Mais Cannes a contre-attaqué en augmentant sa participation financière, et finalement emporte le morceau.

À vérifier
Les Clefs de bagnole aurait reçu la Palme d'or au Festival de Cannes.

PPDA A) Vrai B) Vrai C) Vrai D) Faux
Raimu A) Faux B) Faux C) Vrai D) Vrai

Saint **Matthieu**

Dicton
À la Saint-Matthieu,
tu peux faire tes adieux.

Samedi
21
SEPTEMBRE

Ça s'est passé
21 septembre 1948
Marcel Cerdan devient champion du monde des poids moyens.

Coucou
François Cluzet 1955

Vrai ou Faux?

A) Il a eu un fils avec Marie Trintignant
B) Il a eu un fils avec Valérie Bonneton
C) Il a eu un fils avec Juliette Binoche
D) Il a eu trois filles avec Angelina Jolie

Bye-bye
Liliane Bettencourt 2017

Vrai ou Faux?

A) En 2016, elle a été la femme la plus riche du monde
B) Allô, avec tout ce pognon elle avait pas de shampoing !
C) On la surnommait « le Banier percé »
D) Elle est enterrée à Neuilly-sur-Seine parce qu'elle le vaut bien

La citation du jour

« Seule une femme peut vous consoler d'être moche »

Benoît Poelvoorde

Saint **Maurice**

Dicton
Dieu te bénisse
à la Saint-Maurice et cinq
sur toi à la Sainte-Sarah.

Dimanche
22
SEPTEMBRE

Ça s'est passé
le 22 septembre 1914
Mort d'Alain-Fournier à l'âge de 27 ans.

Coucou
Benoît Poelvoorde 1964

Vrai ou Faux?

A) Son père était dompteur
B) Sa mère a joué son propre rôle dans *C'est arrivé près de chez vous*
C) Il a eu le prix d'interprétation à Cannes
D) Il a joué le sosie de Joe Dassin dans *Podium*

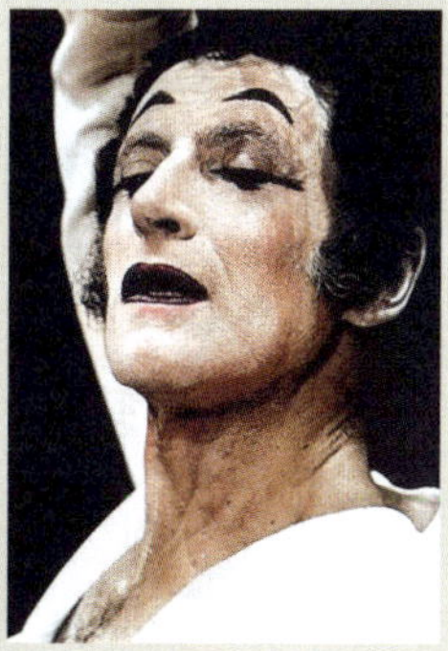

Bye-bye
Marcel Marceau 2007

Vrai ou Faux?

A)...
B)...
C)...
D)...

Cluzet A) Vrai B) Vrai C) Faux D) Faux **Bettencourt** A) Vrai B) Faux C) Faux D) Vrai
Poelvoorde A) Faux B) Vrai C) Faux D) Faux, de Claude François **Marceau** A) Vrai B) Vrai C) Faux D) Vrai

Saint **Constant**

Dicton

Bras ballants à la Saint-Constant, couilles qui pendouillent à la Sainte-Gribouille.

Lundi

23

SEPTEMBRE

Ça s'est passé le 23 septembre 1913

Roland Garros traverse la Méditerranée.

Coucou

Cyril Hanouna 1974

Vrai ou Faux?

A) Il a été VRP en tissu

B) Il est resté jusqu'à l'âge de 30 ans chez ses parents

C) Il a été accessoiriste pour *Le miel et les abeilles*

D) Il a eu deux enfants avec Marlène Schiappa

Bye-bye

Bourvil 1970

Vrai ou Faux?

A) Il aimait Lefrique

B) Sa femme vendait des cartes postales mais aussi des crayons

C) Il a chanté en duo avec Édith Piaf

D) Louis de Funès l'a giflé sur le tournage du *Corniaud*

La citation du jour

« La Grande Vadrouille *a anobli la comédie française* »

Bourvil

Les coutumes du monde

Au Venezuela, arriver à l'heure à un rendez-vous est très mal élevé. La politesse veut que les gens aient toujours 10 à 15 minutes de retard.

Le chiffre du jour

53 ans

C'est l'âge auquel Bourvil nous a quittés. Imaginez sa carrière s'il avait vécu 30 ans de plus.

Le saviez-vous ?

Fan de Fernandel, Bourvil a été très déçu de sa rencontre avec son idole pendant le tournage de *La Cuisine au beurre* car Fernandel tirait la couverture à lui en permanence.

À vérifier

En 1996, ses pinces à vélo ont été adjugées 15 millions d'euros chez Sotheby's.

Hanouna A) Vrai B) Vrai C) Faux, les Robins des Bois D) Faux

Bourvil A) Vrai, c'était le nom de jeune fille de sa femme B) Faux C) Faux D) Faux

Saint **Thècle**

Dicton
Qui défèque
à la Saint-Thècle urinera
à la Saint-Nicolas.

Mardi
24
SEPTEMBRE

Ça s'est passé le 24 septembre 1724
Création de la Bourse de Paris.

Coucou
Mamie Nova 1969

Vrai ou Faux?

A) Jeune, elle s'est fait avorter de Don Patillo
B) Captain Igloo prétendait qu'elle était frigide
C) Elle a partouzé avec Monsieur Propre, Oncle Ben's et Justin Bridou
D) Toujours coquine, elle a remplacé le Bâton de Berger par le lapin Duracell

Bye-bye
Françoise Sagan 2004

Vrai ou Faux?

A) Elle a pris le pseudonyme de « Sagan » dans un livre de Balzac
B) Elle a gagné huit millions de francs au casino en misant tout sur le 8 le 8 avril 58
C) Elle aura été la seule expérience hétéro-sexuelle de Jacques Chazot
D) Elle a vécu pendant 15 ans avec l'ex-femme de Claude Brasseur

La citation du jour

« Échange actions en Bourse contre bourses en action »

Pierre Dac

Le métier insolite

Coupeur d'herbe sous le pied

Quel que soit notre projet, il nous est régulièrement arrivé dans notre vie que quelqu'un nous coupe l'herbe sous le pied et réduise à néant tous nos espoirs. En plus, aujourd'hui, il y a des coupeurs d'herbe sous le pied professionnels alors un conseil : méfiez-vous d'eux, car si vous les croisez à coup sûr tous vos espoirs de réussite tomberont à l'eau.

Le chiffre du jour

4,9 milliards d'euros

C'est la somme que Jérôme Kerviel a fait perdre au Crédit Lyonnais.

Le saviez-vous ?

La première Bourse française a vu le jour à Lyon en 1540. Le premier krach boursier a eu lieu en Hollande en 1636 quand le cours du bulbe de tulipe s'est effondré. On appelle ça « la tulipomanie ».

À vérifier

Il n'y a strictement aucun risque à spéculer sur la Bourse.

Nova A) On ne sait pas B) On ne sait pas C) On ne sait pas D) On ne sait pas
Sagan A) Faux, de Proust B) Vrai C) Faux D) Vrai

Saint **Hermann**

Dicton
Qui se rase le crâne
à la Saint-Hermann se rase
le pubis à la Saint-Denis.

Mercredi
25
SEPTEMBRE

Ça s'est passé le 25 septembre 1849
Mort de Johann Strauss.

Coucou
Will Smith 1968

Vrai ou Faux?

A) À la naissance, il a giflé sa mère

B) À 18 ans, il monte son premier groupe de rap intitulé Slap in the Face

C) Il est banni à vie de la cérémonie des Oscars

D) Il prépare un remake du film *La Gifle*

Bye-bye
Klaus Barbie 1991

Vrai ou Faux?

A) Son surnom était « le charcutier de Lyon »

B) Il a obtenu la nationalité monégasque en 1957

C) En 1972, il a été piégé par le journaliste Ladislas de Hoyos, qui a récupéré ses empreintes digitales

D) À son procès, Barbie a été défendu par l'avocat Gilbert Collard

La citation du jour

« Trop de gens dépensent de l'argent qu'ils n'ont pas pour acheter des trucs dont ils ne veulent pas, juste pour impressionner des gens qu'ils n'aiment pas »

Will Smith

Cinéma

Quelle réplique n'est pas dans *Y a-t-il un pilote dans l'avion ?*

A) « Tu as déjà vu un monsieur tout nu ? »

B) « Tu as déjà vu un film de gladiateurs ? »

C) « Tu as déjà vu une prison turque ? »

D) « Tu t'es déjà pris une grosse bite dans le cul ? »

Le chiffre du jour

45 ans

C'est l'âge auquel Johann Strauss est mort de la scarlatine.

Le saviez-vous ?

Johann Strauss est le père de Johann Strauss.

À vérifier

Lévi-Strauss serait le premier philosophe à avoir réfléchi en blue-jean.

Smith A) Faux B) Faux C) Faux, pour 10 ans D) Faux
Barbie A) Faux, le Boucher de Lyon B) Faux, bolivienne C) Vrai D) Faux, Jacques Vergès **Cinéma** D

Saint **Damien**

Dicton
Qui va trop loin
à la Saint-Damien reviendra
tard à la Saint-Médard.

Jeudi
26
SEPTEMBRE

Ça s'est passé le 26 septembre 2008
Mort de Paul Newman.

Coucou
Serena Williams 1981

Vrai ou Faux?

A) Elle a gagné 23 titres du Grand Chelem

B) Elle a une fille prénommée Let

C) OK, c'est une super joueuse, mais pour les tenues elle a vraiment des goûts de chiotte

D) Son père a dit d'elle : « Serena, c'est ma chouchoute, Venus est nulle à chier »

Bye-bye
Jacques Chirac 2019

Vrai ou Faux?

A) Aux critiques, il répondait : « Ça m'en touche une sans faire bouger l'autre »

B) Son surnom était « 5 minutes douche comprise »

C) Le soir avec Bernadette, il faisait des combats de sumo

D) Il a dit : « Je déteste les WC, si on rajoute à ça les bruits et l'odeur »

La citation du jour

« Sarkozy, il faut lui marcher dessus, et du pied gauche, ça porte bonheur »

Jacques Chirac

De l'art ou du cochon

Shrapnel **d'Adrian Parsons**

En 2007, l'artiste masochiste Adrian Parsons se circoncit devant un public avec un couteau suisse émoussé.
Il expose ensuite son prépuce plaqué sur un mur de la galerie.

Le chiffre du jour

535 millions de $

C'est la somme que Paul Newman a offerte en 37 ans à des associations caritatives en commercialisant sa vinaigrette.

Le saviez-vous ?

Marcel Bozzuffi était la voix française de Paul Newman.

À vérifier

10 millions d'euros, c'est la somme que 25 femmes réclament à Rocco Siffredi pour avoir contracté une maladie vénérienne après avoir goûté sa vinaigrette.

Williams A) Vrai B) Faux C) Vrai D) Faux
Chirac A) Vrai B) Vrai C) Faux D) Faux

Saint **Vincent-de-Paul**

Dicton

À la Saint-Vincent-de-Paul, fous la paix à popol.

Vendredi

27

SEPTEMBRE

Ça s'est passé le 27 septembre 52 avant Jésus-Christ

Vercingétorix se rend à César.

Coucou

Gwyneth Paltrow 1972

Vrai ou Faux?

A) Contrairement aux apparences, son prénom ne signifie pas petite lesbienne

B) Son parrain est Steven Spielberg

C) Elle est sortie avec Brad Pitt, Ben Affleck et Chris Martin

D) Avec Chris Martin, elle a eu une fille prénommée Samsung

Bye-bye

Hugh Hefner 2017

Vrai ou Faux?

A) Il adorait les pipes

B) Il s'est marié 900 fois

C) Il avait 60 ans d'écart avec sa dernière femme

D) Il a acheté la tombe juste à côté de celle de Marilyn Monroe pour être près d'elle pour l'éternité

La citation du jour

« Prends-les, je suis brave, mais tu es plus brave encore et tu m'as vaincu »

Vercingétorix (À César en jetant ses armes.)

Tous des bêtes

Les papillons et les mouches goûtent avec leurs pieds. Leurs papilles des pattes sont les mêmes que les nôtres sur la langue.

Transposition chez l'homme :

Le chiffre du jour

1 million

C'est la fourchette haute de l'estimation des Gaulois morts à la guerre, ce qui correspond à un huitième de la population.

Le saviez-vous ?

Vercingétorix n'aurait jamais dû perdre la bataille d'Alésia car le rapport de force était largement en défaveur des Romains.

À vérifier

Il existait une potion magique qui aurait pu aider les Gaulois à résister à l'envahisseur, mais un gros avec des tresses aurait tout bu quand il était petit.

Paltrow A) Vrai B) Vrai C) Vrai D) Faux, Apple

Hefner A) Vrai B) Faux, 3 fois C) Vrai, lui 86, elle 26 D) Vrai

Saint **Venceslas**

Dicton
Petit coup fugace à la Venceslas, test de paternité à la Saint-René.

Samedi 28 SEPTEMBRE

Ça s'est passé le 28 septembre 1905
Albert Einstein découvre la relativité.

Coucou
Nolwenn Leroy 1982

Vrai ou Faux?
A) Son père était footballeur professionnel
B) Elle a un fils prénommé Varech
C) Elle a chanté « Sous les jupes des filles »
D) Quand elle fume un joint, elle entend le loup, le renard et la belette

Bye-bye
Fernand Raynaud 1973

Vrai ou Faux?
A) Son téléphone était le 22 à Asnières
B) Son oncle était asthmatique
C) Il a écrit une chanson intitulée « Et v'lan passe-moi l'éponge »
D) Il est mort en conduisant sa Rolls

La citation du jour

« T'aimes bien quand je t'appuie sur la tête ? »

Pompée

Saint **Michel**

Dicton
Bordel à la Saint-Michel, syphilis à la Saint-Ulysse.

Dimanche 29 SEPTEMBRE

Ça s'est passé le 29 septembre 106 avant Jésus-Christ
Naissance de Pompée.

Coucou
Anaïs Demoustier 1987

Vrai ou Faux?
A) Son vrai nom est Anaïs Nin
B) Son arrière-grand-père était ministre de l'Intérieur
C) En 2011, elle a obtenu le prix Romy-Schneider
D) En 2018, elle a été nommée aux Oscars

Bye-bye
Émile Zola 1902

Vrai ou Faux?
A) Il a raté deux fois son bac
B) Il repose au Panthéon
C) Il a fini par se fâcher avec son meilleur ami, Paul Cézanne
D) Il a créé une ligne de vêtements Jacquemuse

Leroy A) Vrai B) Faux C) Faux D) Vrai **Raynaud** A) Faux B) Vrai C) Faux, c'était Jacques Martin D) Vrai
Demoustier A) Faux B) Faux C) Vrai D) Faux **Zola** A) Vrai B) Vrai C) Vrai D) Faux

Saint **Jérôme**

Dicton
À la Saint-Jérôme,
à la DDASS fous tes mômes.

Lundi
30
SEPTEMBRE

Ça s'est passé le 30 septembre 1791
Triomphe de *La Flûte enchantée* à Vienne.

Coucou
Marion Cotillard 1975

Vrai ou Faux?

A) Elle a eu un césar pour un film où elle ne joue que huit minutes

B) Elle a eu un oscar pour un film où elle joue 2 h 20

C) Elle surnomme sa fille « la canette »

D) On lui a prêté une liaison avec Harvey Weinstein

Bye-bye
Simone Signoret 1985

Vrai ou Faux?

A) Elle est née en Russie

B) Elle a eu la même récompense que la fille à gauche

C) Elle a joué dans *Elle fume, elle boit et elle vote à gauche*

D) Elle est enterrée seule au Père-Lachaise

La citation du jour

« Savez-vous qu'à 8 ans Mozart avait déjà composé le Boléro *de Ravel ? »*

Pierre Desproges

Les coutumes du monde

Chaque année, à Phuket en Thaïlande, se tient le festival des « neuf dieux empereurs » : les participants expriment leur gratitude aux dieux et se débarrassent de leur malchance en se transperçant les joues et les lèvres avec des couteaux, aiguilles et sabres

Le chiffre du jour

600

C'est le nombre d'œuvres composées par Mozart. Il a démarré la musique à 3 ans et a écrit son premier opéra à 12.

Le saviez-vous ?

Pour les initiés, *La Flûte enchantée* est truffée de références à la franc-maçonnerie, dont Mozart faisait partie.

À vérifier

Le père de Mozart était fromager et il aimait dire aux gens qui lui demandaient si son fils était chez lui « Oui, Mozart est là ! »

Cotillard A) Vrai, pour *Un long dimanche de fiançailles* B) Vrai, pour *La Môme* C) Faux D) Faux **Signoret** A) Faux, en Allemagne B) Vrai, elle a eu un oscar pour *Les Chemins de la haute ville* C) Faux D) Faux, Yves Montand l'a rejointe 6 ans plus tard

Sainte **Thérèse**

Dicton
À la Sainte-Thérèse,
détends-toi, viens on baise.

Mardi
01
OCTOBRE

Ça s'est passé le 1er octobre 1968
Première pub télé diffusée en France, pour le Boursin.

Coucou
Jeane Manson 1950

Vrai ou Faux?

A) Son vrai nom est Marilyn Manson
B) Elle a été playmate en 1974
C) La dernière fois que je l'ai vue elle voulait qu'on fasse l'amour avant de se dire adieu
D) Elle a gardé de très bonnes relations avec son ex-mari, Richard Berry

Bye-bye
Charles Aznavour 2018

Vrai ou Faux?

A) À Paris, la rue Sarasate n'existe pas
B) C'est Édith Piaf qui lui a payé sa rhinoplastie
C) Yves Montand lui a refusé la chanson « Je m'voyais déjà »
D) Un de ses concerts en Arménie a provoqué un tremblement de terre

La citation du jour

« Il faut boire jusqu'à l'ivresse sa jeunesse »

Charles Aznavour

Le métier insolite

Moniteur de voile en Afghanistan

Ce métier consiste à apprendre aux jeunes musulmanes comment mettre correctement le voile et à leur expliquer ce qu'elles risquent si elles omettent de le porter.

Le chiffre du jour

1300
C'est le nombre de chansons enregistrées par Charles Aznavour.

Le saviez-vous ?

À ses débuts, Charles Aznavour a été censuré très souvent par les radios pour ses paroles jugées trop explicites. Après vérification, Charles Aznavour n'a jamais habité seul avec sa mère, ni rue Sarasate ni ailleurs.

À vérifier

Il paraît que la misère serait moins pénible au soleil.

Manson A) Faux B) Vrai C) Faux D) Faux
Aznavour A) Faux, elle est dans le XVe arrondissement B) Vrai C) Vrai D) Faux

Saint **Léger**

Dicton

À la Saint-Léger,
sois pas lourd ça fait chier.

Mercredi
02
OCTOBRE

Ça s'est passé le 2 octobre 1925
Joséphine Baker lance la Revue nègre.

Coucou

Sting 1951

Vrai ou Faux?

A) Il a rouvert le Bataclan en 2016
B) Il a été policier pendant deux ans
C) Roxane était le prénom de sa chienne
D) Il a offert un costume trois pièces à Raoni

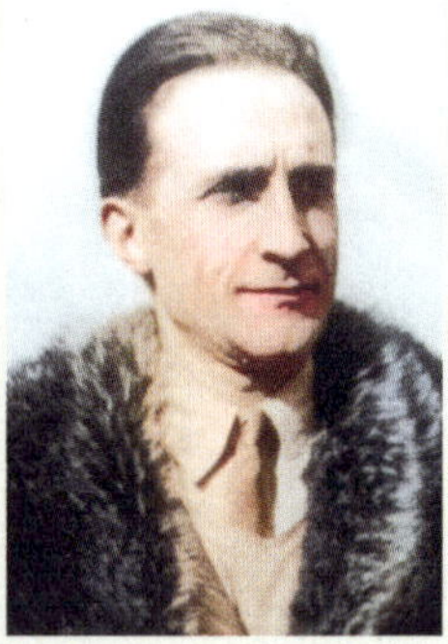

Bye-bye

Marcel Duchamp 1968

Vrai ou Faux?

A) Il a inventé le « ready-made »
B) Il a transformé un simple urinoir en œuvre d'art
C) Il a créé une œuvre intitulée *À Dada sur mon bidet*
D) Il a réalisé un film sur lui intitulé *L'Aura Duchamp*

La citation du jour

« Plus la critique est hostile, plus l'artiste devrait être encouragé »

Marcel Duchamp

Cinéma

Dans *Phantom of the Paradise*, Winslow Leach se coince la tête…

A) entre deux wagons de train.

B) dans une presse à disques.

C) dans les seins de Dolly Parton.

D) dans le cul de King Kong.

Le chiffre du jour

1,7 million de $

C'est le prix que s'est vendu *Fontaine*, le célèbre « ready-made », édité à huit exemplaires. Rappelons que *Fontaine* n'est rien d'autre qu'un urinoir en faïence posé à l'envers.

Le saviez-vous ?

Avec son ami Picabia, il crée le mouvement dadaïste à New York. En ouvrant un dictionnaire, il tombe sur le mot dada, trouvant le mot drôle, il crée le mouvement qui en découle et dont l'objectif est de se battre pour la liberté de création.

À vérifier

Duchamp était soupeur.

Sting A) Vrai B) Faux, instituteur C) Faux D) Faux
Duchamp A) Vrai B) Vrai C) Faux D) Faux **Cinéma** B

Saint **Gérard**

Dicton

Verre au comptoir à la Saint-Gérard,
verre en terrasse à la Sainte-Radasse.

Jeudi
03
OCTOBRE

Ça s'est passé le 3 octobre 1990
Réunification de l'Allemagne.

Coucou
Zlatan Ibrahimović 1981

Vrai ou Faux?

A) Il est ceinture noire de taekwondo

B) En slave Zlatan signifie « modeste »

C) Il a dit : « S'ils remplacent la tour Eiffel par ma statue je resterai au PSG »

D) Il a dit : « Quand Zlatan pète, c'est tout le stade qui sent bon »

Bye-bye
Bernard Tapie 2021

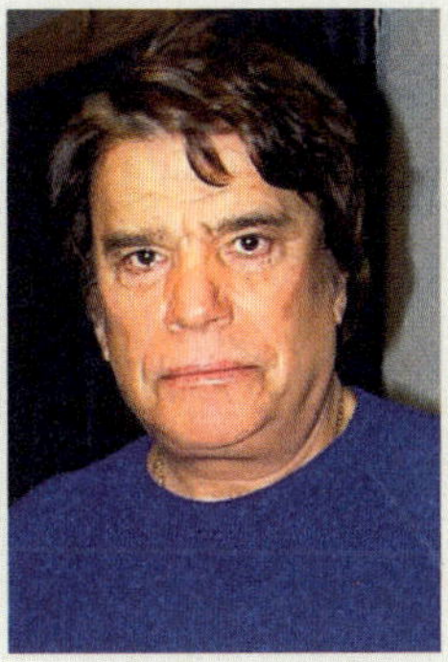

Vrai ou Faux?

A) Il a racheté le voilier d'Éric Tabarly

B) On le surnommait le tapis violant

C) Il a eu une fille avec Éva Joly prénommée Gardave

D) Il a dit : « J'ai menti mais c'était de bonne foi »

La citation du jour

« Je n'ai pas besoin d'un Ballon d'or pour savoir que je suis le meilleur »

Zlatan Ibrahimović

De l'art ou du cochon

Le Grand Mur du vagin
de Jamie McCartney

Le mur comptabilise 400 moulages de vagins différents réalisés sur une période de 5 ans. Le plus vieux modèle avait 76 ans, le plus jeune 18.

Le chiffre du jour

3 mois et 3 jours

C'est la période pendant laquelle Bernard Tapie a été ministre de la Ville.

Le saviez-vous ?

C'est deux fois moins de temps qu'il a passé en prison.

À vérifier

Bernard Tapie a essayé d'acheter Sylvie Testud pour un franc symbolique.

Ibrahimović A) Vrai B) Faux, « Or » C) Vrai D) Faux
Tapie A) Faux, d'Alain Colas B) Faux C) Faux D) Vrai

Saint **François-d'Assise**

Dicton

À la Saint-François-d'Assise, toutes les chaises sont prises.

Vendredi
04
OCTOBRE

Ça s'est passé le 4 octobre 1957
Lancement de Spoutnik, premier satellite artificiel de la Terre.

Coucou
Julien Clerc 1947

Vrai ou Faux?

A) Il est originaire de la Guadeloupe

B) Dans une de ses chansons, il parle des seins de Sophie Marceau

C) Son dernier album s'appelle La Chatte à Carla

D) Il a un fils plus jeune que son petit-fils

Bye-bye
Janis Joplin 1970

Vrai ou Faux?

A) Elle a eu deux aventures avec des membres du Club des 27

B) C'est la fille du groupe The Mamas and the Papas

C) En 1965, elle a fait la première partie de Tino Rossi à l'Olympia

D) Ses cendres ont été sniffées par ses amis

La citation du jour

« Chanter, c'est comme aimer quelqu'un. C'est une expérience émotionnelle et physique suprême »

Janis Joplin

Tous des bêtes

Le tardigrade est un petit animal de 1 millimètre de long qui peut survivre à une température de -272 °C et jusqu'à 150 °C. Il supporte une pression de 6 000 bars ; il n'a que faire des ultraviolets ou des ultrasons et peut rester une trentaine d'années sans boire ni manger.

Transposition chez l'homme :

Le chiffre du jour

1,8 million de $

C'est le prix que s'est vendu la Porsche cabriolet de Janis Joplin.

Le saviez-vous ?

À l'école, les surnoms de Janis étaient Pig, Freaks ou Creep. À l'université, elle a même reçu le titre d'homme le plus laid du campus. Sympa, non ?

Incroyable !

Au cours d'une soirée bien arrosée, Janis Joplin et Jim Morrison se sont battus et Janis a cassé une bouteille sur la tête de Jim.

Clerc A) Vrai B) Vrai, dans « Assez, assez » C) Faux D) Vrai

Joplin A) Vrai, Jimi Hendrix et Jim Morrison B) Faux C) Faux D) Faux

Sainte **Fleur**

Dicton
Bon baiseur à la Sainte-Fleur,
mauvais coup
à la Saint-Fourre-Tout.

Samedi 05 OCTOBRE

Ça s'est passé le 5 octobre 2017
Harvey Weinstein est dénoncé comme prédateur sexuel.

Coucou
Goldorak 1975

Vrai ou Faux?

A) Goldorak est une machine de guerre extraterrestre

B) Cette machine a été conçue par Moulinex

C) En plus de toutes ses armes, Goldorak dispose d'une centrifugeuse

D) Les propriétaires de « La Fistinière » auraient acheté aux enchères le « Fulguropoing »

Bye-bye
Steve Jobs 2011

Vrai ou Faux?

A) Son père était syrien

B) Il imputait sa réussite à la prise de LSD

C) Il a baisé avec Joan Baez

D) Il aurait dit à Louis XVI : « Ceci est une révolution »

La citation du jour

« Me faire virer d'Apple a été la meilleure chose qui pouvait m'arriver »

Steve Jobs

Saint **Bruno**

Dicton
Si tu chies mou à la Saint-Bruno,
prépare un seau
à la Saint-Pruneau.

Dimanche 06 OCTOBRE

Ça s'est passé le 6 octobre 1927
Sortie du premier film parlant *Le Chanteur de jazz.*

Coucou
Nicolas Peyrac 1949

Vrai ou Faux?

A) Son vrai nom est Tazartez

B) Il a fait 6 ans de droit

C) Il a deux filles prénommées Baïa et Cuba

D) Son dernier album s'appelle *Je reviens*

Bye-bye
Wladimir Yordanoff 2020

Vrai ou Faux?

A) Son père était violoniste bulgare

B) Il avait la citoyenneté monégasque

C) Son dernier film était *OSS 117*

D) Tous les acteurs qui ont joué le rôle d'Armand dans *OSS 117* sont morts après.

Goldorak A) Vrai B) Faux C) Sûrement D) On le dit **Jobs** A) Vrai B) Vrai C) Vrai, 3 ans D) Faux **Peyrac** A) Vrai B) Faux, de médecine C) Faux, Mathilde et Lucie D) Faux **Yordanoff** A) Vrai B) Vrai C) Vrai D) Vrai, Pierre Bellemare, Claude Brosset et lui.

Saint **Serge**

Dicton

À la Saint-Serge,
fais attention,
ménage ta verge.

Lundi 07 OCTOBRE

Ça s'est passé le 7 octobre 1337

Début de la guerre de Cent Ans.

Coucou

Vladimir Poutine 1952

Vrai ou Faux?

A) Son plus grand fan est Donald Trump

B) On ne sait pas exactement combien il a d'enfants

C) En vrai, dans la vie, le mec est hyper sympa

D) On va peut-être tous crever à cause de ce psychopathe

Bye-bye

Patrice Chéreau 2013

Vrai ou Faux?

A) Son vrai nom était Patrice Gratos

B) Il a dirigé le théâtre des Cerisiers

C) Quand il a monté *Les paravents* il lui restait deux vis en trop

D) En 1998 il réalise *Ceux qui m'aiment prendront dans le train*

La citation du jour

« La Russie n'a jamais perdu la guerre froide parce que la guerre froide n'est pas finie »

Vladimir Poutine

Les coutumes du monde

En Suède on place un bouc près de l'arbre de Noël afin de garder les cadeaux.

Le chiffre du jour

200 milliards d'euros

C'est la fortune estimée de Vladimir Poutine.

Le saviez-vous ?

On ne sait pas combien d'enfants a Vladimir Poutine. Cela va de 2 à… une flopée !

À vérifier

Poutine aurait démarré sa carrière comme plat roboratif au Canada.

Poutine A) Vrai B) Vrai C) Faux D) Vrai

Chéreau A) Faux B) Faux, des Amandiers C) Faux D) Faux, *Ceux qui m'aiment prendront le train*

Sainte **Pélagie**

Dicton
Qui maigrit à la Sainte-Pélagie, reprend du poids à la Saint-François.

Mardi
08
OCTOBRE

Ça s'est passé le 8 octobre 1799
Bonaparte débarque à Fréjus.

Coucou
Matt Damon 1970

Vrai ou Faux?

A) Il est cousin avec Ben Affleck
B) Il a incarné trois fois Jason Burne
C) Il a retiré un « R » à son nom de famille pour ne pas faire d'ombre à Gérard Darmon
D) Il en a chié sur Mars à bouffer des patates

Bye-bye
Pierre Tchernia 2016

Vrai ou Faux?

A) Son surnom était « monsieur cinéma »
B) Il a commenté 12 fois l'Eurovision
C) Il était sardinéphile
D) Il a une rose à son nom

La citation du jour

« Si vous ne pouvez pas aider les gens, quel est l'intérêt de réussir ? »

Matt Damon

Le métier insolite

Inspecteur de superviseur de contrôleur de surveillant de gardien

Un gardien sans surveillance, c'est dangereux, évidemment ce gardien doit travailler sous l'égide d'un contrôleur, lui-même sous la coupe d'un superviseur dont le travail doit être bien sûr vérifié par un inspecteur afin d'éviter tout problème.

Le chiffre du jour

300 millions de dollars

C'est le cachet que Matt Damon a raté en refusant *Avatar* car James Cameron lui avait proposé 10 % des bénéfices du film.

Le saviez-vous ?

Matt Damon a refusé *Avatar* en disant à James Cameron : « Ne compte pas sur moi pour être bleu, ça fait trop pédé ! » Non, je déconne, il était pris sur le tournage de *La Mort dans la peau*.

À vérifier

Matt Damon aurait démarré dans un duo comique avec l'acteur Échec Maurice sous le nom de « Échec et Matt ».

Damon A) Vrai B) Faux, Jason Bourne C) Faux D) Vrai, dans *Seul sur Mars*
Tchernia A) Vrai B) Vrai C) Vrai, il collectionnait les boîtes de sardines D) Vrai

Saint **Denis**

Dicton

Qui voit un psy à la Saint-Denis va voir une pute à la Sainte-Ruth.

Mercredi 09 OCTOBRE

Ça s'est passé le 9 octobre 1890
Clément Ader invente l'avion.

Coucou

Laurent Mariotte 1969

Vrai ou Faux?

A) Il a été écarté des émissions de jeunesse pour avoir été jugé trop tactile avec des enfants

B) Sur *Interville*, il a été surpris en train de sodomiser une vachette

C) Il s'est reconverti dans la cuisine afin de pouvoir bouffer gratos

D) Il fait écrire ses livres par des petits chinois qui travaillent 12 heures par jour dans des caves

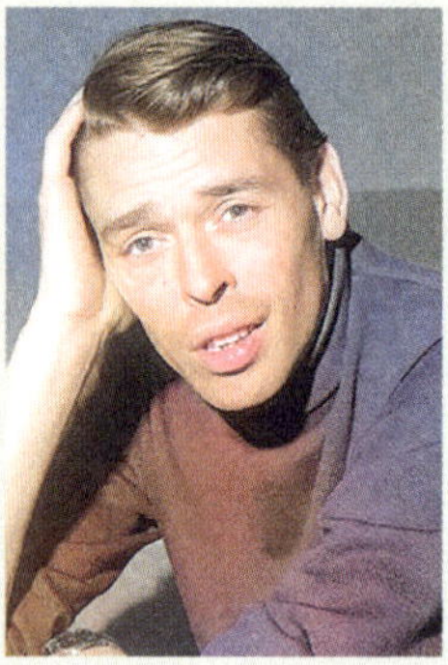

Bye-bye

Jacques Brel 1978

Vrai ou Faux?

A) Un aérodrome porte son nom aux Marquises

B) Il a été le premier « Pignon »

C) Sa dernière femme Maddly a été Claudette

D) Il a fait graver sur sa tombe « Au suivant »

La citation du jour

« L'humour est la forme la plus saine de la lucidité »

Jacques Brel

Cinéma

Quelle réplique n'est pas dans *L'Emmerdeur*?

A) « C'est pas son jour, dîtes donc.
– C'est jamais son jour. »

B) « Monsieur Milan, j'vous en donne du souci, hein. »

C) « Ce qu'il lui faut c'est un peu de chaleur humaine.
– Je m'en occupe. »

D) « D'ailleurs c'est pas ma voiture, elle est là ma voiture. »

Le chiffre du jour

20 cm

C'est l'altitude qu'a atteint l'avion Éole sur 50 mètres lors du premier vol de Clément Ader.

Le saviez-vous ?

Le mot avion a été inventé par Clément Ader à partir du mot latin *avis*, qui signifie oiseau.

C'est faux

Certains pensent que « Avion » est l'acronyme de « Appareil Volant Imitant Oiseau Naturel ».

Mariotte A) Vrai B) Vrai C) Vrai D) Vrai

Brel A) Vrai B) Vrai, dans *L'Emmerdeur* C) Vrai D) Faux **Cinéma** A, c'est dans *La Chèvre*

Saint **Ghislain**

Dicton

Qui met le poing à la Saint-Ghislain mettra le bras à la Saint-Nicolas.

Jeudi 10 OCTOBRE

Ça s'est passé le 10 octobre 1903

Mise en vente de l'aspirine.

Coucou

Giuseppe Verdi 1813

Vrai ou Faux?

A) Son surnom était « le Cygne de Busseto »

B) Dès le matin, il rigolait tôt

C) Il n'a connu aucun succès de son vivant

D) Il avait le trou vert

Bye-bye

Édith Piaf 1963

Vrai ou Faux?

A) Sa grand-mère dirigeait un bordel

B) Pendant l'Occupation, elle vivait dans un bordel

C) Elle s'est tapé tous les Compagnons de la chanson

D) Elle est morte à 67 ans

La citation du jour

« Il faut tant et tant de larmes pour avoir le droit d'aimer »

Édith Piaf

De l'art ou du cochon

***The Artist Is Present*, performance de Marina Abramović, 2010**

L'artiste s'assoit sur une chaise, attend que des inconnus s'assoient en face d'elle et la regardent dans les yeux pendant une minute sans rien dire. L'expérience a duré 3 mois, huit heures par jour, et plus de 1 500 visiteurs se sont succédé.

Le chiffre du jour

1550 avant J.C.

C'est la date d'un papyrus égyptien qui fait mention de décoctions de feuilles de saule, qui est le principe actif de l'aspirine.

Le saviez-vous ?

Le médecin grec Hippocrate (460-377 av. J.-C.) conseillait déjà les préparations à base d'écorce de saule pour soulager douleurs et fièvres.

À vérifier

L'invention de l'aspirine a permis à de nombreux hommes d'avoir plus de rapports sexuels.

Verdi A) Vrai B) Faux C) Faux, ses opéras ont triomphé partout D) Faux

Piaf A) Vrai B) Vrai C) Faux D) Faux, 47 ans et c'est écrit au-dessus

Saint **Firmin**

Dicton
*Qui fait le larbin
à la Saint-Firmin fera
le patron à la Saint-Gaston.*

Vendredi
11
OCTOBRE

**Ça s'est passé
le 11 octobre 1958**
Mort du peintre
Maurice de Vlaminck.

Coucou
Jean-Jacques Goldman 1951

Vrai ou Faux?
A) Son frère, révolutionnaire d'extrême gauche, est mort assassiné
B) Sa sœur a été un cadre du Front national
C) Son premier groupe s'appelait Fuck Giscard
D) Il a été élu 10 fois la personnalité la plus détestée des Français

Bye-bye
Jean Cocteau 1963

Vrai ou Faux?
A) Son père s'est suicidé quand il avait 9 ans
B) Il était accro à l'opium
C) Il habitait dans le Marais
D) Il a écrit *La Belle et la Bite*

La citation du jour

« Vous savez, c'est très mauvais pour un écrivain de mourir, par exemple en même temps que Piaf »

Jean d'Ormesson

Tous des bêtes

L'Aurin, ou « poisson thermomètre », vit dans l'anus des concombres de mer. Il ne laisse dépasser que la tête un peu comme s'il regardait à la fenêtre.

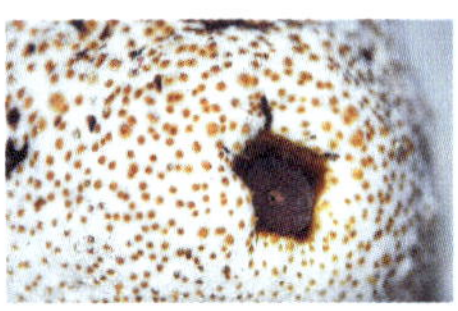

Transposition chez l'homme

Le chiffre du jour

40 000

C'est le nombre de personnes qui ont voulu assister aux obsèques d'Édith Piaf.

Le jeu

Relie les stars mortes le même jour

A. Jean d'Ormesson — 1. JFK
B. Farrah Fawcett — 2. Staline
C. Claude Gensac — 3. Johnny Hallyday
D. Prokofiev — 4. Michael Jackson
E. Aldous Huxley — 5. Carrie Fisher
F. Vivienne Westwood — 6. Pelé

Goldman A) Vrai B) Faux C) Faux D) Faux
Cocteau A) Vrai B) Vrai C) Vrai et Faux D) Faux **Le jeu** A3 B4 C5 D2 E1 F6

Saint **Wilfried**

Dicton

Si tu prends du bide à la Saint-Wilfried, tu reverras ta bite à la Sainte-Judith.

Samedi 12 OCTOBRE

Ça s'est passé le 12 octobre 1999
Il y a 6 milliards d'humains sur la Terre.

Coucou
Brigitte Lahaie 1955

Vrai ou Faux?

A) Elle a tourné avec Yves Montand
B) Elle a tourné avec Alain Delon
C) Elle a tourné avec Rocco Siffredi
D) C'est la demi-sœur de Jean-Luc Lahaye

Bye-bye
René Lacoste 1996

Vrai ou Faux?

A) Son surnom était « le Caïman »
B) Il faisait partie des mousquetaires avec Cochet, Brugnon et Borotra
C) Il a gagné 3 coupes Davis
D) Le logo de la marque Lacoste est un morpion

La citation du jour

« Surpopulation : la Terre n'avait pas prévu son succès »

Sylvain Tesson

Saint **Géraud**

Dicton

Si tu manges des fayots à la Saint-Géraud, ton cul pétaradera jusqu'à la Sainte-Tania.

Dimanche 13 OCTOBRE

Ça s'est passé le 13 octobre 2016
Bob Dylan reçoit le prix Nobel de littérature.

Coucou
Sacha Baron Cohen 1971

Vrai ou Faux?

A) Avec Borat, il a créé un incident diplomatique avec le Kazakhstan
B) Il s'est fait casser la gueule par un passant pendant le tournage de *Borat*
C) Il s'est fait sodomiser dans une boîte gay pendant le tournage de *Brüno*
D) Il s'est fait arrêter à Londres pour avoir escaladé les grilles de Buckingham Palace

Bye-bye
Guillaume Depardieu 2008

Vrai ou Faux?

A) Il a été condamné à 3 ans de prison pour trafic d'héroïne
B) Il a eu un accident de voiture dans le tunnel de Saint-Cloud
C) Après 17 opérations très douloureuses, il décide de se faire amputer de la jambe droite
D) En 1999, il a obtenu le prix Patrick-Dewaere

Lahaie A) Vrai, dans *I comme Icare* B) Vrai, *Pour la peau d'un flic* C) Faux D) Faux **Lacoste** A) Faux, le crocodile B) Vrai C) Faux, deux D) Faux, un crocodile

Baron Cohen A) Vrai B) Vrai C) Faux D) Faux **Depardieu** A) Vrai B) Faux, de moto C) Vrai D) Faux

Saint **Juste**

Dicton
À la Saint-Juste, toutes les preuves tu réfutes.

Lundi
14
OCTOBRE

Ça s'est passé le 14 octobre 1670
Première du *Bourgeois gentilhomme.*

Coucou
Alexandra Lamy 1971

Vrai ou Faux?

A) Son vrai nom est Lamy-Depin

B) Elle a eu un fils avec Jean Dujardin prénommé Oscar

C) Son chien est un loulou de Poméranie

D) Sa chatte s'appelle Chouchou

Bye-bye
Errol Flynn 1959

Vrai ou Faux?

A) Jeune, il a été pêcheur à la dynamite

B) Quand il était trafiquant de plumes d'oiseaux, il a tué un indigène

C) Il a travaillé dans une ferme où il castrait les moutons avec les dents

D) Sur le tournage de *Robin des Bois*, il a pris une flèche dans le cul

La citation du jour

« Il y a plus de 40 ans que je dis de la prose sans que j'en susse rien »

Monsieur Jourdain

Les coutumes du monde

Aux États-Unis, l'auto-stop est interdit dans le Nevada, le New Jersey et à proximité des prisons.

Le test

Si comme monsieur Jourdain, on fait tous de la prose sans le savoir, nous faisons également plein d'autres choses sans nous en rendre compte. Si tu te reconnais dans ces choses, coche la case.

- ☐ Quand tu pratiques une activité (cuisiner, bricoler, ranger, etc.) tu dis « hop » à chaque mouvement.
- ☐ Ta chambre est en bordel, la vaisselle traîne dans l'évier, tu n'as plus un truc propre à te mettre. Tu l'ignores peut-être, mais tu procrastines.
- ☐ Tu arrives dans une pièce en ayant totalement oublié ce que tu venais y faire.
- ☐ Tu cherches tes lunettes partout alors qu'elles sont sur ton front ou autour de ton cou.
- ☐ Tu réponds « oui » à quelqu'un qui te pose une question juste pour t'en débarrasser alors que tu n'as absolument rien compris à la question.
- ☐ Tu parles tout seul sans te rendre compte que tout le monde t'entend.
- ☐ Quand tu écoutes de la musique au casque, tu chantes faux et fort. Et quand tu vois les gens rire autour de toi, tu ne comprends pas pourquoi.
- ☐ Tu es content d'entendre « plouf » quand tu fais caca.

Flynn A)Vrai B) Vrai C) Vrai D) Faux **Le test** Si tu as plus de quatre cases sur huit, va consulter.
Lamy A) Faux B) Faux C) Faux D) Faux

Sainte **Aurélie**

Dicton
À la Sainte-Aurélie, ne dors pas dans ton lit.

Mardi
15
OCTOBRE

Ça s'est passé le 15 octobre 70 avant Jésus-Christ
Naissance du poète Virgile.

Coucou
Didier Deschamps 1968

Vrai ou Faux?

A) Il est le seul joueur à avoir soulevé la Coupe du monde comme joueur et comme sélectionneur

B) Jeune, il s'orientait vers le métier de dentiste

C) Il a un fils prénommé Bob

D) Il passe toutes ses vacances avec Karim Benzema

Bye-bye
Mata Hari 1917

Vrai ou Faux?

A) Elle a été écuyère, danseuse nue, et prostituée

B) Elle rencontre le succès comme danseuse exotique et fait même l'Olympia

C) Ruinée, elle devient espionne et elle est accusée à tort de mener un double jeu.

D) Avant son exécution elle a lancé un baiser au peloton

La citation du jour

« C'est difficile de marquer quand on reste en défense »

Didier Deschamps

Le métier insolite

Tailleur de première pierre

Ce métier consiste à tailler des pierres de précision afin que ceux qui n'ont jamais péché puissent les lancer en pleine gueule du pauvre pécheur.

Le chiffre du jour

857 000 €

C'était le premier devis du dentiste de Didier Deschamps.

Quiz

Une seule de ces citations n'est pas de Virgile. Retrouve laquelle.

A) « La fortune sourit aux audacieux. »

B) « La faim est mauvaise conseillère. »

C) « L'enfant reconnaît sa mère à son sourire. »

D) « Une noisette, je la casse entre mes fesses. »

Deschamps A) Faux, ils sont trois avec Franz Beckenbauer et Mario Zagallo B) Faux C) Faux, Dylan D) Faux
Hari A) Vrai B) Vrai C) Vrai D) Vrai **Quiz** D, citation de Jean-Claude Van Damme.

Sainte **Edwige**

Dicton

À la Sainte-Edwige,
laisse la fleur, prends la tige.

Mercredi 16 OCTOBRE

Ça s'est passé le 16 octobre 1854
Naissance d'Oscar Wilde.

Coucou

Marius Colucci 1976

Vrai ou Faux?

A) C'est le fils de Thierry Le Luron

B) C'est le frère de Nicolas Bedos

C) Il a joué dans *Les Clefs de bagnole*

D) C'est le partenaire d'Antoine Duléry

Bye-bye

Marie-Antoinette 1793

Vrai ou Faux?

A) Quand ils avaient 6 ans, Mozart a promis de l'épouser

B) Elle montait à cheval en amazone

C) Elle était très sale

D) Elle a lancé l'expression « Où avais-je la tête ? »

La citation du jour

« S'ils n'ont pas de pain, qu'ils mangent de la brioche »

Marie-Antoinette

Cinéma

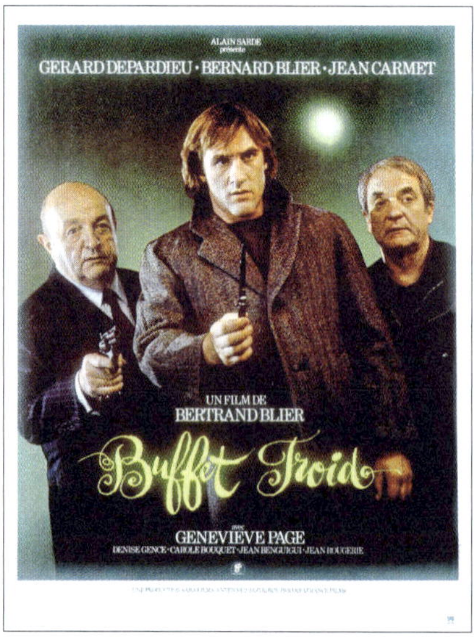

Dans *Buffet froid*...

A) Jean Carmet a tué la femme de Depardieu

B) Bernard Blier a tué la femme de Jean Carmet

C) Michel Serrault a tué la femme de Bernard Blier

D) Depardieu a tué le mari de Carole Bouquet

Le chiffre du jour

9 C'est le nombre de mois qui se sont écoulés entre l'exécution de Louis XVI et celle de Marie-Antoinette.

Le jeu

Quelle citation n'est pas d'Oscar Wilde ?

1. « Je peux résister à tout, sauf à la tentation. »
2. « Le drame de la vieillesse, ce n'est pas qu'on se fait vieux, c'est qu'on reste jeune. »
3. « Le chien a son sourire dans sa queue. »
4. « Quand les dieux veulent nous punir, ils exaucent nos prières. »

Colucci A) Faux B) Faux C) Vrai D) Vrai **Marie-Antoinette** A) Vrai B) Faux, à califourchon B) Faux, elle prenait des douches tous les jours D) Faux **Cinéma** A **Le jeu** 3) Citation de Victor Hugo

Saint **Baudouin**

Dicton

À la Saint-Baudouin, tu auras un cul de babouin.

Jeudi
17
OCTOBRE

Ça s'est passé le 17 août 1968
Révolte noire aux JO de Mexico.

Coucou
Bruce Toussaint 1973

Vrai ou Faux?

A) Son vrai nom est Bruce Lemort

B) Étant sur place, il a été le premier à annoncer la mort de Lady Di

C) Son surnom est Bruce Tout-Puissant

D) Il a signé un contrat de 15 ans avec « Comme j'aime »

Bye-bye
Danielle Darrieux 2017

Vrai ou Faux?

A) Dans *Les Demoiselles de Rochefort*, c'était la seule comédienne qui chantait vraiment

B) Dans *8 Femmes* elle jouait le seul rôle masculin

C) Elle prête sa voix à l'horloge dans *Émilie Jolie*

D) Elle fait partie du club des actrices centenaires avec Suzy Delair et Gisèle Casadesus

La citation du jour

« J'ai bien abusé de la vie »

Danielle Darrieux

De l'art ou du cochon

***Human Earrings*, sculpture de Rick Gibson, 1987**

L'artiste a réalisé une paire de boucles d'oreilles avec des fœtus humains lyophilisés.

Le chiffre du jour

109 ans

C'était l'âge de Renée Dorléac, l'actrice française la plus âgée.

Chassez l'intruse

A) Danielle Darrieux
B) Paulette Dubost
C) Gisèle Casadesus
D) Micheline Presle

Toussaint A) Faux B) Vrai C) Faux D) Faux **Darrieux** A) Vrai B) Faux C) Vrai D) Vrai **Chassez l'intruse** C, toutes sont mortes à 100 ans, sauf Gisèle Casadesus, décédée à 103 ans.

Saint **Luc**

Dicton

À la Saint-Luc, c'est quoi ce souffle sur ma nuque ?

Vendredi

18

OCTOBRE

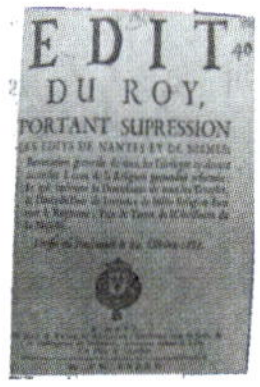

Ça s'est passé le 18 octobre 1685

Révocation de l'édit de Nantes.

Coucou

Jean-Claude Van Damme 1960

Vrai ou Faux?

A) Son vrai nom est Van de Putte

B) Il a commencé comme danseur classique

C) Son cul est un casse-noix

D) Il a joué dans *Tu awares c'que tu awares*

Bye-bye

Thomas Edison 1931

Vrai ou Faux?

A) Il a inventé l'ampoule électrique

B) Il a inventé le fil à couper le beurre

C) Il a inventé le phonographe

D) Il a inventé l'eau tiède

La citation du jour

« Je n'ai pas échoué, j'ai simplement trouvé dix mille solutions qui ne fonctionnent pas »

Thomas Edison

Tous des bêtes

Le lapin chie des crottes digérées et les remange après.

Transposition chez l'homme :

Le chiffre du jour

1093

C'est le nombre de brevets attribués à Thomas Edison.

Le saviez-vous ?

Thomas Edison a travaillé sur un « nécrophone », c'est-à-dire un appareil censé permettre la communication avec les morts en enregistrant leur voix ou leur son. Malheureusement, il est mort avant d'aboutir !

À vérifier

Quand Edison, Johnny va ouvrir.

Van Damme A) Faux, c'est Van Vaerenbergh B) Vrai C) Vrai D) Faux

Edison A) Vrai B) Faux C) Vrai D) Faux

Saint **René**

Dicton
À la Saint-René, si tu meurs, je renais.

Samedi
19
OCTOBRE

Ça s'est passé le 19 octobre 1216
Mort de Jean sans Terre.

Coucou
Agnès Jaoui 1964

Vrai ou Faux?

A) C'est la femme la plus récompensée aux Césars
B) Elle a eu deux enfants avec Jean-Pierre Bacri
C) Elle a soutenu Édouard Balladur en 1995
D) Elle est pour le réchauffement climatique

Bye-bye
Camille Claudel 1943

Vrai ou Faux?

A) C'est la fille de Paul Claudel
B) Elle a sculpté des capotes en glaise
C) Sa famille l'a fait interner pendant 30 ans
D) Elle a sculpté *Le Penseur* de Rodin

La citation du jour

« L'idée ne me suffit pas, je veux l'habiller de pourpre et la couronner d'or »

Camille Claudel

Sainte **Adeline**

Dicton
À la Sainte-Adeline, baise la miss et les dauphines.

Dimanche
20
OCTOBRE

Ça s'est passé le 20 octobre 1994
Mort de Burt Lancaster.

Coucou
Daniel Prévost 1939

Vrai ou Faux?

A) Il s'est fait connaître grâce à mon cul
B) C'était pas un mauvais cheval
C) Il a fait des pubs radio pour Lidl
D) En 1977, il a enregistré un disque avec Brigitte Bardot

Bye-bye
Mouammar Kadhafi 2011

Vrai ou Faux?

A) Sa devise était « Tripoli pour être honnête »
B) Il était pervers, violent et sadique avec des jeunes filles et des jeunes garçons
C) Il distribuait du Viagra à ses soldats pour encourager les viols
D) Ce fils de pute a été reçu en grande pompe à l'Élysée où il a planté sa tente pendant une semaine

Jaoui A) Vrai, 6 césars B) Faux, elle a adopté deux petits Brésiliens C) Faux D) Faux **Claudel** A) Faux, sa sœur B) Faux C) Vrai D) Faux
Prévost A) Faux, à Moncuq B) Vrai, il a même eu un césar pour ce rôle C) Faux, « Système U » D) Faux **Kadhafi** A) Faux B) Vrai C) Vrai D) Vrai

Sainte **Céline**

Dicton
À la Sainte-Céline,
c'est fou comme tu déclines.

Lundi
21
OCTOBRE

Ça s'est passé le 21 octobre 1680
Fondation de la Comédie-Française.

Coucou
Kim Kardashian 1980

Vrai ou Faux?

A) Son père avocat a défendu DSK
B) Elle a perdu sa virginité à 14 ans avec le neveu de Michael Jackson
C) Elle a eu une relation avec Bertrand Renard
D) Elle a été victime d'un braquage à Paris et les voleurs sont partis à trottinette

Bye-bye
François Truffaut 1984

Vrai ou Faux?

A) Enfant, il n'avait pas de chambre et dormait dans un couloir
B) Adolescent, il a été placé dans un centre pour mineurs délinquants
C) André Malraux l'a décoré de la Légion d'honneur
D) Il a tourné dans *E.T.*

La citation du jour

« Tout le monde a un cul, pourquoi on ne parle que du mien ? »

Kim Kardashian

Les coutumes du monde

La Russie est le pays d'Europe qui compte le plus de chiens avec un peu plus de 16 millions de canidés pour environ 145 millions d'habitants, soit approximativement un chien pour 9 habitants.

Le saviez-vous ?

La ruche bourdonnante est l'emblème de la Comédie-Française. Depuis 2018, trois ruches sont installées sur le toit de la salle Richelieu.

À vérifier

Le dernier frottis de Kim Kardashian a été vendu 1,8 million de dollars chez Sotheby's.

Kardashian A) Faux, O. J. Simpson B) Vrai C) Faux D) Faux, à vélo
Truffaut A) Vrai B) Vrai C) Faux, il a refusé D) Faux, dans *Rencontre du troisième type*

Sainte **Élodie**

Dicton
À la Sainte-Élodie, malheur à celui qui te contredit.

Mardi 22 OCTOBRE

Ça s'est passé le 22 octobre 1797
Premier saut en parachute au-dessus du parc Monceau.

Coucou
Catherine Deneuve 1943

Vrai ou Faux?

A) Elle a perdu sa sœur jumelle Françoise Dorléac dans un accident de voiture

B) Mick Jagger a été son témoin de mariage

C) Elle a raté le dernier métro

D) Elle a eu une aventure avec Serge Gainsbourg et Johnny Hallyday

Bye-bye
Lino Ventura 1987

Vrai ou Faux?

A) Il avait 12 frères et sœurs

B) Enrôlé dans l'armée italienne pendant la guerre, il a déserté

C) Son surnom dans le catch était « le parmesan qui tue »

D) Sa maison de Saint-Cloud a été rachetée par George Clooney

La citation du jour

« Je suis père d'une enfant pas comme les autres »

Lino Ventura

Le métier insolite

Recentreur d'église

« Il faut remettre l'église au milieu du village ». Vous avez sans doute entendu 1 000 fois cette expression sans jamais vraiment savoir comment faire. Heureusement aujourd'hui, il existe des spécialistes dont c'est le métier. Ils prennent les mesures nécessaires et après avoir scellé les fondations du bâtiment religieux, ils le mettent sur vérin afin de le replacer exactement au milieu du village.

Le chiffre du jour

7 ans

C'est l'âge où Lino Ventura est arrivé en France. Il a commencé à travailler à l'âge de 8 ans en faisant des petits boulots.

Le saviez-vous ?

D'abord cantonné dans les seconds rôles de brute, Lino Ventura devient une vedette dans les années 50 grâce à la série des *Gorilles*.

À vérifier

Lino Ventura aurait tué à mains nues un invité qui lui avait dit que ses pâtes étaient trop cuites.

Deneuve A) Faux, elles n'étaient pas jumelles B) Vrai C) Faux, ce fut un triomphe D) Faux
Ventura A) Faux, il était fils unique B) Vrai C) Faux, « la fusée italienne » D) Faux, par Jean Dujardin

Saint **Arnould**

Dicton
À la Saint-Arnould
wow I Feel, Good !

Mercredi
23
OCTOBRE

Ça s'est passé le 23 octobre 42 av. J.-C.
Mort de Brutus.

Coucou

Ryan Reynolds 1976

Vrai ou Faux?

A) Il a joué le rôle de Pikachu

B) Il a été le compagnon de Scarlett Johansson

C) Il s'est cassé la jambe pendant le tournage de *Deadpool*

D) Il a perdu un testicule pendant le tournage de *Deadpool 2*

Bye-bye

Théophile Gautier 1872

Vrai ou Faux?

A) Il était membre actif du Parnasse

B) Il a dit : « Le critique qui n'a rien produit est un lâche »

C) Il a écrit *Le Capitaine Fracasse* après une cuite

D) Il a écrit *Le Roman de la momie* après un déjeuner chez sa belle-mère

La citation du jour

« Juger son père est un parricide moral »

Honoré de Balzac

Cinéma

Dans *La Bonne Année*, le mot que Lino Ventura regrette est :

A) Confortable

B) Désirable

C) Pitoyable

D) Jouable

Le chiffre du jour

23 C'est le nombre de coups de poinçons que César a reçus des sénateurs. Seul le second coup était mortel.

Le saviez-vous ?

Brutus n'était pas le fils de Jules César, mais le fils de sa maîtresse.

Chassez l'intrus

1 Marvin Gaye 2 Violette Nozière
3 Œdipe 4 Dimitri Karamazov

Reynolds A) Vrai, dans *Pokémon : Détective Pikachu* B) Vrai C) Faux D) Faux **Gautier** A) Vrai B) Vrai C) Faux D) Faux
Cinéma A **Chassez l'intrus** 1) Marvin Gaye a été tué par son père. Les autres ont tué leur père.

Saint **Florentin**

Dicton
À la Saint-Florentin,
évite les macs et les tapins.

Jeudi
24
OCTOBRE

Ça s'est passé le 24 octobre 1940
Poignée de main à Montoire entre Pétain et Hitler.

Coucou
Inspecteur Gadget
1983

Vrai ou Faux?

A) L'inspecteur Gadget est con comme une valise
B) Il a un gyrophare dans le chapeau
C) Il a un parapluie dans le cul
D) Il a un Mister Freeze sur la bite

Bye-bye
Christian Dior 1957

Vrai ou Faux?

A) Une voyante lui a prédit une grande réussite grâce aux femmes
B) Il a vendu des toiles de maître pour des sommes dérisoires
C) Il a vécu 5 ans avec Jean Cocteau
D) Si on lit « Dior Homme » à l'envers ça fait « hémorroïde »

La citation du jour

« On est impardonnable d'avoir fait ce qu'on n'aime pas, surtout si on réussit »

Christian Dior

De l'art ou du cochon

***Myra*, de Marcus Harvey, 1995**
L'artiste réalise un portrait de Myra Hindley, célèbre pour avoir tué cinq enfants âgés de 10 à 17 ans entre 1963 et 1965. L'œuvre a été réalisée à l'aide de moulages de la main d'un nourrisson pour constituer une mosaïque d'empreintes formant le visage de la meurtrière. Myra Hindley, elle-même choquée, a écrit une lettre depuis sa prison pour demander que l'œuvre soit retirée.

Le saviez-vous ?

Le père de Christian Dior était un riche industriel spécialisé dans les engrais. Le slogan de sa marque était « Les engrais Dior, c'est de l'or ».

Le jeu

Trouve l'année de chaque poignée de main historique.

A. Obama et Castro	1. 1984
B. Rabin et Arafat	2. 2013
C. Mitterrand et Kohl	3. 1993
D. De Gaulle et Adenauer	4. 1972
E. Reagan et Gorbatchev	5. 1988
F. Mao et Nixon	6. 1963

Gadget A) Vrai B) Vrai C) Faux D) Faux
Dior A) Vrai B) Vrai, en 1929 sa galerie d'art a fait faillite C) Faux D) Vrai **Le Jeu** A2 B3 C1 D6 E5 F4

Saint **Crépin**

Dicton
À la Saint-Crépin, tu peux péter dans ton bain.

Vendredi
25
OCTOBRE

Ça s'est passé le 25 octobre 1836
Érection de l'Obélisque à la Concorde.

Coucou
Katy Perry 1984

Vrai ou Faux?

A) Son vrai nom est Katy Pericoloso-Sporgersi

B) Son autographe ressemble à une paire de couilles

C) Elle a chanté « Fuck You »

D) Elle a fait scandale avec sa chanson sur sa bisexualité

Bye-bye
Raymond Queneau 1976

Vrai ou Faux?

A) Il a écrit *Zaz dans le métro*

B) Il a écrit *Zizou dans le métro*

C) Il a écrit *Zazie dans le métro*

D) En 1933, il a obtenu le prix des Démagos pour *Le Chiendent*

La citation du jour

« L'obélisque est bien dressé entre la nuit et la journée »

Jacques Dutronc

Tous des bêtes

Le lézard à cornes crache du sang par les yeux pour se défendre.

Transposition chez l'homme :

Le chiffre du jour

230 tonnes

C'est le poids de l'obélisque de Louxor pour une hauteur de 23 mètres et un âge de 3 300 ans, ce qui en fait le plus vieux monument de Paris.

Le saviez-vous ?

En 1830, le vice-roi d'Égypte offre à la France les deux obélisques érigés devant le temple de Louxor. Seul celui de droite sera acheminé jusqu'à Paris.

À vérifier

Quand il n'y a plus personne place de la Concorde, l'Obélisque serait au repos.

Perry A) Faux, Katheryn Elizabeth Hudson B) Vrai C) Faux, c'est Lily Allen D) Vrai
Queneau A) Faux B) Faux C) Vrai D) Faux, des Deux Magots

Saint **Dimitri**

Dicton
À la Saint-Dimitri,
ne gobe pas tout, fais le tri.

Samedi
26
OCTOBRE

Ça s'est passé le 26 octobre 2022
Mort de Pierre Soulages à 102 ans.

Coucou
Hillary Clinton 1947

Vrai ou Faux?
A) Elle aussi a eu une aventure avec Monica Lewinsky
B) Elle a touché 8 millions de dollars d'avance pour écrire ses Mémoires
C) Trump a dit d'elle : « Regardez cette gueule, y a quelqu'un qui voterait pour ça ? »
D) Elle a dit de Trump : « Il a une grande gueule, il doit avoir une toute petite bite ! »

Bye-bye
Gilles de Rais 1440

Vrai ou Faux?
A) Il a combattu les Anglais aux côtés de Jeanne d'Arc
B) Il a été jugé pour sodomie et meurtre de 140 enfants ou plus
C) Il a été écartelé
D) Il repose au Panthéon

La citation du jour

« Ne me confondez pas avec cette tortue neurasthénique de Doc Gynéco »

Joey Starr

Sainte **Émeline**

Dicton
À la Sainte-Émeline,
tu rentres plus dans ton jean.

Dimanche
27
OCTOBRE

Ça s'est passé le 27 octobre 2013
Mort de Lou Reed.

Coucou
Joey Starr 1967

Vrai ou Faux?
A) Sa mère avait des origines chinoises
B) Il a un fils gardien… de but
C) Il a eu la main leste avec son ex, une hôtesse de l'air et un singe
D) Il a eu un césar

Bye-bye
Pierre Doris 2009

Vrai ou Faux?
A) Il a dit : « L'homme propose, Dieu dispose, la femme s'interpose »
B) Il a dit « J'ai raté mes 2 mariages : ma première femme est partie, la deuxième est restée »
C) Il a dit : « Ma femme adore tout ce qui est raffiné, le sucre par exemple »
D) Il a dit : « Ma femme est tellement grosse que partout où je regarde elle est là »

Clinton A) Faux B) Faux C) Vrai D) Faux **De Rais** A) Vrai B) Vrai C) Brûlé et pendu D) Faux
Starr A) Vrai B) Vrai C) Vrai D) Faux, deux nominations **Doris** A) Vrai B) Vrai C) Vrai D) Vrai

Saint **Simon**

Dicton
À la Saint-Simon achète une contrefaçon.

Lundi
28
OCTOBRE

Ça s'est passé le 28 octobre 1886
Inauguration de la Statue de la Liberté, cadeau de la France.

Coucou
Julia Roberts 1967

Vrai ou Faux?

A) Elle a mis un hamster dans le cul de Richard Gere

B) Elle a eu un oscar pour son rôle dans *Erin Brockovich*

C) Elle a partagé l'affiche de *L'Affaire Pélican* avec Édouard Balladur

D) Son arrière-arrière-grand-mère a donné naissance à son arrière-arrière-grand-père

Bye-bye
Philippe Gildas 2018

Vrai ou Faux?

A) Son vrai nom était Leprêtre

B) Étant breton, toute sa famille était alcoolique

C) À Canal +, il me mettait la main sur la cuisse quand je voulais parler

D) Il a vécu 36 ans avec Julie

La citation du jour

« La dernière fois que j'ai pénétré une femme, c'était en visitant la Statue de la Liberté »

Woody Allen

Les coutumes du monde

En Espagne, les SDF qui nettoient les pare-brises au feu rouge risquent une amende de 1 500 euros.

Le chiffre du jour

6 C'est le nombre de statues de la Liberté qui se trouvent à Paris. La première, celle de l'île aux Cygnes, réplique exacte de 11,50 mètres, est un cadeau de réciprocité des États-Unis à la France. Une autre, en plâtre, est au musée des Arts et Métiers. La même est à l'entrée du musée. La quatrième est une enseigne publicitaire pour un bar restaurant, la cinquième est au musée d'Orsay, la sixième au Luxembourg.

Le saviez-vous ?

L'accès au balcon entourant la torche est toujours interdit au public pour des raisons de sécurité.

À vérifier

La Statue de la Liberté chausserait du 873 et demi.

Roberts A) Faux B) Vrai C) Faux D) Vrai, ne me demandez pas pourquoi, moi-même je n'ai rien compris
Gildas A) Vrai B) Faux C) Vrai D) Faux, avec Maryse

Saint **Narcisse**

Dicton
À la Saint-Narcisse, ton image tu la kiffes.

Mardi
29
OCTOBRE

Ça s'est passé le 29 octobre 1922
Mussolini accède au pouvoir.

Coucou

Astérix 1959

Vrai ou Faux?

A) Astérix est né à Bobigny

B) Le premier satellite français s'appelait Astérix

C) Avec 400 millions d'exemplaires, *Astérix* est la BD la plus vendue dans le monde

D) Idéfix est mort dans l'album où Obélix prend du Viagra

Bye-bye

Georges Brassens 1981

Vrai ou Faux?

A) Jeune, il a été condamné pour un vol de bijoux

B) Il est originaire de Troyes

C) Il a écrit « Le Gorille » quand il était gardien de zoo

D) Il est mort au même âge que Diego Maradona

La citation du jour

« Ne jetez pas la pierre à la femme adultère, je suis derrière »

Georges Brassens

Le métier insolite

Paveur en enfer

L'enfer est pavé de bonnes intentions. OK mais encore faut-il trouver les paveurs. Les conditions étant extrêmes, c'est un travail extrêmement bien payé, encore faut-il pouvoir supporter des températures de 3 000 degrés et les hurlements continus des milliards de personnes qui brûlent pour l'éternité.

Le chiffre du jour

400 millions

C'est le nombre d'albums d'*Astérix* vendus dans le monde. Ce qui est bien plus que *Tintin*, qui plafonne à 240 millions. Car *Tintin* n'a pas connu de suite après la mort d'Hergé.

Le saviez-vous ?

Astérix a été traduit en 111 langues et dialectes, il y a même des albums en picard et en créole, et bientôt en basque et en catalan.

À vérifier

Christian Clavier aurait joué sobrement dans un *Astérix*.

Astérix A) Vrai, chez Albert Uderzo B) Vrai C) Faux, 2e derrière *One Piece* D) Faux

Brassens A) Vrai B) Faux, de Sète C) Faux D) Vrai, 60 ans

Saint **Bienvenue**

Dicton
À la Sainte-Bienvenue,
tire-toi hors de ma vue.

Mercredi
30
OCTOBRE

Ça s'est passé le 30 octobre 1871
Naissance de Paul Valéry.

Coucou
Claude Lelouch 1937

Vrai ou Faux?
A) Enfant, sa mère le cachait dans des cinémas pour échapper aux Allemands
B) Il est obsédé par le nombre 14
C) Il a réalisé le premier scopitone des Beatles
D) Il a tourné un long métrage à l'enterrement de Johnny Hallyday

Bye-bye
Claude Lévi-Strauss 2009

Vrai ou Faux?
A) Il a fait fortune en vendant des jeans
B) C'est une figure fondatrice du structuralisme
C) Sa couleur préférée était le bleu
D) Il adorait les fraises

La citation du jour

« Un chef est un homme qui a besoin des autres »

Paul Valéry

Cinéma

Dans *L'Aventure, c'est l'aventure*, Lino Ventura et Charles Gérard se font passer pour :

A) Roux et Combaluzier
B) Smith et Wesson
C) Moët et Chandon
D) Montaigne et La Boétie

Le chiffre du jour

7 C'est le nombre d'enfants qu'a Claude Lelouch et tous leurs prénoms commencent par la lettre S.

Chassez l'intrus

A. *Smic, Smac, Smoc* **B.** *L'Argent de poche* **C.** *La vie. L'amour. La mort* **D.** *Une pour toutes*

À vérifier

Claude Lelouch aurait vécu avec Dalida.

Lelouch A) Vrai B) Faux, le 13 C) Faux D) Faux **Lévi-Strauss** A) Faux B) En tout cas, c'est écrit sur Wikipédia C) Vrai D) Vrai (on sent que je suis largué par le sujet ou pas ?) **Cinéma** B **Chassez l'intrus** B) *L'Argent de poche* a été réalisé par François Truffaut

Saint **Quentin**

Dicton
À la Saint-Quentin,
achète une glace sans tain.

Jeudi 31 OCTOBRE

Ça s'est passé le 31 octobre 1512
Inauguration de la chapelle Sixtine.

Coucou
Jeannie Longo 1958

Vrai ou Faux?
A) Sa grand-mère faisait du vélo
B) Elle détient 38 records du monde
C) Elle a fait des études de pharmacie
D) Elle a encore ses cycles

Bye-bye
Federico Fellini 1993

Vrai ou Faux?
A) À l'école, il avait toujours huit et demi de moyenne
B) En 1942, il a coscénarisé un film avec le fils de Mussolini
C) Son premier film s'appelait *Le Chèque en blanc*
D) Il fut très choqué la première fois que Nino Rota

La citation du jour

« Sans l'invention de la roue, les coureurs du Tour de France seraient condamnés à porter leur bicyclette sur le dos »

Pierre Dac

De l'art ou du cochon

***Pain-t*, installation de Richard Jackson, 2012**
Cette installation se compose de cinq sculptures d'enfants culs nus penchés en avant : les bambins crachent de longs jets de peinture par leur anus pour peindre des toiles ou repeindre des murs.

Le chiffre du jour

10 000
C'est le nombre de visiteurs qu'accueille chaque jour la chapelle Sixtine.

Le saviez-vous ?

Michel-Ange a détesté peindre la chapelle Sixtine. En quatre ans de travail, dans des positions épouvantables, il a développé un goitre, s'est ruiné le dos et s'est abîmé définitivement la vue.

À vérifier

Pour déconner en haut à gauche du plafond, Michel-Ange aurait peint un smiley.

Fellini A) Faux B) Vrai C) Faux, *Le Cheik blanc* D) Faux
Longo A) Faux B) Vrai C) Faux D) Vrai et Faux

Saint **Toussaint**

Dicton
À la Toussaint,
cueille des fleurs
et recueille-toi.

Vendredi
01
NOVEMBRE

Ça s'est passé le 1er novembre 1347
La peste entre à Marseille.

Coucou
Fabrice Luchini 1951

Vrai ou Faux?

A) Son vrai prénom est Robert

B) Il a joué dans *T'es folle ou quoi ?* avec Aldo Maccione

C) Louis Jouvet était son professeur

D) Dès 15 ans, il était client des prostituées

Bye-bye
Alfred Jarry 1907

Vrai ou Faux?

A) Il a dit : « La plus noble conquête du cheval, c'est la femme »

B) Il a dit : « L'oubli est la condition indispensable de la mémoire »

C) Il a dit : « Les vieillards, il faudrait les tuer jeunes »

D) Il a dit : « Écrire est une façon de parler sans être interrompu »

La citation du jour

« Ceux qui me reprochent un ego gigantesque peuvent toujours le faire, mais dans mon dos, comme le disait Flaubert, car mon cul les contemple »

Fabrice Luchini

Tous des bêtes

Certaines espèces telles que le requin-marteau sont ovovivipares et peuvent se dévorer entre elles dans le ventre de la mère.

Transposition chez l'homme :

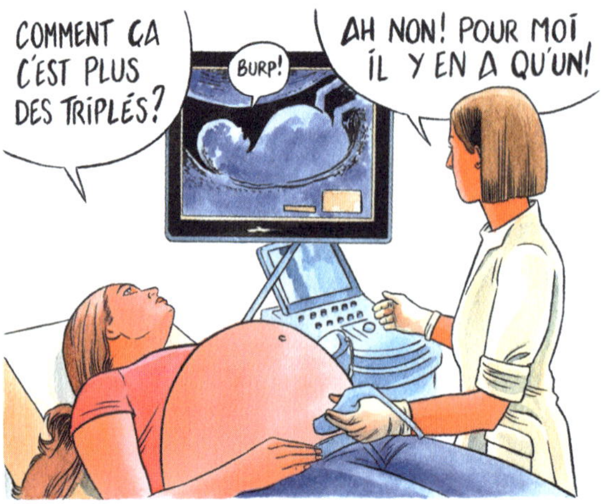

Le chiffre du jour

200 millions de morts

C'est la fourchette haute du nombre de victimes de la peste noire dans le monde au XVIe siècle. La grippe espagnole de 1918 a fait entre 20 et 100 millions de morts et le sida, 40 millions.

Record à battre

Le paludisme, propagé par les moustiques affecte les humains depuis le Pléistocène, et certains spécialistes affirment que cette maladie aurait tué la moitié de l'humanité, soit 54 milliards d'êtres humains.

Luchini A) Vrai B) Vrai C) Faux D) Vrai
Jarry A) Vrai B) Vrai C) Vrai D) Faux, c'est Jules Renard

Sainte **Océane**

Dicton

À la Sainte-Océane,
tu peux ramer jusqu'à
la Guyane.

Samedi
02
NOVEMBRE

Ça s'est passé le 2 novembre 2019
Mort de Marie Laforêt.

Coucou

Samuel Le Bihan 1965

Vrai ou Faux?

A) Il s'est fait virer de la Comédie-Française pour indiscipline

B) Il a produit et écrit des sketchs pour Manu Payet

C) Il est administrateur de l'ONG Action pour la soif

D) Ayant un fils autiste, il a fondé Autisme Info service

Bye-bye

Jacques Mesrine 1979

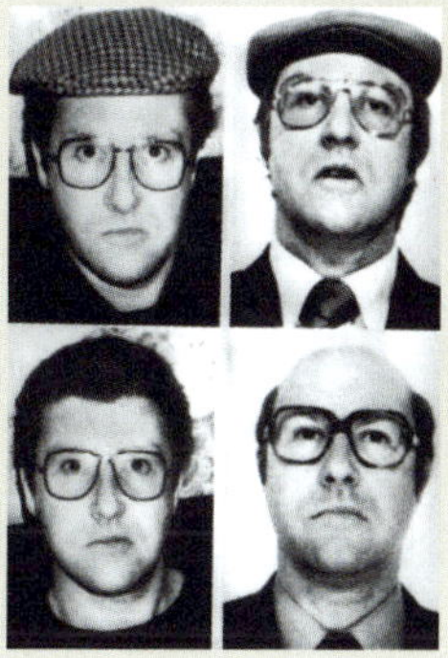

Vrai ou Faux?

A) Il a été marié à Linda de Suza

B) Au lycée, il a tué un prof qui ne lui avait pas mis la moyenne

C) Pendant la guerre d'Algérie, il a exécuté plusieurs fois des prisonniers

D) Il a projeté de kidnapper Philippe Bouvard

La citation du jour

« Le droit de tout homme enfermé est de s'évader »

Jacques Mesrine

Saint **Hubert**

Dicton

À la Saint-Hubert,
mets cinq étoiles
au chauffeur.

Dimanche
03
NOVEMBRE

Ça s'est passé le 3 novembre 2020
Élection de Joe Biden.

Coucou

Michel Boujenah 1952

Vrai ou Faux?

A) Il est né à Alger

B) Il est directeur du Festival de Ramatuelle

C) Il adore se choper des fous rires au Téléthon

D) Jeune, il a tourné dans un porno intitulé *Cet homme est un coup fin*

Bye-bye

Henri Matisse 1954

Vrai ou Faux?

A) Il a été l'élève de Yolande Moreau

B) Il a peint les *Trois Baigneuses* de Cézanne

C) Sa fille résistante a été défigurée par la Gestapo

D) Il s'est battu en duel avec Picasso

Le Bihan A) Faux B) Faux, François-Xavier Demaison C) Faux Action contre la faim D) Vrai **Mesrine** A) Faux, Lydia de Souza B) Faux, il a tabassé le proviseur C) Vrai, les soldats appelaient ça « la corvée de bois » D) Vrai **Boujenah** A) Faux, à Tunis B) Vrai, et il ne m'a jamais invité ce fumier C) Vrai D) Faux **Matisse** A) Faux, de Gustave Moreau B) Faux, il l'a acheté C) Vrai D) Faux, ils étaient très amis

Saint **Émeric**

Dicton
À la Saint-Émeric,
ne fais pas comme Cloclo,
change ton applique.

Lundi
04
NOVEMBRE

Ça s'est passé le 4 novembre 1922
Découverte du tombeau de Toutankhamon par Howard Carter.

Coucou
Marlène Jobert 1940

Vrai ou Faux?

A) Jeune, elle a été défigurée dans un grave accident de voiture

B) Elle a été chanteuse pendant trois ans

C) Depuis les années 2000, elle s'est reconvertie dans la littérature érotique

D) C'est la mère d'Eva Green, la tante d'Elsa, et la sœur de Michel Jobert

Bye-bye
Jacques Tati 1982

Vrai ou Faux?

A) Son vrai nom est Tatischeff

B) C'est mon oncle

C) C'est l'oncle de Nicolas Hulot

D) Il a financé ses films avec ses boutiques de vêtements

La citation du jour

« La forme des pyramides montre que déjà les ouvriers avaient tendance à en faire de moins en moins »

Will Cuppy

Les coutumes du monde

Dans certaines régions d'Inde, il est coutume de marier les morts prématurés au moment où ils auraient atteint leur majorité.

Le chiffre du jour

5 398

C'est le nombre d'objets découverts dans le tombeau de Toutankhamon.

Le saviez-vous ?

À 9 ans, Toutankhamon s'est marié avec sa sœur. Ils ont eu deux petites filles mortes à la naissance. Si les fillettes avaient survécu, leur père aurait été également leur oncle et leur mère, leur tante.

Erreur

Marcel Amont a été classé à tort dans la huitième dynastie des pharaons.

Jobert A) Vrai, la chirurgie esthétique a sauvé sa carrière B) Vrai C) Faux, la littérature pour enfants D) Vrai pour les deux premières, faux pour le dernier **Tati** A) Vrai B) Faux C) Faux D) Faux

Sainte **Sylvie**

Dicton
À la Sainte-Sylvie, comme un garçon debout fais pipi.

Mardi
05
NOVEMBRE

Ça s'est passé 5 novembre 1983
Mort de Reiser.

Coucou
Bernard-Henri Lévy
1948

Vrai ou Faux?

A) Avant d'être Arielle, il était OMO
B) Son film *Le Jour et la Nuit* a été qualifié de « plus gros navet du siècle »
C) Il est très ami avec Noël Gaudin, l'entarteur
D) Il a soutenu DSK dans son affaire de viol

Bye-bye
René Goscinny 1977

Vrai ou Faux?

A) Il a scénarisé *Astérix*, *Iznogoud*, *Lucky Luke* et *Le Petit Nicolas*
B) Il a été rédacteur en chef du journal *Mickey*
C) L'ensemble de son œuvre représente plus de 500 millions d'albums vendus
D) Il est mort pendant un test d'effort à l'hôpital

La citation du jour

« Le marxisme, le fascisme, le stalinisme, le totalitarisme, le capitalisme et le racisme ont fait bien plus de mal que les rhumatismes »

Bernard-Henri Lévy

Le métier insolite
Chasseur de têtes de con

Que ce soit pour le cinéma, la télévision ou les tournages de pub, les têtes de con remportent toujours un franc succès et sont très demandées. Le rôle du chasseur de têtes de con est de faire du casting sauvage dans la rue, les transports en commun, les centres commerciaux voir l'Assemblée nationale, enfin partout afin de dénicher la perle rare, la vraie tête de con qui fera marrer tout le monde et aidera à vendre des produits de merde.

Le chiffre du jour

70 millions d'euros

C'est la fortune de BHL, après avoir hérité de ses parents qui dirigeaient une société de bois exotique. Comme quoi la déforestation, ça peut rapporter gros !

Le saviez-vous ?

Si BHL déteste les blindés russes, il est très pote avec les gens blindés. Il a fait l'éloge funèbre de Jean-Luc Lagardère, Liliane Bettencourt était à son mariage, François Pinault a racheté l'entreprise familiale dans ses fréquentations, Xavier Niel, feu Pierre Bergé, Maurice Lévy et un paquet d'autres.

À vérifier

Il aurait acheté Arielle Dombasle au poids.

Lévy A) Faux B) Vrai C) Faux D) Vrai **Goscinny** A) Vrai B) Faux, de *Pilote* C) Vrai D) Vrai

Saint **Léonard**

Dicton
À la Saint-Léonard,
fais la tournée des bars.

Mercredi
06
NOVEMBRE

Ça s'est passé
le 6 novembre 1917
Révolution d'Octobre.

Coucou

Florent Pagny 1961

Vrai ou Faux?

A) À 13 ans, il chantait du Luis Mariano
B) Il a été repéré par Dominique Besnehard
C) Il pratique le « fisc fucking »
D) Personne n'aura sa liberté de penser

Bye-bye

Maurice Leblanc 1941

Vrai ou Faux?

A) Il a écrit *Le Bouchon de cristal*
B) Il a écrit *L'Aiguille creuse*
C) Il a écrit *Les Dents du tigre*
D) Il a écrit *L'homme à la peau de bique*

La citation du jour

« Le jour est proche où nous n'aurons plus que l'impôt sur les os »

Michel Audiard

Cinéma

Dans *Vincent, François, Paul... et les autres*, Serge Reggiani, Michel Piccoli, Maris Dubois et Yves Montand s'engueulent autour...

A) D'une choucroute
B) D'un gigot
C) D'un pot-au-feu
D) D'une fondue

Le chiffre du jour

11 C'est le nombre de personnes qui ont été exécutées le 16 juillet 1918 : le tsar, sa femme, leurs cinq enfants et quatre de leurs proches.

Le saviez-vous ?

Même s'il ne l'a pas assumé clairement, c'est Lénine qui a commandité l'assassinat des Romanov. Ce fut une véritable boucherie, car après avoir été criblée de balles, la famille impériale a été finie à coups de baïonnette dans le crâne.

À vérifier

Parmi le peloton d'exécution, il y aurait eu l'arrière-grand-père de Xavier Dupont de Ligonnès.

Leblanc A) Vrai B) Vrai C) Vrai D) Vrai **Cinéma** B
Pagny A) Vrai B) Vrai C) Vrai D) Vrai

Sainte **Carine**

Dicton
À la Sainte-Carine,
ta robe te boudine.

Jeudi
07
NOVEMBRE

Ça s'est passé le 7 novembre 1908
Mort de Butch Cassidy.

Coucou
David Guetta 1967

Vrai ou Faux?

A) Son vrai nom est David Ghetto
B) Il a un fils prénommé Elvis Dick
C) Son dernier album s'intitule *Fuck Jean-Michel Jarre*
D) Il s'est remarié avec son ex-femme, Cathy

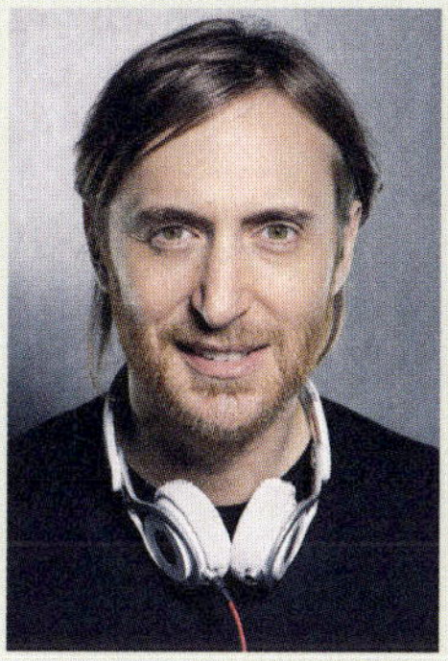

Bye-bye
Steve McQueen 1980

Vrai ou Faux?

A) Sa mère, danseuse alcoolique, se prostituait
B) Il s'est fait connaître dans la série *Bonanza*
C) En 1974, il a été l'acteur le mieux payé au monde
D) Après 4 années à être battue et séquestrée, sa femme Ali MacGraw s'est enfuie

La citation du jour

« La vie est une escroquerie »

Steve McQueen

De l'art ou du cochon

***Voice piece for soprano*, performance vocale de Yoko Ono, 1961**

La partition de cette œuvre musicale se compose du mot *scream* (crier) et de trois options de cri données à l'interprète : crier « contre le vent », « contre le mur » et « contre le ciel ». Concrètement, Yoko Ono se produit dans des galeries d'art et hurle des sons dérangeants dans un micro.

Le chiffre du jour

100 millions de dollars

C'est le prix que Warner Music a payé pour acquérir l'ensemble du catalogue de David Guetta.

Le saviez-vous ?

La première apparition à la télé de David Guetta remonte à 1991, dans « La Classe » produite par Guy Lux. Pas mal comme ascension !

À vérifier

Ayant toujours les bras en l'air, David consommerait jusqu'à trois sticks de déodorant à chaque concert.

Guetta A) Faux B) Faux, Tim Elvis C) Faux D) Faux
McQueen A) Vrai B) Faux, *Au nom de la loi* C) Vrai D) Vrai

Saint **Geoffroy**

Dicton
À la Saint-Geoffroy,
la chair de poule tu auras.

Vendredi
08
NOVEMBRE

Ça s'est passé le 8 novembre 392 après J. C.
Le christianisme devient la religion officielle de Rome.

Coucou
Alain Delon 1935

Vrai ou Faux?
A) Enfant, il parlait déjà de lui à la troisième personne
B) Il a passé un CAP de charcutier
C) Il a eu une aventure avec Dalida
D) Il a des photos de Romy Schneider morte dans son portefeuille

Bye-bye
Jean Marais 1998

Vrai ou Faux?
A) Son vrai nom est « Villain-Marais »
B) Bien avant Belmondo, il réalisait lui-même ses cascades
C) Il est devenu opiomane à cause de Jean Cocteau
D) Sa mère l'a habillé en fille jusqu'à l'âge de 2 ans

La citation du jour

« Ma vie est une énorme injustice, je suis trop heureux »

Jean Marais

Tous des bêtes

Le wombat fait des crottes carrées.

Transposition chez l'homme :

Le chiffre du jour

Yvan Chiffre
Décédé en 2016 à l'âge de 80 ans, il a été le cascadeur et la doublure officielle d'Alain Delon pendant toute sa carrière.

Le saviez-vous ?

C'est le film *Rocco et ses frères* qui a donné l'idée à Rocco Siffredi d'adopter ce prénom, et *Borsalino*, qui lui a donné le pseudonyme de Siffredi, soit deux films avec Alain Delon.

À vérifier

C'est le film *La Cuisine au beurre*, avec Bourvil et Fernandel, qui aurait donné à Rocco Siffredi l'idée de tourner des scènes de sodomie.

Delon A) Faux B) Vrai C) Vrai D) Vrai
Marais A) Vrai B) Vrai C) Faux, il a toujours refusé d'en prendre D) Vrai

Saint **Théodore**

Dicton
À la Saint-Théodore, ouvre un compte offshore.

Samedi 09 NOVEMBRE

Ça s'est passé le 9 novembre 1989
Chute du mur de Berlin.

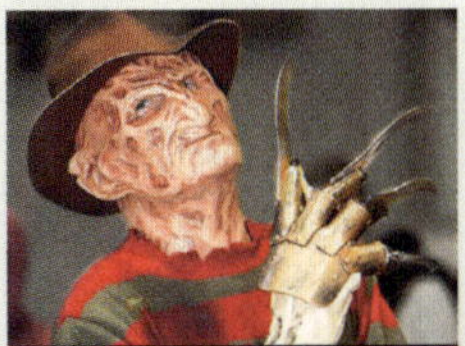

Coucou

Chucky 1988

Freddy Krueger 1984

Vrai ou Faux?

A) Chucky est un tueur en série réincarné dans une poupée flippante
B) Freddy s'est brûlé après s'être trop exposé au soleil
C) Freddy et Chucky sont très potes dans la vie
D) Les deux ont beaucoup de mal à se masturber

Bye-bye

Yves Montand 1991

Vrai ou Faux?

A) Il a passé un CAP de coiffeur
B) Il a eu un enfant à 70 ans
C) Marilyn Monroe est tombée enceinte de lui
D) Il aurait pratiqué des attouchements sur sa belle-fille lorsqu'elle était enfant

La citation du jour

« Un homme peut avoir deux, peut-être trois affaires, quand il est marié. Mais trois, c'est le maximum absolu. Après c'est tricher »

Yves Montand

Saint **Léon**

Dicton
À la Saint-Léon, surtout ne prends pas l'avion.

Dimanche 10 NOVEMBRE

Ça s'est passé le 10 novembre 1982
Mort de Leonid Brejnev.

Coucou

Bruno Peyron 1955

Vrai ou Faux?

A) Il a gagné trois trophées Jules-Verne
B) Son frère Loïc a gagné la Route du Rhum
C) Son petit frère Stéphane a traversé le Pacifique en planche à voile
D) Il porte des slips Petit Bateau

Bye-bye

Arthur Rimbaud 1891

Vrai ou Faux?

A) Son vrai nom était Arthur Rambo
B) Il a dit : « C'est perdre son argent que de perdre son temps »
C) Il a dit « Je me crois en enfer donc j'y suis »
D) Il a dit « Je suis Rimbaud et j'ai mal vers l'aine »

Chucky et Krueger A) Vrai B) Faux C) Faux D) Vrai **Montand** A) Vrai B) Faux, à 67 ans C) Vrai, elle a fait une fausse couche D) Vrai
Peyron A) Vrai B) Vrai C) Faux, l'Atlantique D) À vérifier **Rimbaud** A) Vrai B) Vrai C) Vrai D) Faux

Saint **Martin**

Dicton

À la Saint-Martin, fais un emprunt pour faire le plein.

Lundi

11

NOVEMBRE

LA DÉPÊCHE

LA GUERRE EST FINIE

L'Armistice a été signé ce matin

LES HOSTILITÉS ONT CESSÉ A ONZE HEURES

Paris, 11 novembre (officiel). — L'armistice a été signé ce matin, à six heures. Les hostilités ont cessé à onze heures.

Ça s'est passé le 11 novembre 1918

L'armistice met fin à la Grande Guerre.

Coucou

Leonardo DiCaprio 1974

Vrai ou Faux?

A) C'est Tom Cruise qui était prévu au départ dans *Titanic*

B) Sa mère lui a donné ce prénom car elle était fan d'Herbert Léonard

C) Une araignée porte son nom

D) Il a joué dans *Attrape-la si tu peux*

Bye-bye

Yasser Arafat 2004

Vrai ou Faux?

A) Son vrai nom est Mohamed Abdel Raouf Arafat al-Qoudwa al-Husseini

B) Il est né à la demie

C) Enfant, pour le protéger du soleil, sa mère lui a mis un torchon sur la tête et il l'a gardé

D) En 1974, il a reçu le prix Nobel de la paix

La citation du jour

« J'ai compris pourquoi les stars sont payées si cher : c'est parce qu'elles doivent endurer toutes les conneries qu'on peut écrire sur elles »

Léonardo DiCaprio

Les coutumes du monde

Au Botswana, le prétendant au mariage doit dédommager la famille de sa future femme. S'il n'a pas assez d'argent, soit il abandonne le projet, soit il demande un crédit au père de la fiancée.

Le chiffre du jour

10 ans

C'est la période qui s'est écoulée avant que Leonardo ne retrouve son amie Kate Winslet pour le film *Les Noces rebelles*.

Le saviez-vous ?

En 2019, DiCaprio a fait un don de 5 millions de dollars pour lutter contre les incendies ravageant l'Amazonie. On dit que, une fois le versement accompli, les incendies se seraient éteints immédiatement.

À vérifier

Pendant le tournage de *Titanic*, DiCaprio aurait exigé que l'eau du bassin soit chauffée à 37 degrés.

DiCaprio A) Vrai, mais il a demandé trop cher B) Faux C) Vrai D) Faux

Arafat A) Vrai B) Faux, au Caire C) Faux, c'est un keffieh D) Vrai, avec Shimon Peres et Yitzhak Rabin

Saint **Christian**

Dicton
À la Saint-Christian,
fais un outrage à un agent.

Mardi
12
NOVEMBRE

Ça s'est passé le 12 novembre 1960
Naissance de Maurane.

Coucou
Florent Manaudou 1990

Vrai ou Faux?

A) Enfant, il jouait du tuba
B) Il a commencé sa carrière sportive dans le handball
C) Il a surnommé sa sœur « le petit bassin »
D) Il est connu pour pisser dans le pédiluve avant chaque compétition

Bye-bye
Stan Lee 2018

Vrai ou Faux?

A) Avec Jack Kirby, il a créé Les 4 fantastiques, Hulk, Thor et les X-Men,
B) Ensuite il a créé Spider-Man, Iron-Man, Doctor Strange et Daredevil
C) Plus tard, il a créé Bar-Man, Musul-Man et Business-Man
D) Dans le premier Spider-Man, quand Peter Parker se masturbait il éjaculait de la toile

La citation du jour

« Un grand pouvoir ne peut se concevoir qu'accompagné de grandes responsabilités »

Stan Lee

Le métier insolite

Marin prêcheur

Ce métier consiste à embarquer comme marin sur un cargo et à sermonner tout l'équipage jusqu'à ce que, excédés, les autres vous débarquent sur une île où vous pourrez tenter d'évangéliser toute la population.

Le chiffre du jour

7000
C'est le nombre de personnages qui figurent dans l'univers de Marvel. La plupart ont été imaginés par Stan Lee.

Le saviez-vous ?

Stan Lee détestait les acolytes de superhéros tels que Robin pour Batman. C'est la raison pour laquelle aucun de ses héros ne se « trimballe » un assistant.

À vérifier

C'est Michèle Torr qui aurait donné son nom au célèbre héros au marteau.

Manaudou A) Faux B) Vrai C) Faux D) Faux
Lee A) Vrai B) Vrai C) Faux D) Faux

Saint **Brice**

Dicton
À la Saint-Brice, laisse tomber Nice, va à Biarritz.

Mercredi
13
NOVEMBRE

Ça s'est passé le 13 novembre 2019
Mort de Raymond Poulidor.

Coucou
Whoopi Goldberg 1955

Vrai ou Faux?

A) Jeune, elle a maquillé des morts
B) Elle a été mère à 16 ans
C) Elle a été grand-mère à 34 ans
D) Elle a été arrière-grand-mère à 54 ans

Bye-bye
Thierry Le Luron 1986

Vrai ou Faux?

A) Écolier, il imitait la signature de ses parents
B) Il a fait sa première télé avec Michel Drucker
C) Il est mort 5 mois avant Coluche
D) Ses amis le surnommaient le « gay luron »

La citation du jour

« Si j'avais gagné le Tour de France, on ne parlerait plus de moi aujourd'hui »

Raymond Poulidor

Cinéma

Dans *Le Bon, la Brute et le Truand*, qui est qui ?

A) Lee Van Cleef
B) Eli Wallach
C) Clint Eastwood

1) Le Bon
2) La Brute
3) Le Truand

Le chiffre du jour

14 C'est le nombre de participations de Raymond Poulidor au Tour de France.

Le saviez-vous ?

Poulidor a toujours nié s'être dopé, mais il consommait tout de même quelques amphétamines pendant une course, ce qui avouez-le n'est pas grand-chose pour un coureur aujourd'hui.

À vérifier

Vers la fin de sa vie, Raymond était au régime sans selle.

Goldberg A) Vrai B) Faux, 18 ans C) Vrai D) Faux, 58 ans
Le Luron A) Faux B) Faux, avec Jacques Martin dans « Le jeu de la chance » C) Faux, c'est l'inverse D) Faux **Cinéma** A2 B3 C1

Saint **Sidoine**

Dicton

À la Saint-Sidoine, si t'as du shit, passe pas la douane.

Jeudi

14 NOVEMBRE

Ça s'est passé le 14 novembre 1840

Naissance de Claude Monet.

Coucou

Antoine Duléry 1959

Vrai ou Faux?

A) Son grand-père était pensionnaire de la Comédie-Française

B) Il a été en couple avec Isabelle Mergault

C) J'ai couché avec sa femme

D) Un de ses deux fils est de moi

Bye-bye

Gottfried Wilhelm Leibniz 1716

Vrai ou Faux?

A) Il a dit « Une vérité ne saurait être contraire à une autre »

B) Il a dit « La vraie vérité, c'est quand l'autre a tort »

C) Il a dit « Le futur se lit dans le passé »

D) Il a dit « Le passé, c'est du futur qui a mal vieilli »

La citation du jour

« La couleur est mon obsession quotidienne, ma joie et mon tourment »

Claude Monet

De l'art ou du cochon

A dream come true
d'Alexandra Rubinstein, 2015

L'artiste peint des hommes célèbres en plein cunnilingus : Leonardo DiCaprio, Justin Bieber ou encore Barack Obama sont représentés en gros plan la tête entre des cuisses et regardent le spectateur.

Le chiffre du jour

2 000 C'est le nombre de toiles que Monet nous a laissées.

Le saviez-vous ?

Monet n'était pas très apprécié à Giverny : son sale caractère, son égoïsme et son obsession pour la peinture lui conféraient une sale réputation. Ajoutez à ça la visite de ses amis de la même trempe que lui, tels que Clemenceau et Rodin, et le portrait était brossé.

À vérifier

Monet est un pseudonyme car il est né Nuphar.

Duléry A) Vrai B) Vrai C) Faux D) Vrai

Leibniz A) Vrai B) Faux, c'est Bibi C) Vrai D) Faux, c'est Bibi

Saint **Albert** / **Arthur**

Dicton
À la Saint-Albert,
fais pas ta pute remets
ta bière.

Vendredi
15
NOVEMBRE

Ça s'est passé le 15 novembre 1793
Naissance de la baguette de pain.

Coucou
Laura Smet 1983

Vrai ou Faux?

A) C'est la fille de Dick Rivers et Michèle Torr

B) Ses deux parrains sont Eddy Mitchell et Dominique Besnehard

C) La chanson « Laura » commence par : « Laura, pas d'héritage pour David et toi »

D) Dans le privé, elle appelle Laeticia Hallyday « la salope »

Bye-bye
Jean Gabin 1976

Vrai ou Faux?

A) Son rêve était de devenir conducteur de locomotive

B) Il a participé à l'attaque du nid d'aigle d'Adolf Hitler

C) Il tutoyait Charles de Gaulle

D) Il a un circuit automobile à son nom

La citation du jour

« Je suis un mélange d'anarchiste et de conservateur dans des proportions qui restent à déterminer »

Jean Gabin dans *Le Président*

Tous des bêtes

L'abeille corse a la langue plus longue que l'abeille du continent.

Transposition chez l'homme :

Le chiffre du jour

35 000

C'est le nombre de boulangeries en France.

Le saviez-vous ?

En 2022, la baguette a été inscrite au patrimoine immatériel de l'Unesco. Les ingrédients autorisés pour sa fabrication sont simples : farine, sel, eau, levure.

À vérifier

Dans la première version de *La Joconde*, Mona Lisa avait une baguette sous le bras.

Smet A) Faux B) Vrai C) Faux D) On ne sait pas
Gabin A) Vrai B) Vrai C) Faux D) Faux, un hippodrome

Sainte **Marguerite**

Dicton
Pipe à la Sainte-Marguerite, cunnilingus à la Saint-Marius.

Samedi
16
NOVEMBRE

Ça s'est passé le 16 novembre 1997
Mort de Georges Marchais.

Coucou
Jacques Gamblin 1957

Vrai ou Faux?

A) Son grand-père très fertile s'appellait Jean Grosse

B) Pour préparer le film *Pédale douce*, il a vécu 6 mois à Myconos

C) Il a joué dans *Les Clefs de bagnole*

D) *Les Enfants du marais* est la suite de *Pédale douce*

Bye-bye
Alain Colas 1978

Vrai ou Faux?

A) Son bateau était le *Pen Duick IV* rebaptisé *Manureva*

B) Il a disparu pendant la 2e Route du Rhum

C) Ce drame a inspiré Serge Gainsbourg qui a écrit la chanson « Manureva » chantée par Alain Chamfort

D) Il avait un frère jumeau prénommé Coca

La citation du jour

« Putain, ça fait chier de ne pas avoir Canal »

Ferdinand de Lesseps

Sainte **Élisabeth**

Dicton
À la Sainte-Élisabeth, même Charles III pète sous la couette.

Dimanche
17
NOVEMBRE

Ça s'est passé le 17 novembre 1869
Inauguration du canal de Suez.

Coucou
Sophie Marceau 1966

Vrai ou Faux?

A) Elle a refusé la Légion d'honneur

B) Julien Clerc parle de ses seins dans une de ses chansons

C) Elle a joué dans *Les Clefs de bagnole*

D) Elle a chanté une chanson sur les couilles de Julien Clerc

Bye-bye
Auguste Rodin 1917

Vrai ou Faux?

A) Ses sculptures de Victor Hugo, Clemenceau et Balzac ont été refusées

B) C'est en faisant caca qu'il a eu l'idée du *Penseur*

C) Il a fait de nombreux dessins pornographiques

D) Les marbres de Rodin n'étaient pas de Rodin

Gamblin A) Vrai B) Faux C) Vrai D) Faux **Colas** A) Vrai B) Faux, la première C) Vrai D) Faux **Marceau** A) Vrai B) Vrai C) Vrai D) Faux
Rodin A) Vrai, les commanditaires les trouvaient trop laides B) Comment savoir C) Vrai D) Vrai, il sculptait la statue en plâtre et confiait le marbre à ses assistants

Sainte **Aude**

Dicton
À la Sainte-Aude,
pense à ta crème
pour les émeraudes.

Lundi
18
NOVEMBRE

Ça s'est passé le 18 novembre 1990
Florence Arthaud gagne la Route du Rhum.

Coucou
Mickey Mouse 1928

Vrai ou Faux?
A) Son premier nom était Oswald
B) La tête de Mickey coûte 45 cents
C) Mickey n'a jamais baisé Minnie
D) En 1972, à Disneyland en Californie, un assassin se cachait dans le costume de Mickey

Bye-bye
Marcel Proust 1922

Vrai ou Faux?
A) Au début *Du côté de chez Swann* a été refusé partout
B) Quand il a reçu le prix Goncourt il a crié « Oh putain c'est bon ! »
C) À Paris, Proust habitait à la Madeleine
D) Klaus Barbie a soumis Jean Moulin au questionnaire de Proust

La citation du jour

« Je crois au destin : le jour où on doit mourir, on meurt »

Florence Arthaud

Les coutumes du monde

Il n'y a pas que dans les concerts de rock que les mecs montrent leur cul ; aux États-Unis et en Amérique latine, c'est aussi devenu un moyen de protester dans les manifestations politiques. En Amérique, cela s'appelle le « Mooning » (montrer sa lune) et au Chili « Cara palida » (le visage pâle) et normalement ça devrait bientôt arriver en France.

Le chiffre du jour

14 jours, 10 heures et 8 minutes

C'est le temps que Florence Arthaud a mis pour gagner la Route du Rhum en 1990.

Le saviez-vous ?

En 2011, Florence Arthaud a déjà flirté avec la mort. Elle tombe de son bateau en pleine nuit. Elle est géolocalisée grâce à son téléphone portable. Et 3 heures et 20 minutes après son appel de détresse, elle sera sauvée.

À vérifier

Elle aurait fait un pari avec Daniel Balavoine en disant : «le premier de nous deux qui meurt en hélico a gagné».

Mickey A) Faux, Mortimer B) Vrai, elle a été inspirée à Walt Disney avec une pièce de 25 cents et deux pièces de 10 C) Vrai, ce sont d'éternels fiancés D) Faux **Proust** A) Vrai, André Gide qui travaillait chez Gallimard s'en est voulu toute sa vie B) Faux, il a juste dit « Ah ? » C) Faux, pas loin, il habitait boulevard Haussmann D) Faux

Saint **Tanguy**

Dicton

À la Saint-Tanguy,
ton trentenaire
doit quitter le nid.

Mardi
19
NOVEMBRE

Ça s'est passé le 19 novembre 1819
Inauguration du musée du Prado à Madrid.

Coucou
Jodie Foster 1962

Vrai ou Faux?

A) Elle a tourné ses premières pubs à l'âge de 3 ans
B) Elle a refusé le rôle de Leïa dans *Star Wars*
C) Elle a chanté en duo avec Claude François
D) Un détraqué a tenté d'assassiner Ronald Reagan pour l'impressionner

Bye-bye
Nicolas Poussin 1665

Vrai ou Faux?

A) Enfant, il a été très couvé
B) Son surnom était « le Raphaël français »
C) Après avoir peint Midas, il a peint Carglass
D) À sa mort, il a été cuisiné comme coq au vin

La citation du jour

« Le plus grand défi est de découvrir de quoi j'ai peur et alors de le jouer »

Jodie Foster

Le métier insolite

Surveillant de débordement

Quand ils colorient, les enfants débordent souvent. Est-ce par manque d'inattention ou tout simplement par manque de sanction ? Rassurez-vous, grâce au surveillant de débordement cela n'arrivera plus, car votre enfant comprendra très vite où sont les limites.

Le chiffre du jour

9 000

C'est le nombre de peintures et de sculptures que possède le Prado. Seulement 1 300 œuvres sont exposées.

Le saviez-vous ?

J'ai beau ne pas être croyant et détester les peintures de crucifixion, je suis resté scotché devant le Christ de San Placido de Vélazquez, exposé au Prado. Ce chef-d'œuvre est tout simplement incroyable.

À vérifier

Mes clefs de bagnole sont exposées au Prado.

Foster A) Faux, 2 ans B) Vrai C) Vrai D) Vrai
Poussin A) Faux B) Vrai C) Faux D) Faux

Saint **Edmond**

Dicton

À la Saint-Edmond, ignore tous les cons !

Mercredi
20
NOVEMBRE

Ça s'est passé le 20 novembre 1947
Mariage d'Élisabeth et Philip.

Coucou
Joe Biden 1942

Vrai ou Faux?

A) Son deuxième prénom est Robinette

B) Enfant, il était bègue

C) Comme George W. Bush, c'est un ancien alcoolique

D) S'il chope parkinson, il risque d'appuyer sur le bouton rouge avant Poutine

Bye-bye
Léon Tolstoï 1910

Vrai ou Faux?

A) Il a dit : « La charité du pauvre est de ne pas haïr le riche »

B) Il a dit :« Quelqu'un aurait le 06 d'Anna Karenine ? »

C) Il a dit : « Si vous voulez être heureux, soyez-le »

D) Il a dit au restaurant : « Ce steak n'est guère épais »

La citation du jour

« Lorsqu'un homme ouvre la portière d'une voiture pour sa femme, c'est soit une nouvelle voiture, soit une nouvelle femme »

Le prince Philip

Cinéma

Quelle réplique n'est pas dans *Vol au-dessus d'un nid de coucou* ?

A) « Eh ! Une petite partie, les givrés ? »

B) « Je crois qu'on va avoir besoin d'un plus grand bateau. »

C) « Je veux mes cigarettes, miss Ratched. »

D) « Mets-la dans le panier, chef ! »

Le chiffre du jour

99 C'est l'âge auquel le prince Philip est mort. C'est con, non ?

Le saviez-vous ?

Sa femme était sa cousine germaine, Boutin, sors de ce corps !

À vérifier

Après s'être tapé Zsa Zsa Gabor, Shirley MacLaine, Daphné du Maurier et bien d'autres, le prince Philip aurait eu une aventure avec Maïté.

Biden A) Vrai B) Vrai C) Faux, il ne boit pas D) Vrai
Tolstoï A) Vrai B) Faux C) Vrai D) Faux **Cinéma** B, c'est dans *Les Dents de la mer*

Saint **Rufus**

Dicton

À la Saint-Rufus, ne confonds pas vagin et anus.

Jeudi

21

NOVEMBRE

Ça s'est passé le 21 novembre 1783

Pilâtre de Rozier s'envole en Montgolfière.

Coucou

Daniel Guichard 1948

Vrai ou Faux?

A) Sa mère était russe, polonaise et ukrainienne

B) C'est le roi du camping-car

C) Son premier succès a été « Et la tendresse bordel ? »

D) C'est Léo Ferré qui a composé la musique de « Mon vieux »

Bye-bye

Nicolas le Jardinier 2018

Vrai ou Faux?

A) Il a poussé à la campagne

B) Il a planté sa graine dans Évelyne Dhéliat

C) Il a été mis en terre en 2018 à Romainville

D) Depuis il y a eu 8 boutures

La citation du jour

« Dans son vieux parmesan râpé, Il s'en allait l'hiver, l'été, mon vieux »

Daniel Guichard

De l'art ou du cochon

Study of the Perspective Series
de Ai Wei Wei

Cette série est constituée des clichés pris du point de vue de l'artiste faisant des doigts d'honneur devant des lieux emblématiques, comme la place Tian'anmen, la Maison-Blanche, l'Opéra de Sydney, la place Saint-Marc à Venise ou la tour Eiffel.

Le chiffre du jour

25 000 C'est le nombre de ballons de baudruche qu'il faut pour soulever un homme de 100 kg.

Le saviez-vous ?

En 1979, après un essai infructueux, deux familles se sont évadées d'Allemagne de l'Est pour rejoindre l'Allemagne de l'Ouest à bord d'une montgolfière confectionnée avec des tissus de fortune. Le vol pour la liberté a duré 34 minutes.

À vérifier

Au départ, les frères Montgolfier étaient trois, mais le plus jeune est tombé de la nacelle.

Guichard A) Vrai B) Vrai C) Faux, juste « La tendresse » D) Faux, c'est Jean Ferrat

Jardinier A) Vrai B) Faux C) Vrai D) Faux

Sainte **Cécile**

Dicton
À la Sainte-Cécile,
si tu veux jouir,
change les piles.

Vendredi
22
NOVEMBRE

Ça s'est passé
le 22 novembre 1977
Premier Paris-New York
en Concorde.

Coucou
Scarlett Johansson 1984

Vrai ou Faux?

A) Elle est américano-suédoise

B) Jeune, elle a gardé la fille de Bill et Hillary Clinton

C) Elle a joué dans *L'homme qui murmurait à l'oreille des cheveux*

D) Elle a été témoin à charge contre Woody Allen

Bye-bye
John F. Kennedy 1963

Vrai ou Faux?

A) Il a été le président le plus jeune des États-Unis

B) Il a été le premier président catholique des États-Unis

C) Il a été le premier président américain à se faire assassiner

D) Cet addict au sexe avait Frank Sinatra comme « fournisseur de chair fraîche »

La citation du jour

« L'humanité devra mettre un terme à la guerre ou la guerre devra mettre un terme à l'humanité »

JFK

Tous des bêtes

La femelle hippocampe dépose les œufs dans la poche incubatrice du mâle. C'est donc lui qui sera enceint et qui accouchera.

Transposition chez l'homme :

Le chiffre du jour

11 000 $

C'était le prix moyen d'un aller-retour Paris-New York en Concorde

Le saviez-vous ?

Le bruit du Concorde au décollage était égal à un coup de tonnerre et le nombre de décibels était supérieur au seuil de douleur auditive acceptable chez l'homme.

À vérifier

Le Concorde consommait un peu plus de 12 litres aux 100.

Johansson A) Faux, américano-danoise B) Faux C) Faux, des chevaux D) Faux, elle le défend bec et ongles

Kennedy A) Vrai B) Vrai C) Faux, c'est le 4e après Abraham Lincoln, James Garfield et William McKinley D) Vrai

Saint **Clément**

Dicton
À la Saint-Clément,
sois sympa avec les gens.

Samedi
23
NOVEMBRE

Ça s'est passé le 23 novembre 1976
Mort d'André Malraux.

Coucou
Francis Cabrel 1953

Vrai ou Faux?

A) Son vrai nom est Bruno d'Agen
B) Sa chanson « Petite Marie » a été écrite pour Marie Myriam
C) C'est un fervent défenseur de la corrida
D) Il n'a pas les toilettes chez lui mais juste une cabane au fond du jardin

Bye-bye
Philippe Noiret 2006

Vrai ou Faux?

A) Il a raté trois fois son bac
B) Il a tourné avec Alfred Hitchcock
C) Il a communiqué sa passion des chevaux à Jean Rochefort
D) Il avait une maison à Montréal

La citation du jour

« Le voyage est court, essayons de le faire en première classe »

Philippe Noiret

Sainte **Flora**

Dicton
À la Sainte-Flora,
adopte un chien à la SPA.

Dimanche
24
NOVEMBRE

Ça s'est passé le 24 novembre 1859
Darwin publie *L'Origine des espèces.*

Coucou
Alain Chabat 1958

Vrai ou Faux?

A) Jeune, il a fait de la prison pour viol
B) Il a la réputation de harceler sexuellement ses comédiennes
C) Il a joué dans *Les Clefs de bagnole*
D) Il a dit de Harvey Weinstein : « Pour moi, il est innocent, ce sont ces petites putes qui l'ont allumé »

Bye-bye
Barbara 1997

Vrai ou Faux?

A) Son vrai nom était Monique Serf
B) Elle a eu une liaison avec Georges Brassens
C) Elle a été violée par son père à l'âge de 10 ans
D) Elle a fait un spectacle au Zénith avec Serge Gainsbourg

Cabrel A) Faux B) Faux C) Faux D) Faux **Noiret** A) Vrai B) Vrai, dans *L'Étau* C) Faux, c'est l'inverse D) Vrai, c'est une commune à côté de Carcassonne **Chabat** A) Faux B) Faux C) Vrai D) Vrai **Barbara** A) Vrai B) Faux C) Vrai D) Faux, avec Gérard Depardieu : « Lili Passion »

Sainte **Catherine**

Dicton

Coiffée à la Sainte-Catherine, dépucelée à la Sainte-Delphine.

Lundi

25

NOVEMBRE

Ça s'est passé le 25 novembre 1959

Mort de Gérard Philipe.

Coucou

Harlem Désir 1959

Vrai ou Faux?

A) Son vrai prénom est Bronx

B) En 1987, il a été condamné pour emploi fictif

C) François Mitterrand l'aurait gracié pour une dette de 80 000 francs due à des amendes de stationnement

D) En 2012, il a pris la tête du parti socialiste

Bye-bye

Maradona 2020

Vrai ou Faux?

A) Il avait des origines africaines

B) La Camorra a utilisé son passeport diplomatique pour faire transiter de la cocaïne

C) Il a eu cinq enfants extraconjugaux

D) À sa mort, l'Argentine a décrété un jour de deuil national

La citation du jour

« Je fais des pièces et ma femme fait des scènes »

Eugène Labiche

Les coutumes du monde

En Ukraine et dans les pays slaves, on trouve la svastika, une croix qui symbolise la force du soleil. Chez les bouddhistes, cette croix représente la trace du pied de bouddha. Le problème, c'est qu'Hitler l'a choisie pour la mettre au centre du drapeau nazi.

Le chiffre du jour

36 ans

C'est l'âge auquel l'immense Gérard Philipe nous a quittés.

Le saviez-vous ?

Gérard Philipe a participé à la libération de Paris en 1944. Certains disent qu'il a été un résistant de la dernière heure. Son père a été condamné à mort par contumace en 1945 pour intelligence avec l'ennemi.

À vérifier

Gérard Philipe était aussi serial killer.

Désir A) Faux B) Vrai C) Vrai D) Ah bon ?!

Maradona A) Vrai B) Vrai C) Vrai D) Faux, trois jours

Sainte **Delphine**

Dicton
À la Sainte-Delphine, mazeltov si c'est ta première pine !

Mardi 26 NOVEMBRE

Ça s'est passé le 26 novembre 1909
Naissance d'Eugène Ionesco.

Coucou

Louane 1996

Vrai ou Faux?

A) Quand elle fume un joint, elle vole
B) Enfant, elle a été diagnostiquée hyperactive
C) Elle a raté le césar du meilleur espoir féminin
D) Elle a eu un enfant avec François Damiens

Bye-bye

Gaston Ouvrard 1981

Vrai ou Faux?

A) Il avait la rate qui se dilatait
B) Son foie n'était pas droit
C) Il avait l'estomac bien trop bas
D) Il avait les côtes bien trop hautes

La citation du jour

« Prenez un cercle, caressez-le, il deviendra vicieux »

Ionesco

Le métier insolite

Balayeur de préjugés

Combien de gens ne font pas les bons choix dans la vie car ils sont bourrés de préjugés ? Ces opinions préconçues nous empêchent de bien réfléchir et d'évaluer dans le bon sens. C'est la raison pour laquelle de plus en plus de gens font appel au balayeur de préjugés.

Le chiffre du jour

21 000

C'est le record de représentations pour une pièce de théâtre dans le monde détenu par *La Cantatrice chauve.*

Le saviez-vous ?

Parmi les nombreux petits boulots que j'ai exercés dans ma jeunesse, j'ai été régisseur au Théâtre de la Huchette et j'ai assisté à de nombreuses représentations de *La Cantatrice chauve*.

À vérifier

La pièce *Toc-Toc* aurait battu le record de *La Cantatrice chauve.*

Louane A) Faux B) Vrai C) Faux, elle l'a obtenu pour *La Famille Bélier* D) Faux
Ouvrard A) Vrai B) Vrai C) Vrai D) Vrai

Saint **Séverin**

Dicton

Baise-main à la Saint-Séverin, double péné a la Saint-Amédée.

Mercredi

27

NOVEMBRE

Ça s'est passé le 27 novembre 2007

Mort de Fred Chichin.

Coucou

Rachida Dati 1965

Vrai ou Faux?

A) Elle a commencé comme gardienne à Sceaux

B) Elle a fini comme garde des Sceaux

C) Deux heures après son accouchement, elle s'est rendue au conseil des ministres

D) Elle va à la messe tous les dimanches

Bye-bye

Alexandre Dumas fils 1895

Vrai ou Faux?

A) Bâtard, il a été reconnu par son père à l'âge de 7 ans

B) Il n'a jamais été accepté à l'Académie française

C) Il a écrit *La Dame aux chlamydias*

D) Il est mort de la syphilis

La citation du jour

« Les lettres anonymes ont le grand avantage qu'on n'est pas forcé d'y répondre »

Alexandre Dumas fils

Cinéma

Dans le film *La Guerre des boutons*, qui disait « Si j'aurais su, j'aurais pas v'nu ! » ?

A) Gibus

B) P'tit Gibus

C) Dragibus

D) Nimbus

Le chiffre du jour

1984 C'est l'année de la sortie de « Marcia Baïla ». Je vous parle d'un temps que les moins de 20 ans ne peuvent pas connaître.

Le saviez-vous ?

Fred Chichin et Catherine Ringer cherchaient un nom exotique pour leur groupe. En mixant le prénom d'une stripteaseuse, Rita Renoir, et le nom du parfum de Guerlain Mitsouko, le nom a été trouvé.

À vérifier

Si ça se trouve, c'est moi le père de l'enfant de Rachida Dati.

Dati A) Faux B) Vrai C) Faux D) Vrai

Dumas fils A) Vrai B) Faux, il occupait le fauteuil n°2 C) Faux D) Faux **Cinéma** B

Saint **Jacques**

Dicton

Si tu veux pas avoir les couilles en vrac, mets une coquille à la Saint-Jacques.

Jeudi

28

NOVEMBRE

Ça s'est passé le 28 novembre 1956
Sortie de *Et Dieu créa la femme.*

Coucou

Shy'm 1985

Vrai ou Faux?

A) Son vrai prénom est Tarama
B) Elle a gagné « Danse avec les stars »
C) Son père est guadeloupéen,
D) Elle a chanté en duo avec Bertrand Cantat

Bye-bye

Jeffrey Dahmer 1994

Vrai ou Faux?

A) Son surnom était « le cannibale de Milwaukee »
B) Enfant, il déterrait des animaux morts
C) Ado, il était fan de Mylène Farmer
D) Il avait des têtes dans son frigo, des cœurs dans son congélo, et des squelettes dans son placard

La citation du jour

« J'ai donné ma jeunesse et ma beauté aux hommes, et maintenant je donne ma sagesse et mon expérience aux animaux »

Brigitte Bardot

De l'art ou du cochon

Painting and singing finger,
de Martin uit den Bogaard.
L'artiste utilise l'énergie libérée par un doigt humain en décomposition installé dans un cercueil de verre pour peindre et produire des sons via un ordinateur relié à la chair morte.

Le chiffre du jour

17 C'est le nombre officiel de victimes de Jeffrey Dahmer.

Le saviez-vous ?

Shy'm est tellement timide qu'elle n'ose même pas rentrer chez elle.

À vérifier

Avant de se faire assassiner en prison, Jeffrey Dahmer avait commencé à se manger lui-même.

Dahmer A) Vrai B) Vrai C) Faux D) Vrai
Shy'm A) Tamara B) Vrai C) Faux, martiniquais D) Faux

Saint **Saturnin**

Dicton

À la Saint-Saturnin, achète un canard sur Leboncoin.

Vendredi 29 NOVEMBRE

Ça s'est passé le 29 novembre 1986

Mort de Cary Grant.

Coucou

Paul Mirabel 1995

Vrai ou Faux?

A) Son vrai nom est Aroïde

B) Enfant, il a été diagnostiqué hyperactif

C) Après une altercation dans un festival, il a cassé la gueule de Ragnar le Breton

D) Il a été médaillé d'or en haltérophilie aux JO de Tokyo

Bye-bye

George Harrison 2001

Vrai ou Faux?

A) C'était le plus vieux des Beatles

B) Il a organisé le premier concert de bienfaisance dans l'histoire du rock

C) En 1999, il a été poignardé de 40 coups de couteaux chez lui par un intrus

D) Il s'est fait piquer sa femme par Mick Jagger

La citation du jour

« Pour réussir avec une femme, il faut lui dire que vous êtes impuissant, elle aura hâte de le réfuter »

Cary Grant

Tous des bêtes

Le lapin de garenne peut uriner très précisément à un mètre de distance sur sa femelle qui aura alors une quantité d'informations sur la physiologie du mâle, qui l'aideront à décider de s'accoupler ou pas.

Transposition chez l'homme :

Le chiffre du jour

62 ans

C'est l'âge auquel Cary Grant est devenu père pour la première fois.

Le saviez-vous ?

En 1934, les services secrets britanniques et le FBI ont engagé Cary Grant pour qu'il surveille une amie de Mussolini et Errol Flynn, qui était très proche d'un officier SS.

À vérifier

Dans *La Mort aux trousses*, c'est Alfred Hitchcock qui pilote l'avion qui poursuit Cary Grant.

Mirabel A) Faux B) Faux C) Faux D) Faux

Harrison A) Faux, le plus jeune B) Vrai C) Vrai D) Faux, Éric Clapton

Saint **André**

Dicton
À la Saint-André,
jette tes vieilles pompes
et achète des souliers.

Samedi
30
NOVEMBRE

Ça s'est passé le 30 novembre 1974
Découverte de Lucy, âgée de 3 millions d'années.

Coucou
Magnus Carlsen 1990

Vrai ou Faux?

A) Il a obtenu le plus haut classement de l'histoire des joueurs d'échec

B) En finale d'un tournoi en Afrique du Sud, son partenaire a refusé de jouer avec les noirs

C) Il a perdu deux tours un 11 septembre

D) Dans un tournoi à Londres, il a fait scandale quand il a sauté la reine avec son cheval

Bye-bye
Paul Walker 2013

Vrai ou Faux?

A) Il a joué dans *Fast and Furious* 1 et 2

B) Il a joué dans *Fast and Furious* 3 et 4

C) Il a joué dans *Fast and Furious* 5 et 6

D) Il a joué dans *Fast and Furious* 7 et 8

La citation du jour

« Les échecs, c'est la vie.
La vie, c'est une partie d'échecs »

Garry Kasparov

Sainte **Florence**

Dicton
À la Sainte-Florence,
augmente les cadences.

Dimanche
01
DÉCEMBRE

Ça s'est passé le 1er décembre 1955
Arrestation de Rosa Parks.

Coucou
Claire Chazal 1956

Vrai ou Faux?

A) Elle a eu un enfant avec FOG

B) Elle a eu un enfant avec BHL

C) Elle a eu un enfant avec DSK

D) Elle a eu un enfant avec PPDA

Bye-bye
Dario Moreno 1968

Vrai ou Faux?

Il a chanté :

A) « Brigitte Bardot »

B) « Coucouroucou »

C) « Si tu vas à Rio »

D) Que des chansons qui finissent en O

Carlsen A) Vrai B) Faux C) Faux D) Faux **Walker** A) Vrai B) Faux, il joue seulement dans le 4 C) Vrai D) Faux, il joue dans le 7 (sortie posthume)
Chazal A) Faux B) Faux C) Faux D) Vrai **Moreno** A) Vrai B) Vrai C) Vrai D) Faux

Sainte **Viviane**

Dicton
À la Sainte-Viviane,
dépense toute ton épargne.

Lundi
02
DÉCEMBRE

Ça s'est passé le 2 décembre 1804
Sacre de Napoléon Ier.

Coucou
Britney Spears 1981

Vrai ou Faux?

A) Elle aurait eu une liaison avec Mickey
B) Elle aurait eu une liaison avec Justin Timberlake
C) Elle aurait eu une liaison avec le prince William
D) Elle aurait eu une liaison avec Donald Trump

Bye-bye
Pablo Escobar 1993

Vrai ou Faux?

A) Il y a des hippopotames en liberté en Colombie à cause de lui
B) Son bras droit s'appelait « Dingo »
C) Dans sa vie, il a tué ou fait tuer environ 900 personnes
D) Chaque hiver, il allait au ski car il adorait la poudreuse

La citation du jour

« J'aime être enceinte pour tellement de raisons. Sans oublier que le sexe est génial pendant cette période »

Britney Spears

Les coutumes du monde

En Grèce, il est de coutume de cracher 3 fois sur un nouveau-né, histoire de lui porter chance. Cette tradition remonte au temps des Romains quand on croyait que cracher était une offrande faite aux dieux.

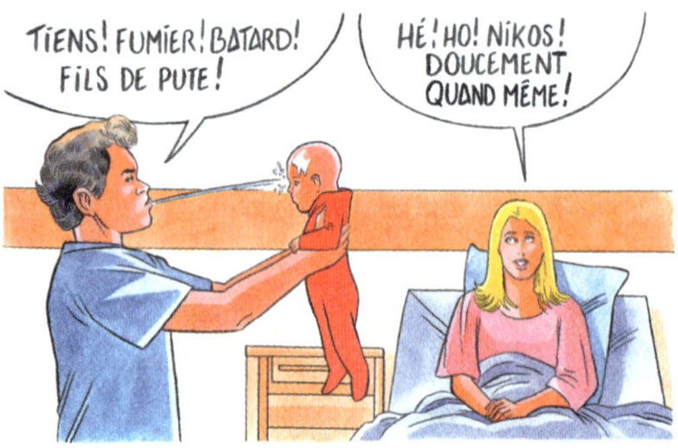

Le chiffre du jour

12 ans

C'est la période pendant laquelle le père de Britney Spears l'a mise sous tutelle.

Le saviez-vous ?

Pendant sa cavale, Pablo Escobar a brûlé 2 millions de dollars pour allumer un feu afin de réchauffer sa fille atteinte d'une pneumonie.

À vérifier

Pendant un barbecue, Pablo Escobar aurait également brûlé 10 millions de dollars, juste pour faire cuire des brochettes.

Escobar A) Vrai, ils se sont échappés de son zoo B) Faux, Popeye C) Faux, 9 000 D) Faux
Spears A) Faux B) Vrai C) Vrai D) Faux

Saint **Xavier**

Dicton

À la Saint-Xavier, déterre ta famille et va t'excuser !

Mardi

03

DÉCEMBRE

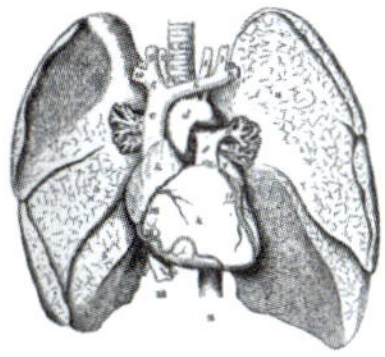

Ça s'est passé le 3 décembre 1967

Première greffe du cœur.

Coucou

Angèle 1995

Vrai ou Faux?

A) Son vrai nom est Angèle Van Diou

B) Son premier album s'appelait *Brel*

C) Elle a chanté en duo avec Annie Cordy

D) DSK a fait une apparition dans le clip « Balance ton quoi »

Bye-bye

Auguste Renoir 1919

Vrai ou Faux?

A) Il a peint environ 4 000 toiles

B) Il a commencé à 17 ans par peindre des boîtes à musique

C) Il a fait le portrait de la goulue

D) Il a réclamé des pinceaux sur son lit de mort

La citation du jour

« Un matin, l'un de nous manquant de noir, se servit de bleu, l'impressionnisme était né »

Auguste Renoir

Le métier insolite

Blavetier pour godichoir étrusque

Ce métier a aujourd'hui totalement disparu car personne n'a jamais compris en quoi il consistait.

Le chiffre du jour

6 000 C'est le nombre de personnes qui, dans le monde, vivent avec le cœur d'un autre.

Le saviez-vous ?

La première transplantation cardiaque est effectuée par le chirurgien Christiaan Barnard. Le patient survit 18 jours. Un mois plus tard, Barnard opère à nouveau : le patient survivra 18 mois. Le record appartient aujourd'hui à un Anglais qui a survécu 33 ans à la greffe.

À vérifier

La seule greffe du cœur de pierre réussie à ce jour est celle de Vladimir Poutine.

Angèle A) Faux, Angèle Van Laeken B) Faux. Il s'appelait *Brol* C) Vrai D) Faux

Renoir A) Vrai B) Faux, des éventails C) Faux D) Vrai

Sainte **Barbara**

Dicton
À la Sainte-Barbara,
c'est du noir que tu broies.

Mercredi
04
DÉCEMBRE

Ça s'est passé le 4 décembre 1642
Mort de Richelieu.

Coucou
Jean-Pierre Darroussin 1953

Vrai ou Faux?
A) Jeune, il vivait avec son père et ta mère
B) On entend sa voix au téléphone dans *Le Père Noël est une ordure*
C) Il a joué dans *Les Clefs de bagnole*
D) Sa réplique culte est « Y'a pas mort d'homme »

Bye-bye
Marcel Gotlib 2016

Vrai ou Faux?
A) Enfant, il a porté l'étoile jaune
B) Il roulait en Coccinelle
C) Il a joué dans *Les Clefs de bagnole*
D) Je l'appelais « Jésus »

La citation du jour

« Il faut dormir comme un lion sans fermer les yeux »

Richelieu

Cinéma

Dans *Délivrance*, la rivière que veulent descendre les quatre amis en canoë s'appelle :

A) Cahulawasseea
B) Deshchiibikoh
C) Mazatzal Creek
D) Chiricahua

Le chiffre du jour

20 millions de livres
C'était la fortune de Richelieu, ce qui correspond aujourd'hui à 750 millions d'euros.

Le saviez-vous ?

Inhumé à la chapelle de la Sorbonne, le tombeau de Richelieu a été saccagé pendant la Révolution. Son corps a été exhumé et démembré avant de disparaître. Seule une partie de sa tête sera retrouvée et retournera finalement à la Sorbonne treize ans plus tard.

À vérifier

Les testicules de Richelieu auraient été rachetés dans une vente aux enchères par Claudia Cardinale.

Darroussin A) Faux, étameur B) Vrai C) Vrai D) Vrai, dans *Mes meilleurs copains*
Gotlib A) Vrai B) Faux C) Vrai (un running gag !) D) Faux, « Dieu » **Cinéma** A

Saint **Gérald**

Dicton
À la Saint-Gérald,
te fais pas chier à trouver une rime
y en a pas !

Jeudi
05
DÉCEMBRE

Ça s'est passé
le 5 décembre 1870
Mort d'Alexandre Dumas.
le 5 décembre 1791
Mort de Mozart.

Coucou
Patricia Kaas 1966

Vrai ou Faux?

A) Son vrai nom est Kaas-Kouille
B) Elle a joué dans un film avec Jean-Marie Bigard
C) En 2012, elle a lancé une application de rencontre « Mon mec à moi »
D) Elle a chanté en duo avec Luciano Pavarotti et Placido Domingo

Bye-bye
Johnny Hallyday 2017

Vrai ou Faux?

A) Il a refusé que les Beatles fassent sa première partie
B) Il a refusé que Jimi Hendrix fasse sa première partie
C) Il a été petit rat de l'Opéra
D) Il a chanté « L'amour en héritage »

La citation du jour

« Si on n'avait pas perdu une heure un quart, on serait là depuis une heure un quart »

Johnny Hallyday

De l'art ou du cochon

***Spent*, sperme sur toile de Jordan McKenzie, 2008**
Pour créer ses tableaux, l'artiste pratique l'art séminal : il éjacule sur du papier tournesol utilisé en chimie pour mesurer le pH.

Le saviez-vous ?

Outre « le Club des 27 » de Jimi Hendrix, Basquiat, Jim Morrison et Kurt Cobain, il existe le « Club des 74 » avec pour membres Johnny Hallyday, Gilbert Bécaud, Dick Rivers, Linda de Suza, Christophe et Claude Nougaro.

Chassez l'intrus

A) Mozart
B) Bernadette Soubirous
C) Bob Marley
D) Patrick Devers
E) Modigliani
F) Alain Colas

Kaas A) Faux B) Vrai, dans *And Now… Ladies and Gentlemen* C) Faux D) Faux, si vous avez répondu vrai, vous êtes vraiment trop con
Hallyday A) Vrai B) Faux C) Vrai D) Faux **Chassez l'intrus** C, tous sont morts à 35 ans, sauf Bob Marley à 36 ans

Saint **Nicolas**

Dicton
À la Saint-Nicolas,
blanc rouge et rosé tu boiras.

Vendredi
06
DÉCEMBRE

Ça s'est passé le 6 décembre 1917
Indépendance
de la Finlande.

Coucou
Estelle Denis 1976

Vrai ou Faux?

A) Elle s'est fait connaitre en reprenant la chanson « Mon Vieux »

B) Quand Raymond Domenech l'a demandée en mariage, elle a refusé de sortir du bus

C) Après « Le journal du hard » elle a animé « 100 % foutre » sur Canal +

D) En fait, les gens qui l'appellent Estelle dans la rue ne la reconnaissent qu'à moitié

Bye-bye
César Baldaccini 1998

Vrai ou Faux?

A) C'était un con pressé

B) Il mangeait sur le pouce

C) Il a déçu beaucoup d'actrices et d'acteurs

D) Il s'est fait connaître avec ses célèbres salades

La citation du jour

« Nul ne skie assez doucement pour glisser sans laisser de trace »

Proverbe finlandais

Tous des bêtes

Souvent dans la nature, le rouge est synonyme d'excitation sexuelle. Le phoque à capuchon possède même un ballon sous la gorge qu'il gonfle pour exciter sa femelle.

Transposition chez l'homme :

Le chiffre du jour

95 000

C'est le nombre d'îles finlandaises sur la mer Baltique. Ah pardon, j'oubliais, il y a aussi également près de 200 000 lacs en Finlande.

Le saviez-vous ?

La Finlande est le seul pays au monde dont la capitale est également un nom d'animal.
Si tu trouves la bonne réponse, sers-toi un verre, c'est pour moi.

À vérifier

En finnois, « bonjour » se dit « vittu sinua ».

Denis A) Faux B) Vrai C) Faux D) Vrai, vous avez 2 heures pour comprendre la vanne
César A) Faux B) Ça pouvait lui arriver C) Vrai D) Faux

Saint **Ambroise**

Dicton
À la Saint-Ambroise, toutes les blagues sont grivoises.

Samedi
07
DÉCEMBRE

Ça s'est passé le 7 décembre 1941
Les Japonais attaquent Pearl Harbour.

Coucou
Lucky Luke 1946

Vrai ou Faux?

A) Il n'est pas marié car il tire plus vite que son ombre

B) Jolly Jumper est un Appaloosa

C) Les frères Dalton ont vraiment existé

D) En 1983, il a remplacé le tabac par l'herbe

Coucou
Tristan Bernard 1947

Vrai ou Faux?

A) Il a dit : « On ne prête qu'aux riches parce que les autres remboursent difficilement »

B) Il a dit : « Il faut mettre de l'argent de côté pour en avoir devant soi »

C) Il a dit : « Les absents ont toujours tort de revenir »

D) Il a dit « Un bon titre n'a jamais sauvé une mauvaise pièce »

La citation du jour

« On ne perd rien à être poli, sauf sa place dans le métro »

Tristan Bernard

Saint **Elfried / Immaculée Conception**

Dicton
À la Saint-Elfried, refais-toi Walking Dead.

Dimanche
08
DÉCEMBRE

Ça s'est passé le 8 décembre 1989
Mort de Bruno Carette.

Coucou
Philippe Katerine 1968

Vrai ou Faux?

A) Il collectionne les excréments

B) Il est dans la merde et il nous emmerde

C) Il déteste Louxor

D) Quand il chante « La reine d'Angleterre », il nous chie à la raie

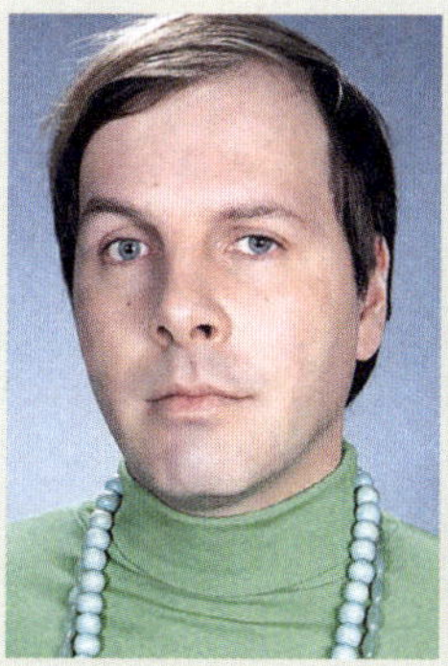

Bye-bye
John Lennon 1980

Vrai ou Faux?

A) Il est né dans la même clinique et le même jour que Paul McCartney

B) Il détestait sa voix

C) Paul, George et Ringo adoraient Yoko Ono

D) La dernière photo de John le montre en train de signer un autographe à son assassin

Luke A) Vrai B) Vrai C) Vrai D) Vrai **Bernard** A) Vrai B) Vrai C) Faux D) Vrai
Katerine A) Vrai B) Vrai C) Faux, il adore D) Vrai **Lennon** A) Faux B) Vrai C) Faux, ils la détestaient D) Vrai

Saint **Pierre**

Dicton

À la Saint-Pierre, surtout dis non au curé et au maire.

Lundi

09

DÉCEMBRE

Ça s'est passé le 9 décembre 1905

Séparation de l'Église et de l'État.

Coucou

Booba 1976

Vrai ou Faux?

A) Son premier surnom était Tic-Tac

B) Il est très pote avec Rohff

C) On le surnomme le Duc du bois de Boulogne

D) Il a fait 3 ans de prison

Bye-bye

Alain Poher 1996

Vrai ou Faux?

A) Il a été président de la République française

B) Il est resté un mois au pouvoir

C) Il s'est présenté à sa succession en 1974

D) Il a touché à vie une retraite de président de la République

La citation du jour

« L'Église chez elle et l'État chez lui »

Victor Hugo

Les coutumes du monde

En Papouasie, dans la tribu des Sembia, les garçons sont séparés des femmes dès l'âge de 7 ans et ce jusqu'à leurs 17 ans. Pendant ce temps, leur peau est percée pour enlever « toutes les contaminations qui sont apportées par les femmes ». Ils doivent ensuite boire le sperme des aînés ce qui leur apportera force et croissance.

Le chiffre du jour

3

C'est le nombre de piliers de la laïcité.
1- Liberté de conscience et de manifester ses convictions dans le respect de l'ordre public.
2- La séparation des institutions publiques et des organisations religieuses.
3- L'égalité de tous devant la loi, quelles que soient leurs croyances ou leurs convictions.

Le saviez-vous ?

C'est Aristide Briand qui est à l'origine de la séparation de l'Église et de l'État en France.

À vérifier

Nicolas Sarkozy aurait déclaré ne pas avoir été informé de cette séparation.

Booba A) Vrai B) Faux, ils se détestent C) Faux, « Le Duc de Boulogne » D) Faux, 18 mois

Poher A) Vrai B) Faux, Un mois et 25 jours C) Faux D) On ne sait pas

Saint **Romaric**

Dicton

À la Saint-Romaric,
doucement tu t'astiques.

Mardi
10
DÉCEMBRE

Ça s'est passé le 10 décembre 1948
Déclaration universelle des droits de l'homme.

Coucou

Marion Maréchal-Le Pen 1989

Vrai ou Faux?

A) Son père Roger Auque était journaliste, espion et diplomate

B) Jeune, elle a fait le pèlerinage de Compostelle sur les genoux à reculons et en écoutant NTM

C) Fan de Diam's, elle s'est convertie à l'islam

D) Elle a deux filles : Yvégé et Fatima

Bye-bye

Otis Redding 1967

Vrai ou Faux?

A) Il est né dans un ascenseur

B) Il est mort dans un avion

C) Il a grandi à Macon

D) Il est mort à 27 ans

La citation du jour

« Les droits de l'homme valent aussi pour les femmes »

Sandrine Treiner

Le métier insolite

Videur de pus aux îles Panaris

Vous avez raté le poste de cancérologue sur l'île de Chimios en Grèce ? Qu'à cela ne tienne, devenez videur de pus aux îles Panaris. Certes, le job n'est pas très ragoûtant mais ce salaire exorbitant vous aidera à oublier tous ces seaux immondes à vider.

Le saviez-vous ?

« Les hommes naissent et demeurent libres et égaux en droits » est le début de l'article 1 des droits de l'homme. L'intention est bonne, mais aujourd'hui, pourquoi ne pas ajouter que ça va être beaucoup plus galère pour les Français à la peau noire ou basanée de trouver du boulot, se loger, et ne pas être tous considérés comme des délinquants ou des terroristes.

Quoi, j'ai dit une connerie ?

À vérifier

Le premier texte était « Tous les zobs naissent libres et égaux ». Heureusement, cette coquille a été corrigée très vite.

Redding A) Faux B) Vrai C) Vrai, Macon en Géorgie D) Faux, 26

Le Pen A) Vrai B) Faux C) Faux D) Faux

Saint **Daniel**

Dicton
San Daniel à Noël,
pata negra pour Mardi Gras.

Mercredi
11
DÉCEMBRE

Ça s'est passé le 11 décembre 1901
Les premiers prix Nobel sont attribués.

Coucou
Enrico Macias 1938

Vrai ou Faux?

A) Il a écrit les paroles de la chanson « Gaston » pour Nino Ferrer

B) Il a perdu 10 millions d'euros dans une crise financière

C) Il a joué dans *Les Clefs de bagnole*

D) Son autobiographie s'appelle *Algérie de me voir si belle dans ce miroir*

Bye-bye
Bettie Page 2008

Vrai ou Faux?

A) Elle a été la pin-up la plus célèbre des années 50

B) Son vrai nom était Bettie Marquepage

C) Elle a été playmate en 1955

D) Elle a été responsable de l'écoulement de millions d'hectolitres de sperme dans le monde

La citation du jour

« Les conneries, c'est comme les impôts, on finit toujours par les payer »

Michel Audiard

Cinéma

Dans *Série noire*, Patrick Dewaere s'appelle :

A) Félix Poupon

B) Franck Poupart

C) Fred Papon

D) Filip Patou

Le chiffre du jour

3

C'est le tiercé des pays dont les habitants paient le plus d'impôts.
1) le Danemark jusqu'à 60 %.
2) la France jusqu'à 45 %.
3) la Belgique jusqu'à 44 %.

Le jeu

Une seule de ces citations n'est pas d'Enrico. Retrouve-la.

1. Ah ! qu'elles sont jolies les filles de Sarkozy.
2. Je comprends Depardieu, c'est choquant de payer 75 % d'impôts.
3. Sarkozy reviendra et sauvera la France.
4. 75 % d'impôts, c'est confiscatoire.

Macias A) Faux, Gaston est juste son vrai prénom B) Faux, 20 millions C) Vrai D) Faux
Page A) Vrai B) Faux C) Vrai D) Vrai **Cinéma** B **Le jeu** la 4 est de Patrick Bruel

Saint **Corentin**

Dicton
À la Saint-Corentin, exprime-toi en latin.

Jeudi
12
DÉCEMBRE

Ça s'est passé le 12 décembre 1901
Marconi réalise la première transmission radio.

Coucou
Franck Provost 1946

Vrai ou Faux?

A) Il m'a coupé les pattes
B) Il m'a fait les implants
C) Il a coiffé Bruce Willis, Jason Statham et Zinédine Zidane
D) À ses débuts, il a refusé de coiffer Bob Marley

Bye-bye
Jean Richard 2001

Vrai ou Faux?

A) En 1955, il a créé un zoo dans l'Oise
B) Dans sa carrière, il a tourné dans beaucoup de merdes
C) Il disait « Je suis le seul homme au monde à nourrir des lions avec des navets »
D) Il a joué 88 épisodes du commissaire Maigret

La citation du jour

« La radio n'a pas rendu les hommes plus sots, mais la bêtise plus sonore »

Jean Rostand

De l'art ou du cochon

***Visual Temperature*, série de sculptures de Cao Hui, 2008**
Cet artiste chinois sculpte des objets de la vie de tous les jours en leur donnant un aspect de chair sanguinolente, de tripes ou d'organes humains.

Le chiffre du jour

60 000 C'est le nombre de radios que vous pouvez trouver sur Radio France.

Le saviez-vous ?

L'Allemagne est le pays qui écoute le plus la radio dans le monde. 75 % des Allemands l'écoutent au moins une fois par semaine. Détendez-vous les mecs, Radio Londres n'émet plus.

À vérifier

Après ses excuses, Dieudonné a été pressenti pour prendre la direction de Radio J.

Provost A) Vrai B) Faux C) Faux D) Faux
Richard A) Vrai, « La mer de sable » B) Vrai C) Vrai D) Faux

Sainte **Lucie**

Dicton

Si ce jour-là tu as le diable au corps, laisse Lucie faire.

Vendredi 13 DÉCEMBRE

Ça s'est passé le 13 décembre 1553

Naissance d'Henri IV.

Coucou

Jamie Foxx 1967

Vrai ou Faux?

A) Son vrai nom est Fox Terrier

B) Il a démarré sa carrière comme comique

C) Il a eu un oscar et un golden globe pour son interprétation de Ray Charles

D) Il est fâché à mort avec Quentin Tarantino

Bye-bye

Kandinsky 1944

Vrai ou Faux?

A) Il est considéré comme le père de l'art abstrait

B) Son père était un riche marchand de café

C) Il a dit : « Le blanc sonne comme un silence »

D) Il a dit « Putain je suis con j'aurais dû apprendre à dessiner »

La citation du jour

« Se faire enterrer un vendredi 13 ? Il faut vraiment ne pas être superstitieux »

Léo Campion

Tous des bêtes

Même lorsqu'elle est en couple, la mésange charbonnière a toujours une oreille qui traîne et si elle entend un mâle qui chante mieux que le sien, elle n'hésite pas à avoir une relation sexuelle avec lui.

Transposition chez l'homme :

Le chiffre du jour

1 C'est le minimum de vendredi 13 qu'il y a dans une année. Deux est la fréquence la plus courante et le maximum est trois.

Les vendredi 13 tragiques

13/11/2015 : **attentats de Paris**

13/01/2012 : **naufrage du *Costa Concordia***

13/10/1972 : **drame de la Cordillère des Andes**

Crucifixion de Jésus. La veille, Jésus et ses disciples étaient treize à table.

À vérifier

Christine Angot serait née un vendredi 13.

Foxx A) Faux B) Vrai C) Vrai D) Faux

Kandinsky A) Vrai B) Faux, de thé C) Vrai D) Faux

Sainte **Odile**

Dicton
Missile à la Sainte-Odile,
gros champignon
à la Saint-Gédéon.

Samedi 14 DÉCEMBRE

Ça s'est passé le 14 décembre 1911
Le Norvégien Amundsen est le premier homme à atteindre le pôle Sud.

Coucou
Nostradamus 1503

Vrai ou Faux?

A) Il a prédit la mort d'Henri II d'une lance dans l'œil pendant un tournoi
B) Il a prédit l'attentat du 11 septembre 2001
C) Il a prédit la chute de DSK
D) Il s'est beaucoup planté dans ses prédictions

Bye-bye
George Washington 1799

Vrai ou Faux?

A) Il a été le deuxième président des États-Unis
B) Le billet de 100 dollars est à son effigie
C) Il est né à Washington
D) N'ayant plus qu'une dent, il portait un dentier en bois

La citation du jour

« Se préparer à la guerre est le meilleur moyen de préserver la paix »

George Washington

Sainte **Ninon**

Dicton
Qui dit non à Ninon,
dira oui à Winnie.

Dimanche 15 DÉCEMBRE

Ça s'est passé le 15 décembre 37
Naissance de Néron.

Coucou
Surya Bonaly 1973

Vrai ou Faux?

A) En hindi, Surya veut dire « lune »
B) En patinage, elle a inventé le salto arrière
C) Le racisme l'a probablement privée d'un titre de championne du monde
D) Elle a eu deux enfants avec Philippe Candeloro

Bye-bye
Walt Disney 1966

Vrai ou Faux?

A) Mauvais dessinateur, Walt déléguait le boulot à ses collaborateurs
B) Il est à ce jour l'artiste à avoir reçu le plus d'oscars
C) *Blanche-Neige* était le film préféré d'Adolf Hitler
D) Dans la première version de *Pinocchio*, c'était le sexe de la marionnette qui s'allongeait

Nostradamus A) Vrai B) Faux C) Faux D) Vrai **Washington** A) Faux, le premier B) Faux, celui de 1 dollar C) Faux D) Vrai
Bonaly A) Faux, « soleil » B) Vrai C) Vrai D) Faux **Disney** A) Vrai B) Vrai, 22 Oscars pour 59 nominations C) Vrai D) Faux

Sainte **Alice**

Dicton

*Si ça sent l'anis
à la Sainte-Alice, bonjour
les sinus à la Saint-Brutus.*

Lundi

16

DÉCEMBRE

Ça s'est passé le 16 décembre 1600

Henri IV épouse Marie de Médicis.

Coucou

Liane Foly 1962

Vrai ou Faux?

A) Ses parents vendaient de la drogue

B) Elle a chanté au Stade de France

C) En 1997, elle a eu un nouveau nez

D) Elle a joué du biniou d'André Manoukian

Bye-bye

Alphonse Daudet 1897

Vrai ou Faux?

A) Il détestait le Mistral

B) Il a correspondu avec Jean Moulin avec lequel il était très possessif

C) Il a écrit un livre sur son micropénis intitulé *Le Petit Chose*

D) Dans la première version de *La chèvre de Monsieur Seguin*, un légionnaire remplaçait le loup

La citation du jour

« La haine est la colère des faibles »

Alphonse Daudet

Les coutumes du monde

À une époque, aux îles Marquises les enfants devaient regarder leurs parents faire l'amour : c'était une forme d'éducation sexuelle.

Le chiffre du jour

6

C'est le nombre de fois où Henri IV s'est converti. Baptisé catholique, il reçoit une éducation protestante. Après la Saint-Barthélemy, il est contraint de se convertir au catholicisme. Quelques années plus tard, il fuit la cour et renoue avec le protestantisme. Puis il redevient catholique en 1593, avant d'être sacré roi de France à Chartres.

À vérifier

Henri IV avait également un canapé convertible à l'islam.

Foly A) Faux, ils tenaient une droguerie B) Vrai, pour l'inauguration C) Vrai D) Vrai **Daudet** A) Faux, Fernand Mistral était son meilleur ami B) Faux, *Les Lettres de mon moulin* sont des chroniques provençales C) Faux, rien à voir D) Faux

Saint **Gaël**

Dicton
Si t'es sous son aile à la Saint-Gaël, tu seras dans le croupion à la Saint-Léon.

Mardi
17
DÉCEMBRE

Ça s'est passé le 17 décembre 1813
Mort d'Antoine Parmentier.

Coucou
Le pape François 1936

Vrai ou Faux?
A) Jeune, il a été fiancé
B) Il n'a qu'un seul poumon
C) Il appelle son assistante « la sous-pape »
D) C'est un grand fan de MMA

Bye-bye
Kim Jong-il 2011

Vrai ou Faux?
A) Il a été élu le mec le plus cool de la planète
B) Pendant ses années de tyrannie, il y a eu 200 000 prisonniers politiques
C) Mais tous ces prisonniers avaient une chambre vue mer et profitaient du room service
D) Il a été accusé de crime contre l'humanité pour avoir affamé son peuple

La citation du jour

« Les pommes de terre cuites sont tellement plus faciles à digérer que les pommes en terre cuite »

Alphonse Allais

Le métier insolite

Jeune fille au père

Vous en avez marre de garder des gosses hyper chiants pendant des heures avant qu'un couple aviné ne rentre à une heure du mat en disant « Tout s'est bien passé » ? Une seule solution, devenez jeune fille au père. Certes il est moins désagréable de changer un bambin qu'un sexagénaire, mais vous verrez que le taux horaire n'est pas du tout le même.

Le saviez-vous ?

La peau de la pomme de terre est excellente pour la santé car elle est riche en fibres, en vitamines et en minéraux.

Chassez l'intrus

A. La belle de Boskoop
B. La chérie
C. La Pompadour
D. La vitelotte

À vérifier

La belle de Fontenay doit se manger avec un chapeau.

Pape François A) Vrai B) Vrai C) Faux D) Faux
Jong-il A) Faux B) Vrai C) Faux D) Vrai **Chassez l'intrus** A. Toutes sont des pommes de terre, sauf la belle de Boskoop qui est une pomme

Saint **Gatien**

Dicton

Si t'es adjoint
à la Saint-Gatien, tu seras
maire à la Sainte-Claire.

Mercredi
18
DÉCEMBRE

Ça s'est passé le 18 décembre 1994
Découverte de la grotte Chauvet.

Coucou
Brad Pitt 1963

Vrai ou Faux?

A) Jeune, il a dansé en costume de poulet pour attirer les clients d'un fast-food

B) Il est citoyen d'honneur de Chine

C) Il a joué dans *Les Clefs de bagnole*

D) Il a eu une aventure avec Arlette Chabot

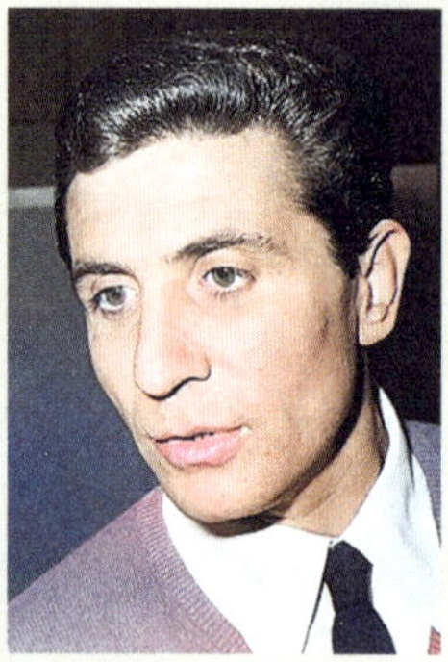

Bye-bye
Gilbert Bécaud 2001

Vrai ou Faux?

A) Il a piqué la femme de Claude François

B) Pour se venger Cloclo lui a piqué son surnom de « Monsieur 100 000 volts »

C) Sa chanson « Et maintenant » est un plagiat du Boléro de Ravel

D) Avant de mourir, il a avoué que c'est lui qui avait volé l'orange du marchand

La citation du jour

« Quand tu auras fini de gribouiller sur les murs, tu pourras aller nous chasser un mammouth ? »

La femme du peintre dans la grotte Chauvet

Cinéma

Dans *Psychose*, Alfred Hitchcock a tourné la scène de la douche en :

A) 7 minutes

B) 7 heures

C) 7 jours

D) 7 semaines

Le chiffre du jour

36 000 C'est l'âge estimé des peintures de la grotte Chauvet.

Le saviez-vous ?

La grotte Chauvet n'a jamais été ouverte au public. Seuls une centaine de visiteurs peuvent y accéder chaque année, mais la plupart sont des scientifiques. La grotte est considérée comme la chapelle Sixtine de l'art pariétal car elle est bien plus riche que la grotte de Lascaux.

À vérifier

On aurait retrouvé une peinture de Cavalier King Charles tout au fond de la grotte Chauvet.

Pitt A) Vrai B) Faux, depuis *Sept ans au Tibet*, il est interdit à vie dans ce pays C) Vrai, dans « Les nouveaux refus » D) On ne sait pas
Bécaud A) Vrai, elle était danseuse pour lui B) Faux C) Vrai D) Faux **Cinéma** C

Saint **Urbain**

Dicton

Si tu parles comme un chien à la Saint-Urbain, tu vas péter un câble à la Saint-Aimable.

Jeudi

19

DÉCEMBRE

Ça s'est passé le 19 décembre 1964
Jean Moulin entre au Panthéon.

Coucou

Béatrice Dalle 1964

Vrai ou Faux?

A) Son père a été fusillé

B) Elle a épousé Rédoine Faïd en prison

C) Jeune, elle a mangé une oreille humaine

D) Elle a fait un enfant avec Joey Starr mais il a été incarcéré à la naissance

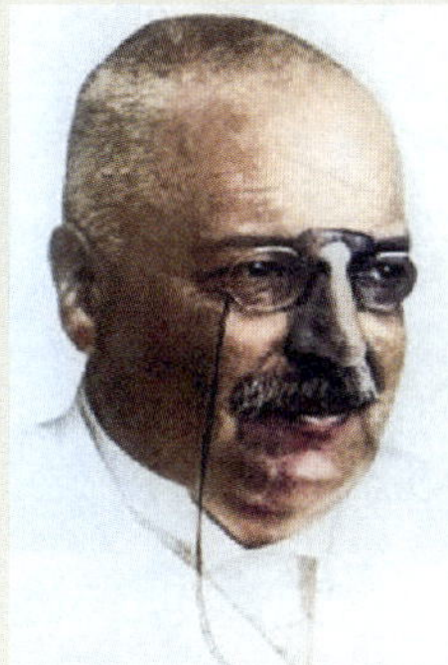

Bye-bye

Aloïs Alzheimer 1915

Vrai ou Faux?

A) Il est né à… putain il est né où déjà ?!

B) Ses parents étaient… merde attendez…

C) Il a eu pas mal d'enfants… enfin je crois…

D) Il a écrit une chanson pour Jeanne Moreau intitulée « … » … attendez ça va me revenir

La citation du jour

« Je suis prête à enterrer un enfant par amour »

Béatrice Dalle

De l'art ou du cochon

***The Penis Wall*, sculpture de Peiqi Su, 2014**

Cette sculpture cinétique se compose de 81 verges érectiles imprimées en 3D, qui s'animent (bandent…) grâce à un détecteur de mouvement, sur de la musique, ou encore en fonction des fluctuations des marchés financiers.

Le chiffre du jour

1 million C'est le nombre de personnes qui sont touchées par la maladie d'Alzheimer en France.

Le saviez-vous ?

Nombreuses sont les stars qui ont dû arrêter leur carrière à cause de cette terrible maladie. Citons entre autres Peter Falk, Annie Girardot, Guy Bedos, Sean Connery, Jacques Chirac ou Jean-Pierre Marielle.

À vérifier

Un chercheur canadien aurait trouvé un remède miracle contre la maladie d'Alzheimer. Mais il ne sait plus où il a rangé la formule.

Dalle A) Faux, c'était un fusilier marin B) Faux, elle a épousé un détenu incarcéré pour viol dont elle a divorcé 8 ans plus tard C) Vrai, elle a pris un acide alors qu'elle travaillait dans une morgue D) Faux **Alzheimer** A) ? B) ? C) ? D) ?

Saint **Ignace**

Dicton

Qui croise une connasse à la Saint-Ignace tombera sur un con à la Saint-Simon.

Vendredi

20

DÉCEMBRE

Ça s'est passé le 20 décembre 69

Vespasien devient empereur de Rome.

Coucou

Kylian MBappé 1998

Vrai ou Faux?

A) Jeune, il a souffert de la blague « t'habites à Bondy »

B) Il a joué son premier match en Ligue 1 à 16 ans

C) Après avoir bu 3 Red Bull, il a été chronométré sur le terrain à 97 km/h

D) Il a marqué 28 buts dans un match contre Dijon

Bye-bye

Michèle Morgan 2016

Vrai ou Faux?

A) Son vrai nom est Michèle Mabelle

B) Elle n'a jamais eu d'aventure avec Jean Gabin

C) En Amérique elle a épousé un Marshall

D) Elle a refusé le rôle de Zézette dans *Le Père Noël est une ordure*

La citation du jour

« Uriner dans la nature est un rite religieux par lequel nous promettons à la terre d'y retourner tout entier »

Milan Kundera

Tous des bêtes

Chez les alligators du Mississippi, le sexe des bébés dépend de la température à laquelle les œufs sont incubés. À 30 °C, ils donnent exclusivement des femelles et à 34 °C des mâles.

Transposition chez l'homme :

Le chiffre du jour

3 000

C'est le nombre d'agents chimiques qui composent notre urine.

Le saviez-vous ?

Vespasien taxait l'urine pour la grandeur de Rome.

À vérifier

La golden shower aurait été inventée par Al Bumine.

Morgan A) Faux, Simone Roussel B) Faux C) Vrai, l'acteur William Marshal D) Faux

MBappé A) Vrai B) Vrai C) Faux D) Faux

Saint **Pierre Canisius**

Dicton
À la Saint-Pierre-Canisius,
papa lèche et maman suce.

Samedi
21
DÉCEMBRE

Ça s'est passé le 21 décembre 1958
De Gaulle devient président de la République.

Coucou
Emmanuel Macron 1977

Vrai ou Faux?

A) Avant d'être avec Brigitte, il sortait avec sa prof d'EPS

B) Jeune, il a passé un casting pour jouer dans un film avec Jean-Pierre Marielle

C) Après son 2e quinquennat, il envisage de traverser la rue pour trouver du boulot

D) Quand il joue au foot le numéro de son maillot est 49.3

Bye-bye
F. Scott Fitzgerald 1940

Vrai ou Faux?

A) Son roman *Gatsby le magnifique* a été adapté quatre fois au cinéma

B) *L'étrange histoire de Benjamin Button* a été adapté trois fois au cinéma

C) Il a lancé la carrière d'Hemingway

D) Il est mort juste après avoir terminé d'écrire *Le Dernier Nabab*

La citation du jour

« La guerre, c'est comme la chasse, sauf qu'à la guerre, les lapins tirent »

De Gaulle

Sainte **Françoise-Xavière**

Dicton
À la Sainte-Françoise-Xavière,
tue ton père et nique ta mère.

Dimanche
22
DÉCEMBRE

Ça s'est passé le 22 décembre 1895
Röntgen découvre les rayons X.

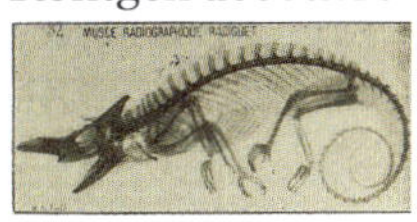

Coucou
Vanessa Paradis 1972

Vrai ou Faux?

A) Son père n'est autre que William Leymergie

B) Enfant elle a eu une aventure avec Jacques Martin

C) À l'âge de 14 ans un taxi a failli ruiner sa carrière

D) Depuis 2003 elle est l'égérie du jambon Madrange

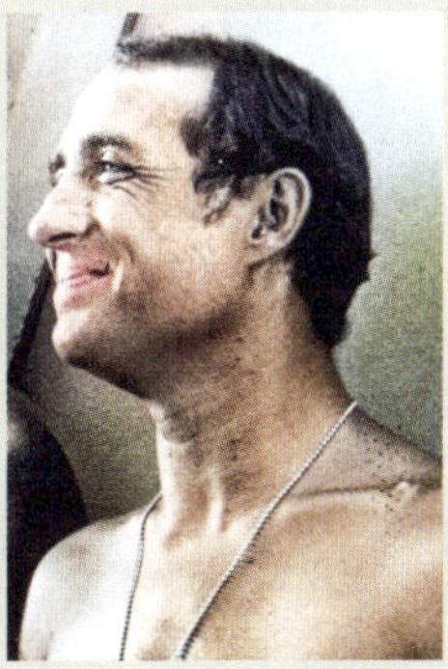

Bye-bye
Claude Brasseur 2020

Vrai ou Faux?

A) Il est Brasseur de père en fils

B) Il a gagné le Paris-Dakar

C) Il est mort le jour de l'anniversaire de son père

D) Il a été le père et l'amant de Sophie Marceau

Macron A) Faux B) Faux C) Vrai D) Faux **Fitzgerald** A) Vrai B) Faux, une fois C) Vrai D) Faux, le roman est inachevé
Paradis A) Faux B) Faux C) Faux D) Faux **Brasseur** A) Vrai B) Vrai, en 1983 avec Jacky Ickx C) Vrai D) Vrai, dans *La Boum* et *Descente aux enfers*

Saint **Armand**

Dicton
À la Saint-Armand, tous les princes sont charmants.

Lundi 23 DÉCEMBRE

Ça s'est passé le 23 décembre 1558
Assassinat du duc de Guise.

Coucou
Carla Bruni 1967

Vrai ou Faux?

A) Son père n'était pas son père
B) Son vrai père était Silvio Berlusconi
C) Lors d'une visite officielle, le dalaï-lama lui a caché au visage
D) En 2010, le magazine Ford l'a déclarée « 2e femme du monde la mieux habillée » derrière Roselyne Bachelot

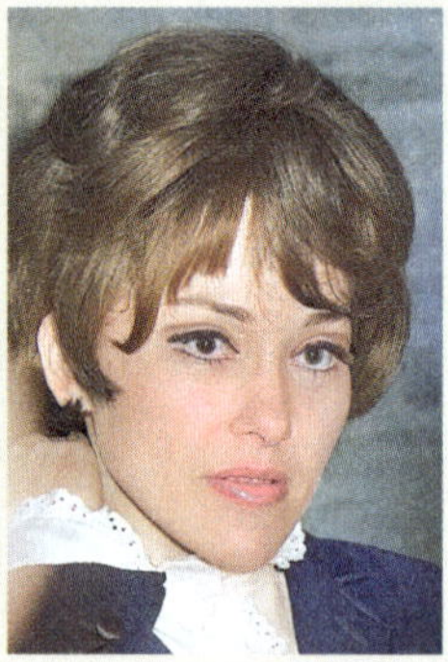

Bye-bye
Rika Zaraï 2020

Vrai ou Faux?

A) Elle est née sans chemise, sans pantalon
B) Elle a vendu un livre sur la médecine naturelle à 3 millions d'exemplaires
C) Son livre de Mémoires s'appelait *Mon cul dans la bassine*
D) Son dernier album s'appelait *Shalom géant*

La citation du jour

« J'ai épousé Dieu et je suis un peu bêtasse »

Carla Bruni

Les coutumes du monde

En Asie du Sud, le baisemain est pratiqué par les enfants envers leurs parents et leurs professeurs.

Le chiffre du jour

20 millions d'euros
C'est la fortune estimée de Carla Bruni. Bien joué Nico !

Le jeu

Ex de Carla ou de Rika ?

1) Mick Jagger
2) Louis Bertignac
3) Jean-Jacques Goldman
4) Donald Trump
5) Arno Klarsfeld
6) Charles Berling
7) Vincent Perez
8) Eric Clapton
9) Enthoven père et fils
10) Florent Pagny
11) Kevin Costner
12) Laurent Fabius

Bruni A) Vrai, elle l'a appris en 1996 B) Faux C) Faux D) Faux
Zaraï A) Vrai B) Vrai C) Faux D) Faux **Le jeu** Ce sont tous des ex de Carla

Sainte **Adèle**

Dicton
À la Sainte-Adèle,
suce le Père Noël.

Mardi 24 DÉCEMBRE

le 24 décembre 1979
Premier lancement de la fusée Ariane.

Coucou
Roselyne Bachelot 1946

Vrai ou Faux?

A) Jeune, une religieuse était folle amoureuse d'elle

B) Plus tard, son premier amour fut un prêtre

C) Pour s'habiller, elle fait les vide-greniers de Élisabeth II

D) Elle a été condamnée à verser 10000 euros à Rafael Nadal pour l'avoir accusé de dopage

Bye-bye
Peyo 64 ans

Vrai ou Faux?

A) Pendant la guerre, il a schtroumpfé un schtroumpf

B) Il a dit « rien ne sert de schtroumpfer le premier, encore faut-il pouvoir schtroumpfer le dernier »

C) Son plus beau schtroumpf est exposé au musée des Schtroumpfs

D) Longtemps après sa mort, Gargamel s'est présenté aux élections présidentielles

La citation du jour

« Quand on décore un sapin de Noël, on a toujours l'impression qu'il nous faudrait une guirlande de plus »

Loi de Murphy

Le métier insolite

Jeteur de bébé avec l'eau du bain

Certaines personnes sont incapables de faire preuve de discernement et de séparer le bon du mauvais. Du coup, ils jettent carrément le bébé avec l'eau du bain, ce qui n'est pas sans risque pour l'enfant. Heureusement, aujourd'hui, il y a des gens dont c'est le métier et qui, moyennant rétribution, balancent le mioche et la flotte dans des conditions optimales.

Le chiffre du jour

117 vols pour 5 échecs, c'est le bilan plutôt positif d'Ariane V, qui a pris sa retraite 27 ans après ses débuts.

Le saviez-vous ?

Dans la mythologie grecque, Ariane est la fille du roi Minos (lui-même fils de Zeus et Europe) et de Pasiphaé, fille du soleil, Hélios. Selon la légende, elle est célèbre pour avoir aidé le héros Thésée à sortir du labyrinthe où était enfermé le Minotaure.

À vérifier

Certaines filles se prénommant Ariane iraient en Guyane dans l'espoir de se faire tirer plus souvent.

Bachelot A) Vrai B) Vrai C) Faux D) Vrai
Peyo A) Vrai B) Faux C) Vrai D) Vrai

Saint **Emmanuel**

Dicton
À la Saint-Emmanuel, si tu veux gouverner, relis ton manuel.

Mercredi
25
DÉCEMBRE

Ça s'est passé le 25 décembre de l'an 0
Un bébé naît dans une étable à Bethléem.

Coucou
La Fouine 1981

Vrai ou Faux?

A) Il est né à Trappes

B) Jeune, il a souvent été mis en cage

C) À ses débuts il a été refusé dans le groupe Le loup, le renard et la belette

D) Son vrai nom est Laouni Mustélidé

Bye-bye
James Brown 2006

Vrai ou Faux?

A) À la naissance, il a été considéré comme mort-né

B) Jeune, il cueillait du coton et cirait des chaussures

C) À 15 ans, il a été condamné pour attaque à main armée

D) En 1988, il a été condamné à 12 ans de prison

La citation du jour

« J'ai compris que le Père Noël n'existait pas à 5 ans quand je suis rentrée dans un grand magasin et qu'il m'a demandé un autographe »

Shirley Temple

Cinéma

Quel était le slogan des *Clefs de bagnole ?*

A) **« Courez-y, c'est un chef-d'œuvre. »**

B) **« N'y allez pas c'est une merde. »**

C) **« Conseillez ce film à votre pire ennemi. »**

D) **« C'est pas plus mal que si c'était pire. »**

Le chiffre du jour

2 milliards C'est le nombre de gens qui célèbrent Noël dans le monde.

Le saviez-vous ?

L'ancêtre du Père Noël est saint Nicolas. Il continue à être célébré le 6 décembre dans le nord de l'Europe, en Russie et en Pologne. À l'origine, son costume était vert, mais la firme Coca-Cola l'a habillé en rouge en 1931 pour l'assortir aux couleurs de sa marque.

À vérifier

Chaque année, après la tournée du Père Noël, ses rennes seraient abattus pour être mangés dans les magasins Ikea.

La Fouine A) Vrai B) Vrai, il a fait de nombreux séjours en prison C) Faux D) Faux, Laouni Mouhid **Brown** A) Vrai, c'est sa tante qui l'a ranimé B) Vrai C) Vrai D) Faux, six ans et il en a fait trois. **Cinéma** B

Saint **Étienne**

Dicton
À la Saint-Étienne,
prépare tes étrennes.

Jeudi
26
DÉCEMBRE

Ça s'est passé le 26 décembre 1899
Découverte de la radioactivité.

Coucou
Jérôme Le Banner 1972

Vrai ou Faux?

A) Son surnom est « la grosse Jérôme »

B) Il s'est emparé de la ceinture européenne en battant l'Anglais Andy Ketchup

C) En 2017, il a sauvé un chauffard d'un lynchage

D) Il a été condamné pour corruption de fonctionnaire pour avoir offert une bouteille de vin à deux policiers

Bye-bye
Dian Fossey 1985

Vrai ou Faux?

A) Au cinéma, son rôle a été interprété par Meryl Streep

B) Elle luttait contre les braconniers qui vendaient des mains de gorille comme cendrier

C) Son assassin a été condamné à 20 ans de prison

D) Elle a eu un enfant avec un dos argenté

La citation du jour

« Tout le monde sait que la radioactivité vient de l'atome, mais personne ne sait que la tomme vient de Savoie »

Jean Yanne

De l'art ou du cochon

***Cheval de bataille,* installation de Maya Bösch et Régis Golay, 2013**
Un cheval empaillé est suspendu au plafond par des sangles dans une galerie de Genève. Sous le poids de l'animal, les sangles ont lâché et le cheval s'est retrouvé pendu.

Le chiffre du jour

4 C'est le nombre de types de rayonnements.
1- le rayonnement alpha 2- le rayonnement bêta
3- le rayonnement gamma 4- Le rayonnement X.

Le saviez-vous ?

Les bananes, le sel de régime, les détecteurs de fumée, les pacemakers, les fours à micro-ondes, les baguettes de soudure, les phares de voiture... Nombre d'objets du quotidien sont radioactifs. Heureusement pour nous, à de très faibles quantités.

À vérifier

À chaque fois que Pierre pénétrait Marie Curie, les deux devenaient bleu fluo.

Le Banner A) Faux, Geronimo B) Faux, Andy Mayo C) Vrai D) Vrai, il a eu 5 mois de prison avec sursis et 5 000 euros d'amendes
Fossey A) Faux, Sigourney Weaver B) Vrai C) Faux, il n'a jamais été pris D) Faux

Saint **Yann**

Dicton

À la Saint-Yann, prends à fond les dos-d'âne.

Vendredi 27 DÉCEMBRE

Ça s'est passé le 27 décembre 1831

Darwin embarque sur le *Beagle*.

Coucou

Gérard Depardieu 1948

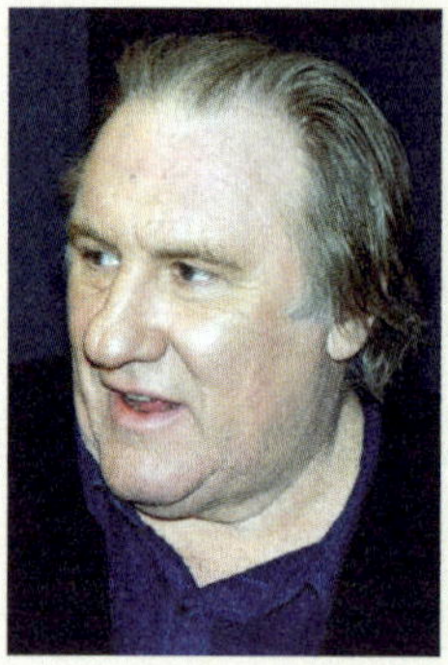

Vrai ou Faux?

A) Son père et sa mère sont tous les deux nés et morts la même année

B) Il a aidé sa mère pour les accouchements de ses frères et sœurs

C) Il a joué dans *Les Clefs de bagnole*

D) Jeune, on le surnommait « Pétard » car il pétait en permanence

Bye-bye

Gustave Eiffel 1923

Vrai ou Faux?

A) Il aurait dû s'appeler Gustave Bonickhausen

B) Il a sauvé un de ses ouvriers qui se noyait dans la Garonne

C) L'idée de la tour Eiffel n'était pas d'Eiffel

D) Il y a eu 123 morts sur le chantier de la tour Eiffel

La citation du jour

« La tour Eiffel à froid aux pieds, l'arc de triomphe est ranimé »

Jacques Lanzmann

Tous des bêtes

Les manchots se masturbent.

Transposition chez l'homme

Le chiffre du jour

2,5 millions

C'est le nombre de rivets qui assemblent les 12 000 pièces métalliques de la tour Eiffel.

Le saviez-vous ?

En 1925, Victor Lustig, grand escroc, a vendu la tour Eiffel à des ferrailleurs hollandais. Après avoir tenté de la revendre une deuxième fois, il fut dénoncé et dut fuir en Amérique. Il est emprisonné à Alcatraz en 1935 et il meurt dans le Missouri en 1947.

À vérifier

Jusqu'en 2019, Michou était persuadé que la tour Eiffel était un thermomètre.

Depardieu A) Vrai B) Vrai C) Vrai D) Vrai

Eiffel A) Vrai, d'origine allemande son aïeul a changé de nom B) Vrai C) Vrai, c'est l'idée de Koechlin et Nouguier D) Faux, un seul

Saint **Gaspard**

Dicton
À la saint-Gaspard, range ta chambre c'est le foutoir !

Samedi
28
DÉCEMBRE

Ça s'est passé le 28 décembre 1967
Légalisation de la pilule contraceptive en France.

Coucou
Gilbert Montagné 1951

Vrai ou Faux?
A) Il est aveugle de naissance
B) Il est pupille de la nation
C) Il a commencé sa carrière comme lanceur de couteaux
D) Dans sa ferme du Gers, il élève des cannes blanches

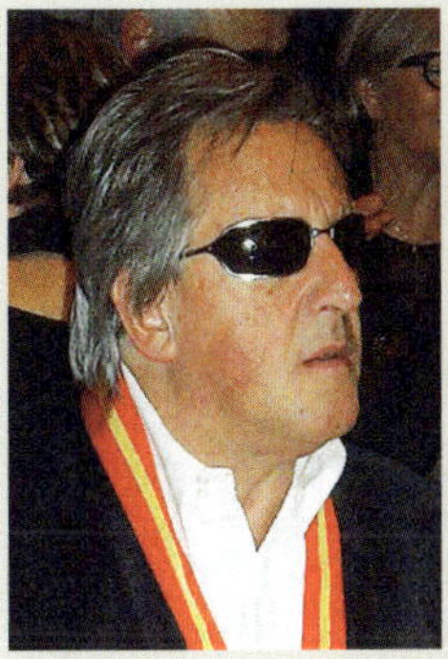

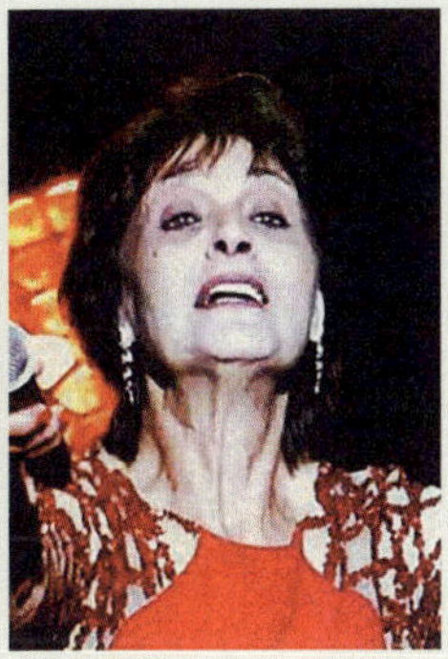

Bye-bye
Linda de Suza 2022

Vrai ou Faux?
A) Elle a vendu 1 million d'exemplaires de son livre *La Valise au Carlton*
B) Crédule, elle s'est fait escroquer par son compagnon et son entourage
C) Au cinéma, elle a joué la femme de Portos dans *Les Trois Mousquetaires*
D) Sa tombe a été carrelée gratuitement par la communauté portugaise de Gisors

La citation du jour

« La contraception fait des progrès en Belgique. Maintenant, ils ont la pilule. Avant, ils avaient des fusils pour tuer les cigognes »

Coluche

Saint **David**

Dicton
À la Saint-David, fais de l'argent, les caisses sont vides.

Dimanche
29
DÉCEMBRE

Ça s'est passé le 29 décembre 2020
Mort de Pierre Cardin.

Coucou
Laurent Gerra 1967

Vrai ou Faux?
A) Il a commencé à faire des imitations à l'âge de 3 ans
B) Son premier spectacle s'appelait « Paf dans le cul »
C) Johnny Hallyday voulait lui casser la gueule
D) Le Haut Conseil à l'égalité des sexes l'a désigné comme le comique le plus sexiste

Bye-bye
Pelé 2022

Vrai ou Faux?
A) Son père était footballeur professionnel
B) C'est le seul footballeur à avoir remporté 4 Coupes du monde
C) Jeune, ses parents le surnommaient « Pelé » car il était atteint d'alopécie
D) Il a été ministre des Sports

Montagné A) Faux, un accident de couveuse lui a brûlé la rétine B) Faux C) Faux D) Faux **Suza** A) Faux, *La Valise en carton* B) Vrai C) Vrai D) Faux
Gerra A) Faux, 5 ans B) Faux, « Paf dans la gueule » C) Vrai D) Vrai **Pelé** A) Vrai B) Faux, trois C) Faux D) Vrai

Saint **Roger**

Dicton

À la Saint-Roger,
ne mets rien dans ton nez.

Lundi
30
DÉCEMBRE

Ça s'est passé le 30 décembre 2006
Mort de Saddam Hussein.

Coucou
Tiger Woods 1975

Vrai ou Faux?

A) Son père l'a appelé Tiger en souvenir d'un ami qui lui a sauvé la vie pendant la guerre du Vietnam

B) Il est plus asiatique que noir

C) On lui a prêté jusqu'à 14 maîtresses

D) Addict au sexe, il aurait réalisé un 18 trous avec six partenaires

Bye-bye
Raspoutine 1916

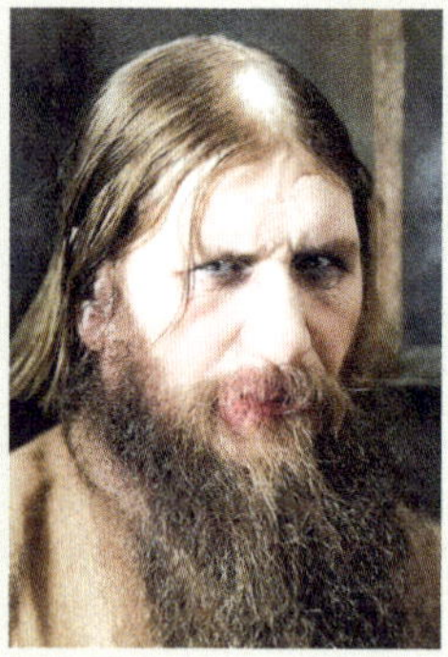

Vrai ou Faux?

A) Il se nourrissait uniquement de caviar.

B) Guérisseur, il a sauvé le fils de Nicolas II

C) Il est mort empoisonné au cyanure avec 3 balles dans le corps dont une dans la tête, enfermé dans un sac jeté dans un fleuve

D) Sa mère faisait du 95 bonnet M

La citation du jour

« La conscience humaine est sans limite et tous les philosophes réunis ne peuvent la comprendre »

Raspoutine

Les coutumes du monde

Les pays dans lesquels on prend le plus de vacances dans le monde :

1 – Autriche et Malte
38 jours par an

2 – Pologne, Bolivie et Grèce
37 jours par an

3 – France, Royaume-Uni, Espagne
36 jours par an

Les pays qui ont le moins de vacances dans le monde :

1 - États-Unis : 0
Là-bas, il n'y a pas de jour de congés même si les sociétés accordent deux semaines de vacances à leurs employés, mais rien ne les y oblige

2 – Mexique : 13
6 jours de repos et 7 jours fériés

3 – Canada : 19
10 jours de congés payés et 9 jours fériés

Le chiffre du jour

2 millions

C'est le nombre de morts dont serait responsable Saddam Hussein.

Le saviez-vous ?

Quand il a été découvert par les Américains, terré dans un trou de 2 mètres 50, Saddam Hussein avait sur lui une mallette contenant 750 000 € dollars, un revolver et deux kalachnikov.

À vérifier

Raspoutine se serait associé avec Ma Baker pour traîner Boney M en justice.

Woods A) Vrai B) Vrai, il est à moitié thaï du côté de sa mère C) Vrai D) On le dit
Raspoutine A) Faux. B) Vrai C) Vrai D) Faux

Saint **Sylvestre**

Dicton

À la Saint-Sylvestre, embauche un orchestre.

Mardi

31 DÉCEMBRE

Ça s'est passé le 31 décembre 1877

Mort de Gustave Courbet.

Coucou

Val Kilmer 1959

Vrai ou Faux?

A) Il a joué Batman

B) Il a joué Bitman dans le biopic de DSK

C) Il a joué Jim Morrison

D) Il a joué Jimi Hendrix

Bye-bye

Robert Hossein 2020

Vrai ou Faux?

A) Son vrai prénom était Abraham

B) Dans *Angélique*, il s'appelait Nicolas de Peyrac

C) Il a joué dans *Les Clefs de bagnole*

D) Au cinéma, il s'est fait tuer par Jean-Paul Belmondo, Omar Sharif et Michel Blanc

La citation du jour

« Les mecs, je vous fais confiance, après ma mort, vous gardez la tête et vous jetez la chatte. OK ? »

Gustave Courbet

Le métier insolite

Chasseur de déprime

Ce métier consiste à repérer des gens qui sont en pleine dépression et à tout faire pour chasser leurs idées noires moyennant une très grosse rétribution en dollars.

Le chiffre du jour

1500

C'est le nombre d'enfants qui, chaque jour au musée d'Orsay, demandent à leur mère en passant devant *L'Origine du monde* : « Maman, c'est quoi, ça ? »

Le saviez-vous ?

Le tableau *L'Origine du monde* a appartenu au psychanalyste Jacques Lacan.

À vérifier

Au départ, *L'Origine du monde* s'appelait *Grosse chatte poilue de Mauricette*.

Kilmer A) Vrai B) Faux C) Vrai D) Faux

Hossein A) Vrai B) Faux, Joffrey de Peyrac C) Faux D) Faux, pas Michel Blanc

Malgré tous ses efforts, l'éditeur n'a pas été en mesure de contacter tous les ayants droit des photographies, toutefois ces personnes sont invitées à se mettre en relation avec l'éditeur afin de régulariser la situation.

Sauf mentions contraires, les photographies proviennent de Wikicommons

JANVIER 1 euro : Stux • Ruiz : Georges Biard • Chevalier : Eric Koch • Marie-Salope : DR • Pamela Anderson : Darren Stone • Basile Boli : DR • Michel Delpech : DR • La bande à Baader : DR • La Bande à Basile : DR • Thumberg : Anders Helberg • Bogdanov : Thesupermat • Attal : Georges Biard • Galabru : Christian D'Aufin • C'est arrivé près de chez vous : affiche, 1992 • Opéra de Paris : capture d'écran • Marylin Manson : Patrick Whitaker • Catherine de Médicis : Germain Le Mannier • Babouins : Thomas Fuhrmann • Holmes : DR • Ardisson : Jepassealatele • Petrucciani : DatBot • Cage : Georges Biard • Gall : DR • de Gaulle : Steiner • Jong-Un : lexei Nikolsky/The Presidential Press and Information Office • Mitterrand : Cornet Photo AG • Jobs : Mattew Yohe • Fabian : Georges Biard • Fresnay : Studio Harcourt • Stewart : Allan Warren • Bowie : EMI America • Régine : DR • La planète des Singes : affiche, 1968 • César : Site du Vatican • Dupontel : Christophe Brachet • Pialat : DR • Caca : Cabot Health/Bristol School Chart • Bezos : Los Angeles Air Force Base Space and Missile System Center • Berri : DR • Concordia : Rvongher • Bloom : www.promiflash.de • Grey : Studio Harcourt, © Jacques Marthelot. Tous droits réservés 2023/Bridgeman Images • Daho : Pierre-Ange Carlotti • Balavoine : © AGIP/Bridgeman Images • Pierce : Bill Mitchell • York : Alberto Botella • Moss : Crooked House Films • Lollobrigida : Suyk, Koen/Anefo • Damiens : Michaël Bemelmans • Tempête du désert : US Air Force • Carlos : Thegui • Titanic : affiche, 1997 • Starck : Jikatu • Hawai : William Alexander Keith Johnston • Bacri : Georges Seguin • Goncourt : WebAPP • Orlinski : Celeste13210 • Ulliel : Georges Biard • Tatou : David J. Stang • D'Urville : DR • Sy : Harald Krichel • Bocuse : Bittera Dora • Concorde : Eduard Marmet • Jonasz : Portalr81 • Louis XVI : Didier Descouens • Michel : DR • Bourdon : Elie Bescont • Abbé Pierre : © Studio Harcourt • Baron Empain : © AGIP/Bridgeman Images • Caroline de Monaco : Brodzki • Dali : Roger Higgins • Or : DR • Auteil : Thesupermat • Churchill : BibiloArchives/LibraryArchives • L'Exorciste : affiche, 1974 • Morgane : Clara Morgane • Capone : Pennsylvania Department of Corrections/FBI • Diamant : Robert M. Lavinsky • Sardou : Georges Biard • Michou : Pascal Terjan • Rouge-Gorge : Francis C. Franklin • Auschwitz : Stanislaw Mucha • Capuçon : Georges biard • de Funès : Marissa Rastellini (Mondalori Publisher) • Sarkozy : Пресс-служба Президента России • Villeret : Georges Biard • Winfrey : Canticle • Cambrone : по литографии Дельпеша/ • Académie Française : Dennis Jarvis • Collins : Dicknroll • Gandhi : Elliot & Fry • Centre Pompidou : Jean-Pierre Dalbéra • Timberlake : Georges Biard • Higgins-Clark : Alvintrusty • Taxi Driver : affiche, 1976 • Raging Bull : affiche, 1981 • **FÉVRIER** Amandine : Tim Dilich • Columbia : Nasa • Stéphanie de Monaco : Levinskaya • Keaton : New York World-Telegram and the Sun Newspaper Photograph Collection (Library of Congress) • Stéphanie de Monaco : Roland Gerrits/Anefo • Manhattan : Mister BV • Shakira : Andres Arranz • Kelly : Metro-Goldwyn-Mayer • Tortue : Dakota L. • Gutenberg : DR • Mogensen : Patrice Pico/Gamma-Rapho • Masiero : Georges Biard • Rabanne : Paintgol • Leymergie : Georges Biard • Trigano : AGIP/Bridgeman Images • Freud : Max Halberstadt • Nabilla : Joan Hernandez Mir • Douglas : DR/WikiCommmons • Shepard : Nasa • Boutin : stanjourdan • Ashe : Dev O'Neill • MacArthur : Bryan Ledgard • Angot : Rendez-vous Christine Angot • Sax : Ferdinand Mulnier • Intouchables : affiche, 2011 • Tzara : DR • Gallienne : Georges Biard • Smith : Globe Photos/Zumapress.com • Comtesse de Ségur : Louis Gaston de Ségur • Lenorman : Georges Biard • Dac : Studio Harcourt • Basilic : Tubifex • Tom & Jerry : Cartoon Network • Le Forestier : Ronny Martin Junnilainen • Larry Flynt : Toglenn • Benoit XVI : Rvin88 • Aniston : Angela Georges • Houston : Nisakorn Keanmepol • Clinton : Bob McNeely, The White House • Benizio : © Abaca Press/Alamy Banque D'Images • Marivaux : DR/Joconde Database • La Cage aux Folles : affiche, 1978 • Vianney : Cloclomj • Salavador : Tybaut • La Marseillaise : Claude Joseph Rouget de Lisle • Cavani : Анна Нэсси • Cowl : © Studio Harcourt • Certains l'aiment chaud ! affiche, 1959 • France : Self made/Cyberflag • Frégé : Georges Biard • Bachelet : © AGIP/Bridgeman Images • Antigua et Barbuda : Reginald Samuel, David Benbennick • Mozambique : Nightstallion • Gendarmerie : DR • McEnroe : Panini • Faure : Attribué à Nadar • Kangpourou : Lilly_M • 1 franc : Choloepus/ • Jordan : Steve Lipofsky Lipofsk • Molière : Pierre Mignard • Pluton : Nasa • Travolta : Georges Biard • Michel-Ange : Met online Collection • Castro : Antonio Milena/ • Trenet : Paul Kiujcom • The MET : Logo • Winter : Georges Biard • Lamborghini : Kys96811 • Locomotive : Ray Jones • Laurent : Georges Biard • Malcolm X : Herman Hiller • La grande bouffe : affiche, 1973 • Dalaï-Lama : Inconu • Miou-Miou : Fabian Cevallos • Warhol : Archivio Mondadori • Bible : Library of Congress • Bertignac : Thesupermat • Laurel : Stax • Mille pattes : Geoff Gallice • Ruquier : Starus • Palice : DR • Kiberlain : Mireille Ampilhac • Landru : DR • Hernani : Alamy • Dujardin : Studio Harcourt • Ségara : Georges Biard • Fernandel : André Cros • Pesquet : Josh Valcarcel • Vuitton : DR • Nylon : Erik Liljeroth • Mas : Georges Biard • Girardot : Georges Biard • Tenue de soirée : affiche, 1986 • McDaniel : DR • Darmon : Georges Biard • Garrett : DR • **MARS** Bentalha : MaureenCC • Resnais : © Graziano Arici/Bridgeman Images • Sterne : Aweith • Rio : Rafael Rabello de Barros • Concorde : Ank Kumar/Wikkicommons • Craig : GlynLowe • Gainsbourg : Claude Truong-Ngoc • Groodt : Michaël Bemelmans • Pérec : © Estate of Gerald Bloncourt. Tous droits réservés 2023/Bridgeman Images • Calfan : Georges Biard © Max Colin/Abaca Press/Alamy Banque d'Images • Nougaro : LDME15 • Beluschi : DR • Solar : © Alban Wyters/Abaca Press/Alamy Banque d'Images • Ferrari : Tito Dupret • Yourcenar : Bernhard de Grendel • Bekhti : Georges Biard • Crockett : Artist Chester Harding • Le sheriff est en prison : affiche, 1975 • Dupont-Aignan : Debout la France • Victor : © AGIP/Bridgeman Images • Lecaron : © Alban Wyters/Abaca Press/Alamy Banque d'Images • Amont : Joos Evers/Anefo • Bonobo : Pierre Fidenci • Lemercier : Georges Biard • Arthaud : © YG-Sport-Photos/Alamy Banque d'Images • Côte d'Ivoire : John Harald SOby • Stone : Gage Skidmore • Giraud : Jared Obwazanek • Ken : DR • François : Mondadori • Stromae : Georges Biard • Marshall : Georges Biard • Uranus : Nasa • Niney : Georges Biard • Ferrat : ERLING MANDELMANN • L'odyssée de l'espace : affiche, 1968 • Albert II de Monaco : Michel Ravassard • Poiret : © AGIP/Bridgeman Images • Féraud : XIIIfromTOKYO • César : Vatican • Hyène : DR • Notre dame de Paris : BNF • Huppert : Diana Ringo • Tibère : Didier Descouens • Baccalauréat : DR • Garcia : Georges Biard • Ferry : Franck • Besson : Georges Biard • Berry : joop Van Bilsen • Willis : gage Skidmore • Burroughs : DR • Croizon : Thesupermat • Capello : © AGIP/Bridgeman Images • Le quai des brumes : affiche, 1938 • Griezmann : Biser Todorov • Pocahontas : Peinture de Simon van de Passe • Ardant : Georges Biard • Lully : Paul Mignard • Chien : Jonh Leslie • Lauby : Georges Biard • Taylor : Studio Publicity Still • Mezrahi : Eriotac France-Perpignan • Verne : attribué à Nadar • John : Georges Biard • Tavernier : Georges Seguin • Pif Gadget : DR • Beethoven : Joseph Karl Stieler • Marguerite de France : DR • Merad : Nicolas Genin • Gagarine : Министерство обороны СССР • Le père Noël est une ordure : affiche, 1982 • Gaga : SMP Entertainment • Chagall : DR • Gaga : Nicole Alexander • Calment : © Leonard de Selva/Bridgeman Images • Lambert : Georges Biard • Blier : Luchino Visconti/Dino de Laurentis Cinematografica • Canard : Dude Daniels • Dion : Georges Biard • Blum : Studio Paz • Moix : Talita1 • François Ier : Oakenchips • Eiffel : Benh Lieu Song • Louvre : Zairon • Ascenseur Otis : DR • Veil : Rob Croes • Alaska : Alaska Pacific Navigation • Einstein : Remo Masherini, Flamatt • Elstine : Presidential Press and Information Office • Enseignement : Frank Beard • Etats-Unis : Squee3 • Eurovision : Anefo • 500 francs : Banque de France • Geluck : MHM55 • Louis XV : Louis-Michel Van Loo • Lumières : DR • Mistral : Etienne Carjat • Joséphine : Antoine Jean Gros • Pink Floyd : pochette, 1973 • Poilu : DR • Veil : Marie-Lang Nguyen • **AVRIL** Tripotanus : DR • Soldat DR : DR • Jack l'éventreur : Fortuné Méaulle • Dollar : Belburry • Nardi : © Denis Guignebourg/Abaca Press/Alamy Banque d'Images • Jean-Paul II : Raficaboufadel • Staline : Gaeser • Gardin : France 3 Corse ViaStella • Dalban : Studio Harcourt • Forrest Gump : affiche, 1994 • Campan : © Sylvain Lefevre/Abaca Press/Alamy Banque d'Images • Luther-King : Dick DeMarsico • Mirabeau : peint par Joseph Boze, Musée granet • de Turckheim : Georges bBiard • Heston : Rowland Sherman • Girafe : Bilby • Ferrari : Lita1987 • Higelin : Georges Biard • Riner : Georges Biard • Mourousi : Georges Biard • Vénus de Milo : Livioandronico2013 • Debanne : Proudou99 • Picasso : Argentina Revista Vea y Lea • Manoukian : G. Garitan • Rabelais : Peintre DR • Otero : Leopold-Emile Reutlinger • Canet : Gilzetbase • Zapata : Agustin Casasola • Le fabuleux destin d'Amélie Poulain : affiche, 2001 • Apollo 13 : Project Apollo Archive • Nicoletta : Georges Biard • Incendie Notre dame : LeLaisserPasserA38 • Confucius : DR • Jean-Louis Aubert : DR • Baker : Studio Harcourt • Bousier : Archi Bitamsimli • Macron : Presidencia de la Republica Mexicana • Bouquet : BéatriceLouise • Jardin : Pierre-Yves Beaudouin • Beauvoir : DR • Titanic : DR • Arménie : Ufo Karadagli • Baffie : © Studio Harcourt • Balasko : Georges Biard • Sartre : Government Press Office (Israel) • Blanc : Georges Biard • Christophe : Thesupermat • Débarquement : Cia.gov • Maïwenn : Georges Biard • Césaire : © Sophie Bassouls/Bridgeman Images • Les bronzés : affiche, 1978 • Baffie : © Studio Harcourt • Desproges : Roland Godefroy • Kelly : Metro Goldwyn Mayer • Les Simpson : Miguel Mendez • Darwin : Photyographie de Alfred Steiglitz • Tortue : Richard Commonsiki • Carmet : Georges Biard • Rome : Guido Romano • Smith : Mr. Rossi • Prince : Micahmedia • Cervantes : attribué à Juan Martinez de Jauregui y Aguilar • Berléand : Studio Harcourt • Nixon : Olive F. Atkins • Leeb : Georges Biard • Shalespeare : Attribué à John Taylor • Sanson : Julien Gaultier • Marielle : Georges Biard • Les galettes de Pont Aven : affiche, 1975 • Guillotine : DR • Strauss-Kahn : Fonds monétaire international • Brant : Talmoryair • Melania Trump : Regine Mahaux • Béranger : DR • Le mariage de Figaro : timelessprints.com • Dombasle : Studio Harcourt • Magellan : DR • Limace de mer : Rickard Zerpe • Bounty : Charles Joseph Staniland • Penelope Cruz : Tabercil • Mussolini : Roger Viollet • Mutinerie Bounty : Charles Joseph Staniland • Middleton et William : Robbie Dale • Hitchcock : Ante Brkan • Edit de Nantes : DR/French National Archive • Anémone : Nicolas Genin • Tchernobyl : Oligopolism • Cœur de lion : Randdy • Maison close : Degas • Sécession : DR • **MAI** Zaz : Drew de F Fawkes • Régine : Georges Biard • Le sens de la vie : affiche, 1983 • Folies Bergères : Neznámý • Beckham : Us Embassy London • Vinci : DR • Lassalle : Antoine Lamielle • Dalida :

DR • Rat : Daderot • Thatcher : Dérivé de Begoon • Jugnot : thesupermat • Lanoux : Michaël Bemelmans • Marx : John Jabez Edwin Mayall • Ladesou : Georges Biard • Napoléon Ier : Jacques Louis David • Clooney : Stefano Malandrino • Édouard VII : Nadar • Geluck : Claude Truong-Ngoc • Maurane : Eddy Berthier • Boccolini : © Nicolas Briquet/Abaca Press/Alamy Banque d'Images • Gauguin : Louis-Maurice Boutet de Monvel • Annie Hall : affiche, 1977 • Rainier III : Abbie Row • Sevran : David Seligmann-Forest • Mitterand : Comet Photo AG Zürich) • Gynéco : Mailucas • Robert : Hens Va, Dijk • Mésange : Stawek Staszcuk • Renaud : Michaël Bemelmans • Marley : Patrick Lüthy • Fugain : Eriotac • Maillan : Bridgeman Images • Russo : © Maxime Reynaud/APS Medias/Abaca Press/ Alamy Banque d'Images • Barclay : © Bruno Klein/Abaca Press/Alamy Banque d'Images • Bruel : Georges Biard • Sinatra : Capitol Records • Henri IV : Didier Descouens • Strauss-Kahn : Guillaume Paumier • Joëlle Mogensen : Patrice Pico • Tootsie : affiche, 1983 • Charvet : © Wenn Rights Ltd/Abaca Press/Alamy Banque d'Images • Pausini : livepict.com • Reinhardt : Studio Harcourt • Montréal : Svgalbertian • Bigard : © Benoît Pinguet/Abaca Press/Alamy Banque d'Images • Summer : Francesco Scavullo • Noah : Georges Biard • Beaumarchais : Jean-Marc Nattier • Marie-Antoinette : DR • Apogonidé : Nasser Halaweh • Davant : Bridgeman Images • Onassis : Robert Knudsen • Cher : Raph_PH • Colomb : Ridolfo del Ghirlandaio • Yoda : Honza Nedoma • Eon : Umkreis von Angelika Kauffmann • Lindbergh : Carol M. Highsmith • Djokovic : Tatiana • Hugo : Etienne Carjat • Un éléphant ça trompe énormément : affiche, 1976 • Bonnie and Clyde : One of the Barrow gang • Feldman : Georges Biard • Yanne : © Bernard Prim/Bridgeman Images • Cantona : Georges Biard • Jean-Loup Dabadie : Georges Biard • Homard : Bart Braun • Bayrou : Adrien Borgeaud • Murat : APB11 • Dracula : Screeshot from « internet Archive » of the trailer for Dracula • Bellemare : ActuaLitté • Homard : Bart Braun • Alain Souchon : Georges Biard • François Ravaillac : Peinture de Charles-Gustave Housez • Calvin : DR Flemish School • Duris : Studio Harcourt • Bedos : Michaël Bemelmans • Hillary and Norgay : Jamling Tenzing Norgay • Catherine Lara : • Romy Schneider : Mondadori Collection • Blues Brothers : 1980 • Lucet : Maradin Maurice • Voltaire : Peinture de Nicolas de Largillière • Statue d'Arc : Espirat • Christo : Peabody Awards • Selem François Rolin : Alamy • Roda-Gil : © Louis Monier. Tous droits réservés 2023/Bridgeman Images • Lombric : Tilia Monto • Solaire : Denys • Fête des mères : Affiche de Félix Régamey • La cantatrice Chauve : Eugène Ionesco • Jeanne d'Arc : Collection archives nationales • Renard : Henri Manuel • Légion d'Honneur : Raider9564 • Sade : Charles-Amédée-Philippe van Loo • Catastrophe ferroviaire : DR • Bonaparte : Andrea Appiani • Piccoli : Studio Harcourt • Mai 1968 : archivesnationales • Eurostar : xtrememachineuk • **JUIN** Mulder : AGIP/Bridgeman Images • Ritz : image vectorielle • Bats : Les Actuvors • Lamotte : Frantogian • Alain : DR • Nadal : Tourism Victoria • Montgolfière : Library of Congress • Ali : Ira Rosenberg • Jolie : Foreign And Commonwealth Office • Casanova : Peinture de Francesco Narice • Reagan : Michael Evans • Carlier : Guy Carlier • Feydeau : Vassil • Ni vu ni connu : affiche, 1958 • Borg : C. Thomas • Dard : Erling Mandelmann • Turin : DR • François : Ass Saint-Etienne • Harlow : Studio • Escargot : DR • West : David Shankbone • Sand : Nadar • Depp : Harld Krichel • Cochise : Nieznany • Roi et reine de Serbie : DR • Goya : Michaël Bemelmans • Charles : Crosscover Records • Dinklage : Harald Krichel • Wayne : DR • Alexandre le Grand : Jastrow • Mandela : DR • Brogniart : Thesupermat • Peck : Sankei Shinbun Co., Ltd. • Le silence des Agneaux : affiche, 1991 • DJ Snake : Guess Agency • Lux : Bridgeman Images • Doumergues : Agence de Presse Meurice • Che Guevara : Alberto Korda • Trump : Shealah Craighead • Mouloudji : Bridgeman Images • Libellule : iwanranawam • Pompidou : Farabola • Bourdin : © Nicolas Gouhier/Abaca Press/Alamy Banque d'Images • Devos : Philippe Roos • Dutonc : Benoit Derrier • Roland : Jessica Genetel • Merckx : Panini • Lio : Georges Biard • Trintignant : Alain Elorza • Pelle : DR • Debbouze : Georges Biard • Bigeard : Fringio • Rosenberg : DR • Jean Dujardin : © Studio Harcourt • Coluche : Laurent Maous/Gamma-Rapho • OSS 117 : affiche, 2006 • Kidman : Gage Skidmore • Louis le Pieu : G. Garitan • Fête de la musique : ministère de la Culture • Lanvin : Michaël Bemelmans • Machiavel : Peinture de Santi di Tito • Maradonna : DR • Streep : Montclair Film • Astaire : Studio publicty still • Zidane : power axle • Vian : Photomaton Archives Cochérie Boris Vian • Messi : Hossein Zohrevand • Wallah : Studio • Custer : DR • Lacheau : Georges Biard • Jackson : Constru-Centro • Boom : Georges Biard • Dorléac : Boris Karmi • E.T. : affiche, 1982 • Adjani : Georges Biard • Lemmon : Wire Photo • Potemkine : Фотография из коллекции Юрия Чернова • Musk : Duncan Hull • Périer : © Studio Harcourt • Ménès : Claude Truong Ngoc • Pasqua : mustapha ben m'barek • Tyson : Toglenn • Veil : Rob Croes • Brexit : Tim Reckmann • Frankenstein : Theodor von Holst • Guadeloupe : United Kingdom Hydrographic Office • Franc Maçonnerie : DR • Débarquement : Selmolval • 9 juin : Viet nam : The provisional Central Government of Vietnam • Washington : Rizka • Girafe : Jean-Baptiste Castiaux • **JUILLET** Jeux Olympiques : artiste DR d'après Myron • Anderson : Darren Stone • Brando : Edward Croneweth • Renaud : Georges Biard • Hemingway : Look Magazine • Polnareff : Julien morvan • Morrison : Elektra Records • La cite de la peur : affiche, 1994 • Etats-Unis : Gunter KÜcher • Leconte : Andrew Campbell • Curie : Henri Manuel • Thierry Ardisson : Jepassealatele • Lellouche : Georges Biard • Niépce : Daderot • Lion : Frank Vassen • Stallone : nicolas Genin • Armstrong : Harry Warnecke, Gus Schoenbaechler • Doré : Studio Harcourt • Doyle : Walter Benington • Mathy : Georges Biard • Moulin : Studio Harcourt • Hanks : Dick Thomas Johnson • Lefebvre : Film director • Verlaine : Willem Witsen • Luciani : Selbymay • Sharif : Drhbc • Quand Harry rencontre Sally : affiche, 1989 • Leclerc : Bapti • Gershwin : Mihkin • Jospin : Edouard Hue • Chazot : François Alquier • Abeille : Chandlervid85 freepik.com • Marat : Peint par Jacques-Louis David • Ford : Gage Skidmore • Kahlo : Guillermo Kahlo • Dorothée : François Alquier • Férré : Anefo • Sinclair : Enzo Corse • Wadlow : DR • Dangi : Kish Dulal • Horn : Dimitry Sharomov • Birkin : Roland Godefroy • Dewaere : Fabiàn Cevallos • Guerre de Cent Ans : Jean Froissart • Bowles : Korona Lacasse Photo • Giraudeau : Georges Biard • Les Valseuses : affiche, 1974 • Branson : John Mathwew Smith • Malot : Nadar • Métro : DR • Cheryl : Georges Biard • Dani : Georges Biard • Pivert : AlexisLOurs • Lune : Shipster81 • Kersauson : Thesupermat • Lee : National General Pictures • Gainsbourg : Harald Krichel • Shepard : NASA • Algérie : Escondites • Mathieu : Heinrich Klaffs • Lafesse : Siren-Com • Wynehouse : Gregory Gebhardt • Radcliffe : Philip Romano • Arletty : Studio Harcourt • Machu Pichu : Diego Delso • Lopez : John Bauld • Guitry : Agence de presse Meurisse • Un Singe en hiver : affiche, 1962 • Diam's : Yoann Antoviaque • Lafont : Georges Biard • Jagger : Olavi Kaskisuo • Haviland : Studio • Pépin le Bref : Peinture de louis félix Amiel • Harlow : Georges Biard • Hope : NBC Television • Moscato : Vincent Moscato • Audiard : © AGIP/Bridgeman Images • Arc de Triomphe : DR • Anglade : Georges Biard • Serrault : Georges Biard • Ford : Dave_7 • Schwarzenegger : Gage Skidmore • Bergman : Joost Evers/Anefo • Jaurès : DR • Grand Corps Malade : Georges Biard • Moreau : Mario de Biasi • Les Tontons flingueur : affiche, 1963 • Alexandre Le Grand : Jean-Pierre Dalbéra • Bastille : DR/Gallica • Concorde : Marbus1966 • Argentine : Manuel Belgrano : • Geoffroy de bouillon : Internet Archive book Image/Jacob, P.L. • Laurence Olivier : Studio Publicity Still • Radeau de la méduse : Théodore Géricault • Mitchell : Georges Biard • Pasteur : Alexis Lemaistre • Robespierre : DR • Esclavage : DR • **AOÛT** La Pérouse : Geneviève de Bossard de Beaulieu • Antonio Banderas : Che • Orelsan : Georges Biard • Trintignant : Bridgeman Images • Robin : Francis Hannaway • Berger : François Alquier • Auguste Bartholdi : Nadar • Punaise : Rickard Ignell • Statue de la Liberté : • Cartier-Bresson : Ihei Kimura • Wilson : Georges Biard • Colette : DR • Markle : Northen Ireland Office • Neil Armstrong : DR • Monroe : Frank Powolny • Le Pen : Foto-Ag Gymnasium Melle • Burton : 20th Century Fox • Hiroshima : Georges R. Caron • Lavoine : Michaël Bemelmans • Vélasquez : peinture de Diego Vélasquez • Kon-Tiki : DR • Theron : Fuzheado • Cremer : Poissons1957 • Coup de tête : affiche, 1979 • Balmat : DR • Federer : Tatiana • Mocky : Philippe Luzarey • Nagasaki : Charles Levy • Zorro : Douglas Fairbanks Pictures Corporation/United Artists • Tate : Adam Cuerden • Quetzal : D Hatcher/ Wikkicommons • Spiderman : gage Skidmore • Epstein : Palm Beach County Sheriff's Department • Hogan : Petty Officer 1st Class Kristin Fitzsimmons, USN • Williams : Kingkongphoto • Quetzal : D. Hatcher • Mur de berlin : U.S. Army photo/USAMHI • Hollande : Web Summit • Basquiat : © Ben Buchanan. Tous droits réservés 2023/Bridgeman Images • Delacroix : Nadar • Valls : Loren Böck • Ferrer : Mondadori • Hallyday : Gilzetbase • Ferrari : DR • Woodstock : Woodstock • Vartan : Philippe Quaisse • Magritte : Peinture de René Magritte • Terminator : 1984 • Ferrari : Lothar Spurzem • Sheila : Erio TAC • Presley : Ollie Atkins • Requin : Citron • Jouvet : Studio Harcourt • de Niro : Che/Petr Novak • Léger : Carl Van Vechten • Bouquet : Studio Harcourt • Balzac : Louis-Auguste Bisson • Facteur Cheval : DR • Clinton : Bob McNeely, The White house • Groucho Marx : ABC Photo • Fabius : Environment and Climate Change Canada • Dassin : Agence Pitre • Joconde : Leonoard da Vinci/ Wikicommins • Bolt : Fernando Frazao/Agencia Brasil • Troski : Лев Давидович Троцкий • Scarface : affiche, 1984 • La Petra : Bernard Gagnon • Lafitte : Siren-Com • Richard III : DR • Valentino : DR • Roland Dumas : © AGIP/Bridgeman Images • Etienne de la Boétie : Tony Noël/Tommy-Boy/Wikicommos • Delarue : © Max Colin/Abaca Press/Alamy Banque d'Images • Brochet : Dirk Godlinski • Vésuve : Ancien Peintre romain DR • Jarre : A. Savin • Watts : Siebbi • Shiffer : Georges Biard • Armstrong : DR • Tex Avery : DR • Culkin : Alan Light • Lindbergh : Harris & Ewing • Epstein : Joop Van Bilsen • Klarsfeld : © Vincent Dargent/Abaca Press/Alamy Banque d'Images • Le Corbusier : Joop Van Bilsen • Nozière : DR • Power Rangers : DR • Darc : Reporters Associati & Achivi/Mondadori Portfolio • Harold et Maud : 1971 • Kyan Khojandi : Georges Biard • Lee Martin : Hans van Dijk/anefo • Louis XI : DR • Loana : Georges Biard • Gorbatchev : Yuri Somov • Koala : Diliiff • Zemmour : Anh De France • Lady Di : Paisley Scotland, Colorization : Auguel • Koala : Diliff • Brasseur : Studio Harcourt • Charles Darwin : Julia Margaret Cameron • Baccalauréat : Seb • Colbert : Philippe de Champaigne • **SEPTEMBRE** Cartier : Théophile Hamel • Monfils : Tatiana • Louis XIV : Peinture de Hyacinthe Rigaud • Farrugia : Al © Abaca Press/Alamy Banque d'Images • Coubertin : Agence Rol • Flemming : Official Photographer • Londres : MrsEllacott • Hermine : Gregballot • Thiers : Nadar • Beyoncé : Vavox Project • Cordy : nitial photograph : Julienmorvan, AI image processing : MadelGarius • Louis XIV : Peintre DR • Salvador Allende : Political History of the Library of the Chilean National Congress • Keaton : Blair-39 • Mère Teresa : KingKongphoto • Rabbi Jacob : affiche, 1973 • Soliman : Konstantin Kapidagli • La Fayette : peinture de Joseph-Désiré Court • Belmondo : Keystone/Hulton Archive • Scarabée : Katya • Temple de Jérusalem : Francesco Hayez • Guillaume le Conquérant : Philippe Alès • Fontenoy : DR • Mobutu : Frank Hall • Panacloc : Mrixe77 • Élisabeth II : Joel Rouse/Ministy of Defence • Mao : Hou Bo • Hassani : DR • Toulouse-Lautrec : Paul Sescau • Ivanov : © David Boyer/Abaca Press/Alamy Banque d'Images • Charles Denner : © AGIP/Bridgeman Images • 11 Septembre : Flickr user Michael Foran • Carel : © Mousse/Abaca Press/Alamy Banque d'Images • El-Assad : Пресс-служба Президента России • Nous nous sommes tant aimés : affiche, 1974 • Lascaux : HTO • Farmer : Museedepeinture • Marignan :

Le maître à la ratière/Brulliot • Chabrol : Iberty • Smet : © Nasser Berzane/Abaca Press/Alamy Banque d'Images • Godard : Gary Stevens • Tortue : Yulia Kolosova • Première expo surréaliste : DR • Hoshi : Georges Biard • Martin : Georges Biard • de Sussex : Staff Sgt. Andrew Lee • Mondy : Michaël Bemelmans • Callas : CBS Television • Casimir : Yves Brunier • Nikolic : Georges Biard • Hiéroglyphes : DR Egyptian Scribe/Egypt Archive • Karembeu : Georges Biard • Edouard Leclerc : © AGIP/Bridgeman Images • Abolition : Calvi • Armstrong : Paul Coster • Hendrix : Warner/Reprise Records • Pascal : Gravure de Gérard Edelinck • Chazel : Frantogian • Gérard : © Audrey Poree/Abaca Press/Alamy Banque d'Images • Le clan des siciliens : affiche, 1969 • Festival de Cannes : Rémy Hétreau © ADAGP, 2016 • PPDA : DR • Raimu : © Universal History Archive/UIG/Bridgeman Images • Cerdan : Cerdan • Cluzet : Georges Biard • Bettencourt : © Horst Hossinger/Abaca Press/Alamy Banque d'Images • Blatte : Database Center for Life Science • Poelvoorde : Georges Biard • Marceau : DR • Garros : Agence Meurisse • Hanouna : © Max Colin/Abaca Press/Alamy Banque d'Images • Bourse du commerce : Mbzt/Wikicomms • Bourvil : Kroon, Ron/Anefo • Sagan : DR, source gettyimage • Johann Strauss : Christ 73 • Smith : TechCrunch • Klaus Barbie : Photographe DR pour NSDAP • Newman : DR • Williams : Edwin Martinez • Chirac : Christian Lambiotte • Y-at-il un pilote dans l'avion : affiche, 1980 • Vercingétorix : Sculpture de Aimé Millet • Paltrow : Andrea Raffin • Hefner : Toglenn • Einstein : Orenn Jack Turner • Leroy : Thesupermat • Raynaud : Studio Harcourt • Demoustier : Georges Biard • Bourse : MonnGre • Zola : Autoportrait, Emile Zola • Mouche : Parent Géry • Cottillard : nicogenin • Signoret : © Studio Harcourt • La Flûte enchantée : DR • **OCTOBRE** Manson : © Bridgeman Images • Aznavour : Mariusz Kubik • Revue nègre : Paul Colin • Sting : David Shankbone • Duchamp : DR • Ibrahimovic : Doha Stadium Plus Qatar • Tapie : Michaël Bemelmans • Phantom of the Paradise : affiche, 1974 • Réunification de l'Allemagne : Chris Alban Hensen • Spoutnik : NSSDC, NASA • Clerc : Studio Harcourt • Joplin : Albert B. Grossman Management • Goldorak : Couverture BD, Kana éditions, 2021 • Jobs : Acaben • Peyrac : Pymouss • Yordanoff : Mars Film • Tartigrade : Schokraie E, Warnken U, Hotz-Wagenblatt A, Grohme MA, Hengherr S, et al. • Poutine : Russian Presidential Press and Information Office • Chéreau : Nicolas Genin • Bonaparte : DR • Damon : Elena Ternovaja • Weinstein : David ShankBone • Le Chanteur de jazz : affiche, 1927 • Tchernia : Georges Biard • Ader : Roby • Mariotte : Thesupermat • Brel : Jack de Nilj, Anefo • L'Emmerdeur, affiche, 1973 • Verdi : Giovanni Boldini • Piaf : Studio JHarcourt • Aspirine : Bayer AG • Vlaminck : DR • Goldman : Sandrine Joly • Cocteau : Agence de presse Meurice • Planète terre : NASA/GSFC/NOAA/USGS • Aurin : orangkucing • Lahaie : Wikinade • Lacoste : source Gallica : Agence Rol/BNF • Baron Cohen : Joelle Marano • Depardieu : Studio Harcourt • Le Bourgeois gentilhomme : Source Victorian Costume Designs for the Plays Of Moliere • Lamy : Georges Biard • Flynn : Photoplay • Virgile : DR • Deschamps : Кирилл Венедиктов • Mata-Hari : DR • Wilde : Photographie de Napoleon Sarony • Colucci : © Max Colin/Abaca Press/Alamy Banque d'Images • Marie-Antoinette : Peinture de Élisabeth Vigée Le Brun • Buffet froid : affiche, 1979 • JO de Mexico : Angelo Cozzi, Mandadori Publishers • Toussaint : Georges Biard • Darrieux : DR • Van Damme : Georges Biard • Edison : Louis Bachrach • Jean sans Terre : Matthew Paris (Historia Anglorum)/Wikicommuns • Jaoui : Georges Biard • Claudel : César • Dylan : DR • Prévost : Michaël Bemelmans • Kadhafi : Russavia • Lapin : JJ Harrison • Comédie Française : logo DR • Kardashian : Toglenn • Truffaut : Jack de Nijs, Anefo • Deneuve : National General Pictures • Ventura : Charles-Andre Habib/Gamma-Photo • Brutus : Marie-Lan Nguyen • Reynolds : Dick Thomas Johnson • Gautier : Nadar • Pétain et Hitler : Heinrich Hoffmann • Édit de Nantes : König Ludwig XIV von Frankreich/Abrahami • Inspecteur Gadget : Couverture • Dior : 投稿者によるスキャン • La Bonne Année : affiche, 1973 • Parachute : SMU Librairies Digital Collections • Obélisque : Mlbzt • Perry : Eva Rinaldi • Queneau : Photographie de Man Ray • Clinton : United States Department of State • de Rais : Peinture de Éloi Firmin Féron • Starr : Thierry Caro • Soulages : NVP3D • Lancaster : Hal Wallis Productions • Doris : © AGIP/Bridgeman Images • Lézard : Robb Hannawacker • Reed : Artista Records/Mick Rock • Statue de la Liberté : DR • Roberts : David Stanckbone • Gildas : Siren-Com • Mussolini : DR • Asterix : DR • Brassens : Roger Pic • Valéry : Photographie de Henri Manuel • Lelouch : Eric Houdas • Lévi-Strauss : UNESCO/Michel Ravassard • L'aventure, c'est l'aventure : affiche, 1972 • Sixtine : Michel Ange • Longo : Ludovic Péron • Fellini : Archivio Mario De Biasi distribuito da Mondadori Portfolio • Luchini : Georges Biard • Guerre de Cent Ans : Ernest Lavisse • **NOVEMBRE** La peste : Louis Gallait/musée des beaux-arts de Tournai • Jarry : Atelier Nadar • Requin Marteau : DR • Laforêt : Grorup de Besanez • Le Bihan : COP Paris • Mesrine : Getty/Jean-Claude Francolon • Boujenah : Studio Harcourt • Matisse : Alvin Langdon Coburn • ToutankHamon : MykReeve • Jobert : © AGIP/ Bridgeman Images • Tati : DR • Levy : Itzke • Gosciny : Peters, Ans, Anefo • Reiser : Reiser • Révolution d'octobre : Open Clip Art • Pagny : Guy Delseaut • Leblanc : Photographie de Henri manuel • Vincent François, Paul et les autres : affiche, 1974 • Cassidy : DR • Guetta : Parlophone • McQueen : DR • Delon : Licio D'aloisio/Reporters Associati & Archivi/Mondadori • Marais : Studio Harcourt • Wombat : JJ Harrison • Krueger : Yike665 • Montand : Studio Harcourt • Peyron : Antoine Imbert • Rimbaud : Photographie de Étienne Carjat • Armistice : DR • DiCaprio : Christopher William Adach • Arafat : Photographie de Gideon Marlkowiz • Manaudou : Georges Biard • Lee : Gage Skidmore • Goldberg : Photographie de Daniel Langer, Comic Relief, Inc. • Le Luron : François Alquier • Monet : Claude Monet • Duléry : © Studio Harcourt • Leibnitz : Christoph Bernhard Francke • Le bon la brute le truand : affiche, 1968 • Baguette : Yann Forget • Smet : Georges Biard • Maurane : Eddy Berthier • Mur de Berlin : Yann(talk) • Gabin : Mandadori Publishers • Gamblin : Georges Biard • Colas : © AGIP/Bridgeman Images • Abeille : Ivar Leidus/Wikkicommons • Marceau : Georges Biard • Rodin : Photographie de George Charles Beresford • Mickey : Vickersmis • Proust : Photographie de Otto Wegener • Prado : Emilio J. Rodriguez Posada • Foster : LGEPR • Marchais : David Boeno • Poussin : Peinture de Nicolas Poussin • Mariage d'Elisabeth et Philip : Zssociated Press • Biden : Adam Schultz • Tolstoï : Sass • Vol au-dessus d'un nid de coucou : affiche, 1976 • Vol en Montgolfière : Daderot/Wikkicommons • Guichard : RaphGuich • Jardinier : Benoït • Johansson : Tony Shek • Kennedy : White House Press Office • Hippocampe : H. Zell • Brezhnev : Anefo/Jack Jackie Pomi • Poulidor : Eric Koch/anefo • Origine des espèces : General Collections/Charles Darwin • Malraux : DR • Cabrel : Sally Rose • Noiret : Georges Biard • Chabat : Gypsou • Barbara : Ron Kroon, Anefo • Philippe : Steva, Kragujevic • Désir : Andy Mabbett • Maradona : DR • Louane : Georges Biard • Ouvrard : DR • Chichin : P. Belossat • Dati : Thesupermat • Dumas fils : DR • Shy'm : Georges Biard • Dahmer : Revere Senior High School • Et Dieu créa la femme : affiche, 1956 • La guerre des boutons : affiche, 1962 • Grant : DR • Mirabel : VL • Harrison : David Hume Kennedy • Carlsen : Andreas Kontokanis • Walker : Andre Luiz • Lucy : Lamminiaz • Concorde : SDASM Archives • Ionesco : Gorupdebesanez • Route du Rhum : TCY • Biden : Adam Schultz • **DÉCEMBRE** Chazal : Studio Harcourt • Parks : DR • Moreno : AGIP/Bridgeman Images. • Napoléon 1er : peinture de François Gérard • Spears : Glenn Francis • Escobar : Colombian National Police • Angèle : Joan Hernandez Mir • Renoir : Photographie de Dornac • Darroussin : Georges Biard • Gotlib : Siren-Com • Richelieu : Philippe de Champaigne • Cœur : DR • Délivrance : affiche, 1972 • Finlande : Fry1989 • Mozart : Peinture de Barbara Krafft • Kaas : Georges Biard • Hallyday : Georges Biard • Denis : Gind2005 • César : Dumay Olivier Victor Marius • Pearl Harbor : DR • Lucky Luke : DR • Bernard : Agence de presse Meurisse • Katerine : coulissemedia.com • Lennon : Jack Mitchell • Booba : Thesupermat • Poher : DR • Déclaration des droits de l'Homme : FDR Presidential Library & Museum • Maréchal-Le Pen : Gage Skidmore • Redding : Stax Records • Prix Nobel : ArsusGomz • Macias : Ilan Costica • Page : CMG WoldWide • Radio : DR, Smithsonia Institution, USA • Provost : Gil Zebase • Richard : Piloudeparis • Série Noire : affiche, 1979 • Henri IV : DR • Foxx : Ed Edahl • Kandinsky : 未知上傳者 • Mésange : Slawek Staszczuk • Amundsen : DR • Nostradamus : César de Nostradamus : • Washington : Peinture de Gilbert Stuart • Bonaly : Kingkongphoto • Walt Disney : Boy Scouts of America • Foly : Koolman75 • Daudet : Etienne Carjat • Parmentier : DR • Marie de Médicis : DR • Pape François : Claude Truon-Ngoc • Kim Jon-il : Jesse Charlie/Wikcommons • Pitt : Glenn Francis • Bécaud : Anefo • Dalle : Georges Biard • Alzheimer : DR • Psychose : affiche, 1960 • Panthéon : Camille Gévaudan • MBappé : Эдгар Брещанов • Morgan : DR • De Gaulle : Steiner, Egon • Macron : PRESIDENT OF UKRAINE VOLODYMYR ZELENSKYY Official website • Séparation de l'Eglise et de l'état : Charles Lucien Léandre • Néron : Siren-Com • Fitzgerald : DR • Paradis : Georges Biard • Brasseur : Film Production • Bruni : Remi Jouan • Zaraï : Ron Kroon, Anefo • Bachelot : MEDEF • Peyo : Erling Mandelmann • Ariane : DR • Chauvet : Thomas T. • La Fouine : seblinux78 • Jésus : Lorenzo Monaco • Duc de Guise : François Clouet • Brown : John Matthew Smith • Le Banner : Herman Campos • Hussein : Mohamed Fahel • Fossey : Couverture • Mur de Berlin : Yann(talk) • Les Clefs de Bagnole : affiche, 2003 • Vespasien : DR • Darwin embarque : Charles Darwin • Depardieu : Georges Biard • Eiffel : Nadar • Manchot : DR • Montagné : Mpmpmp • Pierre Cardin : News Service • De Suza : Kevindax1809 • Pilule : Ceridwen-commonswki • Gerra : Georges Biard • Pelé : John Matthew Smith • Woods : The White House • Raspoutine : DR • L'origine du monde : Gustave Courbet • Kilmer : Georges Biard • Hossein : Agence 7e art

Achevé d'imprimer en octobre 2023 par Pollina à Luçon

Dépôt légal : novembre 2023

7385860/01

N° d'imprimeur : 47663